Grüßen
Heinz Brast
im Dezember 2016

GELD, GIER UND DIAMANTEN

HEINZ BRAST

ROMAN

Über den Autor

Heinz Brast, geb. 1940 in Deutschland, wanderte 1977 mit Familie nach Kanada aus. Hier war er über 20 Jahre im deutsch-kanadischen Investitionsgeschäft tätig. 1983 schrieb er sein erstes Buch "Kanada, Ihre neue Heimat", welches vom ZDF als dreiteilige Serie "Kanadische Träume" unter der Redaktion von Dr. Claus Beling erfolgreich verfilmt wurde.

Danach folgte das Drehbuch "Die Rückkehr" mit Gerhard Lippert u. Christine Neubauer als Hauptdarsteller, ebenfalls erfolgreich ausgestrahlt vom ZDF.

In den darauffolgenden Jahren betätigte sich Heinz Brast als freiberuflicher Journalist und schrieb über 120 Artikel über Land und Leute in Kanada, vorzugsweise aber über Indianer und Mennoniten, veröffentlicht in den Zeitschriften und Magazinen "Deutsche Presse", "Kanada Journal", "Kanada Kurier" und anderen einschlägigen Publikationen.

An der renommierten "New York Institute of Photography" erwarb der Leica-Fotograf im Jahre 2008 das begehrte Zertifikat als "Professsional Photographer".

Durch den Verkauf einer Hotelimmobilie stieß er im letzten Jahr auf eine der großen Internetbetrügereien, wie sie momentan weltweit verübt werden. Nach über 300 Stunden intensiver Nachforschungen und Untersuchungen entstand sein neues spannungsgeladenes Buch "Geld, Gier und Diamanten", welches zum Großteil auf wahren Ereignissen basiert.

Dieses Buch ist auch als Kindle eBook
im Amazon Bücher Shop erhältlich.

2. Auflage
3. Taschenbuchausgabe November 2015

ISBN: 978-1500611255

Dieses Buch ist meiner lieben Frau Heidi gewidmet, ohne deren aufopfernde Mitarbeit und zeitraubenden Recherchen es mir nicht gelungen wäre, alle Fakten in relativ kurzer Zeit zusammenzutragen und auszuwerten.

Dafür sage ich ihr von ganzem Herzen ein aufrichtiges „Dankeschön".

Vorwort

Obwohl es bereits Angst erregend ist, wie schnelllebig unsere heutige Welt geworden ist, sorgen immer neue technische Entwicklungen und andere Erfindungen dafür, dass diese Schnelllebigkeit täglich zunimmt. Viele Menschen glauben daran, auch ich bin einer von denen, dass die Errungenschaften und Veränderungen der letzten fünfzig Jahre weit größer und weitreichender sind als die der letzten fünfhundert. Neuerungen und Weiterentwicklungen bringen unzählige Verbesserungen und Erleichterungen in unser tägliches Leben, die einfach nicht mehr wegdenkbar sind. Aber, wo Licht ist, da ist auch Schatten.

Während beispielsweise das Internet für Millionen von Menschen nutzbringende Erfolge und Gewinne erzielt, wird es jedoch auf der Schattenseite von Verbrechern zum Betrug an ehrbaren Menschen benutzt, die ihr Geld und ihre Ersparnisse mit viel Mühe und harter Arbeit verdient haben.

Dieses Buch soll neben der Unterhaltung auch die unmoralischen und üblen kriminellen Machenschaften aufzeigen, die oft in primitivster Weise von verbrecherischen Elementen benutzt werden, um ehrliche und hart arbeitende Menschen zu schädigen und in den Abgrund zu stürzen.

Obwohl die in diesem Buch enthaltenen Geschichten fiktiv sind und alle Personen und Charaktere von mir frei erfunden wurden, Namensgleichheiten sind also purer Zufall, beruht doch der überwiegende Teil der Geschehnisse auf Taten, wie sie mir teilweise erzählt, aber auch zum Großteil von mir erlebt wurden. Interessanterweise musste ich dabei feststellen, dass die Begebenheiten, die im Buche am unglaubwürdigsten klingen, der Wahrheit am nächsten kommen.

Viele gutgläubige Menschen lassen sich durch die Sehnsucht, aber teilweise auch Gier, schnell reich zu werden, in diesem Netz der Versuchung fangen, verlieren viel, oft sogar ihr gesamtes Hab und Gut.

Die Praktiken und Tricks der Ganoven und Verbrecher sind meist primitiv und leicht durchschaubar. Trotzdem benehmen sich ein Großteil der Betrogenen und Verlierer wie Glücksritter.

Sie werden unbelehrbar und süchtig, bis sie tatsächlich am Boden zerstört, alles verloren haben und mit eigener Kraft keinen Ausweg aus ihrem Dilemma finden.

Heinz Brast

Vorgeschichte: Südafrika im Dezember 1869

Mit verschlafenem Gesicht, die Augenlider zusammengekniffen, so dass man selbst bei genauem Hinschauen nicht die Augenfarbe erkennen kann, steht Johan van der Toorn am offenen Schlafzimmerfenster seines Holzhauses. Er blickt hinunter in das vor ihm liegende blühende Tal. Die erst vor wenigen Minuten aufgegangene Sonne lässt die drüben auf der anderen Seite liegenden Hügel noch lange Schatten in die mit wilden Blumen und Sträuchern bewachsene Umgebung werfen. Schatten, die fast bis zu seinem Vorgarten reichen und die üppige Farbenpracht, The God's Window, das Fenster Gottes', wie es im Volksmund bezeichnet wird, dem Betrachter noch verborgen halten.

Johan van der Toorn ist, wie sein Nachname schon vermuten lässt, von ehemals holländischer Abstammung. Seine Vorfahren wanderten bereits im späten 18. Jahrhundert nach Südafrika aus, dem wie sie es damals beschrieben schönsten Land im Süden der Erde. Schließlich hatte einer ihrer Vorfahren, Jan van Riebeeck, bereits im Jahre 1652 am Kap der guten Hoffnung, dem heutigen Kapstadt, eine Versorgungsstation für die das Kap umsegelnden Schiffe eingerichtet. Schiffe, die sich auf der Reise von oder nach Indien, Indonesien und Madagaskar, sogar Australien befanden, konnten sich hier mit frischem Proviant versorgen.

Als aber ein Großteil der Siedler vom Kap der guten Hoffnung weiter nach Osten vordrang, trafen sie auf den Stamm der Xhosa mit denen sie wegen Landbesetzungen, Wegnahme von Viehbeständen und dergleichen, öfters in blutige Kämpfe verwickelt wurden. Gerade wegen dieser Konflikte wanderten viele der Siedler, etwa zwölftausend Holländer, Deutsche und Franzosen, inzwischen als die ‚Buren' bekannt, weiter in den Norden und Nordosten Südafrikas.

Etwa um das Jahr 1830 zogen sie in die heute als Provinzen Gauteng, Limpopo, Mpumalanga und Nordwest bekannten Territorien, wo sie die ‚South African Republic' gründeten.

Auch Johan van der Toorns Vorfahren befanden sich unter jenen Siedlern. Die damalige Regierung verabschiedete verschiedene Gesetze, unter anderem die sogenannte Apartheid, wobei hauptsächlich drei Klassen gegründet wurden: Die weiße Rasse, die farbige, die aus Asiaten und anderen farblich gemischten Personen bestand und der schwarzen Rasse. Alle drei Rassen wurden mit verschiedenen Rechten und auch Einschränkungen versehen, was zu regelrechten Kämpfen untereinander führte und auch besonders den Hass, hauptsächlich zwischen Schwarzen und Weißen schürte.

Johan van der Toorn stand immer noch total in Gedanken versunken und starrte in die vor ihm liegende Landschaft, die mehr und mehr Farbe annahm als die Sonne mit geballter Kraft vollständig hinter den Hügeln hervorschaute. Es würde ein heißer Tag werden, der 11. Dezember 1869. Glücklicherweise war die Luftfeuchtigkeit trotz des naheliegenden Limpopo Flusses, des zweitgrößten Stromes in Afrika, erträglich. Es war nicht wie im südlichen Teil des Landes, wo man an manchen Tagen kaum atmen konnte.

Johan war mit seinen zweiundvierzig Jahren ein grobschlächtiger Typ. Zwar hatte er einige weibliche Bekanntschaften hinter sich, aber zu ernsteren Beziehungen oder sogar zum Eingang einer Ehe hatte es nie gereicht. Es störte ihn aber wenig. Schließlich hatte er genug andere Interessen und heute würde er erst zum Angeln und danach mit Pfeil und Bogen auf die Jagd gehen, so wie es ihm seine schwarzen Freunde in den Jahren, in denen er hier lebte, beigebracht hatten. Er ließ sein Schlafzimmerfenster weit offen, denn solange die Sonne nicht ihren Höhepunkt erreicht hatte, blies eine frische Brise durch die Fensteröffnung und hielt die Temperatur im Haus in einem erträglichen Maß.

Nachdem er unter der Dusche, die er rechts neben dem Haus auf einer kleinen Wiese erbaut hat, eine ordentliche Erfrischung nahm, ging er bedächtigen Schrittes zurück zum Haus. In der kleinen, aber gemütlichen Küche kochte auf einer noch mit Holz gefeuerten Heizplatte bereits das Kaffeewasser. Vom Rasieren hielt er nicht viel. Deshalb blieb auch heute wie an manchen anderen Tagen der Bart stehen und verlieh ihm ein wildes und urwüchsiges Aussehen. Es störte ihn persönlich aber nicht im Geringsten. Doch seinen morgendlichen Kaffee brauchte er, erstens zum vollkommenen Wachwerden und zweitens zur absoluten Verbesserung seiner Laune. Im Volksmunde würde man ihn ohne weiteres als ‚Morgenmuffel' bezeichnen.

Nur mit seiner kurzen Hose bekleidet, schenkte er sich in eine übergroße Blechtasse den Kaffee ein und schnitt sich drei Scheiben von seinem selbstgebackenen Brot ab. Er bestrich diese mit Butter und aus den Früchten seines Gartens selbstgekochter Marmelade. Danach nahm er an dem rohgezimmerten Tisch seinen gewohnten Platz ein.

Nach seinem recht kargen Frühstück legte er sich sein Angelzeug zurecht. Dann, als er genug Würmer in dem taufrischen Garten gesammelt hatte, machte er sich auf den relativ kurzen Weg zu einem Seitenarm des Limpopo Flusses. In einiger Entfernung von seinem Angelplatz hatte man doch vor rund zwei Jahren im seichten Wasser des Limpopo einige Diamanten, eingebettet von hartem Felsstein, gefunden. Nach weiterem Suchen, welches in den nächsten Wochen die Ufer des Limpopo und auch der angrenzenden Nebenarme aus ihrer normalen Ruhe riss, sind aber die meisten Diamantensucher ohne Erfolg wieder abgezogen. Nur hier und da erspäht man noch jemand, der mit Spitzhacke und Schaufel bewaffnet seinem Glück nachzujagen versucht.

Johan van der Toorn packt nun sein Angelgeschirr zusammen. Nur leicht bekleidet mit einem kurzärmeligen Sommerhemd, kurzer Khakihose und Sandalen, macht er sich auf, um seinen geliebten Angelplatz drunten am Flussufer aufzusuchen. Etwa zehn Minuten marschiert er den steilen Hügel von seinem Haus zum Flussbett hinab. Dort angekommen, führt ihn ein Trampelpfad noch einige Meter flussabwärts bis zu der Stelle, wo er sich bereits vor langer Zeit eine gemütliche Sitzgelegenheit geschaffen hat. Doch die meiste seiner Angeltätigkeit übt er im Stehen aus. Erst nach geraumer Zeit, er hat seine Angel, er weiß nicht wie oft, ausgeworfen, beißt ein stattlicher Fisch, ein kapitaler Barsch, der Johan van der Toorn den Kampf angesagt hat, an. Als er nach geraumer Zeit aufgibt und endlich von Johan aus dem Wasser gezogen, mit einem kurzen Schlag auf den Kopf betäubt ist, kann Johan ihn ausnehmen. Noch voll mit dieser Arbeit beschäftigt, die Sonne ist inzwischen ziemlich hoch am Horizont aufgestiegen, wird er von einem plötzlichen Lichtstrahl geblendet. Eine Wasserspiegelung der Sonne ist sein erster Gedanke. Doch bei nochmaligem Hinschauen bemerkt er, dass das Glitzern aus dem Ufersand kommt und nicht vom wellenwerfenden Strom. Ein Stück Glas kann es nicht sein. Hier an dieser Stelle des Ufers hat er noch nie Menschen gesehen. Gerade wegen dieser Unberührtheit hat er sie ja für sich und nur für sich ausgewählt.

Neugierig geworden, legt er Fisch und Filetiermesser auf eine vor ihm liegende flache Steinplatte und wandert weitere fünfzig Meter flussabwärts. Sein Erinnerungsvermögen bringt ihn plötzlich auf die Diamantenfunde vor rund zwei Jahren zurück. ‚Es könnte ja sein....... Nein, soviel Glück war ihm in seinem bisherigen Leben nie hold gewesen. Aber trotzdem, nachschauen schadet nichts'. So steht er plötzlich vor einem beachtlichen Felsbrocken der entweder im Winter bei hohem Wasserstand und kräftigem Sturm hierher gerollt oder vielleicht auch schon einige Jahrhunderte unbeachtet hier liegt.

Bei genauer Untersuchung stellt er fest, dass es sich um einen Teil einer Gesteinskette handelt, die sich am gesamten Ufer entlang zieht, zeitweilig frei zu sehen, aber meistens mit angespültem Flusssand überdeckt ist. Zurück zu dem am höchsten herausragenden Felsen, mehr trampelnd als gehend, versucht er die im Sonnenlicht vorher so gleißende Stelle wiederzufinden. Keine so leichte Aufgabe, denn trotz des niedrigen Wasserspiegels im Sommer wird das Gestein doch von Strudeln gebildeten Wellen immer wieder angespritzt. ‚Da', sein Herzschlag kommt fast zum Stillstand, sieht er es im obersten Drittel des Felsbrockens.

Durchsichtig und klar, als wäre er bereits bearbeitet worden, sitzt der Diamant nur etwa zehn Zentimeter entfernt ein anderer kleinerer und auf einmal, als hätte ihm irgendwer die Augen geöffnet, sieht er sie, einen nach dem anderen. ‚Oh Gott, ich bin auf eine Diamantenader gestoßen'. Er atmet schwer, sein Mund ist plötzlich wie ausgetrocknet. Obwohl er weiß, dass keine menschliche Seele im Umkreis von zehn Quadratkilometern zu finden ist, schaut er sich in jeder Minute mindestens drei Mal um, als ob er jemand erwartete, der käme um ihm seinen Fund streitig zu machen.

‚Johan, reiß dich zusammen; was muss ich jetzt tun, was soll ich jetzt tun. Versuche mal klar zu denken; meine Gedanken, sie wollen nicht, aber ich muss.'

Nach einiger Zeit, als sein Verstand wieder die Oberhand gewinnt, tastet er mit vorsichtigen Händen die vordere Gesteinswand ab. Seine Finger gleiten immer wieder über die klaren, weißen Stellen im Felsen als ob diese zerbrechlich wären. ‚Erst mal ans Ufer setzen und über den nächsten Schritt nachdenken.' Obwohl er sehr grobschlächtig wirkt und auch im Gesamtbild eher den Eindruck eines Grobians als den eines feinfühligen Akademikers erweckt, dumm ist er sicherlich nicht.

Nachdem er einige Zeit so gesessen hat, blickt er zur Sonne und nach ihrem Stand zu urteilen, ist es inzwischen früher Nachmittag geworden. Seine vorherige Überraschung ist nun total verschwunden und von nüchternen Überlegungen abgelöst worden. Zuerst muss er jetzt zurück zum Haus, um einige Werkzeuge wie Spitzhammer und Meißel zu holen und damit zu versuchen, die Rohdiamanten aus ihrer Umhüllung zu lösen.

Mit einer ihm bisher unbekannten Leichtigkeit eilt er den steilen Hügel hinauf, zurück zu seinem Haus. 'Systematisch denken, nur nichts vergessen' prägt sich in sein Gehirn ein und so packt er eine Schaufel, eine Kreuzhacke, einen Spitzhammer, einen scharfen Meißel und nicht zuletzt, einen Vorschlaghammer zum Zerschlagen des Felsbrockens, zusammen. Das alles schnürt er zu einem straffen Bündel, welches ihm den Transport zurück zum Haus nach getaner Arbeit später erheblich erleichtern wird.

‚Habe ich alles, nichts vergessen? Nein, ich habe nichts vergessen. Oh doch! Ich brauche ja irgendwas, einen Beutel oder was Ähnliches zum Transport meiner wertvollen Fracht.' Über seine ‚wertvolle Fracht', den Wert von Diamanten, weiß er Bescheid. Er hat allerhand darüber gelesen und in Erfahrung gebracht, außerdem hat er auch einen Freund, der damit handelt.

Als man vor rund zwei Jahren die vorhin erwähnten Diamanten an der etliche Kilometer entfernten Uferstelle des Limpopos fand, wurde auch sein Freund aus Messina für eine Expertise eingeschaltet. Wie man herausfand, war in dem Fund auch ein dreiundachtzigeinhalb Karat Diamant, dem man einen ungeheuer hohen Wert nachsagte. Aber trotz weiterer intensiver Suche hat man es damals nicht geschafft, die Kimberliteader zu finden.

Johan van der Toorn rennt nun mehr als er geht, er hat doch etwas vergessen, zurück in sein Schlafzimmer. Aus dem neben seinem Bett stehenden Nachtkasten holt er einen aus Büffelleder hergestellten und von ihm selber sorgfältig genähten Beutel und schüttet den Inhalt, einige ererbte Schmuckstücke sowie mehrere kleinere Goldnuggets, in die offenstehende Schublade des Nachtkastens.

Den nun leeren Lederbeutel steckt er tief in die Hosentasche seiner Khakishorts ehe er sich zum zweiten Male den steilen Hügel hinunter zum Flussufer begibt.

Am Fundort angekommen beginnt er unverzüglich mit der vor ihm liegenden Arbeit. Mit dem Vorschlaghammer zwischen seinen großen, kräftigen Händen zerschlägt er die Steinplatte in Bruchstücke von der Größe eines Fußballes. Ein unsichtbarer Betrachter würde überrascht zuschauen um festzustellen, mit welcher Leichtigkeit der bärenstarke Mann den stattlichen Felsbrocken zertrümmert. Mit Hammer und Meißel trennt er nun die Steine, die die Diamanten enthalten, in faustgroße Brocken, um dann mit dem Spitzhammer die Diamanten auszulösen. Obwohl inzwischen Spätnachmittag und eine leichte Brise durch das Flusstal zieht, ist Johan van der Toorn jetzt in Schweiß gebadet. Etliche Male wandert er deshalb in die tieferen Stellen des Flusses, Abkühlung und Erfrischung suchend.

Als sich die Sonne anschickt, das Limpopotal in ein warmes Licht zu tauchen, ist auch für den glücklichen Diamantenfinder die Arbeit vorerst getan. Der recht große Lederbeutel ist mit Diamanten prall gefüllt. Jedoch nicht mit normalen Rohdiamanten, sondern mit den schönsten fehlerfreien, weißen Juwelen, die Johan je gesehen hat. Er war zu oft in Messina bei seinem Freund, der mit Diamanten, Juwelen und Gold handelte, zu Gast und konnte sich immerhin eine Vorstellung über den Diamantenwert machen.

Obwohl er meilenweit keine Nachbarn hat und auch noch nie in all den Jahren, in denen er hier lebte, ein menschliches Wesen am hiesigen Ufer gesehen hatte, schaufelt er Sand über die verstreut herumliegenden Gesteinsbrocken. Danach bündelt er sein Werkzeug zusammen und versteckt es vorerst in einer Felsspalte in der Nähe seines Angelplatzes.

Inzwischen zeigt die rötliche Verfärbung am Horizont den recht schnell kommenden Sonnenuntergang an. Aus diesem Grunde beschließt der Diamantenfinder Johan van der Toorn nicht auf seinem normalen Pfad, sondern eine Abkürzung durch den Busch und das dahinter liegende Waldstück zu nehmen. Den prallgefüllten Beutel mit den Diamanten in der linken Hand und den rechten Arm zum Brechen oder Wegbiegen von Ästen und Sträuchern gebrauchend, erreicht er das mit dichtem Unterholz und Krüppelbäumen versehene Waldstück. Plötzlich verspürt er einen höllischen Schmerz in seiner linken Ferse. Nur einen Augenblick später sieht er die ‚Schwarze Mamba' davonhuschen, bevor er mit schon stark betäubtem Körper zu Boden fällt.

Mit letzter Kraft versucht er das Schlangengift aus der Ferse herauszudrücken. Zu spät. ‚Wie konnte er auch, nur mit Sandalen bekleidet, diesen Weg einschlagen.' Die Betäubung seiner Glieder breitet sich schnell aus bis er endlich in eine wohltuende Ohnmacht fällt. Innerhalb einer Stunde wird der Tod von ihm Besitz ergreifen und in wenigen Wochen wird sein Körper vom dichten Unterholz des Waldes bedeckt und schwerlich auffindbar sein.

Kapitel 1: Pieter van Dohlen und Belinda Holborn

Obwohl es eigentlich recht dunstig ist, die Sichtweite beträgt nicht mehr als ein paar hundert Meter, ist die Temperatur mit rund 25 Grad Celsius für diese Jahreszeit als angenehm zu bezeichnen. Immerhin ist der September nun einmal der Frühlingsmonat in Südafrika. Pieter van Dohlen liegt in einer mehr vorgebeugten als sitzender Stellung in dem bequemen, selbst gebauten Bambusstuhl auf der Veranda seines schmucken Holzhauses in der Nähe von Messina. Den ganz in der Nähe liegenden Fluss im Tal kann er durch den Dunstschleier zwar nicht sehen, doch der Geruch des vor ihm liegenden Wassers dringt bis zu seinem Haus und weiter in die hinter ihm liegenden fruchtbaren Hügel. Hier hat er in den siebzehn Jahren, die er in diesem, seinem ebenfalls selbst erbauten Haus lebt, einen großen Garten mit allerlei Obstbäumen, von Äpfeln, Zitronen, Orangen bis zu Eukalyptusbäumen, angelegt. Sogar ein Hügel mit Weinstöcken umrahmt die hintere Grenze seines Grundstückes.

Bekleidet mit einer olivgrünen Khakihose, dazu einem hawaiifarbigen Hemd und Sandalen, erhebt er seinen als schlaksig zu bezeichnenden Körper bedächtig aus seiner Ruhestellung. Er streckt sich erst einmal, indem er seine braungebrannten Arme weit ausbreitet. Mit einem Meter fünfundachtzig hat er eine stattliche Größe und obwohl nicht übergewichtig ausschauend, drückt er doch rund hundert Kilogramm auf die Waage. Mit seinen siebenundvierzig Jahren bewegt er sich mit einer Geschmeidigkeit, die ihm so leicht niemand zutraut. Sein Gesicht ist wie seine Arme braun gebrannt. Die Gesichtszüge strahlen eine gewisse Härte aus, sind aber dennoch auch von einer unübersehbaren Gutmütigkeit geprägt, während die stahlblauen Augen eine gewisse Wachsamkeit bezeugen. Momentan ist sein Blick sanft und weich. Ja er streift fast träumerisch über das vor ihm liegende Land soweit es die Dunst und Nebelglocke erlaubt. Seine Haare, eine dichte Mähne und etwas zu lang im Nacken, haben jene Pfeffer und Salzfarbe, die bei vielen weiblichen Wesen einen zweiten Blick auslöst. Doch Pieter van Dohlen zeigt im Moment nicht das geringste Interesse, sich mit irgendjemand einzulassen, weder weiblich oder männlich, weder romantisch noch freundschaftlich. Als vor etwa drei Jahren seine Frau, die einzige große Liebe in seinem Leben, innerhalb von nur drei Monaten an einer äußerst seltenen, aggressiven Krebskrankheit für immer einschlief, war es für ihn als ob sein Körper zwar noch lebte, aber sein Geist mit ihrem Gehen auch bereits gestorben wäre. Tag und Nacht verbrachte er an ihrem Bett, wollte einfach nicht glauben, dass es keine Hoffnung gab. Er erfreute sie mit erfundenen Plänen, was sie alles noch zusammen erleben wollten, wenn sie wieder gesund sei. Aber die Illusion, die er wirklich hatte, ihr jedoch nur vorgaukeln konnte, nämlich Südafrika zu verlassen und in Kanada in Freiheit den Rest des Lebens zu verbringen, blieb Illusion. Noch monatelang nach ihrem Tod waren seine Gedanken erfüllt von einer Mischung aus Hass und zeitweilig auch Wehmut gegen alles was ihm in den Sinn kam. So verlor er in relativ kurzer Zeit fast alle seine Freunde. Eigentlich blieben ihm nur seine treu zu ihm haltenden Arbeitskollegen und der alte, verschrobene Hassan al Hasan, der ihn trotz all seiner oft sehr missmutigen Launen nicht hängen ließ und immer wieder versuchte, ihm Lebensmut einzureden. Manchmal schaffte er es sogar, Pieter ein Lächeln oder zumindest ein Grinsen abzuringen.

Eines Tages brachte er Pieter einen jungen Schäferhund in der Hoffnung, ihn mit einer neuen Aufgabe zu betrauen. Nach langen Hin und Her und auch vielen anzüglichen Worten, gelang es dem zahnlosen Hassan, Pieter dazu zu bewegen, den Hund wenigstens vorläufig zu behalten. Er belog ihn mit der Geschichte, dass der Hund zwar heimatlos, aber stubenrein sei und bereits auf den Namen ‚Samson' hörte.

‚Hassan, wenn dieses Vieh mir auch nur ein einziges Mal ins Haus pinkelt, bringe ich ihn dir vierteilig und gebraten zurück. Also überlege dir gut, was du mir erzählst.'

‚Pieter, du bist nicht nur mein Nachbar, du bist mein Freund und in deiner Situation braucht man nichts mehr als Freunde. Glaube mir, nichts tut mir mehr leid als dass deine Frau keine Kinder bekommen konnte, denn die würdest du jetzt dringend brauchen.'

Alles das fällt Pieter ein als er nun mit bedächtiger Gangart zur Haustür geht, sich noch einmal, fast hilflos wirkend, umdreht bevor er die Haustüre hinter sich schließt. Der schmale Vorraum hinter dem Eingang wirkt fast erdrückend auf ihn. Die Treppe auf der linken Seite scheint ihm auf einmal so steil als wäre sie wie eine Leiter dort aufgestellt. Doch die weite Türe auf der rechten Seite des Flures lässt das Licht aus dem behaglich eingerichteten Wohnzimmer in die Eingangshalle strömen und wirft groteske Schattenbilder auf die gegenüberliegende Wand.

Pieter eilt mit schnellen Schritten in die geradeaus vor ihm liegende Küche, die er erst kurz vor dem Tode seiner geliebten Frau mit einer pastellgrünen Farbe gestrichen hatte. Während vor ihm ein großes Fenster einen Ausblick in den gepflegten Garten und die weiter entfernt liegenden Hügel gewährt, durchbricht ein großer Torbogen die linke Wand. Dieser führt ins dahinterliegende Esszimmer und von da in die Vorderseite des Hauses ins gemütlich eingerichtete Wohnzimmer.

Mit langsamen Schritten und den Blick zielstrebig auf den zweiteiligen Küchenschrank an der linken Seite des Raumes gerichtet, schaut er sich dennoch einmal nach allen Seiten um. Jedoch unnötig, da Hassan ihn ja schon vor einer halben Stunde verlassen hat, nur sein Hund ‚Samson' ihm gefolgt ist und er außerdem die Haustüre zugesperrt hat. Jetzt, nachdem er auch den Garten mit vorsichtigen Blicken überschaut hat, seine nächsten Nachbarn wohnen übrigens eineinhalb Kilometer entfernt von ihm, öffnet er die linke obere Glastüre im Schrank. Er nimmt die übereinander gestapelten Teller im unteren Fach heraus, tut das gleiche mit dem restlichen Geschirr in den beiden oberen Fächern und stellt alles auf den vor dem

Fenster stehenden Küchentisch. Zurück zum Schrank, mehr schleichend als gehend, nimmt er die losen Fächer vorsichtig aus ihren Rahmen. Mit beiden Händen gegen die Rückwand drückend, schiebt er diese zur Seite. In die Wand hat er damals beim Hausbau, schließlich war man hier draußen vor einem Einbruch oder Überfall nie sicher, einen Tresor eingelassen. In diesem 'Safe' hat er alles was ihm und seiner Frau wertvoll und wichtig erschien, sorgfältig geordnet und aufbewahrt, ja sogar katalogisiert.

Sich zum x-ten Male umsehend, ob ja niemand zusieht, öffnet er die Tresortüre und holt aus der linken hinteren Ecke einen schwarzen Lederbeutel. Vorsichtig, als ob der Inhalt zerbrechlich wäre, hebt er ihn heraus, geht zum Küchentisch und öffnet den mit einem starken Band zusammengeschnürten Ledersack, nicht jedoch bevor er einen Teil der Tischplatte mit einem weichen Handtuch abgedeckt hat.

Bevor er den Beutelinhalt endgültig auf dem weißen Tuch ausbreitet, schweifen seine Gedanken zurück. Zurück zu jenem Tag in Messina, als er und seine Frau Marie-Luise sich die Umgebung dieser Stadt zum Leben ausgesucht hatten. Die reizvolle Landschaft hatte es ihnen angetan und das von ihnen auserwählte Grundstück war nicht zu weit entfernt von der zweitgrößten Diamantenmine in Südafrika, nämlich der 'Venetiamine'. Man schrieb das Jahr 1992. Peter und Marie-Luise waren gerade drei Jahre verheiratet. In Johannesburg hatten sie sich 1988 zum ersten Male getroffen. Eigentlich per Zufall. Er hatte sie versehentlich beim Vorbeigehen auf dem Bürgersteig angerempelt, entschuldigte sich tausendmal, ehe er sie spontan zu einer Tasse Kaffee einlud. Ihre großen Augen in der für ihn undefinierbaren Farbe, die Grübchen in ihren Wangen, ihr heiteres Lachen, alles was er in ihr sah, überzeugte ihn so, dass er sich vom ersten Augenblick an in sie verliebte.

Ein Jahr später gaben sie sich in einer kleinen Kirche in der Nähe von Pretoria das 'Jawort'. Als er nach drei glücklichen

Jahren in der südafrikanischen Hauptstadt seine Arbeit als Bauleiter einer großen Baufirma verlor, beschlossen sie weiter hoch in den Norden nach Messina zu ziehen. Dort, so hörte man, wollte die Diamantenfirma ‚De Beers' eine der größten Diamantenminen der Welt erschließen. Das bedeutete auch Arbeit für Pieter van Dohlen.

Die Mine wurde tatsächlich 1992 eröffnet und Pieter bekam seinen Job. Die beiden suchten sich in der Nähe der ‚Venetiamine' in landschaftlich reizender Umgebung ein Grundstück und da beide verstanden, nicht nur mit dem Kopf sondern auch mit den Händen zu arbeiten, entstand in relativ kurzer Zeit ihre Wohnstätte, nämlich ihr Traumhaus.

Nun war alles zu Ende, eine gähnende Leere breitete sich um ihn aus. Er ist inzwischen in eine Managementstelle aufgestiegen und wird beim Betreten und Verlassen des Betriebes kaum noch kontrolliert und nichts könnte er leichter bewerkstelligen als hier und da einige Diamanten aus der Mine herauszuschmuggeln.

Tief in Gedanken versunken und mit einem fast ausdruckslosen Gesicht schreckt er schlagartig auf, als er Motorengeräusche wahrnimmt und plötzlich jemand an der Haustüre klopft. Er fühlt, wie ihm das Blut in den Kopf schießt und mit einer Schnelligkeit, die einem Zauberkünstler alle Ehre gemacht hätte, wickelt er die Diamanten in das weiche Tuch, wirft alles in den Tresor und verschließt hastig die Schranktüre. Erst dann geht er zur Tür um festzustellen, wer ihm zu dieser ungewohnten Stunde noch einen Besuch abstattet.

Vor ihm steht ein großer, kräftiger Mann, der mit seinen breiten Schultern fast den Türrahmen ausfüllt. Es ist Heinrich Brandenburger, ein Deutscher, der vor rund fünfzig Jahren mit seiner Familie seinem Heimatland den Rücken gekehrt hat, um hier in Südafrika ein neues Leben zu beginnen. In der linken Hand hält er einen Korb mit frischen Hühnereiern.

„Elsa schickt mich. Ich soll dir die Eier bringen!" Mit mürrischem Gesicht kommen auch gleichzeitig die Worte nicht sehr freundlich aus seinem Munde. Im Nachsatz fragt er dann wie es Peter so geht, mehr aber wohl, um die Neugierde seiner Frau zu befriedigen, wenn er ihr Bericht erstatten muss. Heinrich Brandenburger lebt mit seiner Familie rund eineinhalb Kilometer entfernt an der gleichen Schotterstraße wie Pieter und obwohl sich die beiden schon längere Zeit kennen, sind sie nie Freunde geworden. Heinrich arbeitet wie Pieter in der ‚Venetiamine', hat aber den Aufstieg in eine bessere Position nie geschafft. Vielleicht ist deshalb ein gewisser Neid an dem fast angespannten Verhältnis der beiden schuld. Böse Zungen hatten sogar vor einiger Zeit das Gerücht ausgestreut, dass Pieter aufgrund seiner Stellung und Möglichkeit vielleicht doch hier oder dort ein paar ‚Steinchen' hätte mitgehen lassen. Ein Gerücht, welches von Heinrich mehr geschürt als verhindert wurde.

„Kann ich reinkommen oder hast du keine Zeit?" Eine etwas scheinheilige Frage. Immerhin steht er in der Eingangshalle er schon fast Pieter gegenüber.

„Ja, ja, komm rein, kaltes Bier habe ich immer im Haus." Als sich die beiden im Wohnzimmer gegenüber sitzen, schaut Heinrich Pieter mit zusammengekniffenen Augen lange an, bevor er eine Frage stellt. Eine Frage, die Pieter das Blut ins Gesicht schießen lässt.

„Hast du heute schon die neuesten Nachrichten im Radio gehört? Nein? Nahe einem Nebenfluss des Limpopo nahe zu deinem Grundstück, haben vorgestern zwei Angler, mehr durch Zufall, im Ufergestrüpp vergraben ein Skelett gefunden. Die herbeigerufene Polizei hat inzwischen bekanntgegeben, dass das Skelett weit über hundert Jahre dort gelegen haben muss. Vielleicht war es einer, der in der damaligen Zeit auch nach Diamanten gesucht hat. Immerhin haben schon vor langer, langer Zeit Gesteinsforscher festgestellt, dass am Fluss eine Kimberlite-Ader vorbeilaufen muss. Beim Skelett wurde jedoch nichts gefunden." Obwohl Pieters Hände anfänglich gezittert haben, ist er jetzt wieder die Ruhe selbst.

„Ja, ich weiß. Lange bevor ‚De Beers Consolidated' die ‚Venetiamine' erschlossen hat, ging das Gerücht herum, dass ein Diamantensucher am Fluss den größten Diamanten mit über dreiundachtzig Karat gefunden haben soll. Aber danach hat sich alles in Stillschweigen aufgelöst. Was immer auch dort passiert ist oder gefunden wurde, die Öffentlichkeit hat jedenfalls nichts Weiteres davon erfahren."

Die beiden ungleichen Männer wechseln abrupt das Thema. Während der grobschlächtige Heinrich Pieter einige Fragen bezüglich seiner Auswanderungsabsichten stellt, gibt dieser ihm nur sehr vage Antworten.

„Ich werde gehen, aber du weißt ja wie die Behörden hier arbeiten und obwohl man mich von kanadischer Seite nicht abgelehnt hat, warte ich doch immer noch auf eine positive Antwort. Auf jeden Fall werde ich gehen. Das Leben hier hat mir nichts mehr zu bieten."

„Ich verstehe dich und deine Absichten zwar nicht ganz, aber schließlich ist es deine Sache und dein Leben." Die beiden wechseln noch ein paar belanglose Sätze miteinander, bevor Heinrich Brandenburger sich verabschiedet.

Bei Pieter van Dohlen macht sich nun eine gewisse Unruhe bemerkbar. Seine rechte Hand zittert sogar sichtbar als er die beiden Biergläser aus dem Wohnzimmer in die Küche bringt. ‚Sie haben also per Zufall in Flussnähe ein Skelett gefunden, welches über hundert Jahre dort gelegen hat. Was hat er damit zu tun? Überhaupt nichts!'

Als er seine Nerven halbwegs beruhigt hat, ist es auch inzwischen Spätnachmittag geworden und er erinnert sich, dass er wichtigere Dinge zu erledigen hat. Ein Anruf zur kanadischen Botschaft in Pretoria, den er schon über eine Woche vor sich herschiebt, steht an erster Stelle. Er hat Glück. Die Aufforderung, in die Hauptstadt zur ärztlichen Untersuchung zu kommen, ist auf dem Weg zu seiner Adresse. Erst vor vier Wochen hat er sich vorsichtshalber von seinem Hausarzt vollständig untersuchen lassen und seinen erstklassigen Gesundheitszustand bestätigt bekommen. Nur sein Cholesterinspiegel zeigte Grenzwerte, war aber immer noch akzeptabel. Endlich ist er ein Stück vorwärts gekommen. Von jetzt an ist Planung eine Priorität. Man hat ihm vom kanadischen ‚Visa-Office' bereits mitgeteilt, dass nach dem ärztlichen Untersuchungsergebnis die Wartezeit bis zur Ausstellung der Immigrationspapiere etwa drei Monate in Anspruch nehmen würde und diese Zeitspanne musste er wirklich brauchbar nutzen. Haus in Ordnung bringen, Haus verkaufen, Hausrat auflösen, Gegenstände aussuchen, die er mitnehmen will usw. sind einige seiner Anliegen. Seine größte Sorge war und bleibt immer noch der gesicherte Transport der Diamanten aus dem Lande.

Nicht nur das Schmuggeln, sondern das Schlimmste war das Erwischen und er hatte nichts in seinem Besitz um nachzuweisen, woher die Diamanten stammten und ob sie sein rechtmäßiges Eigentum sind. Aufgrund seiner Stellung in der Diamantenmine würde man ihn unbedingt des Diebstahles beschuldigen und was ihm danach bevorstand, konnte er sich an seinen zehn Fingern abzählen.

Der Rest des Tages bringt ihm glücklicherweise keine weiteren Überraschungen. Die folgenden Tage nutzt er, um weitere Vorbereitungen für seine Ausreise zu erledigen und in der nächsten Woche ist sein Arzttermin in Pretoria. Alles verläuft bestens. Das ärztliche Gutachten bestätigt, was er erwartet hatte, und innerhalb von nur sechs Wochen bringt ihm der Briefträger die so sehnlichst erwarteten Immigrationspapiere zur Einreise nach Kanada.

Den Tag seiner Abreise hat er bereits für Ende November festgelegt und bis auf einige Änderungen, die er buchstäblich erst in der letzten Minute vornimmt, geht sein genau ausgeklügelter Plan auch auf. Seine ursprüngliche Absicht, von Messina über die Grenze nach Zimbabwe zu gehen, musste er wohl oder übel aufgeben, da aufgrund der Nähe zur Venetiamine die Grenzbewachung sehr streng ist und man dort sein Gepäck eventuell gründlich untersuchen würde. Sein Ziel ist nun, den Landweg nach Johannesburg zu nehmen, teils per Eisenbahn, teils per Bus und sogar Teilstrecken per Taxi, um alle hinterlassenen Spuren seiner Ausreise zu verwischen.

Der Hausverkauf verläuft eigentlich auch ohne große Probleme. Er muss zwar einen schlechteren Preis als vorgesehen annehmen. Wohl auch dadurch, dass sich seine Auswanderung nach Kanada zu viel herumgesprochen hat. Unglücklicherweise ist er teilweise selbst schuld daran, da er hier und da das Datum der Abreise mehr oder weniger nur so beiläufig erwähnt hat.

Während Pieter van Dohlen voll mit seinen Reisevorbereitungen beschäftigt ist, herrscht im Hause seines Bruders in der Nähe von Lomé, der Hauptstadt Togos, eine Aufregung, die nicht zu verbergen ist. Gerald, Pieters Bruder, telefoniert zwar öfters mit diesem, aber gesehen haben sich die beiden ungleichen Brüder seit Jahren nicht mehr. Selbst zu Marie-Luises Begräbnis konnte Gerald nicht kommen. Eine Hüftoperation kurz davor machte es unmöglich für ihn, sich auf den weiten Weg nach Südafrika zu begeben. Es wäre einfach zu gefährlich gewesen.

Im Gegensatz zu seinem Bruder ist Gerald gerade mal mittelgroß. Er ist zwar einige Jahre jünger als Pieter, trägt dafür aber ein stattliches Bäuchlein vor sich her. Immerhin ist er ja auch stellvertretender Bürgermeister von ‚For Ever‘, eines Vorortes der Hauptstadt Lomé.

Als er vor etwa zwanzig Jahren erfuhr, dass Togo ehemals eine deutsche Kolonie war und auch heute noch viele Europäer dort lebten und in Südafrika die Apartheid immer noch vorherrschte, beschloss er, seiner Heimat den Rücken zu kehren und nach Togo auszuwandern.

Kaum im Lande, lernte er eine hübsche Mulattin kennen. Die beiden wurden ein Herz und eine Seele, heirateten und Martha gebar ihm innerhalb von fünf Jahren drei Kinder, zwei Mädchen und einen Jungen. Seinem Sohn gab er den Vornamen seines Bruders und so lebt der Name Pieter van Dohlen in der Familientradition weiter. Die beiden Mädchen, Amalie und Melissa, sind fast Ebenbilder ihrer Mutter.

Nun wartet die gesamte Familie in einer Spannung, die man den sonst so ruhigen und besonnenen Clanangehörigen nicht zugetraut hätte:

„Onkel Pieter kommt, Onkel Pieter kommt!" Schließlich hatte Vater Gerald seinen Kindern zigmal erzählt, dass Onkel Pieter der Familienheld sei, nicht nur wegen seines besseren Aussehens, sondern hauptsächlich wegen seiner im afrikanischen Busch erlebten Abenteuer, die das Ansehen seines jüngeren Bruders nach allen Regeln der Kunst in den Schatten stellten.

Während sich seine Frau und die drei Kinder lebhaft auf die baldige Ankunft ihres Schwagers und Onkels vorbereiten, wird geputzt, aufgeräumt und Dinge geordnet, die man vorher einfach ignoriert hatte. Sogar der Zaun um Haus und Garten erhält einen neuen schneeweißen Anstrich. Obwohl sich Gerald riesig auf das Wiedersehen mit seinem Bruder freut, ist doch eine innere Unruhe in ihm spürbar, die er selbst vor den Augen seiner Frau Martha kaum verbergen kann. ‚Ist es, weil Pieter in einen anderen Erdteil auswandert oder weil er und sein Bruder sich für eine lange, lange Zeit vielleicht nicht mehr wiedersehen werden? Oder ist es doch vielleicht das letzte Telefongespräch, das er vor einigen Tagen mit seinem Bruder geführt hat?' Pieter hatte sich sehr zurückhaltend, ja fast geheimnisvoll verhalten. Wenn er jetzt darüber nachdenkt, bestand das Gespräch eigentlich mehr aus Andeutungen. ‚Nichts von

Freude auf ein Wiedersehen. Nur Andeutungen über Andeutungen, dass er Hilfe brauche und er, Gerald, ihm diese gewähren konnte. Finanzielle Hilfe ist es gewiss nicht.' Gerald ist sich sicher, dass Pieter in dieser Hinsicht besser abgesichert ist als er. ,Aber was ist es? Warum hat er sich so geheimnisvoll verhalten?'

Doch eines ist Gerald klar; Pieter würde sich niemals in irgendwelche ungesetzlichen Dinge einlassen. Dafür ist sein Bruder viel zu gradlinig. Die Spannung in Gerald steigt von Stunde zu Stunde. Nur noch zwei Tage trennen die Familie von Pieters Ankunft. Doch Eines steht für Gerald fest; sein Bruder braucht seine Hilfe, in welcher Form auch immer und er ist gewillt, ihm diese zu gewähren, solange sie nicht seine Familie in irgendwelchen Konflikt bringen kann.

Der vorletzte Tag seines Reiseantrittes zeigt sich für Pieter nicht von seiner besten Seite. Zwar ist das Haus fast leer, aber immer wieder findet er hier und dort Kleinigkeiten, die ihm jetzt, da er Abschied nehmen muss, viel bedeuten. Doch es ist zu spät. Der Container mit allen ihm wichtig erscheinenden Gegenständen wie Haushaltswaren, Möbeln und auch persönlichen Dingen ist bereits auf der Schiffsreise nach Kanada. In Toronto, wo Pieter einige Bekannte hat, werden seine Habseligkeiten nach der Ankunft erst einmal in einem Lagerhaus eingespeichert bis er eine neue Bleibe gefunden hat.

Doch das ist nicht das ihn im Moment belastende Problem. Der Abschied von seinem treuen Begleiter ,Samson' bereitet ihm Herzschmerzen. In relativ kurzer Zeit hat er sich so sehr an den Hund gewöhnt. Er hat ihm in seinen depressiven Stunden immer wieder Auftrieb und Ermunterung gegeben.

Immerhin war es ja auch ,Samson', der ihm geholfen hat, durch das Auffinden des Skeletts und der Diamanten reich zu werden. Der alte Hassan hat sich jedoch ohne Zögern bereiterklärt, ,Samson' aufzunehmen und somit hat der treue Hund ein

neues Herrchen gefunden, das seinem alten in nichts nach-
steht.

Zum wievielten Male Pieter inzwischen im Haus rauf und run-
tergelaufen ist, weiß er nicht. Seine innere Unruhe treibt ihm
jedoch den Schweiß auf die Stirne. ‚Hatte er die Diamanten so
gut im Gepäck versteckt, dass sie allen Kontrollen standhalten
werden?' Die Grenzkontrollen zwischen Südafrika und Zimbabwe, die als besonders scharf und professionell gelten, interessieren ihn nicht mehr. Gerade deshalb hat er ja seine Reiseroute total geändert. Nun wird er über Pretoria und Johannesburg nach Lomé, der Hauptstadt Togos, fliegen.

In mühevoller Kleinarbeit hat er in den letzten Wochen zwei
Ledergürtel und sogar die Absätze von zwei Paar Schuhen so
präpariert, dass ihm die Entdeckung seines ‚Schatzes' unwahrscheinlich erscheint. Ein Paar der recht unauffälligen Schuhe
wird er während seiner Reise tragen und die verstärkten Absätze der Schuhe werden ohne weiteres dem Druck seines Kör-
pergewichtes standhalten. Die zwei Gürtel, die Diamanten in
doppeltem Leder eingenäht, stecken in je einer der Kofferin-
nentaschen, aber sind direkt sicht- und greifbar. Falls die Zollbeamten den Koffer öffnen sollten, würden sie eher in den Kof-
ferböden nach versteckten Gegenständen suchen und die Gürtel vielleicht unbeachtet lassen.

Diese und noch hundert andere Gedanken schießen durch Pieters Kopf als er sich nun zum letzten Male auf der Veranda in
seinem geliebten Schaukelstuhl niederlässt. Das weite, grüne
Tal vor ihm mit den subtropischen Pflanzen und den blühen-
den Sträuchern erfreut immer wieder seine Augen, nun aber
endgültig morgen zum letzten Mal.

Obwohl er zuvor noch von einer kaum zu glaubenden Unruhe
beseelt war, verfällt er jetzt in einen erlösenden Schlaf. Er wird
erst wieder wach, als die untergehende Sonne hinter einer
dichten Wolkendecke verschwindet.

Nach Einbruch der Dunkelheit kommen, zwar unangemeldet,

einige Nachbarn um Abschied zu nehmen und ihm alles erdenklich Gute für seine Reise zu wünschen. Der alte Hassan hatte bestimmt Pieters Abreise wie ein Nachrichtensprecher im Radio in der Umgebung verstreut. Schließlich wandert ja auch nicht jeden Tag einer aus. Einige seiner früheren Arbeitskollegen sind auch dabei. Pieter hatte zwar seinen Job bereits vor einigen Wochen gekündigt, doch wollten sie es sich nicht nehmen lassen, ihm zum Abschied alles, alles Gute und viel Glück zu wünschen.

Es wird geredet und geredet. Neue Geschichten werden erzählt oder alte wieder aufgefrischt und erst kurz nach Mitternacht verlässt sein getreuer Freund Hassan mit seinem nun ihm gehörenden Hund ‚Samson' als letzter Pieters Haus.

Obgleich sich es Pieter so fest vorgenommen hat, keine Emotionen zu zeigen, fließen doch einige Tränen und der Wahrheit halber muss gesagt werden, auf beiden Seiten. Fast abrupt kommt dann der Abbruch als Hassan und sein Hund ‚Samson' mit einem kaum wahrnehmbaren „Goodbye, God bless you" mit hängenden Köpfen davonziehen und ihn, nun doch von einer gewissen Traurigkeit erfasst, allein zurücklassen.

Am Abreisetag ist Pieter seit fünf Uhr dreißig auf den Beinen. An ein Schlafen war letzte Nacht sowieso nicht zu denken. Die Aufregung war einfach zu groß. Noch einmal, zum letzten Mal, geht er von Zimmer zu Zimmer, läuft noch einmal in den Garten, umrundet das Haus gleich zwei Mal, bevor er hastig zwei Tassen Kaffee trinkt und da kommt auch schon der neue Hausherr, um die Schlüssel in Empfang zu nehmen. Man unterhält sich kurz. Pieter hat ihm ja schon alle Einzelheiten und Besonderheiten mindestens drei Mal erklärt und dann ist es da, das für sieben Uhr bestellte Taxi.

Während des Gepäckeinladens schaut er sich noch einmal um, wehmütig blickt er hinunter ins Tal, wo in einiger Entfernung ein Nebenfluss des Limpopo Rivers ruhig dahinfließt.

Doch seine Gedanken sind schon nicht mehr hier. Die Zukunft

hat bereits von ihm Besitz ergriffen und im Taxi sitzend, schaut er zwar nach draußen, wo momentan alles grünt und blüht, doch nun ist es mehr mechanisch. Im Geist sieht er bereits die Flughafenkontrollen in Johannesburg vor sich, obwohl er erst einmal auf dem Weg nach Messina ist. Mit dem Taxifahrer wechselt er während der eineinhalbstündigen Fahrt nur wenige Worte. Der grobschlächtige Schwarze mit seinen tätowierten Oberarmen ist absolut nicht ein gerade Vertrauen erweckender Typ und das letzte, was Pieter im Sinn hat, ist eine langweilige Unterhaltung.

Vor dem nicht gerade mondänen, sondern eher reparaturbedürftigen Bahnhofsgebäude in Messina angekommen, hilft der Taxifahrer ihm nur widerwillig sein Reisegepäck zu entladen. Erst als Pieter ihm einige Randmünzen in die Hand drückt, bemüht er sich, seinem Fahrgast behilflich zu sein. Er bietet ihm auf einmal sogar an, das Gepäck in die Bahnhofshalle bis zum Ticketschalter zu bringen.

Während er die Koffer für die einige hundert Kilometer lange Reise von Messina nach Pretoria am Gepäcksschalter eincheckt, möchte er seine Reisetasche und den großen Rucksack unbedingt als Handgepäck mitnehmen. Der Fahrkartenverkäufer rät ihm dringend davon ab, da er ja in Pietersburg in einen anderen Zug umsteigen muss. Aber woher soll der ,Ticketverkäufer' auch wissen, welche wertvollen Sachen Pieter in der Reisetasche und in dem Rucksack versteckt hat. Öfters redet er sich selber ein ,du hast vier Gepäckstücke. Zähle sie also immer wieder, bevor du in ein anderes Verkehrsmittel einsteigst oder einen neuen Reiseabschnitt antrittst.' Der ihn abfertigende Beamte bleibt hart: Zwei Koffer mit dem Gesamtgewicht von fünfzig Kilogramm und nur ein Handgepäckstück, welches sich unter oder über seinem Sitz verstauen lässt und für das vierte Gepäckstück, entweder Reisetasche oder Rucksack, muss er extra bezahlen.

Wie bei der ,Shosholoza Meyl Railway' vorgeschrieben, ist Pieter pünktlich eine halbe Stunde vor der Abfahrt da. Er steht nun auf dem Bahnsteig herum, wandert in verschiedenen Richtungen auf und ab, dabei aber sein Handgepäck nicht aus den Augen lassend.

Endlich, seine Nervosität hat bereits beträchtlich zugenommen, läuft der Zug mit den blau gelb gestrichenen Clubwagen in den Bahnhof ein. Pieter erinnert sich kurz daran, dass der trotz Uniform recht ungepflegt aussehende Schalterbeamte es verstanden hatte, ihm trotz oder wegen des Übergepäcks ein Clubabteil aufzuschwätzen, was ihm jetzt zugutekommt. Der Zugschaffner hilft ihm beim Einsteigen und er ist nun eigentlich froh darüber, allein im Abteil zu sein. Ohne langes Nachdenken schließt er die Augen und als der Zug sich langsam in Bewegung setzt, ist Pieter bereits in einen leichten Schlaf gefallen, was er eigentlich unbedingt vermeiden wollte. Doch die Natur nimmt ihren Lauf und Pieters Körper fordert seinen Tribut.

Er wacht erst wieder auf, als der Kontrolleur mit einem kräftigen Ruck die Abteiltür öffnet, um seinen Fahrschein zu kontrollieren.

„Sie wissen, in Pietersburg müssen sie umsteigen, doch trotz ihres Gepäcks", dabei wirft er einen gewichtigen Blick auf die Gepäckstücke, „dürfte es ihnen keine besonderen Schwierigkeiten bereiten, da der Expresszug nach Pretoria auf dem gleichen Bahnsteig gegenüber abfährt." Pieter nickt mit dem Kopf.

„Übrigens, in zwanzig Minuten sind wir in Pietersburg. Ich wünsche ihnen noch eine angenehme Weiterreise." Nochmals ein schweifender Blick über die Gepäckstücke, dann wirft er mit einem harten Ruck die Türe zu und ist aus Pieters Gesichtsfeld verschwunden.

Beim Umsteigen in Pietersburg verläuft alles reibungslos und rund fünf Stunden später fährt der Expresszug mit geringfügiger Verspätung in den Hauptbahnhof von Pretoria ein.

Pieter ist heilfroh, als sich ein uniformierter Gepäckträger an-

33

bietet, die Gepäckstücke zu einem bereits auf dem Bahnhofs-vorplatz wartenden Reisebus zu bringen. Der Schwarze mit sei-ner roten Mütze und der dunkelblauen Jacke hat eigentlich mehr das Aussehen eines abgedankten Generals und fährt auch die Gepäckstücke auf seinem Handkarren mit einer ge-wissen Grandiosität, die ihm in einer anderen Tätigkeit unbe-dingt Respekt eingebracht hätte. Dankbar nimmt er den zehn Rands, die Pieter ihm zusteckt, weil er eigentlich nur vier ver-langte.

Mit wachsamen Augen verfolgt Pieter die Prozedur des Verla-dens in die untere Gepäckkabine des Autobusses und wartet geduldig neben der Ladeklappe, bis diese geschlossen wird und niemand mehr etwas herausnehmen kann. Erst danach besteigt er den Bus, kauft beim Fahrer seinen Fahrschein und nimmt in der fünften Reihe neben einer hübschen, braunge-brannten Frau, die den Fensterplatz bereits besetzt hat, den noch unbesetzten Gangplatz ein.

Pünktlich zur Abfahrtszeit setzt sich der Bus, der nur zu etwa zwei Drittel besetzt ist, in Bewegung. Die rund sechzig Kilome-ter lange Strecke wird er in einer Stunde und fünfzehn Minuten zum ‚Internationalen Flughafen' in Johannesburg bewältigen. Während die Frau neben ihm, Pieter schätzt sie auf etwa achtunddreißig Jahre, ihr Gesicht dem Fenster zuwendet und sich die vorbeifliegende Landschaft anschaut, studiert er sie mit heimlichen Blicken. Seiner Ansicht nach ist sie nicht nur auffallend hübsch sondern auch äußerst attraktiv und scheint malaysischer Abstammung zu sein, soweit er es aus ihren Ge-sichtszügen erkennen kann. Nach ungefähr fünfzehn Minuten dreht sie plötzlich ihren Kopf und schaut ihm voll ins Gesicht. Er ist ein wenig verwirrt und stellt ihr einige freundliche, doch belanglose Fragen, die sie mit gleicher Freundlichkeit beant-wortet und kontert:

„Darf ich fragen wohin ihre Reise geht?" „Selbstverständlich. Ich bin auf dem Wege zu meinem Bruder in Togo. Wir haben uns seit Jahren nicht mehr gesehen. Deshalb freue ich mich

jetzt besonders, ihn und seine Familie nach so langer Zeit wiederzusehen. Und sie?"

„Ein gutes Stück weiter als ihre. Von Johannesburg werde ich zuerst nach London, England, fliegen und werde dort etwas über zwei Wochen verbringen, um einige familiäre Angelegenheiten zu erledigen. Normalerweise wäre dieser Aufenthalt für mich viel zu lang, doch ist es diesmal fast ein Zwangsurlaub."

„Wieso, warum?"

„Na ja, mein Hauptgepäck habe ich nicht bei mir. Es ist in einem Container und schwimmt für die nächsten Wochen über den Ozean nach Kanada, dem Endziel meiner Reise. Nach Erledigung meiner Sachen in London geht's auf in mein Traumland. Ich hoffe, dass Toronto schon auf mich wartet." Ihre Augen strahlen wie die eines kleinen Kindes als sie die letzten Worte lächelnd heraussprudelt. Pieter starrt sie wie versteinert an. Es hat ihm total die Sprache verschlagen. Das kann einfach nicht wahr sein. Er glaubt zwar fest daran, dass das Leben aus vielen Zufällen besteht und behauptet deshalb auch immer, dass sich dadurch auch das Wort ‚Zufall' gebildet hat. Aber gleich nach seinem ungewöhnlichen Reiseantritt jemand mit dem gleichen Reiseziel am anderen Ende der Welt zu treffen, findet er mehr als einen Zufall. Es ist für ihn wie ein Schicksalswink.

Ohne es gleich zu bemerken, bemächtigt sich seiner schlagartig eine starke innere Unruhe und lässt ihm eine Gänsehaut über den Rücken laufen. Zum ersten Male nach dem Tode seiner geliebten Frau wachen in ihm wieder Gefühle für ein weibliches Wesen auf, nämlich für das Wesen das neben ihm sitzt und ihn jetzt mit ihren opalgrünen Augen fragend anschaut. ‚Was soll ich jetzt machen?' Doch schnell, viel schneller als er es sich selbst zugetraut hat, streckt er ihr seine sonnengebräunte Hand entgegen:

„Mein Name ist Pieter, Pieter van Dohlen. Der Nachname stammt von meinen holländischen Vorfahren, die hier vor vielen Jahren ihr Glück versuchten und Südafrika zu ihrer neuen

Heimat auserkoren." Sie lachte ihn an:

„Ich bin die Belinda und mein Vater suchte sich eine malaysi-
sche Frau, also meine Mutter, bevor sie nach Durban kamen,
um ebenfalls dort eine neue Heimat zu finden. Beide kamen
jedoch vor neun Jahren bei einem schrecklichen Verkehrsun-
fall ums Leben. Nur mein einziger Bruder Thomas und ich über-
lebten. Sei mir aber bitte nicht böse, wenn ich nicht weiter darüber sprechen möchte." Pieter schaut ernst in ihr nun trauri-
ges Gesicht.

„Nein um Himmelswillen, ich möchte deine Gefühle unter keinen Umständen verletzen."

„Danke, das ist sehr lieb von dir und irgendwann werden wir
uns vielleicht einmal wiedersehen, wer weiß?"

‚Soll er ihr nun offenbaren, dass auch das Endziel seiner Reise
Kanada war?' Aber er schweigt. Bedingt durch die Umstände,
würde es die gerade so plötzlich eingefädelte Beziehung nur
belasten, vielleicht sogar zerstören. Doch eines hätte er noch
gerne von ihr erfahren: Ihre zukünftige Adresse in Toronto.

Leider kommt es nicht mehr dazu. Der Reisebus hat wegen einiger Baustellen zwar mit Verspätung sein Ziel erreicht und
stoppt abrupt vor der Abflughalle des ‚Internationalen Flughafens' in Johannesburg, so dass den beiden gerade noch Zeit
bleibt, sich die Hände zu schütteln und sich gegenseitig alles
Gute für die Weiterreise und die Zukunft zu wünschen.

Nur noch Stunden trennen Gerald und die übrige van Dohlen
Familie vom Wiedersehen mit Pieter. Einem gereizten Tier
gleich läuft Gerald im Haus auf und ab, wird sogar einige Male
recht laut. Die Kinder hatte er noch nie angeschrien, noch viel
weniger seine Frau. Er ist einfach nicht er selbst, der jetzt den
gesamten Hausfrieden stört und durcheinander bringt.

Immer wieder stellt er sich die gleiche Frage, warum Pieters
Verhalten bei ihrem letzten Telefongespräch so geheimnisvoll

war, beschwichtigt sich aber selber auch gleichzeitig, indem er sich einredet, dass Pieter nichts Ungesetzliches bewerkstelligt hat und ihn auch ganz sicher nicht mit illegalen Dingen belasten würde.

Ob Pieters Besuch für die gesamte Familie ein freudiges Ereignis würde, darüber ist er sich sicher, es bleibt in seinen Hintergedanken ein ungutes Gefühl. Man kann es nicht als Angst bezeichnen, eher als Unsicherheit.

Die beiden Mädchen tragen selbstverständlich ihre besten Kleider. Selbst Pieter Junior steckt in einem brandneuen Anzug, gerade erst heute Morgen gekauft und marschiert stolz im Haus umher. Immerhin ist das sein erster kompletter Anzug und ihm ist etliche Male eingetrichtert worden, diesen ja mit der nötigen Sorgfalt zu behandeln.

Am späten Nachmittag, es ist bereits nach fünf Uhr, besteigen alle Geralds Prachtstück, einen ‚Nissan SUV', der die gesamte Familie zum Flughafen in Lomé bringt, um dort das letzte und einzige noch übriggebliebene Mitglied der van Dohlen Familie zu begrüßen.

Kapitel 2: Der Verwandtenbesuch in Togo

Mit großem Schreck stellt Pieter fest, dass sich der Bus von Pretoria zum Flughafen in Johannesburg wegen der Baustellen bereits kurz nach der Abfahrt einige Verspätung eingehandelt hat und sich die Spanne während der Fahrt mehr und mehr vergrößert hat. Nun beträgt sie bereits über eine halbe Stunde. All das hatte er während seines intensiven Gesprächs mit seiner charmanten, attraktiven Begleiterin nicht mal im Unterbewusstsein mitbekommen.

Mit schnellen Schritten, in jeder Hand einen Koffer, auf einem hat er die Reisetasche angeschnallt, eilt er in der Abflughalle auf den mit ‚Regional Airlines' deklarierten Schalter zu und reiht sich in die Schlange der dort wartenden Fluggäste ein. Alles geht ihm viel zu langsam. Die Zeit zum Abflug wird immer kürzer, obwohl sie immer noch eineinhalb Stunden beträgt. Dann trifft ihn der Schreck seines Lebens: Gerade als er seinem Rucksack abnehmen will, bemerkt er, dass das wertvollste seiner Gepäckstücke fehlt. ‚Oh mein Gott, oh mein Gott, lieber Gott hilf mir bitte nur das eine Mal. Bitte, bitte lass es nicht wahr sein. Bitte lass mich den Rucksack finden!' Er ist nicht mehr in der Lage, auch nur einen klaren Gedanken zu fassen. Die beiden Koffer hinter sich herziehend, läuft er zurück zum Ausgang, die neugierigen Blicke der hinter ihm stehenden Reisenden auf sich ziehend. Doch als wenn der da oben ihn erhört hätte, kommt ihm seine lieb gewonnene Reisebegleiterin entgegen, seinen Rucksack über dem Bügel ihres Koffers hängend.

„Mein Gott Pieter, bin ich glücklich, dich zu sehen. Als der Busfahrer das letzte Gepäckstück auslud, erkannte ich deinen Rucksack. Auf Anhieb war ich mir sicher, dass es deiner war, denn schließlich reist nicht jeder mit einem roten Rucksack." Er steht da, schweißüberströmt mit einer Schuldmine:

„Belinda, wie kann ich dir dafür danken?"

„Keine Ursache. Nur hätte ich den Rucksack an der Fundstelle abgeben müssen, wenn ich dich nicht im letzten Moment gesehen hätte." Pieter kann das Zittern seiner Hände nicht verbergen. Immerhin ist gerade in diesem Rucksack der Großteil der Diamanten untergebracht. In diesem Moment überkommt ihn ein überwältigendes Glücksgefühl und ohne Fragen oder Zögern streckt er beide Hände nach ihr aus und zieht sie so fest an sich, dass ihr fast der Atem wegbleibt.

„Pieter, Pieter, du zerdrückst mich. Doch das ist der schönste Abschied, den ich mir nach unserem kurzen Kennenlernen vorstellen kann. Nun mach aber dass du fortkommst, sonst verpasst Du noch deinen Flug." Plötzlich laufen Tränen über ihr Gesicht und total unerwartet für Pieter gibt sie ihm einen Kuss mit einer solchen Intensität, dass er ihn für den Rest seines Lebens nicht vergessen wird und auch nicht will.

Eine plötzliche Lautsprecheransage reißt die beiden zurück in die Realität:

"Mr. Pieter van Dohlen please urgently proceed to the Kulula Regional Airways Counter Number 3!"

Beide haben auf einmal das Gefühl, als ob sie sich schon jahrelang kennen würden. Sie hilft ihm mit seinem Gepäck bis zum Abflugschalter der ‚Kulula Airways' bevor sie noch einmal seinen Kopf zu sich herunterzieht, um sich mit einem letzten Kuss auf seine Wangen zu verabschieden. Noch ein „tausend Dankeschön" von Pieter, dann dreht sie sich um und strebt in die Richtung der ‚Internationalen Abflughalle'. Nur noch einmal wendet sie sich ihm flüchtig zu, als er ihr mit lauter Stimme nachruft:

„Wir sehen uns in Toronto!" Total verwirrt eilt sie davon. Der Flug von Johannesburg mit dem ‚Kulula Airways Jet' verläuft reibungslos und ohne jegliche Unannehmlichkeiten. Man hat sogar gerade noch in letzter Minute die Koffer einchecken können. Seinen Rucksack konnte er als Handgepäck mit in die Kabine nehmen. Eine Kontrolle der Gegenstände, die er mit sich führte, verlief bedingt durch den Zeitmangel, äußerst lasch.

Langsam aber sicher kehrt bei Pieter wieder seine sprichwörtliche Ruhe ein als er sich in dem blaufarbigen Ledersitz am Gang niederlässt.

Der internationale Flughafen ‚Tokoin' in der Nähe von Lomé nennt sich zwar ‚International', ist aber mit internationalen Flughäfen der meisten Weltstädte nicht zu vergleichen. Man muss jedoch den Flughafenbehörden dafür Kredit einräumen, dass man alle Flughallen mit Klimaanlagen ausgestattet hat. Gerald und seine Familie erreichen den Flughafen, bedingt durch den um diese Zeit starken Berufsverkehr, rund eine halbe Stunde später als er die Ankunftszeit kalkuliert hat, jedoch immer noch eine Stunde vor der Landung. Denn auch Pieters Flug hat sich um einige Zeit verspätet. Die neue Ankunftszeit beträgt nun 19:30 Uhr. Während Gerald und seine Frau sich auf einer der letzten noch unbesetzten Bänke bequem niederlassen, wandern die Kinder von Geschäft zu Geschäft und bewundern die zwar spärlichen, aber für sie trotzdem interessanten Schaufensterauslagen.

Kurz vor 19:30 Uhr erscheint endlich auf der Anzeigentafel an die Mitteilung, dass Regionalflug Nr. 143 von Johannesburg gelandet ist. Vor der mit undurchsichtigem Glas versehenen, automatischen Doppeltüre steht die van Dohlen Familie mit etlichen anderen, die auf Angehörige, Freunde oder Geschäftspartner warten und deren Blicke ebenfalls auf die automatische auf und zuschließende Türe starren. Gerald stampft von einem Fuß auf den anderen. Seine Frau hat sich bei ihm eingehängt, während die drei Kinder mit wartenden Augen auf die Ausgangstüre starren.

Endlich, Gerald erscheint es wie eine Ewigkeit, öffnet sich die Türe und Pieter kommt, die beiden Koffer mitsamt Reisetasche hinter sich herziehend und einem roten Rucksack auf dem Rücken. Mit einem schweifenden Blick über die Wartenden schauend, erspäht er seinen jüngeren Bruder. Sein bis dahin angespanntes Gesicht verwandelt sich in ein breites Grinsen.

Die Brüder fallen sich in die Arme. Nach der Begrüßungszeremonie mit dem Rest der Familie geht es zum Parkhaus. Die Kinder wollen unbedingt je einen Koffer rollen, doch den Rucksack behält Pieter auf seinem Rücken. Dann wird die relativ kurze Reise nach ‚For Ever', welches nördlich von Lomé liegt, angetreten. Unterwegs wird erzählt, gefragt und manchmal weiß Pieter nicht, welche Antwort er wem schuldet, weil sich die Fragen überschlagen.

„Mensch Pieter, es ist fast unglaublich, dich hier zu haben. Ein bisschen älter sind wir beide schon geworden, doch deinem schlaksigen Gang und deinen langen Haaren bist du treu geblieben."

„Ja Bruderherz, obwohl du dich im Aussehen vom Älterwerden ferngehalten hast, ist dein Bäuchlein auch nicht kleiner geworden. Na ja, als städtischer Angestellter oder muss ich dich jetzt mit ‚Herr Bürgermeister' anreden, steht es dir ja schließlich auch zu, eine respektvolle Figur zu haben."

Selbstverständlich bekommt Pieter das für seinen Besuch besonders herausgeputzte Gästezimmer. Während er sich in dem seinem Zimmer angegliederten Badezimmer erfrischt, haben Geralds Frau und die beiden Mädchen im Speisezimmer das Essen aufgetragen. Gerald hat natürlich Südafrikas besten Rotwein besorgt:

„Extra für dich von der Westküste" wie er stolz verkündet. Pieter jun. ist besonders stolz, weil er auf der linken Seite der Tafel neben seinem Lieblingsonkel sitzen darf. Pieter hat inzwischen die mitgebrachten Geschenke in der Familie verteilt, doch Pieter jun. scheint noch etwas Anderes am Herzen zu liegen, so dass Pieter ihn schließlich fragt:

"Pieter Junior, du schaust mich so fragend an. Ist da etwas, was du von mir wissen möchtest, dann raus mit der Sprache!"

„Onkel Pieter, Papa hat uns erzählt, dass du uns eigentlich nur besuchst, weil du auf der Durchreise bist. Er sagt, dass du nach

Kanada auswandern willst und wenn Tante Luise noch lebte, wäre sie mit dir gegangen. Ist das alles wahr?"

Pieter schaut dem Jungen gerade ins Gesicht.

„Ja Junior, es ist alles wahr. Es war auch der größte Wunschtraum deiner Tante und nicht nur, weil sie dort noch Verwandte hat. Sie hat immer erzählt wie friedlich und freundlich die Menschen aller Rassen dort zusammenleben. Dort gibt es keine Apartheid, hat es nie gegeben. Im Alltag interessiert es keinen, so hat Tante Luises Schwester mir erzählt, ob der andere schwarz oder weiß ist. Viele nehmen es nicht einmal mehr wahr und wegen einer anderen Hautfarbe wird dort keiner schief angeschaut." Mit diesen einfachen Worten hat Pieter versucht, dem jungen Pieter die Friedfertigkeit der kanadischen Einwohner zu erklären. Wie es scheint, ist es ihm auch gelungen. Nur noch eine Frage scheint dem Jungen auf dem Herzen zu liegen:

„Du wirst also nie von deinem Land vertrieben oder verjagt?"

„Nein Junior, ganz im Gegenteil. In Kanada helfen die Weißen den Schwarzen und die Schwarzen den Weißen, wenn sie gebraucht werden." Blitzschnell dreht der Junge seinen Kopf zum hinter ihm stehenden Vater zu:

„Papa, können wir nicht auch dorthin gehen?"

„Junior, ganz so einfach ist das nicht. Außerdem ist Togo anders als Südafrika. Selbst dort ist die Apartheidphase vorbei und vergiss nicht, Togo war bis zum ersten Weltkrieg sogar eine deutsche Kolonie."

Nach einer angeregten Unterhaltung, die Zeit ist inzwischen vorgerückt und Pieter bemüht sich recht und schlecht, alle auf ihn einprasselnden Fragen so gut wie möglich zu beantworten, bittet Gerald seine Frau, die Kinder ins Bett zu schicken.

Dann kann er sich endlich mit Pieter über das Thema, das ihn am meisten beschäftigt, unterhalten, nämlich jenem geheimnisvollen Telefonanruf.

Während seine Frau Martha sich beizeiten entschuldigt, da sie in der Küche allerhand zu tun habe, bittet Gerald seinen Bruder ins Wohnzimmer, um sich dort gemütlich niederzulassen. Martha bringt zwei Gläser und einige Flaschen eiskaltes Bier, welches sie den beiden ohne ein Wort serviert. Die Unterhaltung der beiden Brüder kommt nur schleppend in Gang, doch während sie sich gegenseitig zuprosten und Gerald einfach die Worte fehlen, um das für ihn so wichtige Gespräch einzuleiten, ist es Pieter, der die Unruhe in Gerald verspürt und den Anfang der auch für ihn so aufregenden Unterredung in Fluss bringt.

„Gerald, bevor ich zum Grunde meines ungemein wichtigen Gesprächsstoffes komme, schulde ich dir eine Aufklärung. Einen Großteil der Vorgeschichte kann ich mir sparen, du weißt ja, dass ich jahrelang in der ‚De Beers Venetia' Diamantenmine in Messina als Vorarbeiter und zuletzt als Manager angestellt war. Ich hatte zwar nur bedingten Zugang zum letzten Vorgang, dem Aussortieren der Diamanten und trotzdem wäre es für mich leicht gewesen, Rohdiamanten aus der Mine zu schmuggeln. Immerhin habe ich in der langen Zeit alle erforderlichen Tricks gelernt, die es mir ohne weiteres ermöglicht hätten, das zu tun, was zwar gestohlen wäre aber mir den Reichtum gebracht hätte, den ich brauche um in Kanada ein gesichertes Leben aufzubauen und den Rest meines Lebens sorgenfrei zu verbringen. Andererseits weißt du aber auch, dass ich in meinem Leben niemals andere Menschen geschädigt oder meinen Arbeitgeber bestohlen hätte. Das musst du mir glauben. Doch die ganze Geschichte ist verzwickter als du es dir vorstellen kannst."

Gerald hört ihm zwar andächtig zu, doch seine Spannung ist auf einem gewissen Höhepunkt angelangt, der es ihm ermöglicht, die ihm auf dem Herzen liegende Frage offen zu stellen:

„Wie ich nach unserem letzten Telefonat vermutet habe, sind

also doch Diamanten im Spiel und nun bitte ich dich, mir aufrichtig zu erklären, was hier vor sich geht und ob ich dir wirklich die Hilfe geben kann um die du mich gebeten hast." Sein Gesicht hat eine fast krebsrote Farbe angenommen und seine Hand zittert beträchtlich, als er nach seiner Bierflasche greift.

Pieter hebt seinen Kopf:

„O.K. ja, es hat mit Diamanten zu tun, aber nicht mit gestohlenen, wie man unbedingt annehmen müsste, wenn man diese bei mir findet. Nach dem Tod von Marie Luise, nach einem Jahr oder so, brachte mir einer der wenigen mir übriggebliebenen Freunde, der alte Hassan al Hasan einen jungen Schäferhund, den er mir mehr aufschwätzte als schenkte. Ihm war unbedingt klar, dass ich etwas Lebendes um mich brauchte, um zu mir selbst zurückzufinden. ‚Samson', der junge Hund, wurde mein ständiger Begleiter und mir kommen jetzt noch die Tränen, wenn ich daran denke, dass ich ihn in Südafrika zurücklassen musste. Doch er ist beim alten Hassan gut aufgehoben.

Jeden Tag, eigentlich jede freie Stunde, unternahm ich mit ‚Samson' kleine Exkursionen in der Umgebung meines Hauses. Wir kletterten gemeinsam in die umliegenden Hügel und manchmal auch in das von Strauchwerk und Krüppelbäumen bewachsene Tal, in dem ein Nebenarm des Limpopo Flusses seine Schleifen zieht. Dann, eines morgens passierte es."

Beide Männer nehmen gleichzeitig einen kräftigen Schluck aus den vor ihnen stehenden Bierflaschen. Seine Bierflasche in beiden Händen haltend, fährt Pieter in seiner Unterhaltung fort:

„Auf einer dieser Entdeckungsgänge an dem Nebenfluss nahe zu meinem Grundstück riss sich ‚Samson', den ich fast immer wegen der herumstreunenden wilden Tiere an der Leine führte, los und lief ins dichte Untergestrüpp. Neugierig folgte ich ihm und dann sah ich etwas, was mir einige schlaflose Nächte bereitete. ‚Samson' hatte ein Skelett im Unterholz gefunden, mit Gestrüpp dicht überwuchert. Nachdem ich den Hund mit Mühe und Not an der Leine befestigt und an einen

Baum festgebunden hatte, besichtigte ich vorsichtig den Fund. Fest geklammert in einer Hand des Knochengerüstes befand sich ein Lederbeutel voll mit Rohdiamanten, den ich so vorsichtig wie möglich an mich nahm. In meiner Aufregung vergaß ich total, das Skelett wieder mit Strauchwerk abzudecken und verließ mit ‚Samson' fast fluchtartig die Fundstelle.

Einige Tage später erfuhr ich von einem Nachbar, der etwa zwei Kilometer von mir entfernt lebte, dass man das Skelett gefunden hatte und die zuständigen Behörden trotz DNA nicht die Herkunft feststellen konnten, nur dass das Skelett bereits über hundert Jahre dort gelegen hat. Nach einigen Nachforschungen meinerseits, die ich mit äußerster Vorsicht unternahm, fand ich heraus, dass man bereits lange vor der Eröffnung der ‚Venetiamine' festgestellt hatte, dass in der Nähe des Limpopo Flusses eine Kimberlite Ader vorbeilaufen musste und man dort auch Diamanten entdeckt habe. Ja, man hatte sogar im Gestein des Flusses einen über dreiundachtziger, lupenreinen Karäter gefunden.

„Wärst du nicht verpflichtet gewesen, deinen Fund zu melden und die Diamanten den Behörden zu übergeben?" warf Gerald ins Gespräch ein.

„Ja und nein. Die Rechtslage ist für einen solchen Fund ziemlich unklar im südafrikanischen Gesetz ausgedrückt und nach etlichen schlaflosen Nächten, wie ich schon vorhin erwähnte, beschloss ich schließlich abzuwarten, um zu sehen, was die weiteren Ermittlungen ergeben würden.

Nach einigen Wochen, wie ich aus der Zeitung erfuhr, wurden die Untersuchungen als ergebnislos eingestellt und das Skelett als „Namenlos" auf einem in der Nähe liegenden Friedhof zur letzten und endgültigen Ruhe gebettet. So, jetzt weißt du, wie ich zu den Rohdiamanten gekommen bin. Mein Problem besteht jetzt darin, wie ich diese aus Afrika herausbekomme. Den Fund würde mir als ehemaliger Angestellter der ‚Venetia Mine' keiner abnehmen. Es wäre einfach zu unglaubwürdig. Bei der

45

Ehre unserer Eltern schwöre ich dir bei allem was mir recht und heilig ist, dass die Geschichte so war. Ich habe nichts hinzugefügt und auch nichts weggelassen."

Lange und bedächtig schaut Gerald seinen Bruder an, bevor er sich zu einer Antwort entschließt.

"Pieter, ich glaube dir aufs Wort. Mir war von vornherein klar, dass du nichts Ungesetzliches getan hast oder tun würdest. Nur eins steht noch offen: Ich freu mich zwar mit dir nach allem, was du durchgegangen bist, aber wie kann ich dir helfen? Doch bevor wir weiterreden, sollten wir erst darauf anstoßen. Meiner Meinung nach haben wir uns ein weiteres Bier verdient."

Sich langsam erhebend, geht er zur Küche, wo seine Frau noch immer mit dem Abwasch beschäftigt ist, öffnet den Kühlschrank und bringt noch einmal zwei Bierflaschen, die die beiden nach dem Anstoßen fast gierig austrinken.

Immer wieder schaut Gerald Pieter in die Augen und erst als sich seine Frau zu den beiden gesellt und einige Fragen bezüglich der Auswanderung aus Südafrika und der bevorstehenden Einwanderung nach Kanada stellt, ergreift Gerald das Wort:

„Eigentlich ist es ja schon recht spät und Pieter, du musst ja sehr müde sein. Warum lassen wir nicht alles Weitere für heute und du schläfst dich erst einmal richtig aus. Morgen ist auch noch ein Tag, wo wir alles Übrige besprechen können." Und so beschließen alle drei, die Unterhaltung erst einmal zu beenden. Pieter verabschiedet sich von Martha mit einem ‚Gute Nacht Kuss', bevor er auf seinen Bruder zugeht, ihn so fest an sich drückt, dass diesem fast der Atem stockt. Danach trennen sich alle drei, um ihre Schlafzimmer aufzusuchen. Als Pieter sein Zimmer betritt, schaut er noch einmal tiefsinnig auf die vier in Reih und Glied aufgestellten Gepäckstücke. Die Ereignisse des Tages ziehen ihm nochmals durch den Kopf und Belinda, seine kurzzeitige Reisebegleiterin, nimmt all seine Gedanken in Besitz. Zum ersten Male seit langer Zeit fällt er in einen tiefen und traumlosen Schlaf.

Der nächste Morgen bringt das für diese Region in Togo typische Wetter. Es gießt in Strömen, denn immerhin ist ja noch die Regenperiode, die sich vom September bis Ende November hinzieht, um danach vom subtropischen Klima abgelöst zu werden.

Pieter erwacht erst als das Tageslicht sein Zimmer bereits in eine Art von Zwielicht eintaucht. Er braucht einige Minuten zur Orientierung, um sein Bewusstsein in die Realität umzusetzen und um festzustellen, dass er den ersten Schritt seiner langen und nicht ungefährlichen Reise bereits hinter sich hat. Er ist im Hause seines Bruders in Togo und nicht mehr in Südafrika. Seine Kopfschmerzen verspürt er erst als er sich ächzend in seinem Bett aufsetzt.

Geralds Frau Martha hat bereits den Frühstückstisch reichlich gedeckt als er geduscht und rasiert das Speisezimmer betritt. Zuerst begrüßt er die Kinder, dann Martha und zuletzt kommt Gerald an die Reihe bevor er sich hinsetzt. Das ausgiebige Frühstück nimmt er mit einer gewissen Genugtuung ein. Schließlich ist es das erste Mal seit er Marie Luise verloren hat, dass er sich nicht selber bemühen muss, sondern wie ein Hotelgast bewirtet wird.

Nach Beendigung des Frühstücks, man merkt Gerald bereits an, dass ihm alles viel zu lange dauert, bittet er seinen Bruder, ihn auf einem Spaziergang zu begleiten, um ihm die Gegend zu zeigen, die er sich vor vielen Jahren als neue Wunschheimat auserkoren hat.

„Pieter, wir sind hier als ursprüngliche Europäer zwar in der Minderheit, aber dennoch leben in Lomé und Umgebung rund sechzigtausend Weiße. Ich möchte dir damit nur klarmachen, warum man mich hier zum stellvertretenden Bürgermeister gewählt hat. Auch mein Wissen und meine Erfahrung haben das Ihrige dazu beigetragen und mir zu einem gewissen Ansehen verholfen auf das ich, ohne anzugeben, stolz bin."

„Gerald, das glaube ich dir gern. Du bist zwar mein jüngerer Bruder, aber dafür hat dich auch der liebe Gott mit mehr Gehirn als mich ausgestattet" bemerkt Pieter mit grinsendem Gesicht. Seite an Seite gehen die beiden auf der zwar nicht prachtvollen aber immerhin asphaltierten Straße in Richtung Lomé, als Gerald fortfährt:

„Man hat unser Land mit seinen inzwischen über sechs Millionen Einwohnern in fünf Regionen und ein Protektorat eingeteilt. Der Großteil der Bevölkerung hält zwar immer noch an den uralten Ritualen fest, besonders auf dem Lande, doch in unserer Hauptstadt hört man oft auch noch deutsch, obwohl unsere offizielle Sprache französisch ist."

An einer Straßenkreuzung bleiben die beiden stehen, um einigen ankommenden Fahrzeugen die Vorfahrt zu gewähren. Danach, auf der anderen Straßenseite angekommen, bleibt Gerald wieder stehen, schaut seinen Bruder fragend an und bevor dieser etwas sagen kann, kommt Geralds Frage zwar überraschend, doch wie aus der Pistole geschossen:

„Pieter, was führt Dich zu uns? Weshalb brauchst du meine Hilfe?" Pieter schaut erst nach unten, dann in Geralds Augen:

„Gerald, ich kenne deine Position und aus früheren Gesprächen kann ich mich erinnern, dass du bei einem offiziellen Besuch in Porto Novo (Benins Hauptstadt) einen Mann namens Don oder Ron, kann auch Bob gewesen sein, kennengelernt hast. Damals hast du nur mit einem gewissen Stolz erzählt, dass dieser einen höheren Diplomatenposten bekleidete und ständig in politischen Missionen in der Welt herumreiste. Ist er noch da?"

„Aha, du sprichst von Ron Wellington vom Auswärtigen Ministerium in Benin!"

„Ja genau, den meine ich."

„Was willst du denn von ihm?"

„Nachdem ich dir gestern alles Wichtige über meinen Diamantenfund erzählt habe, könnte dieser Mann für mich von großer Hilfe sein. Besonders, wenn ich daran zurückdenke, dass du mir erklärt hast, dass er diplomatische Immunität genießt und wie er dir anvertraut hat, dass man ihn oft benutzt als ‚Briefträger' zu fungieren und wichtige Dokumente, einmal sogar Gold, aus Benin in andere Länder zu transportieren."

„Aha, jetzt weiß ich, woher der Wind weht!" Gerald lacht und fast wohlwollend streichelt er mit einer Hand über seinen nicht unbeträchtlichen Bauch, während er die andere benutzt, den Ledergürtel seiner Hose ein Loch weiterzuspannen.

Pieter bohrt weiter:

„Was denkst oder hältst du von ihm? Ist er eine vertrauenswürdige Person? Würde er es tun und mir die Diamanten aus Afrika herausbringen, wenn ich ihm eine stattliche Summe als Entschädigung anbiete?"

„Pieter, du stellst mir Fragen, die ich dir wirklich nicht aus dem Stegreif beantworten kann. Ron und ich treffen uns zwar inzwischen einige Male im Jahr, mehr um politische Angelegenheiten zu diskutieren als persönliche Dinge zu besprechen. Dicke Freunde sind wir aber nicht, das möchte ich hinzufügen. Ob ich ihm traue? Ja, sonst wäre er bestimmt nicht so lange Zeit im ‚Auswärtigen Amt' tätig. Ich muss dir aufrichtig gestehen, genau weiß ich es aber selbst nicht. Ihm voll zu vertrauen ist deine und deine Entscheidung allein."

Inzwischen sind die beiden Brüder fast am Stadtrand von Lomé angelangt. Der Verkehr ist viel dichter geworden. Die Straße ist hier sogar vierspurig, doch breite Bürgersteige gestalten den Bummel der beiden recht angenehm, müsste man nicht dauernd entgegenkommenden Fußgängern ausweichen. Obwohl französisch die offizielle Landessprache ist, unterhalten sich die meisten der Vorbeiziehenden in Gbe, der hauptsächlichen Stammessprache und auch hier wiederum in verschiedenen Stammesdialekten.

Pieter und Gerald haben beschlossen, weiter in die Hauptstadt vorzudringen, zumal Gerald seinem Bruder versprochen hat, ihm verschiedene Monumente zu zeigen, die wirklich sehenswert sind. Die meisten stammen von dem weit über Togos Grenzen, sogar bis nach Europa hin, bekannten Plastiktechnik Künstler Paul Ahyi, der die ,Zofa', eine Art von ,Pyroengraving' ausübt, die man in großer Anzahl und in verschiedenen Monumenten in Lomé bewundern kann.

Vorerst ist das Gespräch bezüglich des Diamantentransportes und über die Persönlichkeit des Diplomaten Ron Wellington zum Stillstand gekommen. Beide Männer sind momentan mit ihren eigenen Gedanken voll beschäftigt. Trotzdem gelingt es Pieter, die ihm gebotenen Sehenswürdigkeiten von Lomé zu bewundern und zu bestaunen. Die bunte aber ärmliche Kleidung der ihnen begegnenden Menschen fasziniert ihn, lässt jedoch keinen Zweifel an der Armut der Menschen, die hier leben. Ein Großteil der Leute, besonders derer, die außerhalb der wenigen Städte, also auf dem Lande leben, ernährt sich hauptsächlich von den spärlichen Einnahmen der Ausfuhrprodukte wie Kaffee, Baumwolle und Kakao. Man erzeugt alle Grundnahrungsmittel im Lande, vorausgesetzt, dass die Ernten normal ausfallen. So jedenfalls erklärt es Gerald seinem Bruder, der meistens einen Schritt hinter ihm ist, um ein dauerndes Anrempeln mit den entgegenkommenden Fußgängern zu vermeiden.

Inzwischen ist die Mittagszeit herangerückt und nach dem fast zweistündigen Spaziergang sind die Brüder sich einig, dass eine Pause das Richtige wäre. Gemeinsam beschließen sie, in ein Straßencafé einzukehren, obwohl es nicht gerade einladend aussieht. Aber die Entscheidung wird auch deshalb erleichtert, weil anscheinend ein Regenschauer unmittelbar aufzieht. Außerdem ist es möglich, in der überdachten Caféterrasse die begonnene Unterhaltung ohne Störung durch die Passanten auf den Gehsteigen fortzusetzen.

Kapitel 3: Der Diplomat von Benin

Während sich Pieter und sein Bruder Gerald in dem Terrassen-café mit dem hochtrabenden Namen ‚Libertè' gemütlich nie-dergelassen haben, um sich bei eisgekühltem Tee über die auf sie zukommenden Probleme zu unterhalten, sitzt in einem klei-nen, zweistöckigen Bürohaus an der Rue 953 in Cotonou, der Regierungsstadt von Benin (die Hauptstadt ist Porto-Novo) in einem großzügig eingerichteten Büro ein stattlicher dunkel-häutiger Mann. Er ist beim Geldzählen und lässt sich dabei von niemandem, noch nicht einmal seiner Sekretärin, stören.

Als sie in sein Büro eintritt, modisch gekleidet, jedoch mit ei-nem etwas zu kurz geratenen Rock, ohne Worte eine Karaffe mit eisgekühltem Wasser auf seinen Schreibtisch stellt, blickt er nur kurz auf. Danach beschäftigt er sich weiterhin mit dem Zählen der vor ihm liegenden Geldbündel. Obwohl er der ein-zige Benutzer dieses Büros zu sein scheint, steht auf seinem Schreibtisch ein holzgeschnitztes Schild, auf dem in Goldgravur der Name „Ronald Wellington" zu lesen ist. Unter diesem Na-men ist er nämlich hier in Cotonou bekannt. Trotz des klimati-sierten Büros trägt er ein blütenweißes, hoch geschlossenes Hemd und dazu eine dunkelblaue Krawatte mit den Initialen R.W. Hinter ihm über der Stuhllehne hängt die mit Nadelstrei-fen versehene, ebenfalls dunkelblaue Jacke und rundet das Bild eines gut gekleideten Gentlemans ab.

Ron Wellington zählt und packt jeweils zehn Hundert Dollar-scheine in braune Papierstreifen. Etwa eine halbe Stunde spä-ter erhebt er sich von seinem Schreibtischsessel, geht zur Bü-rotür, die er sorgfältig von innen verschließt. Jetzt schreitet er zur gegenüber liegenden Wand und zieht mit geschickter Hand eine Schublade aus dem Mahagoni Wandschrank. Danach greift er in die Innenseite des entstandenen Hohlraumes und betätigt einen unsichtbaren Knopf. Wie durch Geisterhand schiebt sich die hintere Schrankwand zur Seite und der dahinterliegende, in die Steinwand eingelassene Tresor wird sichtbar. Zum Schreibtisch zurückgehend, greift er nach seiner Spezialbrille mit den Vergrößerungsgläsern. Das gebündelte Geld legt er jetzt vorsichtig in die Schublade, um mit Hilfe der Spezialbrille die Zahlenkombination des Tresorschlosses einzustellen.

Mühelos öffnet sich die Türe und er nimmt die Geldscheinpakete aus der Schublade und schiebt diese vorsichtig bis zum Ende der Tresorwand. Zurück zum Schreibtisch eilend, holt er das restliche Geld und wiederholt die Prozedur.

Nochmals kehrt er zum Schreibtisch zurück, um die beim Zählen der Scheine angefertigte Nummernliste auf die Oberseite der Geldscheine im Tresor zu platzieren. Das gleiche Spiel wie beim Öffnen wiederholt sich nun beim Schließen. Die Rückwand schiebt sich wie von Geisterhand geführt vor die Tresortüre. Er postiert die Schublade zurück in ihre vorherige Position und die Angelegenheit ist bis zum nächsten Male erledigt. Auf seinem Rückweg zum Schreibtisch schließt er die Bürotür wieder auf.

Wieder den Platz in seinem Ledersessel einnehmend, delegiert er übers Intercom seine Sekretärin, eine äußerst attraktive Person mulattischer Abstammung, in sein Büro und diktiert ihr einen Brief an einen Geschäftsfreund in Amsterdam. Obgleich seine Sekretärin in einer Doppelfunktion auch als seine Geliebte fungiert, er klopft ihr gerade mal wieder auf ihr wohlgerundetes Hinterteil, ist er extrem vorsichtig. Besonders dann wenn es um das Geheimnis seines Geldes geht.

Da er ihr gegenüber ansonsten recht großzügig ist, stört sie das wenig. Sie liebt ihn zwar nicht, schläft aber mit ihm, wenn er es für richtig hält und das leicht verdiente Geld, das er ihr außer ihrem Sekretärinnen Gehalt zusteckt, ermöglicht ihr als alleinstehender Mutter mit drei Kindern ein für Benin außerordentlich angenehmes Leben.

Dass er ein Doppelleben führt, ist ihr inzwischen klar geworden. Auch dass er in seiner ursprünglichen Heimat, im östlich von Benin gelegenen Nigeria, auf den Namen Mohamed Salami ins Geburtenregister der Stadt Lagos eingetragen ist, hat sie inzwischen, mehr durch Zufall, erfahren. Sie weiß auch, dass RW, wie sie ihn nennt, gleich neben diesem Bürohaus an der Rue 963 noch ein weiteres Büro in dem nur etwa zweihundert Meter entfernten Finanzministerium, einem Teil des Regierungssitzes von Benin, unterhält.

Das Finanzministerium ist normalerweise nur für Regierungsangestellte vorbehalten. Doch als vor einigen Jahren durch den plötzlichen Tod des Abgeordneten Joseph Mann (er wurde auf offener Straße erschossen) dessen Büro frei wurde, gelang es Ron Wellington durch Beziehungen und Bestechung dasselbe für die nächsten fünf Jahre zu mieten.

Hier empfängt er nun seine ausländischen Gäste, mit denen er durch an sie gerichtete ‚Emails' Kontakte angeknüpft hat, um sie mit leeren Versprechungen zu betrügen. Hier residiert er als der ‚Diplomat' Ron Wellington, der angeblich als Beauftragter der Regierung von Benin an alle Brennpunkte in der Welt gesandt wird, um Dinge aufzuklären, die es nicht gibt und die auch nie existiert haben.

Mit verschiedenen Regierungsvertretern, die ebenfalls ihre Büros hier unterhalten, hat er im Laufe einer relativ kurzen Zeit beste Beziehungen angeknüpft. Für sie gilt er als biederer und lauterer Vertreter des ‚Diplomatischen Corps'. Niemand darf jemals erfahren, was der eigentliche Zweck seines Büros im Finanzministerium ist. Diejenigen, die ihm anfangs verdächtige Fragen stellten, weil er ihnen unbekannt war, wurden von ihm einfach bestochen, eine recht simple Angelegenheit unter den hiesigen Verhältnissen.

Wenn es um Bestechungen geht, ist er sowieso ein Meister seines Faches, wie er es sich öfters selber bestätigt. Sogar sein Betrugsschema ist relativ einfach. Er verstand es, regelmäßig in die europäischen wie auch nordamerikanischen Computer-netzwerke zu hacken und bekam so alle ‚Email' Adressen, die er für die Durchführung seiner Betrugsvorhaben benötigt.

In zeitraubender und mühevoller Kleinarbeit sucht er sich die seiner Meinung nach Vielversprechendsten heraus und be-schert sie mit einer recht unglaubwürdigen aber wirksamen ‚Email'.

Im Laufe der Zeit hat er verschiedene Texte entwickelt, die den ahnungslosen Empfängern als glaubwürdig erscheinen und seinen Betrugsaffären zum Blühen und Gedeihen verhelfen, vor allen Dingen auch sehr lukrativ sind. Je nach Namen, Ad-resse und Empfänger startet er mit der Anredeformel des be-treffenden Landes, jedoch sind rund 90% seiner Anreden und Texte in englischer Sprache und starten mit folgendem Wort-laut:

„Sehr geehrte(r) …" Anrede mit Vornamen, die er der ‚Email' Adresse entnommen hat. „Gestatten sie mir bitte, dass ich mich ihnen zuerst einmal vorstelle und erlauben sie mir bitte, ihnen die nachstehende Mitteilung und Überraschung persön-lich zur Kenntnis zu bringen. Mein Name ist Ron Wellington und ich bin seit 1991 als Diplomat der Republik von Benin (Süd-westafrika) tätig. Seitens meiner Regierung wurde mir aufge-tragen, ihnen die folgende Nachricht zu übermitteln. Bevor ich hierzu komme, ist diese Erklärung von enormer Bedeutung für sie. ‚Wenn ein Bürger unserer Republik stirbt, ist es unsere ge-setzliche Pflicht, achtzehn Monate nach dem Ableben des oder derjenigen, seine Konten zu öffnen und eventuelle Angehörige des oder der Verstorbenen ausfindig zu machen, um die Erb-folge festzustellen und zu sichern.' Die oben erwähnte Person war als Mineningenieur in unserem Lande tätig und nach sorg-fältiger Nachforschung erscheinen nur sie als der gleiche Na-mensträger und sind daher berechtigt, die nicht unbeträchtli-che Summe von achtzehn Millionen fünfhunderttausend Dol-lar aus der Erbfolge zu erhalten. Um jegliche Verwechselung zu vermeiden und sicherzustellen, dass der zu überweisende Betrag der erblich berechtigten Person angewiesen wird, bitten wir sie um folgende Angaben: Ihren vollständigen Vor und Nachnamen mit einer Kopie der ersten beiden Seiten ihres Passes oder eines gleichwertigen Dokumentes, die vollständige Adresse ihres Wohnortes sowie ihre Anweisung, wohin der Betrag von achtzehn Millionen fünfhunderttausend Dollar überwiesen werden soll.

Nach Bestätigung der oben genannten Angaben sowie deren Überprüfung durch unsere Behörden wird die Überweisung unverzüglich an sie durchgeführt.

Mit meiner allerherzlichsten Gratulation, sehe ich ihrer Antwort mit vorzüglicher Hochachtung entgegen.

Um ihre Sicherheit zu gewährleisten, bedingt durch die enorme Höhe des Geldbetrages, bitte ich sie, diese ‚Email' als Dokument zu betrachten und keiner weiteren Person zugänglich zu machen. Ihrer unverzüglichen Antwort entgegensehend, verbleibe ich mit besten Grüßen und nochmaligen Glückwünschen

Ron Wellington – Streng vertraulich –

Diplomatisches Corps der Republik Benin

Parlamentsgebäude Cotonou, Suite 107

Benin, Südwestafrika."

Im Laufe der Zeit hat er verschiedene, ähnliche Texte ausgearbeitet und alle werden von seiner Sekretärin täglich per ‚Email' in aller Herren Länder versandt. Es hört sich zwar unglaublich an, doch erhält er täglich Dutzende Rückantworten. Der trickreiche Teil seiner Pläne beginnt sofort nach Erhalt der Antwortschreiben. Er ist zwar jetzt schon ein Stück vorwärts gekommen, doch wie kann er nun den Interessenten klarmachen, ihm die entstandenen Auslagen für die bevorstehende Überweisung des vermutlichen Millionenerbes zu vergüten?

Seine nächste ‚Email' wird also wie folgt lauten: „Sehr ver(ge)ehrte Frau/Herr... vielen Dank für ihre schnelle Rückantwort. Der ihnen nun rechtmäßig zustehende Betrag von achtzehn Millionen fünfhunderttausend Dollar liegt in der hiesigen Postbank in einem Treuhandkonto und wird ihnen nach Erhalt der folgenden Unterlagen an das ‚Diplomatische Corps' der Republik Benin, Auswärtige Angelegenheiten, zu Händen Ron Wellington, Foreign Remittance Officer, innerhalb von 72 Stunden zur Anweisung gebracht: Erstens Ihre vollständige Anschrift, zweitens Nachweis (Kopie genügt) ihrer Staatsangehörigkeit, drittens Bankverbindung mit genauer Kontonummer und einen bankbeglaubigten Scheck oder ersatzweise eine Banküberweisung in Höhe von 6.5oo.Dollar (sechstausendfünfhundert) auf den Namen ‚Ron Wellington, Director of Foreign Remittance' ausgestellt."

Etwa ein Dutzend dieser ‚Emails' hat seine Sekretärin bereits an diesem Tage versandt und Ron Wellington lehnt sich genüsslich in seinem Ledersessel zurück. Nachdem er sämtliche Kopien der versandten ‚Emails' an die neuen Kunden durchgelesen und sorgfältig in die Ordner abheftet, läutet das Telefon. Seine Sekretärin lässt ihn übers Intercom wissen, dass sich am anderen Ende der Leitung der stellvertretende Bürgermeister von ‚For Ever' gemeldet hat und unbedingt mit ihm sprechen will.

Gerald van Dohlen hat sich sehr geheimnisvoll verhalten und mehrere Male die Wichtigkeit und auch Geheimhaltung des Gespräches unterstrichen.

„Ron Wellington hier. Gerald, zuerst einmal guten Tag. Wie geht es deiner Familie? Was macht ‚For Ever'? Es sind doch schon wieder einige Monate vergangen seit wir uns gesehen haben. Also ist es unbedingt an der Zeit, dass wir uns treffen." Die Worte sprudeln nur so aus ihm heraus bevor er Gerald van Dohlen eine Gelegenheit zum Antworten gibt.

„Ja Ron, deshalb rufe ich dich ja an. Es ist zwar nichts Geschäftliches oder Politisches zwischen Porto Novo und Lomé sondern eigentlich mehr privat. Mein Bruder, von dem ich dir bei unserem letzten Gespräch erzählt habe, dass er nach Kanada auswandern will, ist momentan bei mir zu Besuch und braucht deinen persönlichen Rat. Ist es dir möglich, dass wir dich in den nächsten Tagen in Cotonou treffen können? Du würdest ihm und mir einen großen Gefallen tun."

„Warte einen Moment. Ich werde sofort in meinem Terminkalender nachschauen. Aha, ja morgen gegen zwei Uhr nachmittags hätte ich eine Stunde Zeit. Geht das?"

„Oh ja, das passt uns sehr gut und wenn wir nicht zu lange am Grenzübergang aufgehalten werden, treffen wir uns in deinem Büro im Finanzministerium. Ist das recht?"

„Ausgezeichnet. Grüße deine Frau von mir und wir sehen uns dann morgen."

Gerald vertraut Ron. Immerhin kennen sich die beiden schon seit etlichen Jahren und er hat sich mit ihm wer weiß wie oft bei wirtschaftlichen und auch politischen Gesprächen getroffen, die sowohl Togo als auch Benin betrafen. Er hat nicht die geringste Ahnung und würde nicht einmal im Traum glauben, dass er es mit einem Betrüger der übelsten Sorte zu tun hat. Man kann ihm dies auch nicht verübeln, wenn man selbst in den Regierungskreisen in Benin nichts bemerkt, ja nicht mal den geringsten Verdacht geschöpft hat. Dieser Ganove hat sich mit Geschick, Bestechungen und Betrügereien in Regierungskreise geschmuggelt, die ihm die Ausführungen seiner üblen Machenschaften ermöglichen und durchführen lassen und ihn zum Teil noch unterstützen. Niemand hat hier bisher herausgefunden, dass er weder ein Diplomat noch ein Angestellter des ‚Auswärtigen Amtes' der Republik von Benin ist. Das ist nun einmal Afrika und nicht die übrige zivilisierte Welt mit ihren strengen Maßstäben, Regeln und Gesetzen.

Pieter van Dohlen und sein Bruder Gerald haben längst ihren

„Spaziergang", der sich bis in den Nachmittag hinausgezogen hat, beendet. Zurück nach Hause benutzen sie ein Taxi und der Hinweg, der Stunden in Anspruch genommen hatte, wird nun auf rund fünfzehn Minuten verkürzt. Martha wartet bereits ungeduldig auf die beiden, während die Kinder sehnsüchtig nach Onkel Pieter Ausschau halten, der ihnen immerhin einige Geschichten über die wilden Tiere im ‚Kruger Park' versprochen hat.

„Gerald, wie konntest du mit Pieter den gesamten Weg in die Stadt laufen? Für ihn war es gewiss eine total ungewohnte Anstrengung. Das einzig Gute an eurem Spaziergang war, dass es deinem dicken Bauch bestimmt nicht geschadet hat." Dabei schaut sie Gerald mit spöttischem Gesicht an.

„Martha, du scheinst zu vergessen, dass Pieter uns in zwei Tagen schon wieder verlässt. Weißt du vielleicht, wann wir Brüder uns das nächste Mal wiedersehen? Wer weiß, das kann in fünf oder zehn Jahren oder noch länger sein. Außerdem hatten wir uns so viel zu erzählen, viele private Dinge, aber auch viel Geschäftliches, wobei ich Pieter hoffentlich behilflich sein kann." Die letzten Worte klingen mehr wie eine Feststellung, für die es keine Widerrede gibt.

„Ich habe für euch eine kleine Mahlzeit vorbereitet, eigentlich ein Spezialgericht aus Benin, eine ‚Acaraje'. Pieter soll es wenigstens probieren, damit ich mir nicht umsonst die Mühe gemacht habe." Pieter horcht ihr wortlos zu ehe er antwortet: „Wir haben zwar im Café ‚Libertè' in Lomé bereits zu Mittag gegessen, dennoch möchte ich diese so appetitlich und knusprig aussehenden ‚Bällchen' wenigstens probieren. Schließlich bin ich von deiner Kochkunst überzeugt; ansonsten würde dich mein Bruder bestimmt nicht geheiratet haben. Liebe geht schließlich durch den Magen." Nachdem er einen der frittierten ‚Bälle', die zum Großteil aus ‚Black eyed Peas' bestehen, verspeist hat, nimmt er gleich noch einen weiteren zu sich, während Martha, die neben ihm steht und begeistert zuschaut, sichtlich auf ein Lob wartet. ‚Acaraje Bälle' sind eigentlich das Spezialgericht des Nachbarlandes Benin, aber auch in Togo beliebt und haben auch ihre Wirkung bei Pieter nicht verfehlt, weshalb er sich überschwänglich bei Geralds Frau Martha bedankt.

Gerald zeigt dagegen wenig Appetit. Bei ihm hat die Flasche des südafrikanischen Rotweines mehr Zuspruch gefunden und als er das erste Glas versehentlich umgestoßen hat, was ihm nicht gerade wohlwollende Blicke seiner Frau einbringt, steigt seine Ungeduld auf den Höhepunkt. Ohne weitere Worte, sich jedoch mit dem Ausbreiten von beiden Händen bei Martha für sein Missgeschick entschuldigend, eilt er zum Telefon, um mit dem ‚Diplomaten und Politiker' Ron Wellington einen Termin zu vereinbaren. Er ahnt dabei nicht im Geringsten, dass er damit einen Stein ins Rollen bringt, der in kürzester Zeit unabsehbare Unannehmlichkeiten für seinen Bruder bringen wird.

Der Nachmittag im Hause der van Dohlens verläuft so, wie Pieter es sich vorgestellt hat. Glücklicherweise beschäftigen sich die Kinder mit den ihnen mitgebrachten Spielsachen und wenn sie einen Einfall bezüglich der Tierwelt im ‚Kruger Nationalpark' haben, stellen sie Onkel Pieter ihre Fragen, um die Antworten dann unter sich zu diskutieren und auszuwerten.

Martha, die sich auf der Veranda zu Gerald und Pieter gesellt, stellt Pieter ebenfalls Fragen über Fragen. Die meisten betreffen Kanada oder seinen weiteren Lebensweg. Glücklicherweise ist keine hinsichtlich der finanziellen Sicherheit in ihrem Repertoire, was naturgemäß eine sichtliche Erleichterung in Pieter hervorruft. Immerhin muss er sich seelisch sowie gesprächsmäßig auf morgen vorbereiten. Unter keinen Umständen ist er jedoch bereit, irgendwelche Geheimnisse an den von Gerald angeheuerten ‚Diplomaten' zu verraten. Nur einige falsch gestellte Fragen oder Antworten könnten unangenehme Folgen haben und leicht könnte er sich in ein Abhängigkeitsverhältnis mit der ihm vollkommen unbekannten Person einlassen. Eine Gelegenheit für eine eventuelle spätere Erpressung möchte er auf jeden Fall vermeiden.

Als der Abend hereinbricht, bringt dieser gleichzeitig wieder Regen mit sich, doch glücklicherweise nur Regenschauer. Da man die meisten und interessantesten Geschichten inzwischen von Pieter erfahren hat und auch er von seinem Bruder und dessen Frau die Begebenheiten der Vergangenheit, soweit er sie nicht schon aus Briefen oder Telefonaten kannte, entschließen sich alle, frühzeitig die Gelegenheit eines ausgiebigen Schlafes zu nutzen.

Der nächste Morgen kommt wie im Fluge. Während des Frühstücks plappern die Kinder ununterbrochen, selbst ein voller Mund stört sie nicht. Erst als Gerald ein Machtwort spricht, wird es wenigstens für eine, wenn auch nicht sehr lange Zeit, ruhiger. Pieter wird das Gefühl nicht los, dass ihm der Kopf platzen würde und auch sein sonst so sprachgewandter und meist mit guter Laune ausgestatteter Bruder, zeigt ein recht bekümmertes Gesicht. In den frühen Morgenstunden hatte Pieter bereits mehrere Varianten ihres kommenden Gesprächs mit Ron Wellington durchgespielt. Da war erst einmal der Fakt, wieweit er in seinen Erzählungen gehen konnte, was er dem ‚Diplomaten' unbedingt mitteilen muss und was er vorsichtshalber zu diesem Zeitpunkt noch für sich behalten soll. Ein weiterer Punkt ist die Bezahlung oder Entschädigung, die er bereit ist, für dessen Dienste zu leisten. Ganz zu schweigen von der Vertrauensfrage, die zu seinen Kopfschmerzen beiträgt. Er weiß, dass er normalerweise dem Instinkt seines Bruders vertrauen kann, aber in diesem Falle gibt es kein ‚normalerweise'. Seine Sicherheit, seine Zukunft, seine zu erwartende Lebensqualität in Kanada, alles würde von nun an von diesem, ihm noch total unbekannten Menschen abhängen. Endlich nach dem Frühstück, Minuten kommen Pieter wie Stunden vor, rüsten sich die beiden Männer zum Aufbruch für die mehrstündige Autofahrt. Diese führt sie auf der recht gut ausgebauten Küstenstraße am Golf von Guinea vorbei an mit Palmen umgebenen Stränden nach Cotonou, der politischen Hauptstadt Benins. Das subtropische Klima mit der hohen Luftfeuchtigkeit macht Pieter doch mehr zu schaffen, als er angenommen hatte. Immer wieder wischt er sich den Schweiß von der Stirne. Obwohl er bereits beim Reiseantritt seine Anzugsjacke auf dem Rücksitz abgelegt hat, ist sein Hemd im Rücken klatschnass und die natürliche Aufregung tut das Übrige. Als sie auf der geteerten, aber dennoch äußerst staubigen Autostraße Ruè 1 die Stadt Cotonou erreichen, steuert Gerald den 'Nissan SUV' mit Routine und Zielsicherheit durch die oft namenlosen oder für Pieter unaussprechbaren Straßennamen in Richtung Finanzministerium. Pieters Armbanduhr zeigt 13:45 Uhr als Gerald den Wagen auf einem Parkplatz in Ministeriumsnähe an der Ruè 953 parkt. Nachdem Pieter dem Parkplatzwächter, unbemerkt von Gerald, drei Dollar, umgerechnet etwa fünfzehnhundert 'CFA Francs' in der dortigen Währung zusteckt, versichert der verhältnismäßig kleinwüchsige Wächter, ein besonderes Augenmerk auf Geralds 'Prachtstück' zu werfen.

Nachdem die beiden Männer durch die weiten Doppeltüren in die Eingangshalle des großzügig mit viel Marmor und Granit ausgestatteten Gebäudes treten, werden sie vom Concierge begrüßt, einem schwarzhäutigen, überdurchschnittlich großen Mann mit kurz geschnittenen, pfeffer- und salzgrauen Haaren. Seine stattliche Figur steckt in einer farbigen Phantasieuniform, die den Neid vieler Generäle hervorgerufen hätte.

Während Pieter sich mit einer gewissen Bewunderung die Bilder an den Wänden anschaut, meistens Städte und Landschaftsgemälde der Republik Benin, steuert Gerald auf den Mann hinter dem Counter zu, um von ihm Ron Wellingtons Büronummer zu erfahren. Bisher hatten sich beide immer nur im Büro des Gastgebers in der Innenstadt oder in dem zur rechten Seite der Eingangshalle liegenden Cafés getroffen. Bis zu seinem, wie Ron es bezeichnete 'politischen Büro', war selbst Gerald bisher noch nicht vorgedrungen.

Der 'General' zeigte, seinen Arm weit in die Richtung zu seiner

Linken ausstreckend, in einen langen Flur. „Zimmer Nr. 107 in der Mitte des Flures an ihrer linken Seite bitte."

„Herzlichen Dank" und diesmal wechselten weitere tausend ‚CFS Francs' (rund zwei Dollar) diskret ihren Besitzer. Büro Nr. 107 ist mit einer soliden Eichentüre versehen. Das Messingschild an der Wand neben der Türe weist nicht nur den Namen seines Okkupanten, sondern auch dessen Tätigkeit aus: ‚Ron Wellington, ‚Foreign Remittance Officer', eine Beschriftung, die in diesem weitläufigen Gebäude, wo sich die meisten Büroangestellten und Politiker sowieso nicht persönlich kennen, keinen unnötigen Verdacht aufkommen lässt.

Nach einem kurzen, aber heftigen Anklopfen, kommt ein lautstarkes „herein". Es ist aber nicht Ron Wellington, sondern seine Sekretärin, die nun die Türe offenhält und die beiden Männer hereinbittet. Mit einem kurzen Kopfnicken verabschiedet sie sich von ihrem Chef, der sie bisher nicht ein einziges Mal in diese Büroräume eingelassen hatte. Dieser Bürotrakt war und ist für sie einfach tabu. Heute hatte sie ja auch nur den Gepäckträger gespielt, denn Ron hatte ihr vor rund einer Stunde aufgetragen, einige Flaschen südafrikanischen Rotwein einer besonders guten Sorte zu besorgen.

Beim Eintreten der beiden hat er sich von seinem Stuhl erhoben. Zielstrebig geht er auf Gerald zu, beide Hände weit ausgestreckt, bevor ihm dieser seinen Bruder Pieter vorstellt.

„Na Gerald, habe dich ja einige Zeit nicht gesehen. Umso mehr freut es mich, auch mal deinen Bruder kennenzulernen. Erzählt hast du mir ja bereits schon genug von ihm." Etwas stutzig schaut ihm Gerald ins Gesicht, weil er Pieter vorher nur in einem einzigen Gespräch erwähnt und von seiner Auswanderung nach Kanada erzählt hat. Ja, er hat jedoch vor einiger Zeit in diesem Telefonat zum ersten Male, wie er sich jetzt erinnert, über ihn gesprochen.

Ron Wellington trägt heute einen eleganten zweireihigen, beigen Anzug mit dunkelroter Krawatte und dazu natürlich auch

62

passende, geschmeidige dunkelrote Lederschuhe. Man kann ihm nachsagen was man will, aber dass er andere Menschen richtig einschätzen und einstufen kann, muss man ihm lassen. Beim gestrigen Telefongespräch mit Gerald waren bereits alle Geschäftsinstinkte in ihm erweckt. Niemand wird ihm so leicht durch die Netze schlüpfen, wenn er einmal festgestellt hat, dass jemand an seiner Angel angebissen hat. Blitzschnell jagen seine Gedanken, was es ist und warum die beiden Brüder hier vor ihm sitzen. Er weiß nur, dass er es in den nächsten Minuten, längstenfalls in der nächsten Stunde erfahren wird.

Geschickt lenkt er das Gespräch auf einige belanglose Dinge. Er lockert die angespannte Haltung durch seine Erzählkunst über einige heitere Dinge, die hier in Cotonou in den letzten Tagen passiert sind, sogar auf. Gerade als er seine letzte Episode vom Stapel gelassen hat, richtet sich Gerald in seinem ledernen Stuhl auf. Seinem Bruder Pieter einen vielsagenden Blick zuwerfend, der fast unmerklich mit dem Kopf nickt, stellt er seinem eine besinnliche Ruhe ausstrahlenden Gegenüber, die erste Frage: „Ron, soviel mir bekannt ist, genießt du aufgrund deiner Karriere diplomatische Immunität, habe ich recht?"

„Jawohl. Warum denkst du, dass ich durch die gesamte Welt reise und in den verschiedensten Ländern wirtschaftliche und auch oft politische Gespräche für mein Land führe? Ja manchmal, zum Glück nicht allzu oft, werde ich von meiner Regierung auch als eine Art ‚Feuerlöscher' gebraucht."

Hierzu muss bemerkt werden, dass er es im Laufe der vergangenen Jahre durch Bestechungen im großen Stil und natürlich aber auch verbunden mit beträchtlichen Geldsummen tatsächlich verstanden hat, sich die nötigen Dokumente als ‚Botschaftsrat des Auswärtigen Amtes' zu erwerben. Hat ihn ja zwar eine Menge Geld gekostet, öffnet ihm aber dafür auch alle Türen in anderen Ländern, die ihm sonst verschlossen blieben.

„Willst du meine Kredenzen sehen?" fragt er lachend. Gerade dieses Lachen im Gesicht des angeblichen ‚Diplomaten' ist es, was in Pieter wiederum einen vertrauensvollen Eindruck erweckt.

In den vergangenen Minuten, seit sie in dem geschmackvoll eingerichteten Büro sitzen, hat Pieter jede Bewegung und jedes Wort von Ron sorgfältig beobachtet und abgewogen. Obwohl er die ihm gegenübersitzende Person nicht einmal eine Stunde kennt, ist er nichtsahnend von Ron Wellington, dem skrupellosen Menschen und angeblichen Freund seines Bruders, angetan. Er hat ein angenehmes Wesen, ist über alle anderen Dinge und Angelegenheiten seiner Position erhaben und macht einen absolut vertrauenswürdigen Eindruck. Pieter beschließt deshalb, ihn um die bereits angedeutete Hilfe zu bitten. Doch auch hier kommt ihm Ron Wellington zuvor. Bevor Pieter seinen Mund öffnen kann, fragt ihn Ron ohne große Umschweife:

„Ihren Vor und Nachnamen kenne ich ja nun und ihr Bruder und ich sind seit langem freundschaftlich und nicht nur politisch verbunden. Ist es in Ordnung, wenn wir uns der Einfachheit halber mit unseren Vornamen anreden?"

„Selbstverständlich, ich bin der Pieter."

„Und ich bin der Ron!" So einfach geht das also vonstatten. Vom gleichen Moment an hat Pieter das gute Gefühl, glücklicherweise einen Menschen kennengelernt zu haben, der gewiss auch seine Probleme verstehen wird und ihm die Hilfe, auf die er nun einmal angewiesen ist, nicht verwehren wird.

Gerade in diesem Moment, als müsste es so sein, kommt ihm Belinda, seine kurzzeitige Reisebegleiterin in den Sinn. Im Unterbewusstsein wird ihm in dieser Situation, ja in diesem Moment, klar, dass er sie wiedersehen will und wird. Wie verzaubert sieht er ihr liebliches Gesicht mit den opalgrünen Augen vor sich und urplötzlich wird ihm klar, dass er sich bereits hoffnungslos verliebt hat.

Erschreckt und aus seinem Traum gerissen, dreht er sich Gerald zu, der ihn darauf aufmerksam macht, Ron endlich klaren Wein einzuschenken und ihm zu erklären, was ihm am Herzen liegt, warum die beiden hier vor ihm sitzen. Mit kurzen Worten beschreibt Pieter nun seinen Lebenslauf, seine Arbeit und seinen Aufstieg in der ‚De Beers Venetia Mine' in Südafrika. Die gefundenen Diamanten oder das Wort ‚Diamanten' erwähnt er mit keinem Wort, doch hat Ron Wellington die Gedankengänge seines Gegenübers längst erraten und erfasst. Fast hätte er das Schlüsselwort unvorsichtigerweise herausgesprudelt, doch zum Glück hat er nicht mal seine Lippen bewegt. ‚Bingo'. Er weiß von nun an, dass er sich mit seinen Fragen behutsam an Pieter herantasten muss, um alles aus ihm herauszubringen, was für seine zukünftigen Pläne von Bedeutung ist. Er muss Pieter jetzt vorsichtig die Gelegenheit geben, ihm dessen Vorhaben anzuvertrauen.

Aus diesem Grunde sitzt er in seinem opulenten Ledersessel, die Hände vor sich gekreuzt und schaut Pieter fragend an. Eine weitere nette Geste, die diesen beeindruckt, denn, wie schon vorhin erwähnt, hat er Ron während des gesamten Erzählvorganges sorgfältig beobachtet und ganz besonderen Wert auf die Bewegungen seiner Hände gelegt. Immerhin hat er im Laufe seines bisherigen Lebens und besonders in seinem Arbeitsleben in der Mine immer wieder die Feststellung getroffen, dass es gerade die mit den Händen vollführten Gesten sind, die eine ungemeine Aussagekraft haben. Pieter ist zufrieden und setzt seine Erzählung fort:

„Ron, bevor ich dich um deine Hilfe bitte, möchte ich klipp und klar die Feststellung treffen, dass ich weder etwas Ungesetzliches getan habe oder dich mit solchem belasten würde. Ich möchte mir nur mit meiner Auswanderung nach Kanada keine Unannehmlichkeiten einhandeln, die eventuell für mein weiteres Leben unabsehbare Folgen nach sich ziehen könnten. Besonders gerade jetzt nicht, wo ich im Begriff bin, mein Leben neu zu gestalten und zu ordnen.

„Oh Gerald," sich seinem Bruder zuwendend „deshalb war ich vorhin so in Gedanken vertieft, werde es dir irgendwann mal erzählen. Entschuldige bitte mein Verhalten."

„Keine Ursache. Ich verstehe dich vollkommen und weiß auch, was du in den letzten Jahren alles vollbracht, aber auch durch- gestanden hast. Auch deine Auswanderung nach Kanada kann man nicht einfach so als Kleinigkeit wegstecken."

Während Pieter auf seinem Stuhl unruhig hin und her rutscht und sich dann nach vorne beugt, als wolle er das Zuhören durch andere Personen vermeiden, ergreift er erneut das Wort:

„Ron, wenn ich dich jetzt frage und du mir nicht zustimmen wirst oder kannst, dann vergiss bitte unsere Unterhaltung."

Kapitel 4: Das Aufklärungsgespräch in Cotoneau

Während Pieter van Dohlen immer noch hin und her überlegt, was er Ron Wellington sagen will und wie weit er sich ihm offenbaren soll, sitzen in dem kleinen Dorf Plattsville in Ontario, Kanada, zwei Männer im Aufenthaltsraum eines Seniorenheimes, die Köpfe zusammensteckend und beratschlagen, wie sie eine aufregende Situation anfassen und meistern sollen, die sie seit zwei Tagen beschäftigt. Sie hat beiden den Schlaf der letzten zwei Nächte geraubt.

Pierre Labonte und Ingolf Wittenauer kennen sich erst seit einigen Monaten persönlich. Bisher waren es immer nur Telefonate, die sie miteinander führten und bis jetzt auch nur unbedingt geschäftlicher Natur.

Beide sind über 1,80 m groß und man kann sie ohne weiteres in die Altersstufe zwischen 55 und 65 Jahren eingliedern. Während Pierre Labonte einen dichten, grau melierten Haarschopf trägt, kann sein Gegenüber, der besagte Ingolf Wittenauer, nur noch einen rötlich blonden Kranz von Haaren aufweisen.

Während Pierre aufgrund seines etwas ungepflegtem Äußeren eher einen schlampigen Eindruck hinterlässt, muss man Ingolf dafür Kredit einräumen, dass er mehr nach dem letzten Modeschrei gekleidet ist, was natürlich auch, bedingt durch seine Tätigkeit als Top Vertreter für Fitnessausrüstungen, gerechtfertigt erscheint. Es sind aber nicht nur Fitnessausrüstungen für Gesundheitsfanatiker der jüngeren und mittleren Altersklassen in seinem Repertoire zu finden. Im Laufe der Jahre hat er selbst etliche Geräte entwickelt, die auf die Altersklasse der Rentner und Pensionäre zugeschnitten sind. Sie weisen ein nützliches und gesundes Körpertraining für die älteren Benutzer auf, ohne die körperliche Anstrengung für diese Leute zu überbelasten. Auch die beiden Seniorenheime, die Pierre in den letzten zwanzig Jahren aufgebaut hat, sind mit Ingolf Wittenauers Sport und Trainingsgeräten ausgerüstet. Ingolf ist aber nicht der typische Verkäufer, der es versteht, mit vielen Worten seinen Kunden etwas anzudrehen, was absolut nicht notwendig ist. Manchmal entsteht dadurch jedoch auch unnötiger Stress über Preis und Zahlungsweise zwischen ihm und dem Käufer. Er ist und wird auch nie ein knallharter Geschäftsmann werden. ‚In jeder Situation die Ruhe zu behalten', ist eine seiner Tugenden und Rede und Antwort gesteht er nur, wenn man ihn danach fragt. Er scheut sich auch nicht, auf kleine Unannehmlichkeiten oder Nachteile seiner Geräte hinzuweisen, um eventuelle Schäden oder gar kleine Verletzungen in seinem Kundenkreis zu vermeiden.

In den letzten Wochen, eigentlich seit der letzten Lieferung einer Tretmaschine für das Seniorenheim ‚Emmanuel' in Plattsville und die nicht normalerweise pünktliche Bezahlung der offenstehenden Rechnung hat ihm klargemacht, dass Pierre Labonte zurzeit einen finanziellen Engpass durchläuft. Aus diesem Grunde hat er ihm auch einen gewissen Zahlungsaufschub gewährleistet.

Doch dann, ohne jegliche Vorankündigung passiert etwas, was die beiden Männer total aus ihrem Gleichgewicht wirft und weshalb sie nun zusammensitzen, um das, was auf sie zuzukommen scheint, zu verdauen und zu meistern.

Vor einigen Wochen, es war etwa Mitte des Jahres, als Ingolf Wittenauer morgens die ‚Emails' in seinem Computer überflog, blieb sein Blick an einer ‚Email' hängen, die nicht nur seine gesamte Aufmerksamkeit auf sich zog, sondern auch seinen Pulsschlag ruckartig in die Höhe trieb. In den an seinen Namen adressierten Zeilen stand Schwarz auf Weiß, dass in dem afrikanischen Staat Benin, dem ehemaligen Königreich Dahomey, direkt an der Grenze zu Togo, ein Verwandter von ihm, Rudolph Wittenauer, vor achtzehn Monaten verstorben war. Wie man ihm nun mitteilte, war er, Ingolf Wittenauer, der einzig auffindbare Verwandte. Er hatte daher das Anrecht auf ein enormes Vermögen, welches der Verstorbene, ein alleinstehender Mineningenieur, hinterlassen hat. Zwecks Überprüfung und Bestätigung der gefundenen Unterlagen sowie des ordnungsgemäßen Verwandtschaftsverhältnisses benötige man schnellstens die beglaubigten ersten zwei Seiten des Personalausweises, bzw. des Reisepasses von Ingolf Wittenauer, des Weiteren die genaue Anschrift seines Wohnsitzes und noch seine Email Adresse mit doppelter Bestätigung.

Die geforderten Unterlagen hat Wittenauer sofort besorgt und unverzüglich an die ihm vorgegebene Adresse abgesandt. Aus Sicherheitsgründen versendet er natürlich alles per Express und Einschreiben. Besonders jetzt nur kein Risiko mehr eingehen, was eventuell die Überweisung dieser enormen Geldsumme gefährden könnte.

So erhält er auch tatsächlich innerhalb einer relativ kurzen Zeitspanne eine weitere ‚Email‘, in der der Erhalt der Papiere und Dokumente in Benin bestätigt wird. Er wird weiterhin gebeten, den Betrag von sechstausendfünfhundert Dollar als Bearbeitungsgebühr deklariert, an den ‚Foreign Remittance Officer‘ Ron Wellington, Suite 107, Finanzministerium von Benin, per beglaubigtem Bankscheck zu überweisen. Nach Erhalt kann dann der per Bank bestätigte Betrag von achtzehn Millionen fünfhunderttausend Dollar innerhalb von zweiundsiebzig Stunden auf den Weg gebracht werden, sofern Ingolf Wittenauer dem Unterzeichner noch seine Bankverbindung mit Kontonummer per ‚Email‘ mitteilt.

Aufgrund dieser ‚Email‘ sitzen die beiden naiven Männer mit hochroten Köpfen und mit überhöhtem Blutdruck zusammen und beschließen nach ausführlichem Gedankenaustausch, den gewünschten Kostenbeitrag schnellstmöglich zu überweisen. Pierre Labonte ist ohne weiteres bereit, die Hälfte der geforderten Summe aufzubringen. Da er sich jedoch das Geld erst bei seiner Bank leihen muss, ist seine Bedingung, dass Ingolf ihn mit 20% des Gesamtbetrages zur Schuldenabdeckung des im Moment nicht voll ausgelasteten Seniorenheimes beteiligt. Beide Männer sind sich voll darüber einig, einer Lösung ihrer

Geldsorgen in nur wenigen Tagen entgegenzusehen.

Während im luxuriösen Büro des ‚Foreign Remittance Officers'
mit Diplomatenstatus, zwar erschwindelt aber hilfreich, Pieter
van Dohlen, sein Bruder Gerald und der ‚Diplomat' Ron
Wellington bereits vor ihrem dritten Glas Rotwein sitzen und
immer wieder Pieters Auswanderung nach Kanada und die damit verbundenen Schwierigkeiten diskutieren und sich endlich
eine Lösung abzeichnet, beschließt Pieter, mit der Sprache her-
auszurücken. Zwar wird er Ron nicht die ganze Wahrheit, aber
doch so viel wie er wissen muss, erzählen.

Seine Worte äußerst sorgfältig wählend, hebt er erst einmal
seine rechte Hand und fährt damit über die vor ihm liegende
Tischhälfte, als wolle er quasi einen Teil seines bisherigen Lebens mit dieser Bewegung auslöschen.

„Ron, wie dir inzwischen bekannt ist, war ich eine lange Zeit in
der ‚Diamanten Mine Venetia' in Messina tätig, zuletzt in füh-
render Stellung. Ohne Größere Schwierigkeiten, zwar mit einem gewissen Risiko verbunden, hätte ich eine Anzahl der
Rohdiamanten aus der Mine schmuggeln können, um mir damit einen guten Lebensabend zu sichern. Aber ich habe es
nicht getan. Zwar kann ich zurzeit keinen schriftlichen Nachweis für meinen Besitz vorweisen, doch um es kurz zu machen,
sagen wir mal, ich habe einige Diamanten geerbt. Ich glaube,
das kommt der Wahrheit am nächsten. Wie du sicherlich verstehen wirst, möchte ich kein Risiko weder beim Transport
noch beim Verkauf der Juwelen eingehen, weshalb ich mich
vorher mit meinem Bruder ausführlich unterhalten habe und
wir beide der Meinung sind, dass der Weg über dich der si-
cherste und risikoärmste ist."

Ron Wellington ist nun sicher, dass er dieses Geschäft, für ihn
total ungefährlich, ohne großen Aufwand durchführen kann.
Außerdem ist ihm momentan klar geworden, dass er hier sogar
zwei Fliegen mit einer Klappe schlagen kann. Immerhin hat er
gerade erst vorhin von einem ‚Kunden' in Kanada für eine vor

einigen Monaten angelaufene Betrugsaffäre sechstausend-fünfhundert Dollar kassiert. Nun kommt es nur noch darauf an, wie man die Angelegenheit richtig und für beide ‚Kunden' geschmeidig und unauffällig angeht, um Geld und nochmals mehr Geld aus ihnen herauszuholen ohne auch nur den geringsten Verdacht des Betruges zu erwecken.

Irgendwie muss sich sein Gesichtsausdruck kurzzeitig verändert haben, entweder befriedigt über die gerade erfahrene Geschichte oder erstaunt über das Gehörte, vielleicht sogar ein wenig vorwurfsvoll. Denn die beiden Brüder, Pieter wie auch Gerald, schauen ihn mit großen Augen und offenen Mündern an, voller Spannung auf seine Antwort wartend.

Dennoch ist es nicht er, sondern Pieter, der das Wort ergreift:

„So Ron, das war meine Story. Wirst oder willst du den Auftrag annehmen und wieviel verlangst du als Entschädigung?" Bevor Ron auch nur das erste Wort herausbringen kann, gibt sich Pieter selber die Antwort: „Persönlich hatte ich an zwanzig Prozent vom Gesamtwert der Rohdiamanten gedacht. Also, wenn wir sie einigermaßen gut verkaufen, als Verkaufsort habe ich Amsterdam oder Antwerpen im Sinne, bekämst du von mir zwischen zwei und drei Millionen."

„Mein Gott!" Ron zuckt sichtlich zusammen. Das meint, der Gesamtwert des nicht gerade alltäglichen Geschäftes beträgt über zehn Millionen Dollar. Es sieht so aus, als wenn diese Transaktion die größte würde, die er jemals in seiner nicht unbedingt gradlinigen Laufbahn zustande bringen würde.

In seinem Gehirn bildet sich blitzschnell ein Plan, der aber einfach nicht wahr sein kann. Jedoch, wenn verwirklicht, wird dieser sein bisheriges Leben total verändern. Er wird ihn mit allem was ihm nützlich und wertvoll erscheint, für immer von der Bildfläche in Benin, Togo oder auch Nigeria, verschwinden lassen!

Mit diesen überwältigten Gedanken, die bei weitem das Fassungsvermögen seines Horizonts übersteigen, legt er sich mit gespielter Überlegenheit in seinem Sessel, die Hände auf die Armlehnen stützend, zurück und schließt die Augen. Für jeden Betrachter mit wenig oder keiner Menschenkenntnis entsteht das Bild eines äußerst konzentriert nachdenkenden Menschen, der sich erst zu einer Antwort entschließt, wenn er sich ihrer Lösung hundert Prozent sicher ist.

„Pieter, denkst du nicht, dass du den Wert der Diamanten zu hoch angesetzt hast? Du darfst vor allen Dingen nicht vergessen, dass wir ohne Papiere, wenn wir wenigstens die Kopie eines Kimberlite Zertifikates hätten, vielleicht nur die Hälfte des reellen Wertes erwarten können."

Gerald, der bisher mit offenem Mund die gesamte Unterhaltung mit den dazugehörigen Hand und Körperbewegungen verfolgt hat, schüttelt bedächtig seinen Kopf:

„Ja Pieter, da kann ich Rons Worten nur zustimmen. Vielleicht musst du froh sein, wenn irgendwelche betrügerischen Schmierenhändler dir nichts anhängen, um dich damit eventuell sogar zum Ganoven, ja Verbrecher, abstempeln. Hierbei denke ich an Diebstahl als das einfachste Delikt. Denke selber mal darüber nach, warum Blutdiamanten ihren Namen tragen?"

Pieter schaut etwas überrascht herüber zu seinem Bruder, dann zu Ron Wellington:

„O.K., selbst wenn ich den Preis reduziere, bleiben immer noch mindestens zehn Millionen übrig. Das bedeutet für dich", er schaut Ron dabei ins Gesicht, „dass du von mir über zwei Millionen ausbezahlt bekommst. Ist das zufriedenstellend?"

„Auf jeden Fall" nickt Ron mit dem Kopf, bevor er fortfährt:

„Aber mir kommt es weniger auf die Höhe der Kommission an als auf den Sicherheitsfaktor. Das meint, dass wir die kostbare

Fracht ohne extreme Risiken von hier nach Amsterdam bringen. Dort kenne ich einen Diamantenhändler, dem wir hundertprozentig vertrauen können. Ich schlage daher folgendes vor: Wir dürfen die Diamanten auf keinen Fall in Metallbehälter oder ähnlichem verpacken, die bei einer Durchleuchtung auf den Bildschirmen der Zollkontrolleure am Flughafen erscheinen. Trotz meiner diplomatischen Immunität wird auch mein Gepäck auf Waffen oder waffenartige Gegenstände wie Munition und dergleichen untersucht. Auf jeden Fall würde auch ich dadurch in Schwierigkeiten geraten, die die gesamte Mission zum Scheitern bringen würde." Pieter und auch Gerald stimmen kopfnickend zu. Nach kurzer Atempause fährt Ron fort: „

„Pieter, obwohl wir uns nur kurz kennen, muss ich dich um dein vollstes Vertrauen mir gegenüber bitten. Es ist für uns beide lebenswichtig."

Wieder mit dem Kopf nickend und dabei direkt in Rons Augen schauend, beantwortet Pieter dessen Zweifel:

„Den positiven Worten meines Bruders über dich vertraue ich bedingungslos und nun, nachdem ich dich persönlich kennengelernt habe, vertraue ich dir genauso und deshalb werde ich auch deine nächste Fragen beantworten bevor du sie stellen kannst: Die Diamanten habe ich mit relativ wertlosen ‚Rhinestones' vermischt und in sowie an zwei breite Ledergürtel gesteckt und genäht, so dass nur das geübte Auge eines Fachmannes nach gründlicher Begutachtung den echten Wert erkennen kann."

„Gute Idee. Werde also die beiden Gürtel an zwei meiner im Koffer befindlichen Hosen anbringen. Eigentlich sollten wir so genug abgesichert sein und nur durch Röntgenaufnahmen wäre es möglich, die wertvolle Fracht zu identifizieren. Doch nun zum praktischen Teil unseres Vorhabens: Wann hast du vor nach Amsterdam zu fliegen?"

„So schnell wie möglich. Heute ist Mittwoch. Eigentlich würde mir der kommende Freitag sehr gelegen erscheinen, denn dann sind die Flüge voll ausgebucht und die Chancen einer genauen Kontrolle vielleicht nicht so gründlich wie an anderen Tagen."

Ron öffnet die Schublade seines Schreibtisches, um einen ledergebundenen Terminkalender hervorzuholen und seine bereits vorgebuchten Termine mit einer abgebrühten Lässigkeit zu überprüfen.

„Freitag ist wegen einiger Termine sehr schwierig. Samstag wäre besser und wegen der Flüge brauchst du dir keine Sorgen zu machen. Soll ich alles für Samstag arrangieren?"

„Das ist für mich auch in Ordnung. Es gibt mir sogar die Gelegenheit, etwas mehr Zeit mit Gerald und seiner Familie zu verbringen."

„Also zwei Flüge mit der Air France in der ‚Business Class' von Cotonou nach Paris. Da müssen wir leider umsteigen. Ist das in Ordnung?"

„Ja sicher und hier sind die beiden Gürtel." Dabei greift Pieter in die mitgebrachte Tasche, holt die beiden Ledergürtel heraus und übergibt die wertvolle Fracht seinem Gegenüber.

Ron ist sichtlich überrascht. Mit einer solch schnellen Entscheidung hat er in keinster Weise gerechnet. Seine Gedankengänge arbeiten auf Hochtouren: ‚Mit den beiden Gürteln direkt von hier zu verschwinden' kommt kurzfristig in seinen Sinn, um diese Idee jedoch direkt wieder zu verwerfen. Warum hier bereits ein großes Risiko eingehen und mit einem der nächsten Flüge nach Südamerika zu verschwinden, wenn es sich nach dem Verkauf der Diamanten in Amsterdam und dem dortigen Verkaufserlös in Bargeld viel leichter bewerkstelligen lässt. Von der erzielten Bargeldsumme wird Pieter sowieso nichts sehen. Dessen ist sich Ron sicher, denn seine in aller Eile ausgedachten Pläne sehen ganz anders aus.

Pieter sitzt plötzlich total in Gedanken versunken neben Gerald und schaut an seinem Gegenüber vorbei auf die dahinterliegende Wand. Es ist ihm schlagartig klar geworden, dass er vorhin bei der hastigen Übergabe der Gürtel einen riesigen Fehler begangen hat, den er nun nicht wieder gutmachen kann. Um das Risiko des Betrügens zu verringern, kam ihm bereits vor dem Besuchstermin der Gedanke, wenigstens einen Teil der Diamanten zurückzuhalten, ja sogar das kleinere Risiko des Entdeckt Werdens auf sich zu nehmen und dem Diplomaten Ron Wellington nur einen Gürtel und den Rest der Diamanten in einem Beutel anzuvertrauen. Doch jetzt ist gerade das passiert, was er unter allen Umständen vermeiden wollte. Er hat Ron die beiden Gürtel überlassen und den Lederbeutel, der das Größere Risiko des Entdeckt Werdens in sich birgt, behalten.

‚Hat er es absichtlich getan oder hat ihn seine eigene Besitzgier dazu bewogen als ihm klar wurde, dass sich rund die Hälfte der Diamanten in dem Beutel befand?'

Er weiß es nicht und jetzt nützt es ihn auch nichts mehr. Er hat es verpatzt und muss sich damit abfinden, das verbleibende Risiko des Schmuggelns und die Angst des dabei Entdeckt Werdens auf sich zu nehmen.

Gerald, der Pieter während der Gürtelübergabe aufmerksam von der Seite beobachtet hat und auch seines Bruders plötzliches Erschrecken und die damit verbundene Unsicherheit bemerkt, beschließt daher, die etwas eklatante Situation zu beenden.

Die beiden anderen Männer mit seiner sonoren Stimme ansprechend, betont er, dass die nun doch ganz im Sinne seines Bruders verlaufenen Dinge jetzt im Rollen sind und sie zusammen im ‚Café Royal' auf jeden Fall etwas zum Essen und Trinken zu sich nehmen sollen, um danach nach Hause zu fahren.

Wohlwollend mit ihren Köpfen nickend, stimmen die beiden anderen Geralds Vorschlag zu. So begibt man sich gemeinsam in das naheliegende Straßencafé und erzählt ein paar belanglose Geschichten, um sich danach voneinander zu verabschieden.

Ron Wellington versichert Pieter noch einmal, dass er ihn sofort telefonisch verständigen wird, wenn alle Reisevorbereitungen seinerseits arrangiert sind.

Nachdem Pieter und Gerald sich von Ron in fast kameradschaftlicher Weise verabschiedet haben und Ron die Bürotür hinter sich geschlossen, ja sogar verriegelt hat, begibt er sich zurück zu seinem Schreibtisch, um verschiedene Telefonate zu tätigen. Zuerst beantragt er die erforderlichen Papiere und bestellt zwei Flugtickets in der ‚Business Class' von Cotonou nach Amsterdam mit Zwischenstopp in Paris für den 7. Dezember. Da er in seinem hiesigen Büro grundsätzlich alleine arbeitet, ruft er als nächstes seine Sekretärin in seinem Büro in der Ruè 693 an und teilt ihr mit, dass er in drei Tagen eine Geschäftsreise nach Amsterdam antreten wird. In seinen Instruktionen weist er sie an, alle eingehende Post in seinem Namen zu beantworten. Da sie in die meisten seiner ungesetzlichen Geschäftspraktiken eingeweiht ist, kennt sie die Antworten dieser Briefe bereits im Voraus. In allen Antworten kann sie die Absender darauf hinweisen, dass eine Überprüfung von Geldüberweisungen, gesetzlich bedingt, bereits in vollem Gange ist. Somit steht den Anweisungen der ihnen zustehenden Geldbeträge nichts mehr im Wege und diese werden innerhalb der nächsten zweiundsiebzig Stunden auf die entsprechenden Kontonummern bei den angegebenen Banken erfolgen.

Die in vorhergehenden Briefen angeforderten Geldsummen und Schecks zur Kostendeckung, die in seiner Abwesenheit eingehen, hat sie in unterschiedliche Ordner zu sortieren. Er persönlich wird diese Schecks nach seiner Rückkehr in die entsprechenden Bankkonten deponieren.

Weiterhin ordnet er an, dass sie unter keinen Umständen irgendwelche finanziellen Entscheidungen treffen kann, ohne von ihm vorher telefonisch die Erlaubnis hierfür einzuholen.

Nach einigen weiteren Anweisungen und Anordnungen, die mehr oder weniger den normalen Büroalltag betreffen, hängt er ab. Nachdem er in seinem Terminkalender mehrere Eintragungen getätigt hat, greift er erneut zum Telefon. Diesmal ist sein Gesprächspartner am anderen Ende der Leitung ein gewisser Geschäftsmann in Amsterdam namens David Himmelstein, seines Zeichens Gold, Diamanten und Juwelenhändler. Nach dem etwa eine halbe Stunde dauernden Telefonat und dem darin stattgefundenen Gedankenaustausch, räumt er sorgfältig seinen Schreibtisch auf. Nur seinen ledergebundenen Terminkalender steckt er in seine Aktenmappe bevor er sein Büro verlässt. Von außen überprüft er nochmals, ob die Türe auch ordentlich verschlossen ist.

Pieter und sein Bruder Gerald haben das Regierungsviertel von Cotonou verlassen und befinden sich, beide in Gedanken versunken und mit gemischten Gefühlen, bereits auf der Rückreise von Cotonou auf der Küstenstraße in Richtung Lomé, For Ever'. Das azurblaue Wasser und die sich im Sommerwind wiegenden Palmen am Meeresstrand beeindrucken die beiden Männer zurzeit nicht im Geringsten. Für eine Weile, Gerald kommt es vor wie eine Ewigkeit, wechseln sie nicht ein einziges Wort. Sie haben ihre Blicke starr nach vorne gerichtet, als ob sie auf dem Asphalt der Autostraße eine Antwort auf die Fragen finden würden, die sie gemeinsam belasten. Endlich, nach einstündiger Autofahrt, dreht Gerald seinen Kopf Pieter zu, der auf dem Beifahrersitz teilnahmslos mit nach vorne gerichtetem Blick auf die vor ihm liegende Straße schaut.

„Pieter wach auf. Als wir mit Ron Wellington zusammensaßen, habe ich gedacht, du wolltest die ganze Welt erobern, so aufgedreht und voll Zuversicht in die Zukunft blickend, habe ich dich vorher noch nie gesehen. Nachdem Ron das anfänglich recht dicke Eis gebrochen hat, sind die Worte nur so aus deinem Mund gesprudelt und als du ihm spontan die beiden Gürtel überreichtest, sah es fast so aus, als wenn du ihm ein Geschenk machen wolltest."

„Gerald, lieber Bruder, das ist es gerade, was mich im Nachhinein so bedrückt. Ich vertraue Ron vollkommen und das hat nichts mit eurer Bekanntschaft oder gar Freundschaft zu tun. Ich traue mir selbst zu, im Laufe der Zeit genug Menschenkenntnisse erworben zu haben, um die Spreu vom Weizen zu scheiden. Sicherlich vertraue ich auf seine Ehrlichkeit. Was Anderes bleibt mir jetzt sowieso nicht mehr übrig. Auch seine Integrität ist aufgrund seiner Position unantastbar. Warum ich so deprimiert bin, ist der Ärger über mich selbst. Vielleicht hast du es nicht bemerkt, doch in meiner Überzeugung und Überschwänglichkeit habe ich ihm beide diamantengefüllte Gürtel im wahrsten Sinne des Wortes in den Schoss gelegt.

Glaube mir, das war in keinster Weise in meinem Vorhaben geplant. Es war vielmehr mein Plan, Ron nur einen Gürtel und vor allen Dingen den Diamantenbeutel zum Transport zu überlassen, um das Risiko des Entdeckt Werdens so gering wie möglich zu halten. Wegen der Diamanten in den Absätzen meiner Schuhe mache ich mir die wenigsten Sorgen. Sie können praktisch nur mit Röntgenstrahlen entdeckt werden und kein Flughafen in der Welt ist dafür ausgerüstet.

Ich habe zwar unter die Diamanten im Beutel etliche fast gleich aussehende ‚Rhinestones' (Glassteine) gemischt und werde auch noch einen kurzgehaltenen Brief mit einer Frauenanschrift dazu stecken. Vielleicht lassen sich die Zollbeamten hiervon täuschen, falls der Beutel bei einer eventuellen Durchsuchung meines Gepäckes gefunden werden soll. Doch das ist alles Spekulation und der Zweck, weswegen ich dich um Rons Hilfe gebeten hatte, ist zwar nicht ganz aber doch teilweise verfehlt. Hierfür muss ich mir allein und nur mir allein die Schuld zuschreiben."

Ohne seinen Blick von der Straße zu wenden, versucht Gerald seinen älteren Bruder zu trösten:

„Es wird schon alles gut gehen. Du darfst nicht zu schwarzsehen. Außerdem kannst du ja immer noch mit Ron sprechen und die Situation korrigieren."

„Das ist gerade das, was ich unter allen Umständen vermeiden möchte, denn damit würde ich alle Trumpfkarten in Rons Hände spielen und hätte absolut keine Sicherheit mehr. Ich vertraue ihm zwar, habe ja auch keine andere Wahl mehr, aber dennoch möchte ich nicht die Kontrolle verlieren. Doch, vergiss es jetzt. Ich will und kann es nicht mehr ändern."

Hätte er jedoch des ‚Diplomaten' Ron Wellington wirkliche Pläne zu diesem Zeitpunkt gewusst, hätte er bestimmt anders gehandelt und auch anders entschieden.

Auch in Plattsville, in der Provinz Ontario, Kanada, herrscht im Seniorenheim ‚Emmanuel' eine aufgeregte Atmosphäre. Ingolf Wittenauer hat eine weitere ‚Email' vom ‚Foreign Remittance Officer' Ron Wellington erhalten, in der er sich im Auftrag seines Ministeriums bedankt. Er teilt Ingolf aber weiterhin mit, dass das Ministerium nochmals achttausendfünfhundert Dollar benötigt, da nun eine weitere Überprüfung anstehe und mit hundertprozentiger Sicherheit erst nachgewiesen werden müsste, dass das im inzwischen vorläufig gesperrten Konto von Rudolph Wittenauer liegende Geld nicht aus Drogenhandel, Waffenschmuggel oder Terroristengeldern stamme.

Nach Erhalt des geforderten Betrages stünde der sofortigen Überweisung an die angegebene Kontonummer bei der aufgeführten Bank in Kanada nichts mehr im Wege. Nun ist guter Rat teuer. Ingolf Wittenauers Ersparnisse sind durch eine gerade stattfindende Scheidung mit seiner zweiten Ehefrau auf dem Nullpunkt. Er kann sich bestenfalls geradeso über Wasser halten, ohne neue Schulden einzugehen. Pierre Labontes Seniorenheim ist zurzeit nur halb belegt und auch dringend notwendige Reparaturen hat er schon mehrfach zurückgestellt. Die anfallenden Kosten sind inzwischen so sehr angestiegen, dass auch er nicht in der Lage ist, die benötigte Summe von achttausendfünfhundert Dollar aufzubringen. Beide sehen sich also nicht in einer Position, die zweite Rate zusammenzubringen, um an das vermeintliche Erbteil heranzukommen.

Hoffnungslos sehen sie das Ingolf zugesprochene Erbteil davonschwimmen und alle inzwischen angesprochenen Banken sind nicht bereit, ihnen ohne die entsprechenden Sicherheiten auch nur einen Cent zu leihen. Das Gespräch der beiden bleibt erfolglos. Ingolf verlässt trostlos seinen Freund, um zu Hause stundenlang darüber zu grübeln, ob es nicht doch noch eine Möglichkeit gibt, die man bisher übersehen hat. Ohne Erfolg.

Pierre Labonte ist kein Mann des Aufgebens. Man konnte ihm allerhand nachsagen und manche der Gerüchte, die über ihn, seine Lebensart und Lebensweise in der Umgebung herumschwirren, sind nicht gerade zu seinem Vorteil, aber aufgeben, wenn man schon so nahe am Ziel ist, gibt es für ihn nicht. Noch lange nicht.

In Plattsville lebt eine alleinstehende, ältere Frau. Man kann sie ohne weiteres als eine elegante, betagte Dame bezeichnen, mit der er jeden Sonntagmorgen den Gottesdienst in der alten ,United Church' im Ort besucht. Ihr sagt man nach, dass sie gut betucht sei. Ihr verstorbener Mann, Alleininhaber einer mittelgroßen Metallfabrik, hat ihr ein stattliches Vermögen hinterlassen. Wie es weiter heißt, sind keine nahestehenden Angehörigen in ihrer Verwandtschaft.

Sonntagmorgen, nach dem Gottesdienst, spricht Pierre sich selbst Mut zu, um der älteren Dame mit vorher wohldurchdachten Worten seine Pläne und sein Vorhaben vorsichtig zum Ausdruck zu bringen.

Wie es der Zufall will, hat gerade heute der Pfarrer in seiner Predigt den Anwesenden klargemacht, ja sogar vorgeworfen, dass es Christenpflicht sei, anderen in Not geratenen Menschen zu helfen. Etwas, was leider nur zu selten geschehen würde. Worte wie diese kommen Pierre wie ein Geschenk des

Himmels. Sein Herz pocht geradezu vor Freude und schlägt ihm vor Aufregung bis zum Halse.

Normalerweise geht Pierre jeden Sonntag auf die mit bedächtigen Schritten das Gotteshaus verlassende Dame zu, ihre Hände schüttelnd, ein paar Worte hin und herwechselnd, um sich danach mit guten Sonntagswünschen zu verabschieden. Doch nicht heute, nicht bevor er ihr sein Anliegen vorgetragen hat.

Pierre Labonte ist alles andere als überdurchschnittlich intelligent und im wahrsten Sinne des Wortes weit entfernt von einem ‚Rocket Scientist'. Er versteht es jedoch, mit Leuten aller Gesellschaftsschichten umzugehen und auch Mrs. Hilda Smithson macht da keine Ausnahme.

„Na Hilda, da hat uns der Herr Pfarrer heute mal wieder kräftig ins Gewissen geredet, was meinst du? Doch zuerst einmal einen guten Morgen und wie geht es dir?"

„Na ja, die alten Knochen wollen nicht mehr so wie ich, aber nachdem ich in der vergangenen Woche im Krankenhaus in Stratford (nächst größerer Ort) war, um eine alte Freundin zu besuchen und dabei all das sich dort abspielende Leid und Elend gesehen habe, fühle ich mich wieder viel besser. Nur die Rheumaschmerzen in den Gelenken machen mir immer mehr zu schaffen. Daran kann man nicht mehr viel ändern. Schließlich werde ich in drei Tagen achtundsiebzig!"

„Na, dann würde ich dir heute schon gerne gratulieren, aber das soll man nicht tun, weil es angeblich Unglück bringt."

„Ja, ja Pierre, vielleicht ist sogar was Wahres dran. Warum kommst du nicht am Mittwochnachmittag zu einer Tasse Kaffee vorbei. Ein gutes Stück Kuchen wirst du auch bekommen."

„Mein Gott Hilda, nur keine Umstände machen. Wann würde es dir denn zeitlich passen? Habe dir sowieso was Interessantes zu erzählen!"

„Drei Uhr wäre eine gute Zeit und was du mir erzählen willst, kann ich mir bereits vorstellen. Immerhin ist Plattsville ein kleines Nest und Gerüchte machen schnell ihre Runde."

Pierre schaut sie augenblicklich so verdutzt an und mit einer inneren Überwindung seine Fassung nicht verlierend, fragt er, welche Gerüchte mal wieder über ihn herumschwirren.

„Pierre, zier dich nicht so und versuche auch nicht, mich für dumm zu verkaufen. Reden wir doch am Mittwoch darüber. Also dann, bis Mittwochnachmittag.

Ron Wellington ist in absoluter Hochstimmung. Selbst seine Gedanken schlagen Purzelbäume. Wie kann man sonst auf einen Schlag so viele glückliche Umstände verdauen? Er wird in kurzer Zeit reich sein, ja sehr reich und wenn er keinen groben Fehler begeht und alles vor ihm Liegende seinem gewohnten Lauf überlässt, dürfte nach menschlichem Ermessen dem zu erwartenden Erfolg nichts mehr im Wege stehen. Jedenfalls nicht in der Art und Weise, wie er es sich auslegt und auch ausführen wird. Er weiß, Vorsicht ist die Mutter der Porzellankiste und Vorsicht hat sich auch in seine Gedanken eingeprägt. Es dauert daher auch nur einen kurzen Moment bevor er in die Realität zurückfindet und auf den Boden der Tatsachen zurückkehrt.

Sein vorheriger Gesprächspartner, der Diamanten und Juwelenhändler David Himmelstein ist in seinen Augen, nach mehrfach nicht gerade astreinen Geschäften, die die beiden in der Vergangenheit bereits getätigt haben, für seine Zwecke absolut der richtige Mann. Eine andere Wahl steht ihm auch derzeit nicht zur Verfügung. David Himmelsteins Sohn Benjamin hatte nämlich vor einigen Jahren Kolumbien als seine Wahlheimat auserkoren. Dort hat er sich nach relativ kurzer Zeit mit einem Drogenschmuggler Kartell eingelassen. Als sein Vater davon erfuhr, war er zwar wegen der damit verbundenen Gefahren absolut dagegen. Doch als er die Lukrativität abschätzte, wurde er quasi als Endverteiler in die gesetzlosen Transaktionen verwickelt und hat mittlerweile auch Ron Wellington davon informiert und involviert. Immerhin konnte dieser aufgrund seiner diplomatischen Immunität von unschätzbarem Nutzen beim Drogentransport sein.

Ron Wellington ist ein äußerst intelligenter Mann. Das ist etwas, was ihm keiner, der ihn kennt oder mit ihm schon mal geschäftlich zu tun hatte, verwehren kann. Doch sein unbestritten größter Fehler ist seine absolut übermächtige Geldgier, die ihm bei einem seiner Drogenkurierdienste dann auch tatsächlich fast das Leben gekostet hätte.

Bei einer seiner vorgetäuschten Geschäftsreisen hatte er Drogen von Kolumbien zu einem ‚Drogenkartell' in Mexiko transportiert. Dort hatte man ihn großzügig entschädigt und ihm gleichzeitig einen neuen Auftrag zum Weitertransport von einem Teil dieser Drogen nach Montreal Kanada anvertraut.

Als Übergabeort des weißen Stoffes war ein kleines, unscheinbar wirkendes Straßencafé in Tijuana Mexiko in Grenznähe zu den USA vorgesehen. Alles wäre auch planmäßig verlaufen, hätte nicht eine Konkurrenzbande, ebenfalls im Drogengeschäft in Tijuana, von der Drogenübergabe Wind bekommen. Jedenfalls kam es am Übergabetag gegen zehn Uhr abends in der belebten Innenstadt zu einem heftigen Feuergefecht zwischen den beiden Konkurrenten, bei welchem eines der Bandenmitglieder ums Leben kam. Selbst von der mexikanischen Grenzpolizei, die, gewollt oder ungewollt sei dahingestellt, viel zu spät am Tatort auftauchte, konnte nicht mit Sicherheit ermittelt werden, zu welchem Kartell der Erschossene gehörte. Da der schwarzhäutige Mann eine erstaunliche Ähnlichkeit mit Ron Wellington aufwies, spielte die Ironie des Schicksals mal wieder eine entscheidende Rolle, in der sein Auftraggeber am Ende glaubte, dass es sich bei dem Ermordeten um seinen Kurier handelte, nämlich Ron Wellington.

Die daraus entstehende Folge war für Ron von enormer Bedeutung. Schließlich war von diesem Tage an seine Identität in Mexiko ausgelöscht. Es gab ihn einfach nicht mehr in mexikanischen Drogenkreisen. Von seinem Auftraggeber wurde der Verlust der Drogen schmerzlicher empfunden als der Verlust eines Menschenlebens. Auch die untersuchenden Behörden sträubten sich, den Zwischenfall an die große Glocke zu hängen, um ihr Versagen zu vertuschen. Vor rund fünf Jahren hatte doch der mexikanische Präsident Calderone den Drogenkartellen den Kampf angesagt und ein weiteres Versagen war einfach nicht hinnehmbar. Selbst in Kolumbien wurde nichts bekannt und so erfuhr auch David Himmelstein in Amsterdam nichts davon.

Nur Ron Wellington vermeidet von diesem Zeitpunkt an, weitere Kuriergeschäfte mit kolumbianischen oder mexikanischen Drogenhändlern zu tätigen. Dafür hängt er zu sehr an seinem ruchlosen Leben. Er ist sich sicher, dass seine betrügerischen Machenschaften in Zukunft zwar geringer, aber dadurch wieder sicherer werden.

Alle Geschehnisse, die er bisher im süd- und mittelamerikanischen Raum erlebt hat, streicht er deshalb aus seinem Gedächtnis, als er diese nochmals überdenkt. Dann schickt er sich an, sein Reisegepäck für die viel ungefährlichere, aber dennoch lukrativere Reise nach Amsterdam zusammenzupacken.

Gerald und Pieter haben inzwischen die Küstenstraße von Benin nach Togo verlassen. Die Schönheit der Landschaft und des Golfs von Guinea sind vom tristen und unansehnlichen Bild der Stadtnähe von Lomé abgelöst worden. Die geteerte Straße in die Stadt hat sich in eine Schotterstraße verwandelt, die direkt in den Vorort ‚For Ever' führt, praktisch bis zum Hause der van Dohlens.

Die letzten Kilometer sind von den Brüdern ohne weiteren Gesprächsstoff verlaufen. Beide hängen ihren Gedanken nach. Wie einem Kommando folgend, denkt Pieter immer wieder an

Belinda. Inzwischen ist ihm auch im tiefsten Innern klar geworden, dass er sich Hals über Kopf in diese Frau verliebt hat, sodass alle weiteren und auch wichtigen Gedanken total verdrängt worden sind. Obgleich sich die beiden nichtmals Tage, eigentlich nur für einige Stunden kennengelernt haben, ist in ihm eine Sehnsucht erwacht, deren Möglichkeit er vorher als absolut absurd abgetan hätte. Aber das Leben spielt sein eigenes Spiel. Diese Sehnsucht hat sich in seinem Herzen einen Platz gesucht und ihm im wahrsten Sinne des Wortes das Fassen jeglichen klaren Gedankens geraubt.

Als Gerald von der Straße in die Garageneinfahrt einbiegt, öffnet sich die Haustüre und die drei Kinder sowie seine Frau kommen heraus und bewegen die beiden Männer zu einem breiten Grinsen. Das Verkrampfte der letzten Stunde weicht aus ihren Gesichtern. Schließlich ist ja doch ziemlich alles so verlaufen wie es sich beide vorgestellt hatten. Die Kinder, die nun Vater und Onkel mit strahlenden Gesichtern begrüßen, tragen das Ihre dazu bei.

Gerald begrüßt seine Frau Martha mit einer herzlichen Umarmung und einem zärtlichem Kuss auf die hingehaltene Wange, während sich die drei Kinder, als wäre es so vereinbart, fast gleichzeitig auf ihren Onkel Pieter stürzen. Dieser kann nur mit Mühe sein Gleichgewicht halten, um nicht hinterrücks im Vorgarten zu landen.

Mit kurzen Sätzen schildert Gerald seiner Ehefrau den nicht gerade alltäglichen Verlauf der letzten sechs Stunden, während die Kinder Onkel Pieter beschäftigt halten, indem sie ihn auf der kleinen Wiese neben dem Vorgarten in ein Ballspiel verwickeln.

Obwohl er gerade erst eine äußerst stressvolle Gesprächsrunde in Cotonou hinter sich hat, beschäftigt er sich intensiv mit den drei Kindern. Es gibt ihm die Ablenkung, die er dringend braucht. Seine Konzentration ist trotzdem nur halb dem Spiel gewidmet und seine Gedanken schlagen Purzelbäume.

Da ist erst einmal der für ihn nicht ungefährliche Diamanten-transport mit einem zwar sympathisch und aufrichtig erscheinenden Mann. Dennoch muss er sich eingestehen, dass er diesen zu wenig kennt, um ihm sein vollstes Vertrauen zu schenken, was er aber bereits getan hat. Rückweg ist ausgeschlossen. Punkt!

Die zweite Schwachstelle in seinen Gedankengängen ist zwar viel schöner, doch inzwischen ist ihm klar geworden, dass es nicht so einfach sein wird, Belinda in der fast drei Millionen Stadt Toronto wiederzufinden. ‚Vielleicht will sie auch gar nicht gefunden werden. Eventuell war es für sie nur ein kurzer, folgenloser Flirt, der ihr einfach nur Spaß gemacht hat.‘

‚Wie konnte er ihr so mir nichts dir nichts zurufen, sie in Toronto wiederzusehen, obwohl ihm bekannt war, dass es in Kanada keine Meldepflicht gibt? Er will, wird und muss sie finden. Koste es was es wolle! Der Blick ihrer mandelförmigen Augen hat ihm doch bestätigt, dass es nicht nur ein kurzer Flirt war. Es war mehr, viel mehr. Auch für sie. Dessen war er sich hundertprozentig sicher! War er das? Ja und immer wieder ja und ich werde sie finden und wenn ich an jede Haustüre in Toronto klopfen muss!‘

Erst als ihn Pieter jun. mit einem geworfenen Ball voll ins Gesicht trifft, finden seine Gedanken zurück in die raue und wahre Realität. Die Schicksalswürfel sind gefallen. Die Hälfte der Diamanten befindet sich in den Händen einer Person, die er erst vor einigen Stunden kennengelernt hat und der er nun bedingungslos vertrauen muss. Aber sein Bruder hätte ihn nie in ein solches Risiko laufen lassen, wäre er nicht von der Gradlinigkeit eines Mannes wie Ron Wellington überzeugt. Auch sein eigener Eindruck von Ron war so überwältigend, dass er ihn ohne weiteres als Freund akzeptiert hätte. Aussteigen konnte er ohnehin jetzt nicht mehr. Zumindest nicht, ohne sein Gesicht zu verlieren.

Der Abend im Hause der van Dohlens verläuft verhältnismäßig

ruhig. Nach dem Abendessen, diesmal tischt Martha eine Lieblingsspeise zu Pieters Ehren auf, ein feuriges, ungarisches Gulasch mit selbst hergestellten Nudeln, unterhalten sich die beiden Brüder zum letzten Male über das hinter ihnen liegende Tagesgeschehen. Martha bringt die Kinder recht frühzeitig ins Bett, um danach der Unterhaltung zuzuhören und greift auch manchmal ein, besonders, wenn es sich um Pieters Weiterreise dreht. Diese hat sich ja nun um einen Tag, also auf den kommenden Samstag, verschoben. Den morgigen Tag will man nochmal nutzen, um Pieter etliche Kunstwerke in der Stadt zu zeigen.

Allgemein verläuft die Unterhaltung der drei bei einigen Gläsern südafrikanischem Rotweins recht flüssig bis Martha die Müdigkeit der beiden Männer bemerkt und vorschlägt, morgen über die Dinge zu reden, über die man heute wegen der viel zu schnell vergehenden Zeit nicht gesprochen hat.

Pieter bedankt sich herzlich bei seiner Schwägerin für ihre vorsorgliche Bewirtung, ehe er seinem Bruder Gerald beide Hände auf dessen Schulter legt und ihn dabei lange anschaut:

„Gerald, ich weiß zwar nicht, wie ich dir für deine Hilfe danken kann. Doch ich schwöre dir hier und jetzt feierlich, dass ich mir, wenn ich erst mal in Kanada bin, etwas einfallen lasse werde. Schließlich möchte ich mich für das, was du für mich getan hast, wenigstens erkenntlich zeigen. Übrigens, wie du heute Nachmittag bemerkt hast, habe ich mir einige Dinge öfters durch den Kopf gehen lassen und kann dir jetzt sagen: Mein Gefühl hat mich noch nie betrogen und es wird es auch diesmal nicht. Es wird alles gut gehen. Doch nun wünsche ich euch beiden eine gute Nacht.

Allein in seinem Zimmer, bemächtigt sich seiner eine bisher nie gekannte Unruhe. Als er seine Kleidung ablegt, bemerkt er das Zittern seiner Hände. Dennoch wird er das Gefühl, ein Gefühl oder eigentlich mehr ein Zwiespalt zwischen der Gefahr des Diamantentransportes mit seinem neuen ‚Freund' Ron Wellington auf der einen und das unbeschreibliche Glücksgefühl mit dem Gedanken an Belinda auf der anderen Seite, nicht los. Es hält ihn noch einige Zeit wach. Sich im Bett von einer Seite zur anderen wälzend, übermannt ihn am Ende doch der notwendige Schlaf. Während der Donnerstag völlig ereignislos und regnerisch verläuft, beginnt der Freitag mit strahlendem Sonnenschein. Regen ist erst für Samstag, seinem Abreisetag, vorausgesagt. Es ist noch früh am Morgen. Pieter liegt hellwach in seinem Bett und hängt seinen Gedanken nach. Erst als die kleine Melissa zaghaft an die Schlafzimmertüre klopft, springt er aus seinem Bett, während er gleichzeitig „herein" ruft. Die Kleine öffnet die Türe, doch nur einen Spalt, steckt ihren Kopf herein und bittet ihren Onkel zum Frühstück. Jetzt erst bemerkt er, dass es bereits acht Uhr ist. So lange hat er schon ewig nicht mehr geschlafen.

„Danke Melissa. Sage bitte deiner Mami, dass ich mich beeilen werde, besonders, wo ich jetzt den guten Kaffeegeruch in meine Nase kriege."

Nach einem ausgiebigen Frühstück mit der gesamten Familie geht die Fahrt ins Innere von Togos Hauptstadt Lomé. Selbst in der Stadtmitte sieht man kaum Hochhäuser. In den meisten Straßenzügen kann man zwar bunte, aber nur zwei oder dreistöckige Häuser erspähen. Auch die Hauptgeschäftsstraße weist mehr oder weniger nur zweistöckige Bauwerke auf. Hier erst wird Pieter klar, wie arm die Bevölkerung des Landes sein muss, welches früher einmal und zwar unter deutschem Protektorat bis zum Ausbruch des ersten Weltkrieges stand.

Es sind meist ungeteerte, staubige Straßen an deren Ecken sich Märkte befinden, die alles Mögliche zum Verkauf anbieten. Bedingt durch die Meeresnähe gibt es auch frischen Fisch, soweit man in dieser Klimazone nach kurzer Zeit noch von ‚frisch' sprechen kann. Obgleich Pieter die Armut der hier lebenden Menschen wahrnimmt, hat das bunte Bild des Treibens auf den Straßen dennoch etwas Faszinierendes an sich. Menschen in bunten Kleidern, Busse, die keine Sitzplätze haben, damit die Fahrgäste ihre Fahrräder mitbringen können, manche auch Kleintiere in Käfigen, und sogar Ziegen als Mitfahrgäste sind keine Seltenheit.

Viele Taxen an den Straßenrändern sind zwar nicht lizenziert, dienen aber als solche. Öfters kann Pieter sein Erstaunen, aber auch sein lautes Lachen nicht zurückhalten. Besonders als er an einer Straßenecke aus einem älteren und eigentlich recht kleinen Mazda Personenwagen sage und schreibe acht Personen aussteigen sieht. An vielen prominenten Plätzen, die ihm sein Bruder und dessen Frau zeigen, bewundert er die Plastikskulpturen des bereits erwähnten und international bekannten Plastikkünstlers Paul Ahyi.

Dennoch kann er den Kulturschock, den ihm Lomé heute versetzt, mit einem Vergleich zu den vielen Kulturstädten Südafrikas, wie Kapstadt, Johannesburg, Durban und Pretoria nicht überwinden. Hier und da vor einem der vielen Marktstände stehen bleibend, überlegt er, ob er seinen Bruder oder dessen Familie mit einem Abschiedsgeschenk der dort angebotenen Gegenstände erfreuen würde. Er verwirft jedoch diesen Gedanken schnell wieder, weil er an ein Geschenk von größerem Wert und Nutzen für die Familie als ‚Dankeschön' für die ihm zuteil gewordene Gastfreundschaft denkt.

Erst am späten Nachmittag drängt Gerald auf die Heimfahrt. Er weiß, dass sein Bruder noch sein Gepäck organisieren und verstauen muss. Der letzte Abend im Hause der van Dohlens ist für Pieter angebrochen und nach dem gemeinsamen Abendessen wird nur noch wenig gesprochen. Erst als die Kinder von Martha zur Nachtruhe in ihre Zimmer gebracht werden, kommt wieder eine Unterhaltung zustande. Danach verabschiedet sich auch Pieter von Martha und Gerald, um in seinem Zimmer seine Gepäcksstücke sorgfältig zu organisieren und zusammenzupacken.

Danach beginnt wieder das gleiche Spiel. Er kann keinen Schlaf finden. Zum x-ten Mal rollt er in seinem Bett von einer Seite zur anderen, überdenkt dieses und jenes Problem, welches in den nächsten Tagen für unbekannte Überraschungen sorgen könnte. So wird die letzte Nacht in ‚For Ever' für ihn eine der unruhigsten in seinem Leben.

Übernächtigt und unausgeschlafen sitzt er bereits seit sechs Uhr morgens im Speisezimmer, nachdem er sich rasiert und geduscht hat. Dabei überfliegt er die Schlagzeilen der gestrigen Zeitung. Sein Reisegepäck, immer noch aus zwei Koffern, einem mit aufgeschnallter Reisetasche, und seinem Rucksack bestehend, steht bereits fertig gepackt im Vorraum des Hauses. In etwa drei Stunden wird ihn sein Bruder zum ‚Internationalen Airport' von Cotonou bringen, wo er sich mit Ron Wellington treffen wird. Von hier aus wird er mit diesem gemeinsam die Reise nach Europa antreten.

Auch für Gerald, seine Frau Martha und die Kinder beginnt der neue Tag früher als normal. Kurz bevor der Zeiger der Wanduhr sieben Uhr anzeigt, sind alle im Speisezimmer versammelt. Gemeinsam genießen sie das letzte Frühstück bevor Pieter und Gerald die Fahrt zum Flughafen antreten. Pieter ist sich bewusst, dass es nicht ein einfacher Abschied wird. Wer weiß oder kann ahnen, wann und ob man sich in der Zukunft nochmal sehen wird. Die Zeiger der Uhr scheinen auf einmal viel schneller zu laufen und die noch übriggebliebene Zeit vergeht wie im Flug.

Der Moment des Abschiednehmens ist gekommen und mit Tränen in den Augen, verabschiedet er sich von Martha und den Kindern.

Kapitel 5: Die Reise nach Amsterdam

Der internationale Airport ‚Cadjehoun' in Cotonou liegt am südöstlichen Rande der Stadt, nur sechs Meter über dem Meeresspiegel. Er wird von den meisten afrikanischen Fluggesellschaften, aber auch von etlichen europäischen Fluglinien, im Linienverkehr regelmäßig angeflogen. Dazu gehört unter anderem auch die Air France, die Ron Wellington für ihren Trip ausgewählt hat.

Die Maschine, ein ‚Airbus A330', ist bereits vor mehreren Stunden aus Paris kommend, gelandet und wird zurzeit noch gewartet ehe sie den sechsstündigen Rückflug nach Paris beginnt. Das Flughafengebäude beherbergt im Inneren neben den Abflugschaltern einige Stehcafés, Mietwagenschalter, Restaurant, Tourist Information sowie einen Hotelreservierungsschalter. Obwohl man hier nichts mit europäischen Maßstäben messen kann, werden trotz der primitiven Verhältnisse jährlich rund dreihundertfünfzigtausend Fluggäste abgefertigt, zu denen sich nun auch Ron Wellington und Pieter van Dohlen zählen dürfen.

Direkt nach der Ankunft am Flughafen sucht Gerald erst einmal einen geeigneten Parkplatz, was für den wählerischen Mann einige Zeit in Anspruch nimmt. Erst als er die Unruhe in Pieter bemerkt, findet er zufällig einen so breiten Parkplatz, dass kein anderer beim Öffnen der Autotüren seinem Lieblingsspielzeug zu nahe kommen kann.

Eigentlich haben die beiden Brüder nach dem Verabschieden von Martha und den Kindern auf der Fahrt nur sehr wenig gesprochen. Pieter nahm auf der Küstenstraße von Togo nach Benin noch einmal, ein letztes Mal, das traumhaft schöne Strandbild des Golfs von Guinea wahr. Erst bei der Grenzkontrolle wurde er schlagartig hellwach, weil ihm der Grenzbeamte seinen Pass abnahm, damit in die kleine Wellblechhütte ging und erst nach rund fünf Minuten, die den beiden wie eine Ewigkeit vorkamen, wieder erschien.

„Sie wissen, dass Ihr Visa nur noch acht Stunden Gültigkeit hat. Wann gedenken sie die Rückreise anzutreten?"

„Ich werde nicht zurückkehren. Ich bin nur auf der Durchreise, habe bei meinem Bruder einige Tage Urlaub genossen und bin jetzt auf dem Weg zum Flughafen Cotonou, um von dort nach Amsterdam weiterzufliegen." Der Grenzbeamte, ein Mittfünfziger mit kurz geschnittenem, graumeliertem Haar, grinst Pieter an:

„Ha, ha, da wünsche ich ihnen viel Glück. Von Cotonou gibt es leider keine Direktflüge nach Amsterdam. Mein Schwager arbeitet nämlich bei der ‚Air France' im Gepäckdienst. Daher weiß ich, dass es Direktflüge nur nach Paris gibt, doch es geht mich ja auch nichts an." Dabei strahlt er Pieter an, als wenn er ihm gerade einen guten Witz erzählt hätte.

„Weiß ich. Muss dort in eine KLM Maschine nach Amsterdam umsteigen."

„Wenigstens sind sie gut informiert. Na dann viel Glück und eine gute Reise!"

Das kurze Gespräch verlief fast wie eine Unterhaltung unter Freunden. Trotzdem erschien Pieter das Frage und Antwortspiel wie ein gekonnter Versuch, ihn auszufragen. ‚Vielleicht wartete der Zöllner nur auf eine Unsicherheit in seinen Gesichtszügen, um ihm einen Grund zur Gepäckuntersuchung zu geben? Hatte ihm doch gerade vor der Fahrt Gerald erzählt, dass der Grenzübergang von Togo nach Benin nur eine reine Formsache sei. Also, warum die Fragen? Vielleicht war es auch nur seine Einbildung, vielleicht so etwas wie Schuldgefühl, welches er nicht so einfach abschütteln konnte. Tatsache war doch, dass er einen Schatz von Diamanten mit sich trug, von dem er nicht einmal wusste, ob er der rechtmäßige Besitzer war. Die legalen Schwierigkeiten waren daher nicht absehbar, wenn man sie bei oder gar an ihm finden würde.'

Alle diese Gedanken schießen durch Pieters Kopf und er wird erst ruhiger, als er in der Abflughalle vor dem ,Counter 11' Ron Wellington bemerkt, der dort bereits auf ihn wartet.

Im starken Kontrast zu ihrer ersten Begegnung hat sich Ron leger gekleidet, trägt eine Jeanshose, dazu ein beige und blau gestreiftes Hemd und mittelbraune, kurze Stiefel. Wenn er dazu noch einen breitrandigen Hut trüge, würde er unbedingt eine perfekte Cowboyfigur abgeben, wie man sie aus Wild West Filmen kennt.

Mit weit ausgestreckten Armen begrüßt er zuerst Gerald und legt dann seine linke Hand auf Pieters Schulter und schüttelt mit der rechten kräftig die von Pieter hingehaltene Hand. Er hat bereits einige Zeit, wie er beiläufig erwähnt, auf die Ankunft der Brüder gewartet, seine Zeit jedoch damit verbracht, einige noch unerledigte und wichtige Telefonate hinter sich zu bringen. Jetzt entschuldigt er sich, um die auf der anderen Seite der Halle liegende Toilette aufzusuchen. Perfekt! Pieter greift in seine linke Jackentasche, nimmt einen kleinen Samtbeutel heraus und drückt diesen Gerald in die Hand.

„Gerald, steck es sofort weg und verliere es bitte nicht. Erwähne es auch mit keinem Wort, wenn Ron zurückkommt. Es ist ein ,Dankeschön' von mir und für dich eine große Beruhigung, solltest du jemals in finanzielle Schwierigkeiten geraten." Gerald schaut seinen Bruder mit ungläubigem Blick in die Augen, den Mund halb geöffnet, als wolle er etwas sagen, doch kein Wort kommt über seine Lippen.

Als Ron zurückkommt, ist auch die Zeit des Eincheckens gekommen.

„Gerald, unser Abschied wird bestimmt nicht für immer sein, so gib dir einen Ruck und schau mich bitte mit einer freundlichen Miene an bevor wir uns ,Goodbye' sagen."

Die junge Mulattin hinter dem ,Abflugschalter Nr. 11' der ,Air

France' hat die Formalitäten, wie Bordkarten, Passüberprüfung, usw. mit beeindruckender Höflichkeit und ebenfalls auffallender Freundlichkeit in wenigen Minuten erledigt. Auch das Einchecken des Gepäcks geschieht ohne besondere Vorkommnisse, was für Pieter eine sichtliche Erleichterung mit sich bringt. Doch ganz besonders, weil das Gepäck direkt nach Amsterdam durchgecheckt wird. Die ihnen zugeteilten Sitze, 2a und 2c, befinden sich auf der linken Kabinenseite. Also ein Fenster und ein Gangplatz, wie die Dame am Schalter bestätigt. Nicht jedoch, ohne die beiden vorher zu fragen, ob dies in Ordnung sei.

Die Zeit des Abschiednehmens ist gekommen und Gerald als auch Pieter versuchen vergeblich, die Tränen in ihren Augen zurückzuhalten. Selbst Ron zeigt sich gerührt. Vielleicht verspürt auch er in diesem Moment einen Hauch der Zuneigung, der die Brüder miteinander verbindet.

„Ron, pass ja gut auf meinen großen Bruder auf und wenn du zurückkommst, vergiss nicht, mir zu erzählen, wie alles verlaufen ist."

Als Ron und Pieter die Flugkabine betreten, herrscht dort noch reges Gedränge, doch die sie ansprechende Stewardess weist ihnen mit zuvorkommender Höflichkeit die Sitze in der zweiten Reihe zu. Mit einer lässigen Handbewegung überlässt Ron großzügiger Weise Pieter den Fensterplatz.

Nachdem Pieter nach einigem Hin- und Her Bugsieren seinen roten Rucksack sicher im Gepäckfach über ihm verstaut hat, nehmen beide ihre äußerst komfortablen Sitzplätze ein, in denen sie die etwas über sechs Stunden dauernde Flugzeit verbringen werden. Der ihnen gebotene Service in der ‚Business Class' ist hervorragend, was Pieter als auch Ron der charmanten Stewardess einige Male mit schmeichelnden Worten bekunden.

Während Ron Wellington aus seiner Diplomatentasche einige

Akten hervorholt und sich damit ausgiebig beschäftigt, ist Pieter in seinen Gedanken verloren. Nur manchmal blickt er kurz auf und schaut auf die Wolkendecke, die weit unterhalb des Flugzeuges sichtbar ist, manchmal dichter, manchmal aufgelockerter. Beim zeitweiligen Hinüberschauen zu Rons Seite bemerkt er, dass dieser einige Aktenordner auf seinem Schoss liegen hat, die auf der Außenseite recht auffällig das Emblem der ‚Lloyds Bank' von London tragen, was wiederum Pieter ein beruhigendes Gefühl einflößt. Ron Wellington kennt das Geschäft der Betrügerei aus dem Effeff und weiß genau, wann und wie er die Aufmerksamkeit seines jetzigen Partners auf sich lenken kann.

Ansonsten verläuft der Flug ohne besondere Begebenheiten. Nur zwei Mal werden die Fluggäste durch die Stimme des ‚Ersten Offiziers' und die aufleuchtenden Lichtsignale über ihnen, auf die zu erwartenden Turbulenzen aufmerksam gemacht und gebeten, sich anzuschnallen.

Pünktlich nach der angegebenen Flugzeit von sechs Stunden und fünf Minuten setzt der Airbus auf der Landebahn des ‚Charles de Gaulle' Flughafens in Paris auf. Das Glück ist Pieter und Ron hold. Sie gehören zu den ersten, die das Flugzeug verlassen. Da sie sich ja im Transit befinden, können sie direkt zu ihrem Anschlussflug mit der KLM in die betreffende Wartehalle überwechseln. Auch hierbei geht alles sehr zügig vonstatten und innerhalb der nächsten Stunde sitzen beide wieder in der zweiten Reihe mit der gleichen Sitzordnung im ‚Cityliner', einer Boeing 737, auf ihrem Weiterflug mit dem Endziel Amsterdam.

Wieder verläuft die Ankunft planmäßig und der sie kontrollierende Beamte scheint mehr an einem Gespräch mit der Beamtin am Nachbarschalter interessiert zu sein als ihnen Fragen zu stellen und ihre Pässe, Ron hat einen Diplomatenpass, Pieter hat ein dreimonatiges Besuchervisa, schärfer zu kontrollieren. Sie werden zwar gefragt, ob sie etwas zu verzollen hätten, was beide jedoch verneinen und so warten sie bereits einige Zeit in der Gepäckhalle, bis ihr Reisegepäck auf dem Fließband Nr. 9

endlich seine Abnehmer findet.

Pieter ist sichtlich überrascht von der laschen Kontrolle, doch vielleicht ist es auch Ron Wellington zuzuschreiben, der mit erstaunlicher Ruhe, absichtlich oder auch nicht, die Kontrolleure in unverfängliche Fragen verstrickt. Doch Pieter macht sich Gedanken, wie es so einfach vor sich gehen kann, zumal er gerade in Europa aus Sicherheitsgründen mit verschärfter Kontrolle, Fragen und Durchsuchungen seiner Koffer beziehungsweise seines Rucksackes gerechnet hatte. Glücklicherweise sind alle Frage und Antwortspiele, die er auf dem Flug nach hier gedanklich durchgespielt hat, unnötig geworden, was ihm trotz der plötzlich einsetzenden Müdigkeit einen gewissen Auftrieb gibt.

Nach der Passkontrolle und der Empfangnahme ihrer Gepäckstücke eilen die beiden Männer zielstrebig der automatischen Ausgangstüre zu, die direkt in die Ankunftshalle führt. Ron Wellington schaut über die Köpfe der Leute, die hier in der überfüllten Halle auf die Ankunft ihrer Angehörigen, Geschäftspartner oder Freunde warten. Schließlich entdeckt er im Hintergrund einen Mann, der ein Pappschild mit seinem Namen hoch über die Köpfe der vor ihm stehenden Menge hinweg hebt, damit Ron oder Pieter es sehen und auch lesen können. ‚Alle Achtung'. Pieter äußert sich zwar nicht, aber es ist sein erster Gedanke: ‚Ron ist wirklich ein Profi.'

Nachdem sie dem jungen Mann zuwinken, zwängt sich der Angestellte des ‚Swissôtel Amsterdam' durch die eng zusammenstehenden Leute, begrüßt die beiden Ankömmlinge und nimmt wortlos Pieter die Koffer ab und eilt mit Pieter und Ron, deren Gepäck hinter sich herziehend, auf eine der naheliegenden Ausgangstüren zu. Andrè, der junge Mann, dessen Aufgabe es ist, die beiden ihm zugeteilten Gäste zum Hotel ‚Swissôtel Amsterdam' zu bringen, hat den Kleinbus, den das Hotel als ‚Shuttle' zwischen Flughafen und Hotel einsetzt, bereits auf einem Kurzparkplatz geparkt, fast direkt vor der Ausgangstüre. In nur wenigen Minuten ist das Reisegepäck der beiden Ankömmlinge sicher verstaut. Ihm entgeht auch nicht, dass beide Männer, besonders aber Pieter van Dohlen ihn mit äußerster Wachsamkeit beim Verstauen ihres Gepäcks beobachten.

Nach rund fünfzehn Minuten Fahrzeit erreichen sie ihr Hotel, ein sehr schönes, zentral gelegenes ,Boutiquehotel' mit rund hundert Zimmern. Der ,Royal Palast' liegt eigentlich nur um die Ecke und auch der Rokin Platz Nr. 1–5, welches am Montagmorgen das Ziel ihrer Reise sein wird, ist nach Pieters Schätzung nur einige hundert Meter von ihrem Hotel entfernt.

Nach dem Einchecken, es ist inzwischen später Abend geworden, beschließen die beiden ihre Zimmer im dritten und vierten Stock aufzusuchen. Weder Hunger und Durst können sie zum weiteren Aufbleiben bewegen. Doch vor dem endgültigen ,Gute Nacht' klopft Ron noch einmal kurz an Pieters Zimmertüre mit der Nummer 417. Als dieser die Türe einen Spalt breit öffnet, sieht er Ron davorstehen, die beiden ihm vor der Reise überlassenen Diamantengürtel in den Händen, die er nun Pieter mit einem zutraulichen Blick im Gesicht übergibt. Hierbei wird noch einmal deutlich, wie abgebrüht und gerissen Ron ist. Er ist ein absoluter Betrüger im Weltklasseformat, dem so leicht kein Fehler unterläuft und wenn er seine Karten ausgelegt hat, weiß er sie auch zu spielen. So auch bei dieser Gelegenheit, womit er sich eine Menge Vertrauensvorschuss bei Pieter einheimst. Einen Vertrauensvorschuss, den Pieter van Dohlen schon in wenigen Tagen zutiefst bereuen wird.

Der kommende Tag, nämlich der Sonntag, ist mit klirrender Kälte über Holland hereingebrochen. Pieter wird ihn nutzen, um sich auf morgen, Montag, für das äußerst wichtige und auch preisentscheidende Treffen mit dem Diamantenhändler David Himmelstein vorzubereiten.

Nachdem er zusammen mit Ron Wellington das ausgiebige Frühstück im Restaurant des ,Swissôtel' eingenommen hat, entschuldigt er sich bei diesem:

„Ron, ist es in Ordnung, wenn ich mich zurückziehe?" „Kein Problem. Auch ich habe noch etliche Telefonate zu tätigen, die ich eigentlich schon einige Tage vor mir herschiebe. Warum treffen wir uns nicht wieder beim Mittagessen, sagen wir um ein Uhr? Ist das O.K. mit dir?" „Ja, das trifft sich sehr gut und gibt mir genug Zeit, die Diamanten von den Gürteln zu lösen und natürlich damit auch die Spreu vom Weizen zu scheiden. Wir sehen uns dann um ein Uhr hier wieder!" Mit einem kurzen Kopfnicken Rons verabschieden sich die beiden und suchen ihre Zimmer auf.

Doch bevor Pieter sich an die aufwendige Arbeit begibt, verlässt er noch einmal kurz das Hotel, um zum ‚Dam Square' zu eilen. Schnellen Schrittes erreicht er sein Ziel in nur wenigen Minuten. Sich umsehend, findet er bald was er sucht, nämlich ein kleines Juweliergeschäft und eine Apotheke, in denen er einige Kleinigkeiten, wie ein Fläschchen reinen Alkohols, Perlen und Edelsteinbad, einige Brillenputztücher und ‚Lens Cleaner Solution' einkauft.

Aus der Erfahrung, die er sich in den Jahren seiner Tätigkeit in der ‚Diamantenmine Venetia' erworben hat, ist er mehr als zuversichtlich, dass es sich bei den in seinem Besitz befindlichen Diamanten um solche handelt, die alle die Härtegrade zwischen acht und zehn aufweisen und selbst bei unvorsichtigster Reinigung keine Schäden erleiden würden. Immerhin muss er alle mit Spezialklebstoff an die Gürtel angebrachten Steine vorsichtig ablösen, danach reinigen und polieren.

Da er ja gerade im Rokin Platz ist, will er doch gleich einmal feststellen, wo sich David Himmelsteins ‚Diamond und Jewellery' Geschäft befindet. Die ‚Rokin Street' beherbergt unzählige Geschäfte und Büros. Pieter erspäht über ein Dutzend Läden, die mit Juwelen, Gold und Diamanten handeln und nutzt die Gelegenheit zu einem für ihn äußerst wichtigen Preisvergleich. David Himmelsteins Geschäftsräume findet er nicht. Vielleicht liegen diese in einem langen Seitengang, in dem sich anscheinend mehrere Büroräume befinden, der aber während des Wochenendes mit einer Stahlgittertüre abgesperrt ist.

Etwas unmutig über das Nichtauffinden des Gesuchten begibt er sich auf den Rückweg zum ‚Swissôtel'. Obwohl Sonntag ist, sind die Straßen zu der relativ frühen Morgenstunde schon recht belebt. Dieses ist naturgemäß auch darauf zurückzuführen, dass Weihnachten vor der Türe steht. Viele Menschen warten halt mit dem Kauf der Weihnachtsgeschenke bis zur letzten Minute, um eventuell doch noch ein Schnäppchen zu bekommen. Doch Pieter hat im Moment andere, viel, viel größere Sorgen. Als er das Hotel erreicht, schaut er sich noch einmal um, nur um festzustellen, dass ihm keiner gefolgt ist. Er ist sich jedoch hundertprozentig sicher, dass es unmöglich ist, weil ihn ja niemand kennt und auch keiner, außer Ron Wellington, weiß, warum er hier ist. ‚Aber vielleicht', so denkt er bei sich, ist es so etwas wie das schlechte Gewissen. Aber ich habe doch keinen geschädigt und auch keinem etwas getan' und so beruhigt er seine eigenen Skrupel und fühlt sich danach tatsächlich besser. Auch treibt ihn hier keiner. Trotzdem geht er mit übergroßen Schritten auf den Aufzug zu, drückt den Knopf zum vierten Stockwerk und schließt sich in seinem Zimmer ein, jedoch erst als er das Schild ‚Do not Disturb' an der Aussenklinke der Tür aufgehängt hat.

Da es inzwischen fast Mittag geworden ist, beschließt er, in der kurzen ihm verbleibenden Zeit erst einmal nur die Gürtel aufzutrennen, um die im Inneren untergebrachten Diamanten herauszuholen und wird erst am Nachmittag mit der Abtrennung der aufgeklebten Diamanten beginnen. Aus seinem Nageletui holt er ein kleines, fast wie eine Nagelschere aussehendes Werkzeug hervor, welches er extra für diesen Zweck des Auftrennens kurz vor seiner Abreise in Messina erworben hat. Die beiden gleichmäßig spitzen Enden sind äußerst scharf und dürften ohne große Probleme die Nylonfäden der Gürtelnähte zertrennen. Der erste Versuch zeigt auch gleich Erfolg. Die Nylonfäden direkt hinter der Gürtelschnalle lassen sich mit Leichtigkeit durchschneiden. Innerhalb der ihm verbleibenden Zeit bis zum Treffen mit Ron im Restaurant hat er alle Diamanten aus dem Inneren der Gürtel herausgeholt und legt sie nun vorsichtig, als wären sie zerbrechlich, auf ein Handtuch auf die an der Wand stehende Kommode.

Mit flinken Händen und geübten Augen sortiert er nun die echten Diamanten von den ‚Rhinestones', die er als Täuschung mitangeklebt hatte und nun in einen Plastikbeutel steckt um sie bei Gelegenheit wegzuwerfen. In einem dunkelblauen Samtbeutel verstaut er nur die echten Diamanten. Diesen wiederum steckt er in den größeren Lederbeutel, mit dem er den Rest der Diamanten im Rucksack untergebracht hat. Aber nicht bevor er sie vorsichtig und nicht nur einmal, sondern gleich dreimal, nachzählt. Es sind insgesamt siebenunddreißig Diamanten im Samtbeutel, alle von der Klasse ‚GG', also mit dem höchsten Reinheitsgrad. Doch um ganz sicher zu sein, entnimmt er seinem Toilettenbeutel eine mitgebrachte 10 X Lupe heraus, mit der er jeden Diamant sorgfältig untersucht und erst danach in den Beutel zu den anderen steckt. Die meisten, genau zweiunddreißig, sind in der Größenordnung zwischen drei und sechs Karat, während die letzten fünf nach seiner erfahrenen Einschätzung zwischen sechs und acht Karat liegen. Den größten, seiner Schätzung nach achtzehn Karat, hat er jedoch weder in einem Gürtel noch in den Schuhabsätzen sondern in einem verschließbaren Seitenfach im roten Rucksack mit verschiedenem anderen total unwichtigen Kleinkram verstaut, um bei eventuellem Finden vom echten Wert abzulenken.

Nachdem er alles wieder sorgfältig eingepackt und verstaut hat, zur Vorsicht schüttelt er das benutzte, cremefarbene Handtuch nochmals aus, schließt er die Zimmertüre wieder auf. Jedoch erst nachdem er das gesamte Zimmer nochmals inspiziert hat, entfernt er das ‚Please do not Disturb' Schild.

Pünktlich um 13 Uhr treffen sich die beiden im Restaurant ‚Rokin Graacht'. Sie begrüßen sich freundlich, als ob sie sich längere Zeit nicht gesehen hätten. Nachdem ihnen ein VierPersonen Tisch am Fenster mit direktem Straßenblick angeboten wird und beide ihre gegenüberliegenden Plätze eingenommen haben, lassen sie sich von der freundlichen Bedienung erst mal je ein ‚Heineken Bier' servieren. Pieter erhebt sein Glas, schaut kerzengerade und aufrichtig in Rons Augen, bevor er mit ihm anstößt und beide auf das Gelingen und gute Verkaufsgeschäfte am morgigen Tag trinken. Die ihnen vorgelegten Menüs entsprechen voll ihren kulinarischen Genüssen.

Nach ihrem ausgiebigen Mittagessen verzichten sie auf das ihnen angebotene Dessert, sondern beschließen, trotz der klirrenden Kälte entlang des auf der anderen Seite des Hotels liegenden Damrak entlang zum ‚Dam Square' zu wandern. Pieter trägt nur eine kurze Winterjacke während Ron in einen Wollmantel mit dunkelgrünem Schal eingehüllt ist. Auf ihrem Spaziergang bespricht Ron mit seinem Partner noch einmal alle wichtigen Einzelheiten des morgigen Geschäftsabschlusses mit David Himmelstein. Er hat Mr. Himmelstein, den Diamantenhändler, in einem erst vor einigen Stunden stattgefundenen Telefonat auf die Fragen, die er Pieter van Dohlen stellen soll, genauestens vorbereitet. Ein Mann von der Abgebrühtheit eines Ron Wellington überlässt einfach nichts dem Zufall. Zuviel steht hier auf dem Spiel und das Schlimmste was passieren kann, wäre, wenn Pieter durch irgendwelche falsch gestellten Fragen Verdacht schöpfen würde. Damit könnte er den so hart erarbeiteten Vertrauensvorschuss in ihm beschädigen und damit den Vertragsabschluss und die zu erwartende Geldtransaktion gefährden.

Die beiden wandern vom Damrak in die Palais Straße. Ron zeigt Pieter den ‚Royal Palast' und beeindruckt ihn mit der Schönheit Amsterdams indem er ihm nicht nur die sehenswerten Bauwerke sondern auch das ‚Nationaldenkmal' und die umliegenden Luxusgeschäfte zeigt. Pieter ist beeindruckt. Doch nach etwa einer Stunde gewinnt das kalte Winterwetter die Oberhand. Deshalb gehen oder besser gesagt, eilen beide jetzt mit großen Schritten zum Damrak 96, der Adresse zurück, an der sich das ‚Swissôtel' befindet.

In der kleinen Bar bestellt Ron für jeden einen Espresso. Danach ziehen sie sich wieder in ihre Zimmer zurück, um die bereits begonnenen Vorbereitungen zu ihrem morgigen Treffen zu vervollständigen. Fast eine volle Stunde sitzt Ron vor dem kleinen Schreibtisch in seinem Zimmer und beschäftigt sich mit Notizen, die er in seinem Terminkalender der Wichtigkeit nach sortiert und dementsprechend nummeriert. Danach sinniert er vor sich hin, überdenkt die nächsten Schritte und beginnt mit einigen weiteren Telefongesprächen. Obwohl Sonntag ist und der Zeitunterschied nach Benin eine Stunde beträgt, erreicht er nach einigen ergebnislosen Versuchen seine Sekretärin, um mit ihr die von ihm ausgebrüteten Änderungen seiner Pläne durchzusprechen und die dafür notwendigen Ausführungen ihrerseits anzuordnen.

Nach langer und gut durchdachter Überlegung ist er zu der Überzeugung gelangt, alle Konten bei der Benin Bank, bis auf das laufende, aufzulösen. Er erteilt ihr die Anweisung, am Montagmorgen die Beträge in den Konten auf ein Konto Nr. 504932446 zu überweisen, welches auf den Namen Mohamed Salami in Nigeria lautet. Eine entsprechende Faxvollmacht wird er über Nacht an beide Banken, seine Hausbank in Benin und auch an die betreffende Bank in Nigeria und natürlich auch an seine Sekretärin übermitteln.

Rons Gedanken laufen auf Hochtouren. Das wichtigste ist jetzt, alle Spuren die er von Afrika nach hier gezogen hat, zu verwischen. ‚Warum', so beschließt er, ‚soll ich mich der Gefahr des Entdeckt Werdens aussetzen! Alles in allem sind es doch nur relativ kleine Geldbeträge, welche die von ihm angeschriebenen ‚Kunden' an ihn überweisen. Einige von denen, die sich riesige Geldsummen erhofft hatten, sind in der Vergangenheit sogar schon bei ihm aufgetaucht, um die von ihm geforderten Kosten in bar zu begleichen und die ihnen zugesprochenen Summen danach zu kassieren. Nur mit äußerst raffinierten Tricks war es ihm gelungen, diese zeitmäßig zu vertrösten. Warum sich also dieser Gefahr aussetzen? Irgendwann würde ihn doch jemand erwischen!'

Oft kommt es ihm vor, dass Leute ihr letztes Geld für seine unglaublichen Zahlungsversprechen ausgeben. Für andere ist es so eine Art Spielsucht, die den oftmals in finanzieller Not befindlichen Menschen die Kraft gibt, das geforderte Geld aufzutreiben, um es ihm auf Nimmerwiedersehen zuzusenden. ,Nein, so nicht mehr!' Sein Beschluss steht fest. Die letzte Betrügerei in seinem Leben wird auch seine größte werden.

Irgendwie schätzt er zwar Pieter, der ihm in einem Moment des totalen Vertrauens sein Hab und Gut anvertraut, doch im gleichen Moment schiebt er alle auftretenden Skrupel zur Seite. Der Gedanke, nur mit einem Teil des Geldes zu verschwinden, kommt ihm nichtmals in den Sinn. ,Alles oder nichts' lautet die Devise und in den nächsten Stunden wird er mit äußerster Sorgfalt den dazugehörigen Plan in allen Einzelheiten ausarbeiten. Die Mitspieler oder ,Figuren', wie er sie nennt, die er zur Ausführung der kommenden Geschehnisse benötigt, hat er bereits vorbestimmt und in ihre Startplätze zum sofortigen Ausführen der ihnen zugeteilten Aufgaben platziert.

Ron Wellingtons Plan steht fest und nichts in der Welt kann ihn davon abbringen, vor allen Dingen nicht Pieter van Dohlen. Schließlich ist er ja sowieso der felsenfesten Überzeugung ist, dass dieser die in seinem Besitz befindlichen Diamanten aus der ,Venetia Mine' zuerst nach und nach gestohlen und dann aus der Mine herausgeschmuggelt hat.

Kapitel 6: Die Geburtstagsfeier in Plattsville

Pünktlich, wie verabredet, um drei Uhr nachmittags am Mittwoch, parkt Pierre Labonte seinen ‚Lincoln Navigator' in der Einfahrt vor Hilda Smithsons Haus in der Elm Street in Plattsville. Als er die vier Stufen bis zur Haustüre hinaufsteigt, dringt aus dem Hausinneren bereits ein Stimmengewirr und wie er deutlich heraushören kann, alles Frauenstimmen. Wie Schuppen fällt es plötzlich von Pierres Augen: Heute ist doch Hildas Geburtstag und zwar der achtundsiebzigste, wie sie am Sonntagmorgen nach dem Gottesdienst erwähnt hatte. Ja, sogar zu Kaffee und Kuchen hat sie ihn eingeladen. In seiner Aufregung hat er aber wirklich alles vergessen. Nur der eigentliche Grund seines Herkommens, nämlich die alte Dame um ein Darlehen zu bitten, steckt momentan in seinem Gehirn.

Die lauten Stimmen von drinnen bringen ihn ein wenig aus der Fassung. Vielleicht hat auch Hilda den Hauptzweck seines Besuches vergessen oder es bietet sich ihm nicht einmal die Gelegenheit, sich mit ihr allein zu unterhalten. Schließlich will er mit ihr über ein Geschäft reden, welches wirklich nicht für andere Ohren bestimmt ist. ‚Na ja, wir werden sehen' denkt er sich, ehe er den Klingelknopf betätigt.

Eine ihm völlig unbekannte junge Dame öffnet die Haustüre und bevor er seinen Mund zum Sprechen öffnen kann, stellt sie sich als die Großnichte von Hilda Smithson vor. Ein neuer Schrecken. Hilda hat also doch Verwandte und gerade diese können ihm seine Pläne durchkreuzen. Mit großen Augen blickt er erstaunt in das hübsche Gesicht der jungen Frau, die ihn, von seinem Blick angenehm überrascht, hereinbittet.

‚Verdammt noch mal, keine Blumen, nicht mal eine Geburtstagskarte' hat er. Glücklicherweise fällt ihm zum richtigen Zeitpunkt ein kleines irländisches Geburtstagsgedicht ein, welches er nun mit gekonnter Mimik im Beisein der anderen Gäste vorträgt, als er beide Hände ausstreckend auf die vor ihm stehende ältere Dame zuschreitet.

Nach dem kurzen Gedichtvortrag und unter dem Beifall der übrigen Gäste gratuliert er Hilda aufs Herzlichste und wünscht ihr viel Glück, Gottes Segen, vor allen Dingen Gesundheit und noch mindestens zwanzig weitere zufriedene und glückliche Jahre. Seine einschmeichelnde Stimme klingt salbungsvoll und läuft auch dem Geburtstagskind wie Öl den Hals herunter. ‚Situation nochmals gerettet', denkt er bei sich und die vorherige Aufregung vor diesem Besuch verfliegt, als hätte es sie nie gegeben.

Das halbe Dutzend älterer Damen und die Großnichte mit dem schönen Namen ‚Victoria' und selbstverständlich auch das Geburtstagskind sitzen um den großen runden Tisch im Wohnzimmer und Pierre ist plötzlich der Hahn im Korb. Er ist ein sogenannter ‚French Canadian' und als solcher in der französisch sprechenden Provinz Quebec geboren. Was liegt denn näher als einige Geschichten über diese Provinz preiszugeben, die er angeblich selbst erlebt hat.

Nach Kaffee und Kuchen lenkt er nochmals die Aufmerksamkeit auf sich, als er mit vorsichtigen Worten auf sein Seniorenheim aufmerksam macht, welches zurzeit vierzehn Männer beherbergt, alle natürlich im fortgeschrittenen Alter. In Erstaunen versetzt er jedoch alle Anwesenden, als er preisgibt, wie wenig Rente diese beziehen und wie schwer ihm die Versorgung für die ihm anvertrauten Personen fällt.

Mit monotoner Stimme, absichtlich mit einem Hauch Bitterkeit gemischt, weist er auf die für ihn dadurch entstandenen Geldsorgen hin. Jedoch vorsorglich verschweigt er, dass dies eigentlich der Grund seines Hierseins ist.

Nach einigen geselligen Stunden, es ist inzwischen nach sechs Uhr abends geworden, löst sich das Beisammensein der älteren Damen langsam auf. Eine nach der anderen wünschen

Hilda nochmals alles Gute und viel Gesundheit für das kommende Lebensjahr und verabschieden sich. Nur Pierre, Hilda und ihre Großnichte sitzen noch im Wohnzimmer als sich Hilda schwerfällig aus ihrem Sessel erhebt. Sie bittet ihre Großnichte Victoria, die Aufräumarbeiten in der Küche zu erledigen. Danach führt sie Pierre in ein kleines, aber zweckmäßig eingerichtetes Büro. Als Pierre auf dem einzigen Stuhl neben ihrem Schreibtisch Platz genommen hat, schießt Hilda ohne lange Umschweife los:

„Pierre, bevor du mir eine lange Geschichte erzählst, sag mir als erstes, wo es brennt. Was hat dich so in die Enge getrieben, wie viel Geld brauchst du und wie hast du dir die Rückzahlung vorgestellt?"

„Hilda, das sind zu viele Fragen auf einmal!"

„Du weißt und kennst mich lange genug, ich fackele nicht lange herum und bin auch gerne bereit, dir zu helfen soweit es mir möglich ist. Aber erst möchte ich von dir die Wahrheit hören, keine Halbheiten und auch keine Verschönerungen, nur die Wahrheit!"

„Ja Hilda, ich verstehe es schon, daß du weder ein Risiko eingehen willst oder kannst und das sollst du auch nicht. Sicherlich bin ich ein wenig im Gelddruck. Um es ganz klar zu sagen: Etwa die Hälfte der Männer, die bei mir im Altenheim untergebracht sind, wollen ausziehen. Einer von ihnen spielt den Anführer und wiegelt die anderen gegen mich auf. Jetzt, auf einen Schlag, sind die Zimmer nicht mehr gut genug, das ganze Gebäude ist reparaturbedürftig und sogar das Essen hat sich angeblich sehr verschlechtert. Du weißt selber, dass das nicht stimmt. Ich tue wirklich alles, was in meiner Macht steht, um das Leben der Heiminsassen so erträglich und komfortabel wie möglich zu gestalten. Aber der Grund, warum das alles so plötzlich auf mich zukommt, ist ein ganz anderer. Ein Unternehmen derselben Branche mit dem Hauptsitz in Toronto, versucht uns kleine Heiminhaber alle zu einem, wenn ich es mal so sagen darf, Schrottpreis, aufzukaufen. Danach wollen sie eine Kette gründen, die dann zu Billigstpreisen die Verwaltung übernimmt und natürlich keine Fachkräfte einstellt. Wie der Service den alten Leuten gegenüber aussehen wird, kannst du dir ja vorstellen.

Aber das ist nicht der Hauptgrund, weshalb ich hier sitze. Du hast doch vor einigen Monaten meinen Freund Ingolf Wittenauer aus Cambridge kennengelernt. Er hat vor einiger Zeit von einer Bank oder vielleicht auch von einer staatlichen Stelle aus Benin, ich weiß es nicht genau, einen Brief, besser gesagt eine ‚Email', erhalten. In dieser steht, dass eine Person mit dem Namen Wittenauer in Benin, das ist ein Land in Südwestafrika, als Ingenieur in einer Goldmine gearbeitet hat und auch dort verstorben ist. Alle angestellten Nachforschungen haben ergeben, dass er, Ingolf Wittenauer, lebhaft in Kanada, der Alleinerbe des Verstorbenen sei. Der Verschiedene, Rudolph Wittenauer, habe ein Gesamtvermögen von achtzehn Millionen fünfhunderttausend Dollar hinterlassen, die nach Klärung einiger Formalitäten an ihn, Ingolf Wittenauer, überwiesen werden sollen. Ingolf hat die in der ‚Email' erfragten Angaben, die zu seiner Person gestellt wurden, natürlich sofort beantwortet.

Innerhalb weniger Wochen erhielt er eine weitere ‚Email', die besagte, dass alle seine Angaben mit denen des ‚Foreign Remittance Officers', was immer das bedeutet, nachgeforschten Fragen übereinstimmen und dass die von ihm ererbte Summe innerhalb kürzester Zeit an seine Bank überwiesen würde. Man hatte zwar noch einige persönliche Fragen zu klären wie zum Beispiel, welche Bankverbindung er bevorzugte, seine Kontonummer, auf die das Geld überwiesen werden sollte und noch einige andere, die ich leider vergessen habe. Aber Ingolf hat sie ja schriftlich. Aha, beinahe hätte ich die wichtigste vergessen, nämlich die Transfer oder Überweisungsgebühr in Höhe von achttausendfünfhundert Dollar, die die überweisende Bank benötigt, um den Transfer fristgerecht durchzuführen. Nun wirst du fragen, warum die Bank diese Summe nicht von der

Gesamtsumme abzieht. Das wäre doch der einfachste Weg. Leider ist das bei den in Benin geltenden Gesetzen nicht möglich, wie man Ingolf auf seine Nachfrage mitteilte. Die Überweisungsgebühr müsse, gemäß dortigem Gesetz, vom Empfänger der Gesamtsumme bzw. von einer dritten Stelle, vor der Überweisung entrichtet werden. Wie du weißt, geht es mir zurzeit finanziell auch nicht gerade prächtig. Trotzdem habe ich Ingolf das Geld vorgestreckt und er hat mir dafür einen zwanzigprozentigen Anteil versprochen. Kannst du dir vorstellen, das sind über dreieinhalb Millionen. Allerdings muss ich ihn dafür an einem Projekt beteiligen, an dem ich im Moment arbeite."

Hilda hat mit einer gewissen Spannung Pierre aufmerksam zugehört. Ja, sie hat ihn nicht ein einziges Mal unterbrochen. Doch jetzt kommt Victoria, ihre Großnichte, öffnet die bisher geschlossene Tür und steckt vorsichtig ihren Kopf durch den Türspalt:

„Tante Hilda, ist es in Ordnung, wenn ich jetzt nach Hause fahre? Ich habe alles gespült und die Küche ordentlich aufgeräumt und noch etwas: Es war einfach schön, dich nach so langer Zeit wiederzusehen. Ich wünsche mir nichts mehr, als dass du und meine Eltern den nun schon jahrelangen Streit vergessen würdet und ihr euch wieder vertragt. Bitte, bitte, mach du doch den Anfang. Du bist doch die Klügere. Ruf sie doch einfach mal an. Wenn sie nämlich herausfinden, dass ich heute hier an deiner Geburtstagsfeier teilgenommen habe, weiß ich wirklich nicht, wie sie darauf reagieren. Also bitte, versuch es doch mal. Bitte, bitte, mir zuliebe."

Dann wendet sie kurz ihren Kopf Pierre zu, der sich bisher teilnahmslos verhält. Was soll er auch in solch verzwickter Situation tun? Außerdem hat er andere, viel größere Sorgen, als hier den Vermittler zu spielen.

„Pierre, vielleicht kannst du ein paar Worte mit Tante Hilda wechseln? Sie spricht immer so respektvoll von dir. Vielleicht hört sie eher auf dich. Also, Tante Hilda, nochmals herzlichen Dank und auch dir, Pierre, alles Gute. Die Geschichten von heute Nachmittag waren sogar für mich spannend, für die anwesenden Damen noch viel mehr. Das konnte man förmlich ihren Gesichtern ansehen. Gute Nacht und Tante Hilda, das Essen auf dem Herd ist fertig. Du brauchst es also nur noch aufzuwärmen."

Danach verlässt sie das Zimmer und nur an dem leichten Türschlag im Flureingang hört man, dass sie das Haus verlassen hat. Hilda erhebt sich aus ihrem bequemen Sessel, geht zu der kleinen Kommode, die ihr Mann zu seinen Lebzeiten als eine kleine Bar eingerichtet hatte. Sie schiebt die obere Tür zur Seite, holt zwei Cognacgläser und eine Flasche ‚Hennessy' und stellt alles auf den Tisch vor ihnen.

„So Pierre, bevor du weitererzählst, genießen wir erst einen guten Cognac. So hat es nämlich mein verstorbener Mann auch immer gehalten". Sie bittet Pierre, die Flasche zu öffnen und das kostbare Nass in die Gläser zu füllen.

„Prost und zum Wohl! Zuerst erzähle mir das Ende der Geschichte mit Herrn Wittenauer und danach möchte ich von dir hören, an welchem anderen Projekt du arbeitest. Anschließend können wir darüber reden, ob und wie ich dir helfen kann."

„Ja Hilda, am letzten Samstag hat Ingolf eine weitere ‚Email' erhalten und ein Beamter aus dem Auswärtigen Amt in Benin, sein Name ist Ron Wellington, teilte ihm mit, dass der Staat Benin eine Transfersteuer von 1.06 % einbehalten will. Das sind bei der Summe von achtzehneinhalb Millionen Dollar etwa zweihunderttausend Dollar, die weder Ingolf Wittenauer noch ich zur Verfügung haben. Nach einigem hin und her und mehreren Telefonaten mit Mr. Wellington hat sich dieser Mann, der einen Diplomatenstatus in seinem Heimatland genießt, bereiterklärt die geforderte Summe zu stunden. Er möchte jedoch in jedem Fall die von ihm vorausgelegten Kosten ersetzt bekommen, die sich auf rund fünfzehntausend Dollar belaufen. Das ist nun der eigentliche Grund meines Treffens mit dir. Wenn Mr. Wellington die Kostenfrage gelöst hat, der Rest der Steuern wird von der Gesamtsumme abgezogen, wird der übrigbleibende Gesamtbetrag innerhalb von zweiundsiebzig Stunden auf das ihm mitgeteilte Konto bei der HSCB Bank in Kitchener überwiesen. Wenn du uns diese Summe von fünfzehntausend Dollar kurzfristig zur Verfügung stellen könntest, stände der Überweisung der gesamten Geldsumme also nichts mehr im Wege. Der ‚Diplomat', wie Ingolf und ich ihn nennen, hat auch inzwischen alle Dokumente und sogar das vorgefertigte Überweisungsformular an Ingolf zur Überprüfung durch Ingolfs und meinen Rechtsanwalt übersandt. Alle Dokumente, die wir haben, habe ich kopiert und dir mitgebracht, damit auch du sie überprüfen und an deinen Rechtsanwalt übergeben kannst. Er kann dir dann die Rechtslage bestätigen. Damit dir auf keinen Fall was passiert und du voll abgesichert bist, bin ich bereit, auf meinem Wohnhaus in Conestogo und auch auf dem Seniorenheim eine Hypothek in deinem Namen eintragen zu lassen."

Die alte Dame hat andächtig Pierres Worten gelauscht. Jetzt schaut sie ihm lange in die Augen bevor sie ihm ihre Antwort gibt:

„Ja, ich bin bereit, unter den mir von dir erläuterten Sicherheitsbedingungen das Geld zu leihen, aber und das musst du auch verstehen, zu einem Zinssatz, den ich morgen früh mit meinem Anwalt absprechen muss. Bevor ich ihn treffe, habe ich hier einen Blankoschuldschein und ich bitte dich, die Summe von fünfzehntausend Dollar einzutragen und zu unterschreiben. Die Ausstellung der Hypothekenpapiere wird wohl einige Tage in Anspruch nehmen und auch die gerichtliche Eintragung wird einige Zeit beanspruchen. Nun, da ich ja weiß, um was es sich handelt, bin ich jedoch bereit, dir das Geld morgen aufgrund deiner Ehrlichkeit und deines guten Namens sofort zur Verfügung zu stellen. Das meint, ich bin bereit, das Risiko einzugehen, auch wenn die Gerichtseintragung noch nicht stattgefunden hat. Allerdings muss mein Anwalt mitspielen und ich bin mir sicher, dass er dies auch tun wird."

„Danke, vielen Dank, Hilda." Sichtlich erleichtert kommen diese Worte aus Pierres Mund.

„Hier hast du alle Papiere, die dein Anwalt überprüfen kann und hier eine weitere Bestätigung, dass nach der Kostenbegleichung das gesamte, von Ingolf geerbte Geld von der Benin Bank innerhalb von 72 Stunden auf Ingolfs angegebenes Konto in Kitchener überwiesen wird."

„So, nun haben wir diese Hürde genommen, doch nun möchte ich auch wissen, was eure gemeinsamen Pläne sind. Schließlich hast du vorhin meine Neugierde erweckt und ich möchte schon wissen, wie es mit euch beiden weitergeht! Dass dein Altenheim in diesen schlechten wirtschaftlichen Zeiten nicht gerade eine Goldmine ist, weiß ich schon. Deshalb heraus mit der Sprache! Ich bin zwar eine alte Frau, habe aber eine gute Portion Geschäftssinn von meinem leider zu früh verstorbenen Mann mitbekommen. Außerdem war und bin ich noch, trotz meiner seit heute achtundsiebzig Jahre, äußerst gespannt auf eure bestimmt wohldurchdachten Zukunftspläne. Erst trinken wir aber noch einen Cognac. Du kennst doch das Sprichwort:

„Auf einem Bein steht man nicht allein."

Pierre hebt den Kopf:

„Einverstanden und wenn ich dir jetzt unser weiteres Vorhaben erkläre, wird dir der Cognac doppelt so gut munden."

Pierre sitzt jetzt mehr auf der Stuhlkante, während sich Hilda gemütlich in ihrem Ledersessel zurücklehnt.

„Also," beginnt er „vor etwa vier Wochen habe ich durch einen befreundeten Grundstücksmakler erfahren, dass sich in der wohl schönsten Urlaubsgegend von Ontario, nämlich im Muskokagebiet und nur eineinhalb Stunden von Toronto entfernt, ein traumhaftes viereinhalb Sterne Hotel mit fünfzig Zimmern, zwei Wochenendhäusern, Tennisplatz, Golfplatznähe und vielen anderen Annehmlichkeiten in einer prekären Lage befindet. Das ‚Boutique Hotel' ist von drei Seiten von Wasser umgeben und eine kleine, unbebaute Insel von etwa fünfzehnhundert Quadratmetern gehört auch dazu. Vom Restaurant der absoluten Spitzenklasse ist man in der Lage, von jedem Tisch aus die Inselwelt zu überblicken. Alle Zimmer sind in verschiedenen Größen und Ausstattungen und natürlich auch mit Balkonen ausgerüstet. Mit einem Satz gesagt, es handelt sich um ein Juwel wie man es nur selten zu sehen und erst recht nicht zu kaufen bekommt.

Wie ich nun erfahren habe, betrugen allein die Baukosten weit über zehn Millionen Dollar. Die beiden Besitzer, der Haupteigentümer lebt in Europa, sind beide in den Siebzigern und haben nicht nur aus Altersgründen sondern auch wegen gesundheitlichen Problemen beschlossen, alles schnellstens zu verkaufen und zwar zu einem unglaublich günstigen Preis. Eingeschlossen in den Preis sind außerdem die fertigen Pläne für die Erstellung von rund einhundert weiteren Zimmern. Ingolf und ich haben uns die Objektunterlagen bereits angeschaut und sind beide zum gleichen Entschluss gekommen, nämlich das Gesamtprojekt in ein Seniorenhotel der Spitzenklasse umzuwandeln. Zumal die Millionenstadt Toronto mit ihren über zehntausend pensionierten Millionären nur Hundertzwanzig Kilometer entfernt ist und auch andere, größere Städte zum Greifen nahe liegen. Hier habe ich dir einige Broschüren mitgebracht, damit du dir eine Vorstellung machen kannst, was Ingolfs und mein Ziel ist. Hilda, ich bin überzeugt, dass die Nacht zu kurz wäre, wenn ich dir jetzt die Schönheit und Reize des Hotels und seiner Umgebung im Detail beschreiben wollte. Du hast einen anstrengenden Tag hinter dir. Vielleicht gibt sich in den nächsten Tagen eine Gelegenheit, dir zu erzählen, welch ein Kleinod wir hier gefunden haben."

Hilda Smithson wirkt auf einmal sehr müde. Der Stress des Tages macht sich bemerkbar und Pierre hat trotz seines Erzähleifers bemerkt, dass sie einige Male die Augen geschlossen hat, weshalb er gerade zum richtigen Zeitpunkt den richtigen Ton angeschlagen hat.

Müde hebt sie jetzt ihren Kopf:

„Ja, ja Pierre, du hast vollkommen Recht. Es ist doch später geworden als ich gedacht habe und immerhin bin ich seit heute achtundsiebzig Jahre. Komme morgen Vormittag wegen des Geldes vorbei. Du kannst auch Ingolf mitbringen, doch bevor du jetzt gehst, möchte ich dich noch um eines bitten: Den von dir so glorreich beschriebenen Platz müsst ihr mir unbedingt zeigen. Ich bin zwar nicht mehr die Jüngste, aber meinen Sinn für Schönheiten im Leben habe ich mir immer noch bewahrt."

Während sich beide erheben, bedankt sich Pierre überschwänglich für ihre Gastfreundschaft und natürlich auch für die gewährte Hilfe. Ein letztes Mal heben beide ihr Glas, stoßen auf ihr Wohl an und Pierre verabschiedet sich von der alten Dame:

„Wenn alles klappt, so Gott will und das Hotel das schönste Seniorenhotel in Ontario, vielleicht sogar in ganz Kanada wird, so sind für dich Tag und Nacht alle Türen geöffnet!" Danach drückt er ihr eine gute Nacht Kuss auf die Wange und verlässt mit einem nochmaligen

„Dankeschön" ihr Haus.

Kapitel 7: Der Diamantenhändler von Amsterdam

Der so sehnlichst erwartete Montagmorgen kommt schneller als Pieter van Dohlen es sich vorgestellt hat. Es ist zwar kalt, das Thermometer zeigt nur um die null Grad Celsius, doch die Luftfeuchtigkeit tut das Ihrige dazu. Trotzdem herrscht auf den festlich geschmückten Straßen ein reger Betrieb. Immerhin ist es bereits Mitte Dezember und so kurz vor dem Weihnachtsfest versuchen halt noch viele Leute, ihre Weihnachtseinkäufe zu tätigen. Etliche Gegenstände sind auch schon im Preis herabgesetzt, was die ‚Schnäppchenjäger' natürlich in die Geschäfte treibt, denn die wirtschaftlich schlechte Lage zwingt viele Leute momentan dazu, mehr als vorsichtig mit dem wenigen Geld umzugehen.

Pieter van Dohlen hat bereits im Frühstücksrestaurant an einem Zweiertisch am Fenster seinen Platz eingenommen, als er Ron Wellington im Türrahmen bemerkt. Nachdem dieser einige Worte mit der neben ihm stehenden Serviererin gewechselt hat und sie plötzlich lautstark lacht, scheint er ihr einen Witz erzählt zu haben. Jetzt blickt er sich suchend um bis er Pieter bemerkt, der seine Arme schwingt, um Rons Aufmerksamkeit zu erregen.

Am Tisch begrüßt Ron Pieter, der sich erhoben hat, mit Handschlag und nachdem sich beide einen guten und vor allen Dingen erfolgreichen Morgen gewünscht haben, nehmen sie ihre Plätze ein, um sich dem reichhaltigen Frühstück und dem aromatischen Kaffee zu widmen.

Während Ron Wellington in Diplomatenausstattung erscheint; er trägt einen eleganten dunkelgrauen Nadelstreifenanzug, dazu ein blütenweißes Hemd mit dunkelblauer Krawatte, präsentiert sich Pieter dagegen mehr leger, nämlich in einer mittelgrauen Cordhose, blauem Rollkragenpulli und einem dunkelblauen Blazer. Dazu trägt er seine dunkelbraunen Stiefel im

Western Stil. Obwohl beide so ungleich gekleidet sind, repräsentiert jeder von ihnen eine eigene Persönlichkeit.

Ron stellt den mitgebrachten, eleganten schwarzen Diplomatenkoffer unter dem Tisch ab. Aber so, dass dieser praktisch ständig von seinem linken Bein berührt wird, während Pieter nur ein kleines, rucksackähnliches Gepäckstück bei sich hat. Er fand es als Zugabe, als er den großen roten Rucksack erwarb. Der Kleine, man könnte ihn als Ableger bezeichnen, ist schwarz und aus echtem Leder hergestellt. Die im oberen Rand eingelassene Schnur hat Pieter um sein linkes Handgelenk geschlungen. Damit ist er mit dem Rucksäckchen nicht nur fest verbunden, sondern stellt auch gleichzeitig sicher, dass dieses fest zugeschnürt ist.

„Pieter", Ron schaut sich vorsichtig um, ob ihnen auch niemand zuhören kann, bevor er mit gedämpfter Stimme fortfährt:

„Ich möchte dich noch auf ein paar Dinge aufmerksam machen, die mir heute Nacht eingefallen sind, die du aber unbedingt in unserer Verhandlung mit David Himmelstein beachten musst. David ist, ich weiß nicht wie viele Jahre, im Diamantengeschäft. Er ist mit allen Wassern gewaschen und ich bin mir sicher, dass er Tricks aus seiner Trickkiste ziehen wird, von denen du noch nie etwas gehört hast. Er wird also mit allen möglichen Mitteln versuchen, den Preis herunterzudrücken, vor allen Dingen, da du kein Gutachten besitzt. Er wird die Qualität anzweifeln und auch versuchen, dir wegen der unsicheren Herkunft und noch einigen anderen Dingen Angst einzujagen."

„Ron, vielen Dank für deine Hinweise. Ich werde schon aufpassen wie ein Luchs und du darfst auch nicht vergessen, dass ich nicht erst gestern geboren bin und viele, viele Jahre im Diamantenminengeschäft gearbeitet habe. Immerhin habe ich als Minenarbeiter begonnen und mich im Laufe der Jahre bis ins Management hochgearbeitet. Da bekommt man schon was mit und bluffen lasse ich mich nicht. Da kannst du mir schon vertrauen."

Was Pieter natürlich nicht weiß, ja gar nicht wissen kann, ist, dass der gewissenlose Gauner Ron bereits alle Fakten bei seinen gestrigen Telefonaten mit David Himmelstein, dem durchtriebenen Diamantenhändler, bis ins kleinste Detail abgesprochen hat. Sogar die Preise, die David Himmelstein dem vertrauensseligen Pieter van Dohlen anbieten soll, sind bereits eine beschlossene Sache.

Was den beiden skrupellosen Ganoven allerdings ihrerseits nicht bekannt ist, ist die Tatsache, dass sich Pieter trotz allen zu treffenden Vorbereitungen die Zeit genommen hat, sich am Vortag im Dam Square über die Preise der Diamantengegenstände wie Ringe, Armbänder bis zu Halsketten zu informieren und diese in seinem Gehirn gespeichert hat. Über die Preislagen der Rohdiamanten kennt er sich ohnehin genauestens aus. Schließlich war das ja bis vor wenigen Monaten ein Teil seines Arbeitsgebietes in der ‚De Beers Venetia Mine' in Messina.

Es ist inzwischen 9:30 Uhr geworden und beide Männer beschließen, sich gemächlich zum ‚Rokin Place 1–5' zu begeben, nämlich dorthin, wo Mr. Himmelstein seine Geschäftsräume hat und sie um 10 Uhr erwartet.

David Himmelstein ist ein relativ kleiner Mann mit schulterlangem weißem Haar, welches er mit einer Gummispange am Hinterkopf wie einen Pferdeschwanz zusammenhält. Er ist gerade vierundsechzig Jahre alt geworden. Doch bei seiner glatten Gesichtshaut sieht man ihm das Alter nicht an. Ein ebenfalls schneeweißer ‚Goatee' ziert sein Kinn. Da er nicht nur von kleiner Statur ist sondern überhaupt einen recht schmächtigen Körperbau aufweist, verkörpert er genau das Gegenteil eines Adonis. Ja, auf manche Menschen die ihn kennen, erweckt er den Eindruck eines kranken Mannes, dessen Lebenserwartung keiner zu hoch einschätzen würde.

Jetzt, in diesem Moment sitzt er in seinem geräumigen Büro, welches sich hinter dem Ladengeschäft befindet. Es ist jedoch

116

durch einen dicken, blauen Samtvorhang vom Laden getrennt. Der Vorhang ist meistens zurückgezogen, damit Mr. Himmelstein, wenn er sich in dem hinteren Raum befindet, das Ladengeschäft mit den großen Auslagevitrinen stets unter Kontrolle hat.

Schon einige Male, so auch momentan, schaut er auf die große Uhr, die über dem Durchgang zum Laden an der Wand hängt. Anstatt des Luxusbüros in denen andere Diamantenhändler die Geschäfte mit ihren Kunden durchführen, schätzt er seine Büro und Ladenräume im Parterre am Dam Square. Alle anderen Geschäftsinhaber kennen und respektieren ihn, jedoch beliebt ist er nicht. Besonders nicht bei jenen, denen er im Laufe der Jahre durch günstigere Verkaufspreise und falsch oder zu hoch ausgestellte Diamanten Echtheitszertifikate einige Kunden abgeluchst hat.

Mehrmals kam er auch in Schwierigkeiten mit der Polizei, weil einige seiner Kunden in dem Geschäftszentrum randalierten und festgenommen wurden, weil sie unter dem Einfluss von Drogen standen und sogar welche in ihrem Besitz gefunden wurden. Aber ihm, obwohl die Kunden in seinem Geschäft gesehen worden waren, konnte man nichts nachweisen. Zur Durchsuchung seiner Geschäftsräume hatten die Beweise nie gereicht. Schließlich war er ein angesehener Golddiamanten und Juwelen Geschäftsmann und kein Drogenhändler.

Pünktlich um 10 Uhr öffnete sich die Eingangstür und Ron Wellington, der ‚Diplomat', betritt mit einem Mann, es müsste der Beschreibung nach Pieter van Dohlen sein, den Geschäftsraum. Mit der Geschmeidigkeit eines Panthers kommt David Himmelstein aus seinem Büro, doch die beiden Ankömmlinge stehen schon vor der Thekenauslage. Mit einem süffisanten Lächeln, obwohl ihm das Herz bis zum Halse klopft, begrüßt er Ron, der seinerseits Davids ausgestreckte Hand mit beiden Händen entgegennimmt, wie es ja unter guten Freunden üblich ist. Mit einer schnellen Drehung seines schmächtigen Körpers wendet er sich nun seinem wichtigsten Kunden zu, nämlich Pieter van Dohlen.

„Sie müssen Pieter van Dohlen sein". Er sprudelt seine Worte förmlich heraus bevor er Ron die Gelegenheit gibt, ihm seinen Begleiter offiziell vorzustellen.

„Ja David, darf ich dir Pieter van Dohlen vorstellen? Pieter hat viele Jahre in der Diamantenmine ‚De Beers Venetia' in Messina in Südafrika gearbeitet, zuletzt in einer gehobenen Stellung. Er hat sich vor einiger Zeit entschlossen, Südafrika den Rücken zu kehren, um nach Kanada auszuwandern und dort ein neues Leben zu beginnen. Nachdem er seit rund drei Jahren allein ist, entschloss er sich, alles Hab und Gut zu verkaufen, um dafür Diamanten zu erstehen. Diese möchte er nun verkaufen, um damit sein zukünftiges Leben in Kanada zu gestalten. Obgleich die Diamanten, die er dir anbieten wird, weder geschmuggelt noch gestohlen sind, war es Pieter nicht möglich, in der ihm zur Verfügung stehenden Zeit ein Kimberlite Zertifikat für den ordnungsgemäßen Erwerb zu bekommen." Dabei zwinkert er dem Diamantenhändler vielsagend und unauffällig zu, bevor er fortfährt:

„Aber er hat durch seinen Bruder, auch ein Freund von mir, erfahren, dass er die Steine, natürlich zum Preisnachlass, hier in Amsterdam absetzen kann und das wiederum ohne irgendwelches Aufsehen zu erregen."

„Darüber brauchen wir uns keine weiteren Sorgen zu machen. Schließlich ist Amsterdam neben Antwerpen eine der Diamantenzentralen der Welt. Die Absatzmärkte sind zurzeit auch recht günstig, aber bevor wir anfangen, uns darüber die Köpfe zu zerbrechen, gehen wir doch erst mal in mein Büro."

Kaum hat er den Satz zu Ende gesprochen, öffnet sich die Ladentüre und eine rundliche Dame im gesetzten Alter betritt den Laden. In einer Hand trägt sie eine große Einkaufstasche und um das Handgelenk der anderen hat sie die Bügel ihrer aus irgendeinem exotischen Leder gefertigten Handtasche geschlungen.

„Guten Morgen Mr. Himmelstein. Bin ich zu früh?" „Nein, nein Marlje, du kommst genau zum richtigen Zeitpunkt. Diese beiden Herren sind auch erst vor einigen Minuten angekommen und da ich mit beiden eine äußerst wichtige Geschäftsbesprechung habe, möchten wir uns in mein Büro zurückziehen und dir den Laden überlassen. Ich weiß, es ist kurz vor Weihnachten, doch das Geschäft in unserer Branche ist um diese Zeit zu fünfundneunzig Prozent gelaufen. Was wir anbieten, kauft man nicht in letzter Minute und erst recht nicht zu herabgesetzten Preisen." Beim letzten Satz dreht er sich Pieter zu, der ihm aufmerksam zuhört und ihm seine Worte mit einem kräftigen Kopfnicken bestätigt.

„Marlje, nur wenn irgendwas außerordentlich Dringendes passiert, drücke zwei Mal den Alarmknopf. Ansonsten bitte ich dich, uns unter keinen Umständen zu stören. Sei bitte so nett und halte den Vorhang völlig geschlossen, so dass kein Kunde bemerkt, dass sich dahinter eine Stahltüre verbirgt."

Pieter hält den schwarzen Lederbeutel immer noch fest an seinen linken Arm mit dem kräftigen Lederband verbunden. Während der wenigen Tage, die er mit Ron Wellington mehr oder weniger gemeinsam verbracht hat, ist sein Vertrauen aufgrund dessen Verhaltens und Benehmens enorm gestiegen. Ron hat die ganze Welt bereist. Er zeigt sich als ein absolut professioneller Diplomat und trotzdem ist er weder arrogant noch eingebildet. Pieter fragt sich, wie weit wäre er wohl ohne ihn gekommen? Obgleich beide unterschiedlicher Hautfarbe sind, zeigt Pieter für seinen dunkelhäutigen Partner nicht nur großen Respekt, sondern es hat sich eine Vertrauensbasis entwickelt, die der gewiefte und durchtriebene Gauner Wellington genauso geplant hatte und die ihm jetzt die große Möglichkeit des Betruges nicht nur erleichtert, sondern sich ihm geradezu anbietet.

Die drei charakterlich wie auch äußerlich ungleichen

Männer betreten nun Mr. Himmelsteins ‚Imperium', nämlich sein Büro. David lässt den beiden den Vortritt. Er zieht den dicken Samtvorhang vorsichtig und bedachtsam hinter sich zu, so dass nicht die geringste Ritze entsteht, die auch nur eine Türe ahnen ließ. Erst danach schließt er auch diese, bleibt aber daneben stehen bis sich das Einrasten des Türschlosses mit einem lauten ‚Klick' bemerkbar macht. Anstandshalber sind Pieter und Ron hinter den ihnen zurechtgestellten Sesseln stehen geblieben, doch jetzt werden sie von David Himmelstein ermuntert, bitte Platz zu nehmen, während er es sich in seinem wuchtigen Ledersessel bequem macht.

Die Hände in seinem Schoss gefaltet, scheint er auf das Startzeichen zu warten und es ist Ron Wellington, der das für Pieter so spannend erwartete und aufregende Gespräch beginnt.

„David, bevor wir uns ins Geschäft stürzen, wie geht es Ben (Benjamin) zurzeit in Kolumbien? Läuft das Kaffeegeschäft so wie er es sich vorgestellt hat oder gibt es immer noch irgendwelche Schwierigkeiten? Du weißt ich bin gerne bereit ihm zu helfen, falls er mich braucht."

„Ron, gut dass du das Thema anschneidest. Ich wollte sowieso mit dir darüber reden. Wenn es Mr. van Dohlen oder darf ich Pieter sagen, nichts ausmacht, würde ich dich gerne heute Abend nochmals treffen, um mit dir darüber zu sprechen. Übrigens Pieter, Benjamin ist mein in Kolumbien lebender Sohn und da ja Ron in seiner diplomatischen Eigenschaft schon einige Male in Kolumbien zu tun hatte, habe ich die beiden zusammengebracht und bleibe dadurch auch mit Ben in ständiger Verbindung, da Ron mich glücklicherweise nach jedem Besuch genauestens über meinen Sohn informiert. Seinen Kopf in Rons Richtung drehend, bedankt er sich fast förmlich bei diesem für die angeblichen Gefallen, die dieser seinem Sohn zukommen lässt.

„Doch nun zu unserem Geschäft. Pieter, alles was ich über dich weiß, kommt von Ron. Ron und ich arbeiten an mehreren Projekten seit geraumer Zeit Hand in Hand. Unstimmigkeiten hat es zwischen uns bisher nie gegeben. Meinungsverschiedenheiten ja und wenn es nicht so wäre, säßen wir jetzt nicht hier beisammen. Du hast Rohdiamanten, die du mir verkaufen möchtest. Obgleich Ron nur erzählt hat, dass du in einer Diamantenmine in Südafrika gearbeitet hast, weiß ich nicht, wieviel und was du von Diamanten verstehst, setze aber mal voraus, dass du einige Vorkenntnisse hast. Ich möchte nicht wissen, woher du die Diamanten hast und es interessiert mich auch nicht, dass du kein Kimberlite Zertifikat hast. Nur eines setze ich voraus, dass es keine Blutdiamanten sind. Da mache ich nämlich nicht mit, egal wie hoch der Warenwert ist.

Ich nehme an, dass du die Steine in dem mitgebrachten Lederbeutel eingepackt hast, weil du selbst hier hinter verschlossener Tür das Lederband straff um dein Handgelenk geschlungen hast. Mein Gott, nach so langer Zeit schnürst du dir ja das Blut ab." Pieter antwortet darauf nicht, doch zum ersten Mal seit sie hier sind, zeigt sich so etwas wie ein Lachen in Davids Gesicht. Pieter streift das Lederband von seinem Handgelenk und legt den prall mit Diamanten gefüllten Beutel auf seinen Schoss.

Während Mr. Himmelstein sich aus seinem Sessel erhebt und auf die Schrankwand auf der gegenüberliegenden Seite zuschreitet, schauen sich Ron und Pieter fragend an. David zieht einen kleinen Schlüsselbund aus seiner Hosentasche, fummelt für einen Moment daran herum, findet den passenden Schlüssel, um die gewünschte Schranktüre zu öffnen. Dann zieht aus einem der Fächer einen etwa 40 x 50 cm Behälter heraus und stellt ihn auf einen kleinen antiken Tisch, den er mit seinem rechten Fuß auf die vor ihm sitzenden Männer zuschiebt. Danach rollt er seinen Sessel auf die gegenüberliegende Seite seiner beiden Gäste, so dass jeder einen vollständigen Überblick auf den metallenen Behälter hat.

Aus einem Seitenfach seines Schreibtisches holt er eine Präzisionsdigitaldiamantenwaage und zieht fast gleichzeitig eine zehnfach vergrößernde Lupe aus der Schublade. Vorsichtig stellt und legt er die beiden Gegenstände neben den leeren Behälter und wendet sich Pieter van Dohlen zu.

„So Pieter, wenn es dir recht ist, können wir mit der Arbeit beginnen. Ich möchte dich daher bitten, die mitgebrachten Diamanten in den Container zu legen." Ron anschauend, bittet er diesen, als Aufpasser zu fungieren, damit keiner der Diamanten versehentlich übersehen wird. Mit gespielter Gleichgültigkeit öffnet Pieter nun den Lederbeutel, indem er erst die beiden Sicherheitsknoten an den Seiten löst und vorsichtig auseinanderzieht. Jetzt erst kann er die drei kleineren Beutel aus dem größeren herausziehen und legt sie so wie er sie gekennzeichnet hat, eins, zwei, drei, in dieser Reihenfolge auf den Tisch. Da er sich in den vier Cs, der sogenannten Bewertungstabelle mit den Diamanten bestens auskennt, hat er die kleineren Beutel in drei und nicht in vier eingeteilt, denn er hat die Diamanten nur nach Carat (Gewicht), Clarity (Reinheit) und Color (Farbe) sortiert. Er hätte sich auch das dritte C sparen können, denn er weiß, dass sämtliche Steine in der Klasse D sind, also lupenrein. Einen vierten Beutel für das vierte C braucht er ja nicht, da der Cut (Schliff) bei Rohdiamanten fehlt.

,Eigentlich' denkt er bei sich ,hätte ich die gesamten Juwelen in zwei Beutel unterbringen können, doch so ist halt für Mr. Himmelstein die Sortierung einfacher und für mich die Kontrolle leichter.' Er hat eine bestimmte Preisvorstellung, da er aus Erfahrung ungefähr die Karatwerte weiß. Aus der Innentasche seines Jacketts holt er jetzt eine vorgefertigte Liste, in die er alle mitgebrachten Diamanten nach Größe, die Farbe ist bei allen Klasse G, und Gewicht eingetragen hat. Allerdings ist ihm bekannt, dass Rohdiamanten beim Schleifen die Hälfte ihres Wertes verlieren können und öfters sogar zweigeteilt werden, was nochmals einen Wertverlust von 20 – 30 % verursachen kann. Dennoch kommt er durch die stattliche Anzahl und die Qualität der Steine auf einen Realwert von ungefähr sieben bis acht Millionen Dollar. Ron und David gewährt er keinen Einblick in die aufgelisteten Seiten. Er nimmt den mit der Nummer Eins gekennzeichneten Beutel und leert ihn mit klirrendem Geräusch auf das Tablett. Keiner der drei gibt auch nur einen Ton von sich. Sie zeigen Pokergesichter, doch Pieter, der David Himmelstein aufmerksam beobachtet, bemerkt ein Glimmern in dessen Augen und zieht seinen Rückschluss daraus.

Als dieser mit geübtem Blick und seiner 10 x Diamantenlupe einen Diamanten nach dem anderen begutachtet und mit der Digitalwaage sorgfältig abwiegt, bricht Ron Wellington als erster das Schweigen als er David in Englisch anspricht:

„David what is the verdict?" Er bekommt nur eine knappe Antwort:

„Kann ich dir erst nach Begutachtung aller Diamanten sagen." Der zweite Beutel mit den größeren Diamanten wird von ihm der gleichen Prozedur unterzogen und erst beim dritten Ausleeren der Diamanten auf das Tablett sprühen seine Augen Funken, denn hier handelt es sich um die größten, schönsten fehlerfreien Steine, die er bisher gesehen hat. Seine noch vor wenigen Minuten großartige Beherrschung ist total dahin, zumal seine eigenen Notierungen, die er versucht, so negativ wie möglich zu halten, ihm das klarlegen, was Pieter ihm längst angesehen hat.

Nach einigem Hin- und Herrechnen bleibt ihm keine andere Wahl, als Pieter den für ihn astronomischen Betrag von sechseinhalb Millionen Dollar anzubieten.

Keine Fragen, keine weiteren Verhandlungen. Sechseinhalb Millionen Dollar in bar ist seine Antwort, obwohl er weiß, dass er trotz aller bereits einkalkulierten Risiken Pieter mit diesem Preis ordentlich das Fell über die Ohren gezogen hat.

Pieter mit all seiner Erfahrung und Expertise hatte mit einem weitaus höheren Preis gerechnet, bleibt aber ohne sichtliche Erregung sitzen, denkt eine Weile nach, bevor er antwortet:

„David, ich habe mich der Mühe unterzogen und alle Recherchen sorgfältig ausgearbeitet, habe alle Risikofaktoren in Betracht gezogen doch unsere Preisvorstellungen liegen meilenweit auseinander. Dennoch bin ich bereit, auf deinen Preis einzugehen, wenn du die Zahlung der Kommission an Ron übernimmst. Die Summe müsst ihr euch allerdings selbst ausarbeiten."

Ron sitzt wie ein sprungbereiter Tiger auf der Vorderkante seines Stuhles, bevor er das Wort ergreift: „Pieter, wir haben zwanzig Prozent von der Gesamtsumme vereinbart, zwar nur mündlich aber nun muss ich dich beim Wort nehmen."

„Nein Ron, das ist entschieden zu hoch. Das weißt du selber" schaltet sich David ein. Dabei schaut er mit gierigen Augen auf die Diamanten vor ihm.

„Zehn Prozent von mir und die anderen zehn Prozent von Pieter ist mein endgültiger Vorschlag. Auszahlung morgen Nachmittag in bar." Dabei schaut er zu Pieter herüber, der sichtlich mit seiner Fassung zu kämpfen scheint.

Blitzschnell wiegt er jedoch noch einmal alle seine Chancen ab, denkt zurück, wie er zu den Diamanten gekommen ist. Belinda dringt plötzlich in sein Gedächtnis und er denkt an seine Zukunft mit ihr in Kanada. Auf einmal wird ihm klar, dass er Rons Hilfe unbedingt noch weiterhin benötigt, denn der Nachweis des hohen Geldbetrages könnte für ihn in den nächsten Tagen ein Riesenproblem verursachen. Ein Problem, das alle seine Pläne vernichten könnte. Den Verlust einer weiteren Million zu verschmerzen, ist nicht gerade ein Pappenstiel. Er fühlt, wie ihm das Blut ins Gehirn schießt. Ein Schweißausbruch wird auf seiner Stirne deutlich sichtbar, bevor er antwortet:

„David, du treibst mich gehörig in die Enge. Du nutzt meine Lage bis zum letzten aus, doch was bleibt mir übrig? Ich muss wohl oder übel zustimmen, auch wenn dies unter Protest geschieht. Morgen Nachmittag möchte ich den ,Deal' abgeschlossen haben. Deswegen sitze ich hier mit euch zusammen.

Also sechseinhalb Millionen Dollar in bar zu jeweils Zehntausend Dollar gebündelt in Hundert Dollar Scheinen und die Diamanten gehören dir. Ich möchte jedoch das Geschäft in deinem Büro im Beisein eines Bankangestellten der ING-Bank abschließen und das ist nun mein letztes Wort." Sich Ron zuwendend fügt er hinzu:

„Ron, meinen Teil der Kommission an dich werde ich dir in Toronto direkt nach unserer Ankunft, ebenfalls in bar, auszahlen. Ich hoffe das ist in Ordnung." Ron, sichtlich beeindruckt von Pieters plötzlicher Härte stimmt sofort zu, überdenkend, dass er schon einen anderen Weg gefunden hat, Pieter das gesamte Geld in Kanada abzuluchsen.

„Pieter, das Geschäft geht so in Ordnung. Der Sicherheit halber würde ich jedoch vorschlagen, dass sich Ron sofort mit dem Manager der hiesigen ING-Bank Zentrale, das ist die frühere Postbank, in Verbindung setzt und wir die Übergabe in seinem Beisein in meinem Büro morgen um 13 Uhr vornehmen können."

Immer noch sichtlich enttäuscht über den Ablauf des Geschäfts packt Pieter die Diamanten in die betreffenden Beutel und verstaut alles in dem größeren Lederbehälter. Dennoch nimmt er Davids Angebot an, den Abschluss und die Übergabe mit einem Glas guten Cognacs zu begießen, bevor sich die drei Männer mit einem Handschlag, der Pieter fast widerwillig vorkommt, verabschieden.

Während Ron eher gut gelaunt scheint, spricht Pieter auf dem Rückweg zum Hotel kaum. Seine Laune ist auf dem Nullpunkt angelangt und als sie in das Foyer des Hotels eintreten, entschuldigt er sich bei Ron für seinen Unmut. In seinem Zimmer, es ist inzwischen Spätnachmittag geworden, wirft er sich mit voller Montur auf sein Bett. Trotz innerer Erregung ist er schlagartig so müde, dass er innerhalb kurzer Zeit in einen leichten Schlaf fällt. Als er nach einer halben Stunde erwacht, weiß er im ersten Moment nicht, wo er sich befindet. Total unkonzentriert wirren die Gedanken durch sein Gehirn.

Doch dann, wie vom Blitz getroffen, springt er aus dem Bett, entledigt sich seiner Jacke, schleudert achtlos seine Schuhe von den Füssen, rennt ins Badezimmer und befeuchtet sich Gesicht mehrmals mit kaltem Wasser. Alles Mürrische, nichtmals eine Stunde zurück, ist von ihm gewichen und macht einem fröhlichen Grinsen Platz. Er hat ja überhaupt kein schlechtes Geschäft ausgehandelt. Im Gegenteil, es hätte keinesfalls besser laufen können. Er hatte ja in die drei Beutel nur die Diamanten, die in und auf den Gürteln waren, verstaut. Den im roten Rucksack, in seiner Unterwäsche versteckten Beutel mit der anderen Diamantenhälfte hat er ja noch. Was ist mit ihm los? Dies ist nun das zweite Mal, dass er diesen Beutel vergessen hat! Das erste Mal nach dem Zusammentreffen mit Belinda und jetzt wieder. Moment mal, hatte er nicht auch hier wieder nur an Belinda gedacht, hatte ihr hübsches Gesicht und die leicht mandelförmigen Augen vor sich gesehen, genau zu dem Zeitpunkt als er die Diamantenbeutel präparierte? ‚Belinda, Belinda, wo und wer bist du, warum bist du für mich wie ein Schutzengel? Oh mein Gott, ich liebe dich. Wenn ich dich jetzt nur einmal, wenn auch nur für eine Minute, sehen könnte. Aber ich kenne dich doch nur ein paar Stunden? Du spielst doch nicht etwa nur mit mir? Bitte, bitte tu das nicht. Ich brauche dich!' Gedanken und Gefühle, wie er sie schon seit geraumer Zeit nicht erlebt hat, ziehen durch seinen Kopf und erst nach geraumer Zeit kehrt alles wieder zurück in die Realität.

Als wolle er sich versichern, dass alles noch da ist, holt er den roten Rucksack aus dem Kleiderschrank und legt ihn auf sein Bett. Bevor er ihn öffnet, geht er erst zur Türe, öffnet sie, um auf der Flurseite das ‚Bitte nicht stören' Schild aufzuhängen. Danach verschließt er die Türe von innen. Erst dann nimmt er den Diamantenbeutel aus dem Rucksack und legt ihn auf den Tisch, auf dem er bereits vorher ein Handtuch ausgebreitet hat. Eine Zeremonie, die er nun schon einige Male hinter sich hat. In seiner langjährigen Tätigkeit in der ‚Venetia Mine' in

Messina hat er gelernt, die verschiedensten Diamanten oftmals ohne Waage und oft sogar ohne Lupe, also nur mit bloßem Auge nach den vier ‚C's einzuschätzen, nämlich ‚Carat, Color, Clarity und Cut', obwohl es sich bei diesen hier ja um ungeschliffene Diamanten handelt. Auch das ‚C' für Clarity, also Reinheit, stellt ihn vor eine nicht leichte Aufgabe, denn einen lupenreinen Diamant kann man hundertprozentig nur mit einer zehnfachen Vergrößerungslupe und nur bei guten Lichtverhältnissen feststellen. Pieter macht sich trotzdem keine größeren Sorgen, hat doch bereits David Himmelstein, der Diamantenfachmann alle anderen ihm vorgelegten Steine mehrmals sorgfältig untersucht und ohne Ausnahme alle in die Klasse ‚D' eingestuft.

Das einzige, was er sich momentan überlegt, ob er jetzt schon die ‚Rhinestones'(Kristallsteine) von den echten Diamanten trennen soll, da von Holland nach England, bzw. ihrem nächsten Aufenthaltsort London, keine Grenzkontrolle besteht. Dafür aber kann ihm der Zoll bei der Einreise nach Kanada ganz gehörig ins Handwerk pfuschen. Jedenfalls ist er nicht nur glücklich sondern außerordentlich zufrieden, dass er die Diamanten noch besitzt und beschließt bereits, diese nicht Ron Wellington, trotz seines Diplomatenstatus anzuvertrauen, sondern einfach in seinem Gepäck zu belassen und das Risiko auf sich zu nehmen. Bisher ist ja auch alles außerordentlich gut gegangen. Bedingt dadurch übernimmt jetzt der Leichtsinn die Oberhand. Lieber erst Morgen abwarten und sehen, wie es mit der Geldübergabe durch den Bankier der ING-Bank klappt.

Ron Wellington beschäftigen in seinem Zimmer ganz andere Sorgen. Zuerst versucht er vergeblich, seine Sekretärin in Cotonou zu erreichen. Es ist fast fünf Uhr und so lange sollte sie auch im Büro sein, aber wenn die Katze nicht da ist, tanzen bekanntlich die Mäuse auf dem Tisch. Schließlich hat sie als alleinstehende Mutter mit drei Kindern auch andere Sorgen und Dinge zu erledigen. Wenn der Chef auf Reisen war, bot sich die Gelegenheit, alles Private während der Arbeitszeit zu erledigen.

Sicherlich hatte er eine Ahnung und das machte ihn wütend. Also wartete er bis halb Sechs und wählte dann ihre Privatnummer. Eigentlich war er in einer Laune, ihr das frühzeitige Verlassen des Büros vorzuhalten und ihr ordentlich die Leviten zu lesen. Doch dann überlegte er es sich anders, da er sie zur Abwicklung seiner afrikanischen Geschäfte und zum Einkassieren der mehr und mehr hereinfließenden Gelder momentan noch brauchte. Niemals hätte er es für möglich gehalten, wie leicht es war, mit faulen Tricks und betrügerischen Versprechen Leuten das Geld aus den Taschen zu ziehen. Besonders leicht machen es ihm hierbei die Nordamerikaner und ganz besonders die Kanadier. Ob es ihre Naivität ist oder ob sie besonders vertrauensselig sind, interessiert ihn nicht im Geringsten. Wichtig ist, dass sie nach jedem Brief, bzw. ‚Email‘, in dem sie zu weiteren Gebührenzahlungen für welchen Zweck auch immer, meistens ihren Obolus prompt entrichteten. ‚Wenn der Ball einmal rollt, dann rollt er‘ pflegte er daher zu sagen.

Doch als erstes musste er den von ihm gegen eine recht ansehnliche Summe bestochenen Bankangestellten der ehemaligen Postbank anrufen, die jetzt zur ING-Gruppe gehörte. Er muss ihm vom Ergebnis der heutigen Verhandlungen berichten, damit dieser weiß, wieviel Bargeld die Bank bereitstellen muss. Als hätte er bereits auf Rons Anruf gewartet, meldet sich Alex van Peers nach dem ersten Klingelton. Ohne lange Umschweife schildert Ron ihm den Tagesablauf inklusive des getätigten Diamantenverkaufs einschließlich des erzielten Preises. Auch die Unzufriedenheit bezüglich der zwischen Pieter und David ausgehandelten Summe erwähnt er.

Da beide, Ron und Alex, seit drei Tagen in telefonischer Verbindung stehen und auch Ron ihn auf die zu erwartende Bargeldsumme vorbereitet hat, liegt ein großer Teil des Bargeldes bereits in der Zahlstelle der Bank zur Abhebung durch David Himmelstein bereit. Nach Beendigung ihres Telefonates wählt Ron Pieters Zimmernummer und fragt, ob die bereits geplante Abreise für Donnerstag bestehen bliebe, so dass er zwei Flüge nach London buchen kann. Bei dieser Gelegenheit wird er auch gleich zwei Zimmer in einem exklusiven Hotel, dem ‚London Bridge Hotel', reservieren. Dieses liegt nämlich sehr günstig in der Nähe der Zentrale der ‚Lloyds Bank of London' in welcher der zu erwartende Geldbetrag nach Rons Anweisung für einige Tage deponiert werden soll.

Nachdem Pieter sich mit Rons Vorschlägen einverstanden erklärt, Hotel und Flugkarten gebucht sind, läuft alles nach Rons Plänen und nach menschlichem Ermessen scheint seine Zukunft für ein feudales Leben gesichert. Einen letzten Anruf wird er heute noch tätigen bevor er sich, wie verabredet, mit Pieter im Hotelrestaurant zum Abendessen trifft. Zwei Mal ist David Himmelsteins Telefon besetzt, doch beim dritten Versuch klappt es.

„David, du hast mir bei unserem vorigen Treffen angedeutet, dass du mir noch etwas Persönliches sagen wolltest, doch haben wir beide es dann irgendwie vergessen." Der Stimme am anderen Ende der Leitung lauschend, zieht er seine Stirne in Falten ehe er seine Antwort mit wohldurchdachten Worten formuliert.

„O.K. David, wie ich dir bereits gesagt habe, ist dies mein letztes Geschäft. Aber du hast Glück. Aus persönlichen Gründen muss ich am Ende dieser Transaktion noch einmal nach Südamerika. Werde diese Reise allerdings von Kanada aus antreten. Wir können aber in den nächsten Tagen nochmals darüber sprechen. Also dann, bis morgen Mittag um 13 Uhr."

Es ist inzwischen Abend geworden und der vorweihnachtliche Einkaufsrummel auf der vor dem Hotel liegenden Damrak Street hat nachgelassen. Die Menschen hasten mit vollen Einkaufstaschen, Paketen und Plastiktüten bepackt nach Hause. Pieter van Dohlen sitzt bereits an ‚ihrem' Tisch am Fenster und beobachtet das rege Treiben auf der vor ihm liegenden Straße und bemerkt Ron erst, als dieser bereits vor ihm am Tisch steht. Er erhebt sich hastig, drückt Ron die Hand und bittet ihn, Platz zu nehmen.

„Ron, ich möchte mich nochmals förmlich bei dir entschuldigen. Ich habe mich einfach nach unseren Verhandlungen und dem anschließenden Geschäftsabschluss mit David übervorteilt gefühlt. Ich kenne dich zwar erst seit einigen Tagen, doch hatte ich zu dir von Anfang an eine Menge Vertrauen. Vielleicht auch deshalb, weil du halt über etliche Jahre ein Freund meines Bruders bist. Von David Himmelstein kann ich leider nicht das gleiche behaupten. Vielleicht tue ich ihm unrecht. Bei ihm habe ich einfach das Gefühl, einen durchtriebenen und äußerst schlauen Fuchs vor mir zu haben, dem man immer einen Schritt voraus sein muss, um nicht überrumpelt zu werden."

„Nein Pieter, da kann ich dir leider nicht zustimmen. David und ich haben zwar auch manchmal unsere Meinungsverschiedenheiten, aber denke auch mal an das Risiko, welches er ohne Zertifikation der Diamanten eingeht. Ich bin der vollsten Überzeugung, dass er sich auch preisweise dir gegenüber anständig verhalten hat." Pieter schaut Ron gerade ins Gesicht:

„Bei längerem Nachdenken heute Nachmittag, deshalb meine nochmalige Entschuldigung, bin ich inzwischen auch zu der Überzeugung gekommen, dass du Recht hast. Was mich anfänglich so ärgerte, war der Schachzug mit der Kommission an dich, die er eigentlich voll übernehmen wollte. Später fiel mir jedoch ein, dass ich es war, der mit dir die extra zwanzig Prozent ausgehandelt hatte. Schwamm drüber. Vergessen wir es. Ich schlage vor, dass wir nun genüsslich ein Glas Bier miteinander trinken und hoffen, dass unser Geldtransport über den großen Teich so problemlos wie möglich verläuft. Schließlich hast du ja noch eine große Aufgabe vor dir, nämlich den Nachweis der EU aus Brüssel zu beschaffen, dass es sich bei unserem Geld nicht um Terroristen oder Drogengelder handelt."

„Das lass nur meine Sorge sein. Dafür bezahlst du mich ja und deshalb müssen wir morgen nach London zum Konsulat von Benin, welches diese Angelegenheit für uns erledigen wird. Also mach dir bitte keine unnötigen Sorgen."

Damit schließen beide das unleidliche Gespräch ab. Wenn Pieter van Dohlen auch nur die leiseste Ahnung hätte, würde er bestimmt nicht in aller Ruhe mit seinem Glas Bier und noch weniger mit einem Individuum wie Ron Wellington anstoßen.

Kapitel 8: Das „*Sunny Shore Resort*" und seine Käufer

Ingolf Wittenauer hat in den beiden letzten Tagen zwei weitere ‚Emails' erhalten, in denen er dringend gebeten wird, die noch ausstehenden Kosten von fünfzehntausend Dollar schnellstens zu überweisen, da der Absender, der Diplomat und ‚Foreign Remittance Officer' Ron Wellington, nicht länger in der Lage sein wird, die ihm gewährte Stundung aufrecht zu erhalten. Damit würde die Auszahlung der Gesamtsumme von achtzehneinhalb Millionen Dollar nicht nur verzögert, sondern aufgrund der bestehenden Gesetze im Auszahlungsland Benin sogar gefährdet. Auf jeden Fall würden Mr. Wittenauer als Empfänger des Geldes weitere Kosten entstehen, die dazu noch sofort fällig wären. Naturgemäß hat Ingolf diese schlechten Nachrichten sofort an seinen Freund Pierre Labonte weitergeleitet. Als Pierre von der Geburtstagsfeier nach Hause kommt, findet er die unerfreuliche Mitteilung auf dem Anrufbeantworter. Es ist zwar schon recht spät, doch eine Antwort auf diese Nachricht konnte beim besten Willen nicht bis morgen warten. Außerdem ist sich Pierre sicher, dass Ingolf noch hellwach ist und auf seinen Anruf wartet.

„Ingolf was ist los?" will Pierre wissen, als Ingolf sich mit hörbar erregter Stimme meldet. Er erklärt Pierre in kurzen Sätzen den Sachverhalt der letzten ‚Email' und man merkt ihm an, dass es ihm schwer fällt, die richtigen Worte zu finden. Alles kommt mehr oder weniger gestottert aus seinem Munde. Die Aufregung über die letzte Nachricht hat ihm jeglichen klaren Gedanken geraubt.

„Ingolf beruhige dich erst einmal. Wir haben nämlich noch einmal Glück im Unglück gehabt. Morgen Früh treffe ich mich mit Hilda Smithson. Sie hat sich bereiterklärt, morgen mit mir ihre Bank aufzusuchen, um die Formalitäten zu erledigen und mir noch morgen die fünfzehntausend Dollar zur Verfügung zu stellen. Der einzige Haken bei der Geschichte ist, dass Hilda trotz ihres Alters immer noch sehr geschäftstüchtig und vor allem sehr vorsichtig ist und darauf besteht, dass als Sicherheit eine zweite Hypothek auf dem Seniorenheim eingetragen wird. Was wir jedoch unbedingt schnellstens tun sollten, ist uns mit dem Inhaber des ‚Sunny Shore Hotelresorts' in Verbindung zu setzen, damit es uns keiner wegschnappt ehe wir unser Geld bekommen.

„Pierre, nun fühle ich mich tausend Mal besser als vorher. Endlich mal scheint alles so zu laufen, wie es unserer Vorstellung entspricht. Warum machen wir nicht einen Termin mit dem Hotelmanager, um alles nochmals genau auszuchecken bevor wir dem Eigentümer ein Kaufangebot unterschreiben. Schließlich wollen wir weder ein Abenteuer eingehen noch irgendwelche unliebsamen Überraschungen erleben."

„Gute Idee. Ich werde morgen nach der Erledigung des Bankgeschäftes erst mit Hilda und ihrem Notar alles Notwendige hinter mich bringen, um danach mit dem Grundstücksmakler, der für den Verkauf des Hotelresorts zuständig ist, einen Termin zu vereinbaren. So, nimm dir also für das kommende Wochenende nichts vor. Aller Wahrscheinlichkeit nach werden wir es in unserem neuen zukünftigen Tätigkeitsbereich an der Georgian Bay verbringen. Nun wünsche ich dir eine gute Nacht und morgen Nachmittag können wir dann weiterreden."

Der nächste Morgen beginnt für Pierre in aller Frühe, bereits vor dem Morgengrauen. Nach dem Frühstück und der Überprüfung, dass alles im Seniorenheim ‚Emmanuel' seinen geordneten Gang läuft, begibt sich Pierre auf den Weg, Hilda abzuholen und mit ihr zuerst ihren Rechtsanwalt und Notar aufzusuchen, ehe sie ihren Weg zur Bank einschlagen. Auf diese Weise, so erklärt Hilda ihrem Freund Pierre, wäre sie sicher, dass alles in geordneten Bahnen läuft, indem der erforderliche Vertrag und die Hypothekenpapiere unterschrieben seien, bevor ihr Bankmanager den Scheck über fünfzehntausend Dollar an Pierre aushändigt. Pierre erklärt sich sofort einverstanden. Eine andere Wahl hat er sowieso nicht und so sind innerhalb der nächsten drei Stunden alle angefallenen Formalitäten beim Rechtsanwalt Tom Miller erledigt. Danach begeben sich die beiden zur Bank, die nur einen Steinwurf vom Notarbüro entfernt und selbst für die alte Dame leicht zu Fuß zu erreichen ist.

Der Bankbesuch nimmt nur eine halbe Stunde ihrer Zeit in Anspruch. Danach hält Pierre Labonte einen beglaubigten Bankscheck über fünfzehntausend Dollar in seinen Händen. Dankend lehnt Hilda die Einladung zu einer Tasse Kaffee in dem naheliegenden ‚Tim Horton Coffee Shop' ab. Sie hat noch einige weitere Dinge zu erledigen, die keinen Aufschub dulden. Pierre ist darüber keineswegs enttäuscht. Es kommt seinen Zeitplänen entgegen. Er muss doch jetzt schnellstmöglich den Scheck über fünfzehntausend Dollar an den ‚Foreign Remittance Officer' Ron Wellington in Benin auf den Weg bringen. Danach soll dann die Banküberweisung von achtzehneinhalb Millionen Dollar in den folgenden zweiundsiebzig Stunden auf das Konto seines Freundes Ingolf Wittenauer durchgeführt werden.

In einem kurz gehaltenen Telefonat verständigt er Ingolf vom erfolgreichen Resultat des heutigen Tages. Nur eine äußerst wichtige Angelegenheit hat er jetzt noch zu erledigen, nämlich einen kurzfristigen Termin mit dem Makler zur nochmaligen Besichtigung des von ihm bereits ins Herz geschlossenen ‚Sunny Shore Hotelresorts' zu vereinbaren. Erneut telefoniert er mit Ingolf, um ihm einen neuen Einfall zu unterbreiten. Nach einigem Nachdenken ist er zu dem Entschluss gekommen, dem Projekt einen anonymen, zwei bis dreitägigen Aufenthalt abzustatten. Damit möchte er nähere Einzelheiten wie z. B. Wochenendbelegung, verschiedene bauliche Besonderheiten, den Gästebesuch des Restaurants und auch die Belegung der Spa erkunden. Diese Beobachtungen sollen den beiden bei der Rentabilitätsberechnung des äußerst potenziellen Projektes helfen. Schließlich beginnt mit dem Kauf des Hotels ein neuer Lebensabschnitt für sie beide und wie es in Kanada nun einmal ist, gilt hier der Grundsatz ‚wie gesehen, so gekauft.' Also liegt es an ihnen, soviel wie möglich herauszufinden, um Risiken, die man eventuell bei den vorherigen Besuchen nicht erkannt hat, zu entdecken und zu minimieren.

Ingolf hat sein kommendes Wochenende vollständig frei gehalten. Auch Pierre hat die Zeit zur Verfügung. Somit steht ihrem gemeinsamen Besuch nichts im Wege. Das große Risiko, dass der Kaufbetrag oder zumindest die Anzahlung noch in keinster Weise gesichert ist, schert die beiden im Moment wenig, da sie mit unbeirrbarem Glauben davon ausgehen, in wenigen Tagen mehr als genug Geld zur Verfügung zu haben.

Eine kleine Unannehmlichkeit kommt dennoch auf sie zu. Bei der versuchten Buchung stellt sich heraus, obwohl bereits tiefer Winter in Muskoka herrscht, dass an diesem Wochenende, zumindest am kommenden Freitag alle Zimmer wegen einer im Hotel stattfindenden Hochzeit ausgebucht sind. Samstag und Sonntag sind buchungsmäßig in Ordnung, weshalb sich die Freunde mit zwei Übernachtungen zufrieden geben müssen.

‚News travels fast' und jede Neuigkeit, die den Verkauf des ‚Sunny Shore HotelResorts' betrifft, eilt auch unter den Hotelangestellten in Windeseile herum. So erfährt Hendrik Kauser, einer der Hotelinhaber, innerhalb der nächsten zwei Stunden, wer die beiden letzten noch freien Zimmer übers Wochenende gebucht hat.

Sofort nachdem ihm die Nachricht vom Besuch der beiden potentiellen Käufer zugespielt wird, ist er sich darüber im Klaren, dass diese nicht zum Vergnügen oder um ein paar unterhaltsame Stunden zu erleben, die rund zweistündige Fahrt im tiefen Winter auf sich nehmen. Viel größer ist die Wahrscheinlichkeit, dass es deren Anliegen ist, das ‚Boutique-Hotel' auf Herz und Nieren zu überprüfen.

Obwohl die gesamte Anlage von einem wegen der schlechten finanziellen Lage leider zu einfallslosen und auch deprimiertem Hotelmanager geleitet wird, beschließt Hendrik, der privat in der Nähe von Toronto lebt, zum ‚Sunny Shore' zu fahren, um dort persönlich Pierre Labonte und Ingolf Wittenauer kennenzulernen. Zuerst möchte er die beiden unauffällig beobachten, um sich eine Vorstellung von deren Persönlichkeit zu bilden, bevor er mit ihnen ein den Kauf betreffendes Gespräch beginnen wird.

Während sein Partner, ein Adeliger, ja sogar ein ‚gefürsteter Graf' aus Deutschland mehr eine passive Rolle in dem Investitionsobjekt verkörpert, stellt Hendrik Kauser mehr oder weniger die Seele des Unternehmens dar. Er hat gerade seinen siebzigsten Geburtstag hinter sich, sein voller Haarschopf ist inzwischen von der Pfeffer und Salzfarbe in ein solides Weiß übergewechselt und da er einige Knieoperationen hinter sich hat, kann er das leichte Nachziehen seines linken Beines nicht ganz verbergen. Er ist über 1.80 m groß, von stattlicher Figur und jedem, ob er es wissen will oder nicht, erzählt er, dass er durch das Auswechseln beider Kniegelenke rund sechs Zentimeter an Größe eingebüßt hat.

Von Natur aus fast immer mit guter Laune ausgestattet, war er beruflich fast dreißig Jahre im europäisch-kanadischen Investitionsgeschäft mit Investoren tätig, die in Kanada nach einer soliden Geldanlage Ausschau hielten. Erst vor rund zwölf Jahren hatte ihm ein Freund den Kauf des ‚Sunny Shore Hotelresorts' eingeredet. Ohne lange Überredungskunst hatte er aufgrund der Lage und des äußerst günstigen Preises zugeschlagen. Da ihm der geforderte Kaufpreis für die Investition nicht zur Verfügung stand, stieg sein guter Freund, eben jener deutsche Adelige, mit dem Großteil der Kaufsumme in das Geschäft ein.

Innerhalb weniger Jahre verwandelten die beiden das heruntergewirtschaftete Resort in ein erstklassiges ‚Boutique-Hotelresort'. Ein Konferenzzentrum wurde gebaut, das Restaurant größenmäßig verdoppelt, eine der schönsten und attraktivsten Spas mit angegliedertem Salzwasserschwimmbad dazu gebaut und der Gesamtkomplex um weitere fünfzehn Luxusräume erweitert.

Doch das Glück war den beiden Investoren nicht hold. Der SARS Virus, der Anschlag auf das ‚World Trade Centre' in New York, die verheerende Vogelgrippe und schließlich der tragische Zusammenbruch des Weltfinanzmarktes mit der nachfolgenden Rezession ließen die Gäste, ganz besonders die amerikanischen, ausbleiben. So gut wie keine namhafte Bank war von diesem Zeitpunkt an mehr bereit, der ‚Hospitality-Industrie' mit Geldanleihen zur Seite zu stehen. Somit geriet auch das ‚Sunny Shore' in finanzielle Schwierigkeiten. Auch der Gesundheitszustand der beiden Inhaber ließ zu wünschen übrig. Schließlich beschlossen beide, den Verkauf des von Hendrik Kauser so geliebten Objektes. Der Totalwert der Investition von über zehn Millionen Can. Dollar sank um rund die Hälfte des eingesetzten Kapitals, weshalb beide den Verkaufspreis dementsprechend heruntersetzten, um einen schnellen Verkauf zu erzielen.

Nachdem etliche potentielle Käufer auf der Bildfläche erschienen und auch relativ gute Kaufpreise anboten, scheiterten alle daran, dass auch nicht eine einzige finanzielle Institution bereit war, die entsprechenden Gelder in Hypothekenform zur Verfügung zu stellen. Wegen verschiedenen groben Führungsfehlern und die dadurch entstandene unstabile Leitung durch das Hotelmanagement fielen auch die Umsatzzahlen schlechter als erwartet aus und alles wurde mehr oder weniger ein Dahinquälen von Tag zu Tag. Hendrik Kauser suchte verzweifelt nach einem Ausweg aus dieser fruchtlosen Situation. Die Umwandlung in ein Seniorenheim für gutbetuchte Pensionäre aus der Gegend in und um Toronto schien hierbei eine brauchbare Lösung. Ja, sie bot sich geradezu hierfür an.

Hendrik Kauser engagierte einen bekannten Grundstücksmakler, der es tatsächlich bewerkstelligte, innerhalb kürzester Zeit mehrere Interessenten zusammenzubringen. Zu diesen gehörten auch Ingolf Wittenauer und Pierre Labonte. Sie waren sich ihrer Sache so sicher, dass sie bereit waren, einen Vorvertrag mit einer hunderttausend Dollar Anzahlung abzuschließen und sofort nach Erhalt der achtzehneinhalb Millionen Dollar das

Geschäft abzuschließen. Von Ron Wellington, diplomatischer Vertreter der Republik von Benin und zugleich auch deren ‚Foreign Remittance Officer' hatten sie inzwischen ein Bankdokument erhalten (wie sich später herausstellte, natürlich gefälscht), dass die Ingolf Wittenauer zustehende Summe innerhalb kürzester Zeit in Mr. Wittenauers Bankkonto bei der HSCB Bank in Kitchener/Ontario deponiert würde.

Die beiden Männer verbringen den gesamten Samstagvormittag damit, ein Zahlenspiel zusammenzustellen, welches ihnen nach einem weiteren Ausbau des Resorts um etwa dreißig Hotelapartments einen Gewinn von rund sieben Millionen Dollar verspricht. Selbstverständlich haben alle Zimmer und Suiten einen wunderschönen Ausblick auf den vor ihnen liegenden See mit den vielen, kleinen Inseln. Beim Nachmessen des Lageplanes haben sie auch festgestellt, dass die Uferlänge rund achthundert Meter beträgt und ihnen damit den Bau von mindestens fünfzig weiteren Senioreneigentumswohnungen mit direktem Zugang zum See ermöglicht.

Nun wird es für Ingolf und Pierre Zeit, sich auf die rund zweistündige Autofahrt zum angestrebten Ziel zu begeben. Man weiß zu dieser Jahreszeit nie, was einen auf der Autostraße Nr. 400 erwartet. Plötzlich einsetzender Schneefall oder gar Eisglätte sind keine Seltenheit. Dadurch entstehende Unfälle sind oft gravierend und können die Fahrzeit um das Doppelte verlängern. Doch heute ist ihnen der Wettergott hold und ohne jegliche Zeitverluste erreichen sie ihr Ziel. Pierre und besonders Ingolf sind überrascht vom freundlichen Empfang beim Einchecken. Obwohl man ihnen nicht die besten Zimmer des Hotels anbieten kann, sagt ihnen die Ausstattung und vor allem die geradezu pedantische Sauberkeit der Zimmer zu. Der Gesamteindruck ihrer Räume ist überwältigend. Auf den Betten liegen blütenweiße, nett zusammengefaltete Bademäntel und jeweils ein kurz gehaltener Brief, der sie im Resort herzlich willkommen heißt und man ihnen einen angenehmen Aufenthalt wünscht. Die Badezimmer weisen eine Übergröße gegenüber anderen von ihnen besichtigten Hotels auf und sind mit

138

allen Annehmlichkeiten ausgestattet.

Nach einer Erfrischungspause von etwa einer halben Stunde beschließen Pierre und Ingolf, erst einen kurzen Rundgang durch das Hotel zu machen, um sich danach zum Restaurant im Erdgeschoss zu begeben. Obwohl das Hotel nur zwei Stockwerke hat, ist ein Aufzug vorhanden, der sie nach unten bringt. Nach einem kurzen Gang durch die Lobby gelangen sie in das schönste Restaurant, das sie je gesehen haben.

Es ist inzwischen früher Abend geworden. Die Dunkelheit hat bereits eingesetzt und obwohl draußen eine fast eisige Kälte herrscht, empfängt sie im Restaurant eine heimelige Wärme. Aber nicht nur von der Temperatur her, sondern auch das Personal strömt neben Wärme eine Freundlichkeit aus, die dem Hotelresort eine familiäre Note verleiht.

Beim Eintreten befindet sich linkerhand eine Bar, die mit stilvollen Sesseln zum Verweilen einlädt. Auffallend ist die wunderschöne Holzdecke, die der Form eines Schiffssteuerrades nachgeahmt und wohl als einmalig zu bewerten ist.

Pierre und Ingolf werden vom Restaurantmanager zu einem Fenstertisch gebracht, von dem sie die mit Scheinwerfern angestrahlte Schneelandschaft und das glitzernde Wasser des nur etwa dreißig Meter entfernten Sees im Blickfeld haben. Der mitten im Raum aufgestellte, reichlich geschmückte Weihnachtsbaum verleiht dem Gesamtbild die erwünschte und besinnliche Feierlichkeit. Beide Männer kommen aus dem Staunen nicht heraus. Mit offenen Mündern sitzen sie da und blicken fast erschreckt auf, als sie ein junger Kellner begrüßt und ihnen die Wein und Speisekarte vorlegt. Beide sind dieses Niveau nicht gewöhnt. Sie bestellen erst einen Aperitif und prosten sich zu, bevor sie sich der Speisekarte widmen.

Alles erscheint ihnen irgendwie traumhaft, fast zu schön um wahr zu sein und in wenigen Wochen werden sie die Besitzer dieses Kleinodes sein. Respekt in einer ihnen bisher unbekannten Art zeichnet sich in ihren Gesichtern so deutlich ab, dass der Manager, der sie beobachtet hat und ihren Ausdruck falsch deutet, an ihrem Tisch erscheint und fragt, ob alles in Ordnung sei oder ob sie irgendwelche Wünsche hätten. Als beide verneinen, entfernt er sich diskret, dem Kellner den Weg freimachend, um die Bestellung aufzunehmen. Doch zuerst genießen sie die auf sie einströmende Atmosphäre mit einem Glas guten Weines.

Noch während ihres Anstoßens taucht plötzlich ein stattlicher Mann mit weißem Haar neben ihrem Tisch auf. Seinen Blick auf sie gerichtet, lacht er sie unverfänglich an bevor er sie anspricht:

„Gestatten die Herren, ich möchte ihre Dinneratmosphäre nicht stören, mich halt nur kurz vorstellen. Ich bin Hendrik Kauser, ein Teilhaber dieses Hotels, wenn auch nur ein kleiner und wenn ich mich nicht täusche, Tony Kallman, der Makler aus Kitchener, hat sie mir bereits kurz beschrieben, sind sie Pierre Labonte und Ingolf Wittenauer. Hab ich recht?"

Pierre und Ingolf schauen sich überrascht an und nicken gleichzeitig mit den Köpfen. Hendrik Kauser fährt fort:

„Tony ist seit rund fünfundzwanzig Jahren mein Freund und hat mir vor einigen Tagen von ihren Plänen erzählt. Alle Achtung! Ich finde ihr Vorhaben toll. Das Ganze, beziehungsweise einen Großteil in Senioreneigentumswohnungen umzuwandeln ist eine glänzende Idee mit unglaublichem Potential. Doch möchte ich sie jetzt nicht weiter stören. Falls sie jedoch an einer Besichtigung des Objektes interessiert sind, stehe ich ihnen selbstverständlich gerne zur Verfügung."

Pierre ist sichtlich erregt von der so plötzlichen Begegnung mit dieser für ihr Vorhaben wichtigen Person und ergreift das Wort während sich der ruhigere, ja manchmal naiv wirkende Ingolf mit ebenfalls sichtbarer Anspannung im Gesicht, aufs Zuhören beschränkt.

„Nein, nein, sie stören überhaupt nicht und falls es ihre Zeit erlaubt, nehmen sie doch bitte Platz. Ingolf und ich würden uns sehr freuen, aus ihrem erfahrenen Munde Ratschläge zu hören, die für den Erwerb dieses Unternehmens für uns wichtig sind und auch für unseren zukünftigen Erfolg ausschlaggebend sein können."

Hendrik Kauser nahm Pierres Worte wohltuend auf. Sie waren genau der richtige Anhaltspunkt, um ihm den nötigen Auftrieb zu vermitteln. In seiner blumenreichen Sprache versucht er nun seinen beiden Zuhörern zu erklären, welche Vorteile der Kauf und der weitere Ausbau mit sich bringen würden. Eigentlich war es ja sein und auch des Grafens Traum, genau das zu tun, wären nicht die unliebsamen Folgen des finanziellen und wirtschaftlichen Zusammenbruchs gewesen.

Nach seinem Redeschwall, die Worte sprudeln nur so aus seinem Mund, sind seine beiden Zuhörer so begeistert, dass sie Hendrik Kauser zusagen, am folgenden Montag das Geschäft zum Abschluss zu bringen. Nach Beantwortung etlicher Fragen, für Hendrik scheinen sie überhaupt kein Ende zu nehmen, verabschiedet er sich von ihnen mit einem freundlichen Handschlag. Schließlich muss er noch am gleichen Abend nach Hause, weil selbst für ihn heute Nacht kein Bett mehr frei ist. Er verspricht Pierre und Ingolf, dass ihnen am morgigen Sonntag der Manager zur weiteren Besichtigung und Beantwortung aller noch offenstehenden Fragen vollends zur Verfügung steht. Er selbst ist jedenfalls davon überzeugt, dass der Geschäftsabschluss nun in kürzester Zeit im Sinne aller Beteiligten verlaufen wird.

Kapitel 9: Diamanten gegen Bargeld

Im ‚Swissôtel' in Amsterdam herrscht an diesem Dienstagmorgen reges Treiben. Die Uhr an der Wand gegenüber der Eingangstür zum Frühstücksbüffet zeigt zwar erst auf halb Neun, doch das Ein und besonders Auschecken der Gäste hält die dreiköpfige Mannschaft hinter dem Counter in Trab. Auch Pieter van Dohlen und Ron Wellington befinden sich unter den Frühaufstehern. Pünktlich, wie am Abend zuvor vereinbart, betreten beide fast gleichzeitig den Frühstücksraum. Der Tisch am Fenster, ihr Tisch der letzten zwei Tage, ist frei und beide, vom Kellner freundlich begrüßt, nehmen ihre nun schon gewohnten Plätze ein. Pieter bestellt für beide Kaffee während Ron sich zum Büffet begibt und mit vollbeladenem Teller zurückkehrt. Pieter scheint kein Frühstücksinteresse zu haben. Selbst nach Rons Aufforderung, doch wenigstens etwas zu sich zu nehmen, lehnt er dankend ab.

In wenigen Stunden soll in Mr. Himmelsteins Büro die Geldübergabe erfolgen und allein die Tatsache, dass irgendetwas falsch laufen könnte, schnürt Pieter fast die Kehle zu. Beide Männer sprechen kaum ein Wort und Rons Schweigen stimmt Pieter irgendwie nachdenklich. Erst Rons Bemerkung, sich doch bitte keine Sorgen zu machen, da sicherlich alles wie gewünscht und geplant verlaufen wird, zwingt ihm ein gekünsteltes Lächeln ab.

Nach dem Frühstück begeben sich beide Männer nochmals in ihre Zimmer. Mit fast pedantischen Bewegungen räumt Pieter sein Zimmer auf, obwohl er es bis elf Uhr geräumt und verlassen haben muss, glättet er seine Bettwäsche, als ob er das Zimmer heute Abend nochmal benutzen würde. Seine Gedanken schwirren einem Bienenschwarm gleich durch seinen Kopf. Einmal ist es die bevorstehende Übergabe der enormen Geldsumme, zum anderen kann er die Begegnung, die wenigen glücklichen Stunden, die er mit Belinda auf ihrer Reise zum Flughafen in Pretoria erlebt hat, nicht verdrängen.

Nur selten, immer weniger, denkt er zurück an seine äußerst glückliche Ehe mit Marie-Luise. Das Auseinanderreißen durch ihr vorzeitiges Ableben, die darauffolgende unsägliche Trauer, er kann es nicht so einfach vergessen oder sogar auslöschen. Doch das Leben nimmt seinen Lauf, selbst wenn es ihm oft unglaublich scheint, dass es ihm eine zweite Chance bieten kann oder wird. Freude, Spannung und Angst wechseln sich in ihm ständig miteinander ab.

Es ist bereits kurz vor elf Uhr als er seine beiden Koffer, fertig gepackt und sicher verschlossen, hinter sich herziehend, sein Zimmer verlässt. Den roten Rucksack, in dem er jetzt die Diamanten verstaut hat, trägt er festgeschnallt auf seinem Rücken. Obwohl viele Hotelgäste bereits das Hotel verlassen haben, muss Pieter mehrere Minuten warten bis sich die Türe des Aufzugs öffnet. Doch da bereits einige Personen mit ihrem Gepäck den nur acht Personen fassenden Aufzug besetzt haben, bleibt ihm keine andere Wahl als weitere Minuten Wartezeit in Kauf zu nehmen, bis er schließlich genügend Raum für sich und sein Gepäck findet um zum Erdgeschoss zu gelangen. Am Schalter angekommen, bemerkt er, dass Ron bereits auf ihn wartet und auch die Auscheckformalitäten einschließlich der Bezahlung für beide Zimmer erledigt hat.

Vom Damrak 96, ihrer Hoteladresse, zum Dam Square, Rokin 1 – 5, sind es nur ein paar hundert Meter. Dennoch beschließen beide, ein Taxi in Anspruch zu nehmen. Außerdem sind die Gehsteige nach dem letzten Schneefall noch nicht geräumt und nicht gerade einladend für ein Wandern mit ihrem Gepäck. Ron Wellington, der nach Erledigung ihres gemeinsamen Geschäfts in Toronto nur noch einige weitere Tage dort benötigt, reist leicht. Er hat nur eine mit Rollen versehene, übergroße Reisetasche als einziges Gepäckstück zu transportieren.

Vor dem Hoteleingang stehen mehrere City-Cabs. Pieter van Dohlen und Ron Wellington haben also keine Schwierigkeiten und auch keine Wartezeiten in Kauf zu nehmen. Der nicht gerade vor Freude überwältigte Taxifahrer wirft ihnen einen undankbaren Blick zu, als sie ihr Reiseziel Rokin 1–5 im Dam Square nennen, nur ca. 250 Meter entfernt. Fast mürrisch hilft er beim Einladen der Koffer und erinnert seine Fahrgäste daran, dass er ihnen einen Minimumbetrag von fünf Euro abverlangen wird. Ron Wellington beantwortet dies mit der Bemerkung, nicht nach dem Preis gefragt zu haben, sondern zu dem angegebenen Fahrtziel gebracht zu werden. Außerdem, so bemerkt er scherzhaft, sei man schließlich auch bereit, für die ‚schwierige Fahrtstrecke' mit einem entsprechenden Trinkgeld zuzusteuern. Diese Worte beruhigen den Fahrer und sein mürrischer Gesichtsausdruck verwandelt sich zu einem breiten Grinsen.

Im Dam Square angekommen, bahnen sie sich, mit ihrem Gepäck beladen, einen Weg durch das dort herrschende Menschengewimmel zum Bürotrakt Mr. Himmelsteins. Unglücklicherweise hat der Taxifahrer sie zum vorderen Eingang gebracht. Wenn sie besser aufgepasst und ihm den richtigen Seiteneingang angegeben hätten, wären es nur wenige Meter zu den Geschäftsräumen David Himmelsteins gewesen.

Dennoch nimmt alles seinen ordentlichen Verlauf. David Himmelstein hatte, um jedes Risiko zu vermeiden, den Geldtransporter bereits für elf Uhr morgens bestellt, musste sich jedoch mit einer auf zwölf Uhr umgeänderten Ankunftszeit zufrieden geben, da seine Hausbank, die ING, einen Teil der Riesensumme erst von einer anderen Bankzentrale beschaffen musste. Solche immensen Summen zur Barauszahlung war man normalerweise nicht gewohnt, selbst nicht von Mr. Himmelstein. Dieser hatte zwar des Öfteren außerordentliche Bankwünsche, aber dieses war in jedem Fall die weitaus größte Summe, die er jemals von seinem Millionenkonto auf einen Schlag zur Auszahlung angefordert hatte. Doch ein Verärgern eines Kunden von der Größe eines David Himmelsteins ist einfach nicht denkbar. Es wäre selbst für die Bank eine Katastrophe gewesen. Mr. Himmelstein ist zwar von der einstündigen

Verspätung nicht begeistert, hat aber dann doch, zwar widerwillig, zugestimmt. Schließlich hat er seine Prinzipien und keine Bank, mit der er seine Millionengeschäfte tätigt, kann es sich leisten, diese Prinzipien zu verletzen.

Um 12:55 Uhr drückt Ron Wellington einen von mehreren Klingelknöpfen, die neben dem Geschäftseingang installiert sind. Nur Sekunden später, fast wie von einer magischen Hand bedient, öffnet sich die etwa zehn Meter von der Ladeneingangstüre angebrachte, kaum erkennbare Seitentüre. Diese führt sie in einen kurzen, halbdunklen Flur und dann in das bereits gestern besuchte Büro. Diese Türe ist von außen deshalb kaum erkennbar, da sie der Außenwand angeglichen ist und weder einen Türgriff noch ein sichtbares Türschloss aufweist. Ihr Vorhandensein ist daher nur seinen engsten Vertrauten bekannt, gibt sie doch dem Diamantenhändler die Gelegenheit, in jeglicher Situation seine Büro und Geschäftsräume ungesehen zu verlassen. So kann er unbemerkt in der Menschenmenge, die hier fast immer vorhanden ist, im Dam Square untertauchen.

Ron und Pieter treten in Windeseile ein, bevor sich die Türe, wie von Geisterhand betätigt, hinter den beiden schließt. David Himmelstein erwartet sie bereits sowie eine weitere Person, die von Mr. Himmelstein als Pim Kercher von der ING-Bank vorgestellt wird. Es ist dessen Aufgabe, die auszuhändigende Geldsumme mitzuzählen und die ordnungsgemäße Übergabe an den Empfänger zu überwachen.

David Himmelstein betreibt seine Geschäfte äußerst gekonnt, indem er in seinen Bankgeschäften nach außen hin immer als ‚Mr. Saubermann' auftritt, der niemals mit dem Gesetz in Konflikt war oder kommen wird. Für seine nicht so sauberen Geschäftspraktiken, wie zum Beispiel dieser Rohdiamantenhandel ohne nachweisbare Zertifikation, oder gar Drogenschmuggel mit seinem in Kolumbien lebenden Sohn Benjamin, hat er gewisse undurchschaubare Deckmäntel, die bisher niemand von gesetzlicher Seite durchblickt hat. Es bleibt schlicht und einfach eines seiner Geheimnisse, die er wahrscheinlich mit ins

Grab nehmen wird.

Alle vier, David Himmelstein voran, begeben sich nun in einen Raum, der noch hinter seinem Büro liegt. Dessen Zugang ist ebenfalls so in die holzgetäfelte Wand eingefasst, dass selbst das geübte Auge Pieters gestern nichts davon bemerkt hat. Die Decke ist vollständig mit eingelegten Edelholzpanelen verkleidet und alle vier Wände mit Wandschränken, ebenfalls aus Edelholz und zusätzlich mit großflächigen Glastüren dekoriert. Sechs etwas zu wuchtige Ledersessel befinden sich um den in der Mitte des Raumes postierten runden Tisch, dessen Besonderheit durch eine mit feinen Ornamenten verzierter Kristallplatte hervorgehoben wird. Die raffinierte, indirekte Beleuchtung, obwohl unaufdringlich, leuchtet jeden Winkel des Raumes aus, vermeidet dennoch geschickt ein direktes Anstrahlen der im Raum befindlichen Personen.

Nachdem die Besucher und der Gastgeber ihre Plätze eingenommen haben, schlägt dieser vor, die Geldübergabe erst zu beginnen, nachdem man das für alle Anwesenden enorme Geschäft mit einem Schluck Cognac begossen hat. Dankend, aber dennoch bestimmt lehnt Pieter ab, während die anderen dem Vorschlag zustimmen. Pieters Ablehnung ist nicht brüsk, doch eine Vorsichtsmaßnahme seinerseits. Steht doch schließlich viel für ihn auf dem Spiel und er ist sich bewusst, dass er im letzten Moment kein Risiko eingehen will, noch nicht Mal das Geringste. Beim Betreten des Raumes hat er mit geschärftem Blick alle Einzelheiten in sich aufgenommen. Trotzdem ist ihm entgangen, dass zwei etwa koffergroße Metallkisten, zwar unter einer Decke verborgen hinter der Türe in einer Nische stehen.

Mit einer Leichtigkeit, die man David Himmelstein nicht zugetraut hätte, bringt er die beiden Leichtmetallbehälter und stellt sie auf den Tisch. Mit einem Spezialschlüssel, den der ING-Bankier nun aus seiner Hosentasche hervorkramt, öffnet dieser das Schloss des ersten Behälters. Äußerst gespannt sind die Blicke der anderen drei auf den Inhalt gerichtet. Wie abgesprochen liegt das Geld, zu je zehntausend Dollar gebündelt in Hundertern vor ihnen. David Himmelstein hat inzwischen hinter jeden der beiden Metallbehälter einen unauffälligen, grauen Hartschalenkoffer platziert und während der ING-Bankier Pim Kercher Bündel um Bündel in den ersten Koffer legt, halten Ron Wellington und Pieter van Dohlen je einen Schreibblock in ihren Händen. Je ein Strich bedeutet ein Bündel mit zehntausend Dollar bis der Behälter leer und alle Bündel sich im ersten Koffer befinden. Danach vergleichen Ron und Pieter die gezählten Nummern miteinander und als diese übereinstimmen, wiederholt sich das gleiche Spiel mit dem zweiten Behälter. Zwischendurch nimmt Pieter, wie bereits beim Umsortieren der ersten Ladung, ein Bündel in seine Hände, blättert es durch um festzustellen, dass es sich bei allen Scheinen in den Bündeln um echte Hundertdollar Noten handelt. Alles stimmt wie vereinbart. Der Bankangestellte der ING legt Pieter ein Formular vor, bittet um eine zweimalige Unterschrift, bevor er ihm eine Durchschrift aushändigt und viel Glück wünscht. Danach verabschiedet er sich freundlich von allen Anwesenden.

David Himmelsteins Aufgabe ist es nun, unter der Aufsicht von Ron Wellington und Pieter van Dohlen die Koffer zu schließen und verschließen.

„Die beiden Koffer sind übrigens ein Geschenk von mir. Sie sind innen rundum mit Leichtmetallplatten eingefasst, haben je zwei Sicherheitsschlösser, die einem eventuellen Dieb einen Aufbruch nicht gerade erleichtern würden." Als erwarte er ein ‚Dankeschön', schaut er Pieter fragend an und überreicht ihm je zwei Schlüssel für jeden Koffer.

Danach verabschieden sich die beiden auch von David Himmelstein, der Pieter noch einmal jovial auf die Schulter klopft bevor er sich überschwänglich bedankt aber auch darauf hinweist, dass wohl alle Parteien ein für jeden zufriedenstellendes und lukratives Geschäft abgeschlossen hätten.

Ron Wellington hat nun neben seiner Reisetasche die zwei grauen Hartschalenkoffer zu transportieren, denn Pieter ist mit seinem Rucksack und seinen beiden Koffern, einschließlich der aufgeschnallten Reisetasche, total ausgelastet. Mr. Himmelstein hat ein Airport Taxi für die beiden bestellt und der Gepäcktransport von seinem Geschäft zum nächsten Seitenausgang in das Dam Square verläuft relativ einfach.

Der Taxifahrer, wie Ron ebenfalls von schwarzer Hautfarbe, erweist sich als äußerst geschickt und hilfreich beim Verstauen der Koffer. Bis zum Abflug ihrer ‚British Airways' Maschine stehen ihnen noch über fünf Stunden zur Verfügung, die halbe Stunde Taxifahrt nicht eingerechnet. In den ersten Minuten ihrer Fahrt ist jeder der beiden mit den eigenen Gedanken beschäftigt. Pieter missfällt, dass man am Flughafen die Geldkoffer als Gepäck aufgeben muss, obgleich diese als Diplomatengepäck besonderen Sicherheitsbestimmungen unterliegen und keinem Öffnen ausgesetzt sind. Er sieht dennoch ein Risiko darin und teilt seine Gedanken auch Ron mit, der zuerst schweigend zuhört und dann eine Lösung vorschlägt, die ihm praktischerweise gerade einfällt.

„Pieter, wir sind nicht unter Zeitdruck und ein paar Tausender mehr oder weniger sind jetzt auch nicht mehr ausschlaggebend. Warum versuchen wir nicht, einen Businessjet zu chartern. Es würde nicht nur dich sondern auch mich gewaltig beruhigen. Was hältst du davon?"

„Mein Gott, daran habe ich nicht gedacht. Wenn die Möglichkeit besteht, ja dann bin ich absolut dafür."

Die Trennscheibe zwischen dem Fahrer und den Fahrgästen zur Seite schiebend, bittet er den Chauffeur, sie anstatt zum Abflugterminal zu bringen, eine der kleinen Charter-Fluggesellschaften anzusteuern. Als sie die Flughafennähe erreichen, entdeckt Pieter ein Reklameschild, mit der sich die ‚Paramount Business-Charterfluggesellschaft' anbietet, auch kurzfristige Flüge zu günstigen Preisen auszuführen.

Gesagt, getan. Sie wechseln ihre Anfahrtsroute und lassen sich vor dem Gebäude der ‚Paramount' absetzen. Während Pieter im Taxi bleibt, rennt Ron mit mächtigen Schritten zum Eingang und kommt schon nach wenigen Minuten mit äußerst zufriedenem Gesicht zurück. Er informiert Pieter davon, dass man in zwei Stunden bereit sei den Charter zum City Flughafen in London zu übernehmen. Pieter scheint, seinem Gesichtsausdruck nach zu urteilen, sichtlich erleichtert. Unter Mithilfe des Taxifahrers entladen sie ihre Gepäckstücke, um sie ins Gebäude der ‚Paramount' zu bringen und nachdem Ron den Taxifahrer mit einem reichlichen Trinkgeld entschädigt hat, erledigen sie die erforderlichen Formalitäten.

Alle Vorbereitungen werden zum Erstaunen der beiden einzigen Fluggäste äußerst professionell durchgeführt. Fast auf die Minute genau werden sie mit einer Luxuslimousine zu einem kleinen, am Anfang des Rollfeldes in einer ‚Parking Position' wartenden Learjet gebracht. Pilot und Copilot sind die einzigen Besatzungsmitglieder und gleichzeitig, obwohl in makellosen Uniformen gekleidet, verstauen sie ohne jegliche Aufforderung alle Gepäckstücke im dafür vorgesehenen Frachtraum der Maschine. In kürzester Zeit wird ihnen ihr Flugplan übermittelt und nach weiteren zwanzig Minuten befinden sie sich in der Luft, um aus ihren bequemen Sitzen die Lichter Amsterdams von oben zu bewundern

Kapitel 10: Weiter geht's nach London

Der Flug einschließlich Landung verläuft ohne jegliche Zwischenfälle. Nach etwa einer Stunde werden sie auf dem City Airport London von einem der dortigen ‚Paramount' Angestellten willkommen geheißen und wiederum samt Reisegepäck in einer bereitstehenden Limousine zum hiesigen ‚Paramount Business Charter Gebäude' gebracht. Da Großbritannien ja auch der Europäischen Union angehört, entfallen alle Zollformalitäten.

Vor dem Entladen des Gepäcks aus dem Kofferraum der Limousine fragt die ‚Paramount' Angestellte nach den weiteren Wünschen ihrer Gäste. Als Ron ihr mitteilt, dass sie im ‚London Bridge Hotel' Zimmer für die nächsten Tage reserviert haben, wird ihnen der Vorschlag unterbreitet, doch die bereitstehende Limousine zum nur zwölf Kilometer entfernten Hotel zu benutzen, gegen ein geringes Entgelt natürlich. Somit wird ihnen ein nochmaliges Umladen ihres Gepäcks erspart und Ron und Pieter werden innerhalb der nächsten Stunde im ‚London Bridge Hotel' einchecken können.

Die Anstrengungen des langen Tages fordern bei beiden nun ihren Tribut und lassen sie fast gleichzeitig in eine Müdigkeit fallen, die jedes scharfsinnige und klare Denken stark beeinträchtigt. Dennoch und obwohl es inzwischen nach zweiundzwanzig Uhr ist, äußert sich Pieter gegenüber Ron, doch wenigstens noch eine leichte Speise zu sich zu nehmen und ein auch hörbares Knurren seines Magens bestätigt, dass er damit Recht hat. Ohne langes Zögern ist Ron einverstanden. Das Restaurant ist zwar schon geschlossen, doch die daneben liegende ‚Quarter Bar' und Lounge bietet ihnen die richtigen und geschmackvollen Kleinigkeiten an, um ihren Hunger zu stillen. Während Ron sich ein ‚Ham and Cheese Sandwich' bestellt und dazu ein Glas Merlot trinkt, begnügt sich Pieter mit einem Stück ‚Peperoni Pizza' und einem Glas Bier. Beide scheinen tief in Gedanken versunken zu sein. Ron schaut einige Male in Pieters Gesicht, in welchem er nur Müdigkeit feststellen kann.

Die wenigen Tage, die sie bisher zusammen verbracht haben, lassen in ihm zum ersten Male in seinem ruchlosen Leben etwas erwachen, was er bisher nie gekannt hat: Freundschaft. Pieters Aufrichtigkeit, seine immer ehrliche und offene Meinung, sein gesamtes Benehmen ihm, Ron und seinen Mitmenschen gegenüber, erweckt in Ron so etwas wie Mitleid oder, wie er vorhin gedacht hat, sogar Freundschaft.

Aber trotzdem will und wird er diesen Menschen um alle Errungenschaften, nämlich sein gesamtes Vermögen betrügen. Er kann und will auch nicht anders. Schließlich hängen auch seine Zukunft und sein Traum vom reichen Leben in Südamerika davon ab. Also weg mit diesen Gedanken. Sie verunsichern ihn nur und deshalb streicht er sie aus seinem Gehirn, als ob sie nie existiert hätten.

Pieter dagegen hat sein noch vorhandenes Denkvermögen in eine andere Richtung gelenkt: ‚Belinda, ist sie noch in London bei ihren Verwandten oder hat sie bereits Toronto erreicht?' Er ärgert sich jetzt, dass er sie nicht mehr ausgefragt hat. Doch das ist jetzt zu spät. Morgen ist bereits Freitag. Da Ron und er hier in London allerhand zu erledigen haben, andererseits die Weihnachtsfeiertage vor der Türe stehen, werden sie wohl oder übel Weihnachten hier im ‚London Bridge Hotel' in London verbringen müssen.

Ron ist in seinen Augen ein feiner Kerl, so wie man sich einen Freund wünscht. Nichtmals im Traum könnte er sich vorstellen, dass es dessen Plan ist, ihn schon in kurzer Zeit, nämlich nach ihrer Ankunft in Kanada, um die Früchte seines Lebens zu berauben um damit auf Nimmerwiedersehen zu verschwinden.

Nach dem Verzehren ihres leichten Abendessens beschließen beide, den Tag ausklingen zu lassen und ihre Zimmer aufzusuchen. Wie schon bei ihrem vorherigen Hotelaufenthalt war es auch diesmal angeblich für Ron nicht möglich, zwei nebeneinander liegende Zimmer zu reservieren. Während sich Rons Zimmer auf der gegenüberliegenden Flurseite im 4. Stock befindet, ist Pieter im 3. Stockwerk, nur zwei Zimmer vom Aufzug entfernt untergebracht, wo sich auch jetzt alle vier Koffer befinden. Er hat darauf bestanden und Ron hat unbedenklich und ohne Zögern zugestimmt.

Nicht im Geringsten ahnt er, dass diese Zimmerreservierung Rons Absicht war, um in jedem Fall zu vermeiden, dass Pieter auch nur Bruchteile seiner ominösen Telefongespräche mitbekommt. Nachdem dieser in seinem Zimmer ankommt, checkt er als erstes die beiden Hartschalenkoffer. Vorsichtshalber hat er nach dem Einchecken im Hotel die beiden Handgriffe der Koffer mit einer dünnen Schnur verbunden, so dass ihm eine Veränderung deren Standorte sofort auffallen würde.

Bevor er die Zimmertüre sorgfältig verschließt, hängt er an den Türgriff zur Flurseite wieder das Schild ‚Please do not disturb'. Danach entledigt er sich seiner Kleider, duscht sich kurz im feudalen Badezimmer, um danach sein Bett aufzusuchen. In wenigen Minuten fällt er in einen tiefen und traumlosen Schlaf.

Der Freitagmorgen zeigt sich nicht gerade von seiner besten Seite. Typisches London Regenwetter wartet auf seine Gäste. Als Pieter die Augen öffnet, um einen Blick auf die auf seinem Nachttisch stehenden Uhr zu werfen, stellt er mit Erstaunen fest, dass es bereits 8:30 Uhr ist. Auch fällt ihm ein, dass Ron und auch er in ihrer Müdigkeit gestern Abend vergessen haben, einen Frühstückstermin auszumachen. Obgleich es der einfachste Weg wäre, Rons Zimmernummer anzuwählen, beschließt Pieter ihm einen kurzen Besuch abzustatten. Innerhalb der nächsten halben Stunde hat er sich geduscht und rasiert. Nach der nun einmal wichtigen Prozedur der Inspektion, damit auch wirklich alles in Ordnung ist, verlässt er sein Zimmer. Das Schild ‚Please do not disturb' lässt er am Außentürgriff hängen, um jeglichen Besuch des Zimmerreinigungsteams zu vermeiden.

Anstatt des Fahrstuhles benutzt er das Treppenhaus. Er hat ja nur ein Stockwerk zu bewältigen. An der Türe des Zimmers 403 klopft er erst zaghaft und als er keine Antwort bekommt, nochmals mit einer gewissen Heftigkeit.

„Einen Moment" kommt die Antwort von der Innenseite.

„Wer ist da?"

„Ich bin es, Pieter." Innerhalb weniger Sekunden öffnet sich die Türe und Ron, noch in seiner Schlafanzugshose und ärmellosen Unterhemd steht vor ihm.

„Guten Morgen Ron. Wollte dich nicht per Telefon aufwecken. Wir haben uns beide gestern Abend vergessen zu verabreden, wann wir uns heute Morgen treffen wollten. Hoffe, du hattest wie ich eine gute Nacht."

„Ja, hatte ich. Habe wie ein Baby geschlafen, doch seit acht Uhr habe ich schon einige Telefonate geführt. Deshalb bin ich auch noch nicht vollständig angezogen. Gib mir ein paar Minuten bis wir uns unten im Restaurant treffen."

„O.K., ich warte auf dich."

Während Ron sich halb umdreht, um die Türe zu schließen, fällt Pieter die rosa schimmernde Narbe auf, die auf der Oberseite der linken Schulter beginnt und deren Ende er durch das von Ron getragene Unterhemd nicht sehen kann. Sie scheint erst vor nicht allzu langer Zeit verheilt zu sein, stellt Pieter fest. Wenn sie älter wäre, hätte sie nämlich nicht mehr die rosa Farbtönung gezeigt, sondern sich mehr Rons dunkler Hautfarbe angepasst. Er möchte Ron gerne nach der Herkunft oder dem Ursprung fragen. Wie eine Operationsnarbe sieht sie nämlich nicht aus. Eher wie eine tiefe Schnittwunde durch einen scharfen Gegenstand. Doch es geht ihn nichts an und deshalb notiert er es zwar in seinem Gedächtnis, fragen wird er aber nicht.

Im ‚Londinium Restaurant' im Erdgeschoss schenkt gerade der Kellner Pieter die zweite Tasse Kaffee ein, als Ron auf seinen Tisch zusteuert. Wie immer ist er picobello gekleidet: Dunkelgrauer Zweireiher, weißes Hemd und dunkelrote Krawatte, während Pieter sich in seiner legeren Kleidung sichtlich wohl fühlt. Ein kurzer Handschlag zur Begrüßung.

Ohne Umschweife und mit kurzen Worten beginnt Ron mit der Erklärung, dass er mit der ‚Lloyds Bank' an der Gresham Street für elf Uhr einen Termin vereinbart hat. Peter schaut ihn erstaunt an. Hat ihm Ron davon erzählt und hat er es vergessen oder vermisst er etwas? Doch Ron gibt ihm eine aufschließende Erklärung, als er das verständnislose Gesicht seines Gegenübers bemerkt.

„Pieter, heute ist bereits der 18. Dezember und das Wochenende steht bevor. Also habe ich bereits heute Morgen als erstes mit meinem Konsulat gesprochen. Niemand ist dort abkömmlich, um vor dem Dienstag nach Brüssel zur EU zu reisen, um für unseren Übersee Geldtransport die benötigten Freigabepapiere zu besorgen. Wir haben es zwar durch meine Beziehungen zu David Himmelstein geschafft, die von dir gelieferten Diamanten ohne ‚Kimberlite-Zertifikat' in Bargeld umzuwandeln, doch das bedeutet noch lange nicht, dass wir alle Unannehmlichkeiten aus dem Weg geräumt haben. Deshalb habe ich zuerst einmal einen Termin mit der ‚Lloyds Bank' vereinbart, um dort, natürlich mit deiner Zustimmung, die beiden Geldkoffer zu deponieren. So können wir uns in den nächsten Tagen hier frei bewegen und das Geld befindet sich in absoluter Sicherheit." Pieter nickt mit dem Kopf:

„Gute Idee, doch wie geht es danach weiter?"

„Ich werde heute Nachmittag den stellvertretenden Honorarkonsul in seinem Büro in der Humber Street treffen, um von ihm in Erfahrung zu bringen, wie und wann er nach Brüssel fliegt, um dort das Zertifikat zu bekommen, dass dein Geld aus einem ordnungsgemäßen Geschäftsvorgang stammt, es sich also nicht um ‚Drogen oder Terroristengeld' handelt. Übrigens, wenn wir um elf Uhr die Koffer bei der ‚Lloyds Bank' deponieren, wirst du eine eidesstattliche Erklärung abgeben müssen, dass alles Geld dein alleiniges Eigentum ist. Ob das Geld ererbt oder erarbeitet wurde, interessiert die betreffenden Leute nicht. Solange sie ein Schriftstück vom rechtmäßigen Eigentümer als Absicherung haben. Der Geschäftsablauf ist mir bekannt. Schließlich ist es nicht mein erster ‚Deal', den ich dort abschließe. Deshalb brauchst du dir also keine grauen Haare wachsen zu lassen.

Nach der Banksache können wir zusammen unser Mittagessen einnehmen und wenn du Lust verspürst, kannst du selbstverständlich mit mir in die Humber Straße ins ‚Millennium Business Centre' zum Konsulat kommen. Ich kann dir aber jetzt schon versichern, dass es eine langweilige Sache für dich wird. Schau dir lieber die Stadt an, denn vor Dienstagnachmittag können wir hier nichts von Bedeutung erleben. Warten und nochmals warten ist alles, was wir tun können."

Rons Handbewegung deutet nach draußen. Es hat inzwischen aufgehört zu regnen und mit kurzen Worten erklärt er nun Pieter, warum er, der sich in London auskennt, das ‚London Bridge Hotel' für ihren Aufenthalt ausgewählt hat.

„Werfe einen Blick nach draußen. Innerhalb von wenigen Minuten bist du im Zentrum. Hier habe ich dir einen Stadtplan mit einigen Sehenswürdigkeiten zusammengestellt, aber ich möchte es nochmals betonen, wenn du es vorziehst, kannst du mich gerne begleiten. Doch jetzt wird es Zeit, dass wir uns zur Bank begeben."

Pieter hat nicht die geringste Ahnung, dass es Rons Absicht ist, ihn so lange wie möglich von ihm fernzuhalten, damit er ungestört einige seiner dunklen Geschäfte mit noch dunkleren Kunden hier in London abwickeln kann. Außerdem ist es sein Vorhaben, in Kanada einen gewissen Ingolf Wittenauer anzurufen, nachdem er von seiner Sekretärin in Cotonou verständigt wurde, dass besagter Ingolf Wittenauer schon mehrfach versucht habe, ihn per ‚Email' oder telefonisch zu erreichen.

Er erwartete nämlich dringend die ‚ererbte' Summe von achtzehneinhalb Millionen Dollar um ein bereits vorbereitetes Geschäft, nämlich den Kauf eines Hotel-Resorts, durchzuführen. Ingolf Wittenauer hatte bei seinem letzten Gespräch sogar damit gedroht, die Polizei einzuschalten, da ihn einige europäische Freunde darauf aufmerksam gemacht hatten, dass auch sie ähnliche ‚Emails' in den letzten Wochen und Monaten erhalten hatten, die bei sorgfältiger Nachprüfung darauf hinausliefen, dass man kriminellen Schwindlern in die Hände gefallen sei. Das dortige Fernsehen hatte sogar in einer Sondersendung berichtet, dass sich bei der Untersuchung dieser Geld und Erbgeschichten ergeben habe, dass von zehn überprüften Fällen nur ein einziger der Wahrheit entsprach und eine Auszahlung des ererbten Geldes erfolgt sei.

Nach seinem letzten Telefonat mit den nicht gerade ermunternden Nachrichten schwirrten die Gedanken in Rons Kopf. ‚Sollte er die beiden Koffer nur scheinbar in der Bank deponieren und dann nach einem Tag damit auf Nimmerwiedersehen verschwinden? Aber wohin? Außerdem stand das Wochenende bevor und die Banken waren erst ab Montagmorgen wieder geöffnet.' Noch bevor er diese Gedanken zu Ende gedacht hat, verwirft er sie wieder als viel zu gefährlich. Die Spuren, die er hiermit hinterlassen würde, wären in jedem Fall zu leicht verfolgbar, da der bei der ‚Lloyds Bank' bestochene Bankier sowie der Benin Konsulatsangestellte in zu viele seiner Details eingeweiht sind. Außerdem besteht ein Vorteil für ihn darin, nach der Geldwäsche durch das von der EU ausgestellte Reinheitszertifikat die Gesamtsumme unter dem Eigentümer Pieter van Dohlen nach Kanada zu transferieren. Von Kanada aus wird es für ihn bedeutend leichter sein, zuerst durch die USA und von da über Mexiko nach Kolumbien zu verschwinden. Danach wird es ihn, beziehungsweise einen Ron Wellington nicht mehr geben. Eigentlich existiert er ja schon in Mexiko seit einiger Zeit nicht mehr. Nach der Fehde zweier rivalisierenden

Drogen Kartellbanden war ja eine ihm sehr ähnliche Person erschossen worden und da man keine Papiere oder Dokumente gefunden hatte, wurde das Opfer als Ron Wellington identifiziert, da dieser der dortigen Polizei bekannt war. Nur eine Person, der Boss eines Drogenkartells war mit der Wahrheit vertraut. Von ihm drohte jedoch nicht die geringste Gefahr, da er auch Rons ‚Diplomaten Kurierdienste' zwischen den Angelpunkten Kolumbien – Mexiko USA – Kanada in Anspruch nahm.

Pieter hat inzwischen die beiden Hartschalenkoffer aus seinem Zimmer geholt und wartet bereits im Hotelfoyer auf Ron, der inzwischen ein Taxi bestellt hat, welches seit geraumer Zeit auf sie wartet. Endlich sieht Pieter ihn aus dem Aufzug kommen.

„Mein Gott, Ron, wo bleibst du? Es ist bereits fünfzehn Minuten vor elf und das Taxi wartet auch schon einige Zeit."

„Keine Aufregung, 25 Gresham Street ist nur etwas über einen Kilometer vom Hotel entfernt. Wir werden in weniger als fünf Minuten dort sein" beschwichtigt Ron seinen Partner. Pieter lädt die beiden Koffer in den Kofferraum und tatsächlich erreichen sie in knappen fünf Minuten ihr Ziel. Obwohl sich die Eingangstüren zur Bank automatisch öffnen, steht ein livrierter Torhüter bereit, ihnen die zweiten Türen, die einen kleinen Vorraum abschließen, offenzuhalten. Der Raum selbst ist in einer großzügigen Bauweise erstellt, der von dem durch einige Treppenstufen erhöhten Bürotrakt einen Überblick über die gesamte Schalterfläche gewährt. Gleich links, nur einige Meter hinter der zweiten Eingangstür, steht ein Schreibtisch, hinter dem eine ‚mittelalterliche Matrone' sitzt. Über ihrem Kopf hängt ein Neonschild mit der Aufschrift ‚Information'. Pieter und Ron steuern gemeinsam darauf zu, jeder einen Koffer hinter sich herziehend. Die gewichtige Dame wirft erst einen Blick auf Ron, dann auf Pieter und wieder zurück zu Ron, den sie für die wichtigere Person hält.

„Was kann ich für sie tun meine Herren?" Wie dünnflüssiges Öl kommen die Worte aus ihrem Munde.

Bevor Pieter, der ihr am nächsten steht, seinen Mund öffnen kann, beginnt Ron mit der Anrede:

„Guten Morgen Linda (den Namen hat er dem Schild auf der Schreibtischplatte entnommen), der Gentleman an meiner Seite ist Pieter van Dohlen, mein Name ist Ron Wellington. Wir haben um elf Uhr einen Termin mit Barry Hooper".

„Oh, sie sind also Ron Wellington. Mr. Wellington, wie ich mich erinnere, haben wir schon verschiedentlich miteinander telefoniert. Schön, sie mal persönlich kennenzulernen. Übrigens, da kommt Mr. Hooper". Dabei dreht sie ihren Kopf in Richtung Bürotrakt, wo gerade ein etwa Mittvierziger in doppelreihigem, dunkelblauem Anzug die wenigen Treppenstufen herunterkommt, zielstrebig auf die beiden zueilt und sie fast freundschaftlich begrüßt. Barry Hooper und Ron Wellington kennen sich schon seit einigen Jahren und nachdem Ron Pieter van Dohlen vorgestellt hat, werden beide von Mr. Hooper gebeten, ihn samt Koffern in sein Büro zu begleiten. Dort bietet er ihnen zwei der fünf Stühle an, die um einen runden, mit einer dicken Eichenholzplatte versehenen Tisch stehen. Während Pieter direkt gegenüber Mr. Hooper seinen angebotenen Platz einnimmt, tauschen Ron und dieser einige persönlich gehaltene Floskeln aus. Wie zum Beispiel die Sachlage in Benin steht, ob er in seiner diplomatischen Position immer noch viel in der Welt herumreist und natürlich auch, wie es ihm gesundheitlich geht, um dann das eigentliche Thema ihres Hierseins anzuschneiden.

Bevor er jedoch damit beginnt, bittet er seine Sekretärin, deren Büro durch eine Doppeltüre mit seinem verbunden ist, die bereits vorbereiteten Schriftstücke hereinzubringen. Gewissenhaft stellt er nun Pieter etliche Fragen, die er sorgfältig in die vorgelegten Papiere einträgt und nach Fertigstellung Pieter vorliest und ihn bittet, zu unterschreiben. Die von Pieter in den

Koffern angegebenen Summen brauchen nicht mehr nachgezählt zu werden, da jeder Koffer mit einer Banderole versehen und im Beisein aller versiegelt wird, bevor die drei den Tresorraum betreten. Die beiden Koffer werden in einem übergroßen Safe deponiert, der nur mit zwei Schlüsseln geöffnet werden kann. Barry Hooper händigt Pieter einen Schlüssel aus, während er den zweiten behält und diesen in einem kleineren Kombinationssafe verstaut, bevor er mit Ron und Pieter in sein Büro zurückkehrt. Mr. Hooper überprüft nochmals die beiden Pieter ausgehändigten Kopien und bittet ihn um seinen Reisepass, damit er die beiden ersten Seiten kopieren kann.

„Nur eine Formalität", wie er Pieter versichert.

Nach Erledigung dieser letzten Hürde lädt Barry Hooper seine beiden Gäste zu einem Mittagessen in einem in Banknähe gelegenen Chinarestaurant ein. Vorher drückt er jedoch Pieter noch einen Umschlag mit einer Rechnung über achthundert Pounds in die Hand. Pieter findet den Betrag zwar außerordentlich hoch, schweigt aber. Immerhin werden die zwei Geldkoffer ja nur vier Tage im Banksafe sein. Jedoch sich deswegen zu streiten, dazu hat er wirklich keine Lust. Beiläufig fragt er den Bankier, ob er den Betrag in Dollar bezahlen kann, was dieser bejaht und vor dem Verlassen der Bank von Pieter an einem der Schalter beglichen wird. In die erhaltene Quittung rollt er den Safeschlüssel und verstaut beides in seinem Portemonnaie.

Nach dieser kurzen Episode wandern die drei zu dem Chinarestaurant, welches nicht nur im Menü sondern auch in der Ausstattung absolut gehobenen Ansprüchen gerecht wird. Der Nachteil für Pieter besteht darin, dass er der einzige Gast ist, der ein Besteck braucht. Alle anderen geben den schwarz lackierten Essstäbchen den Vorzug.

Das Tischgespräch entpuppt sich als eher langweilig. Die drei Männer ‚beriechen' sich sozusagen. Es versucht jeder von jedem so viel wie möglich über private als auch berufliche Dinge herauszufinden. Pieter ist der einzige, der eigentlich keine Fragen stellt. Es interessiert ihn absolut nicht, was die beiden anderen bewerkstelligt haben. Deshalb beschränkt er sich nur auf kurzgehaltene Antworten.

Als die Uhr auf halb drei zeigt, verabschiedet sich der Bankier Barry Hooper von Pieter und Ron. Da Freitag ist, hat er noch allerhand im Büro zu erledigen. Die beiden beschließen kurzfristig, per Taxi zum ‚London Bridge Hotel' zurückzukehren. Bevor sie ihre Zimmer aufsuchen, vereinbaren sie sich zum gemeinsamen Abendessen um 19:30 Uhr. Ihr Treffpunkt ist die Hotel Lobby.

Als Pieter sein Zimmer betritt, wird er von einer anheimelnden Wärme begrüßt, die ihn beschließen lässt, erst einmal eine kurze Ruhepause einzulegen. Danach möchte er nochmals kurz ins Zentrum, um einige Bekleidungshäuser aufzusuchen, die er auf dem Rückweg erspäht hat. Der Winter hier in England erscheint ihm in einem anderen Licht als der in Holland. Während dort klirrende Kälte herrschte, ist es hier in London das nasskalte Wetter, das ihm zu schaffen macht. Er trägt zwar jetzt auch einige Wintersachen, die er noch in Südafrika vor seiner Abreise erworben hat, doch auf die entweder klirrende oder wie hier in England nasse Kälte ist er dennoch nicht genügend vorbereitet. Auch sein Schuhwerk entspricht bei weitem nicht den europäischen Winterverhältnissen. Aber auch da kann ja leicht Abhilfe geschaffen werden. Zuerst einmal hinlegen und dabei nachdenken ist seine Devise. Zum Hinlegen reicht es noch, doch bevor er sich versehen hat, befindet er sich in einem Tiefschlaf. Es ist fast sechs Uhr abends als er aus diesem erwacht. Zuerst nicht wissend, wo er sich befindet, dann auf die Uhr schauend, rennt er erst einmal mit einer Wut auf sich selbst ins Badezimmer, entledigt sich seiner Kleidung und fühlt sich erst nach einer ausgiebigen Dusche wieder voll einsatzbereit. Jetzt ist es sowieso für den vorgesehenen Stadtbummel zu spät. Er nimmt sich also reichlich Zeit, um sich für das gemeinsame Abendessen mit Ron vorzubereiten. Schließlich ist morgen auch noch genug Zeit. Ron hat zwar versprochen, den morgigen Tag und auch den Sonntag dazu zu benutzen, ihm die Sehenswürdigkeiten der Stadt im Schnelldurchgang zu zeigen.

Es ist kurz nach Sieben, als sein Telefon läutet. Kann ja nur Ron sein. Sonst kennt ihn hier ja niemand und es weiß auch niemand, wo er sich zurzeit aufhält. Wie geahnt, klingt Rons tiefe Bassstimme aus dem Hörer. Er hat vor einer halben Stunde mit einem seiner Freunde vom Honorarkonsulat telefoniert. Dieser hat ihn von zu Hause angerufen und da sie ja allerhand zu besprechen hätten, Ron gebeten, am heutigen Abend sein Gast zu sein. Eine von Ron vorgebrachte Ausrede ließ er nicht gelten und so müsse er wohl oder übel das Abendessen mit Pieter absagen. So wie es aussieht, wird er auch morgen und am Sonntag noch Gast seines Freundes sein.

„Pieter, ich weiß, dass es nicht gerade vergnüglich für dich ist, aber ich habe keine andere Wahl. Wenn ich meinem Landsmann absage, könnte das für uns böse Folgen haben. Er ist nämlich derjenige, der nächste Woche für uns nach Brüssel fliegt, um das so wichtige Dokument, das ‚Clearance Certificate' zu besorgen. Du hast ja bereits bei der ‚Lloyds Bank' eidesstattlich erklärt, dass dein Geld aus dem Verkauf von südafrikanischem Landbesitz stammt. Wir haben jedoch leider keinen nachweisbaren Beweis dafür. Die EU Behörde wird daher das vorhin erwähnte Zertifikat, welches mein Mann im Auftrag der Regierung von Benin bereits vorbereitet hat, absegnen. Damit wird bescheinigt, dass dein Geld weder aus Drogen noch Terroristengeschäften stammt. Übrigens, wie dir sehr wahrscheinlich nicht bekannt ist, befindet sich die Botschaft von Benin, die für England in solchen Behördenangelegenheiten zuständig ist, in Paris und dort hat auch mein Mann seinen eigentlichen Sitz. Er ist aber seit einiger Zeit dem hiesigen Konsulat von Benin zugeordnet und um bei der Wahrheit zu bleiben, bin ich ihm unterstellt. Ihn auf unsere Seite zu bringen und ihn zu überzeugen, dass wir nicht in illegale Geschäfte verwickelt sind, hat mich oder besser gesagt dich einiges Geld gekostet. Wenn du die Summe erfährst, wirst du zwar nicht begeistert sein, aber arm machen wird sie dich auch nicht. Nun weißt du was läuft und ich hoffe, du bist damit einverstanden, dass wir uns vielleicht erst Montagmorgen oder frühestens am Sonntagabend wiedersehen. Oh, noch was, sollte irgendetwas Ungewöhnliches passieren, wofür du dringend meine Hilfe benötigst, hier ist eine Telefonnummer unter der du mich erreichen kannst: 2348034022765." Pieter liest die mitgeschriebene Nummer zurück an Ron, der mit einem „stimmt" die Richtigkeit bestätigt.

„Ron, ich bin ein erwachsener Mann, der nicht nur seine Hände sondern auch sein Gehirn gebrauchen kann. Also mach dir bitte wegen mir keine Sorgen. Ich werde mich damit beschäftigen, einige Einkäufe zu tätigen und dabei auch einige Sehenswürdigkeiten und Attraktionen hier in der Stadt anzuschauen. Dir und deinem Freund wünsche ich ein angenehmes Wochenende. Also dann, bis Montagmorgen".

„Bis Montagmorgen."

Danach legen beide die Hörer auf und Pieter lässt sich auf dem erstbesten Stuhl nieder, um die geänderte Sachlage zu überdenken. Eigentlich ist er weder überrascht noch missmutig über Rons Absage. Er hat es fast geahnt, nachdem sich schon seit ihrem Bankbesuch ein komisches Gefühl in seinem Magen bemerkbar gemacht hat. Hauptsache ist, dass das Geld sicher in der Bank verstaut ist und was über das Wochenende auf ihn zukommt, ist doch mehr oder weniger bedeutungslos. Ist es das? Hätte er vorausschauen können, was ihm innerhalb der nächsten 48 Stunden passieren würde, hätte er sicherlich anders gedacht. Der Stress, die Anstrengungen, seine Pläne für die Zukunft, alles waren Dinge, die ihn in den Tagen seit seiner Abreise aus Südafrika stark beeindruckten, aber auch gleichzeitig ausgelaugt haben. Deshalb ist es vielleicht sogar gut und angenehm, mal zwei Tage für sich selber zum Ausruhen und Entspannen zur Verfügung zu haben.

Nach kurzer Überlegung entledigt er sich seiner Ausgehkleidung, schlüpft in seinen wohligen Schlafanzug und vervollständigt seine ‚Abendgarderobe', indem er sich den vom Hotel bereitgelegten Bademantel überwirft. Danach nimmt er ein Bier der Marke ‚Stella Artois' aus der Minibar. Er verzichtet auf ein Glas und leert die Flasche mit einigen kräftigen Zügen, bevor er zur nächsten greift. Er lässt sich in einem bequemen Sessel nieder und schaltet das Fernsehgerät ein. Nachdem er die Nachrichten angesehen und sich über die Neuigkeiten in der Welt informiert hat, beschließt er den Tag mit dem Film ‚The Adventures of Sherlock Holmes'. Morgen kann er nochmal richtig ausschlafen und dann die Geschäfte und Läden besuchen, die er eigentlich heute Nachmittag auf seinem Plan hatte. Während er mit großem Interesse den gezeigten Film anschaut, vergnügt er sich mit zwei weiteren Flaschen Bier, was natürlich zur Folge hat, dass er den Schluss des Filmes wegen der ihn übermannenden Müdigkeit nicht zu sehen bekommt.

Als er endlich erwacht, ist das Programm längst vorbei. Nur das Flimmern des Fernsehers zeigt, dass dieser noch eingeschaltet ist. Pieter schaut fast ungläubig zur Uhr. Ein Uhr dreißig ist es geworden. Mit ruhigen und gelassenen Bewegungen begibt er sich ins Bett. Eigentlich wollte er sofort weiterschlafen, doch dann kommt ihm Belinda, seine Belinda, wie er sie in Gedanken bereits nennt, in den Sinn. Sicherlich ist sie bereits in Kanada, hat bei ihren Verwandten schon eine neue Heimat gefunden und wird dort das Weihnachtsfest feiern, während er hier in London allein ist. Fast ärgerlich über seine eigene Denkweise, schweifen seine Gedanken wie von Geisterhand gesteuert zurück zu Marie-Luise. Manchmal, wenn sie über den Tod gesprochen hatten, wer wohl der erste sein würde, hatte sie ihn mit ihren großen Augen angeschaut und ihre Worte sehr sorgfältig gewählt: ‚Wenn ich als erster gehen muss, bleibe bitte nicht allein. Du bist kein Mann des Alleinseins. Also bitte bleibe nicht allein.' Dann in ihren letzten Tagen, als er neben ihrem Bett saß, bat sie ihn mit schwacher Stimme, mit seinem Gesicht so nahe zu ihr zu kommen, dass sie sich fast berührten.

Sie blickte ihn lange an, bevor sie sein Gesicht in beide Hände nahm. Fast flüsternd kamen die Worte aus ihrem Mund: ‚Du weißt, was ich dir immer gesagt habe: Bitte bleibe nicht allein. Dazu bist du noch viel zu jung. Wer weiß, was das Leben noch alles mit dir vorhat. Die Zeit wird nicht stehen bleiben, dennoch wirst du dich manchmal einsam fühlen. Dann darfst du an mich denken und an all die schöne Zeit, die wir zusammen hatten.' Wenige Tage später verstummte ihre Stimme für immer. Pieter sah ihr hübsches Gesicht vor seinem geistigen Auge, als ob sie vor ihm stünde. Er merkt nicht, dass die Tränen in Strömen über sein Gesicht laufen, setzt sich im Bett auf, ist wie versteinert und nur langsam beruhigt er sich. Er weiß nicht wie lange er so gesessen hat, ehe er zum Badezimmer geht und sich mit beiden Händen kaltes Wasser ins Gesicht spritzt. Auf einmal ist ihm klar geworden, dass der Sterbetag von Marie-Luise nicht der endgültige Abschied war. Heute erst hatte sie ihm ‚Goodbye' gesagt. Wieder im Bett liegend tut er etwas, was er seit Jahren nicht mehr gekonnt oder einfach ignoriert hatte. Er betet. In seinen eigenen Worten bittet er den lieben Gott um Erlösung, Erleuchtung, Schutz und Segen für Marie-Luise, für Belinda, für seinen Bruder und dessen Familie, und dass in der nahen Zukunft alles so vonstattengeht wie er es sich vorgestellt hat.

Obwohl er nie ein frommer Mensch gewesen war, Gottesfurcht und seinen Glauben an ein überirdisches Wesen konnte ihm keiner absprechen. Es ist auf einmal für ihn, als wenn ihm jemand eine schwere Last von seinen Schultern genommen hätte. Er ist so erleichtert wie selten in seinem Leben und fällt fast augenblicklich in einen tiefen Schlaf.

Der Samstagmorgen zeigt sich, im krassen Gegensatz zum vorhergehenden Tag, von seiner besten Seite. Als Pieter aufwacht, stellt er mit Staunen fest, dass bereits das Tageslicht angebrochen ist. Die Sonne scheint und wirft groteske Schatten an die Wände seines Zimmers. Hm, er denkt zurück an die vergangene Nacht und eigentlich sind es nicht nur seine Gedanken, er murmelt es sogar hörbar vor sich hin:

„Falls du mich da oben erhört haben solltest, danke ich dir dafür." Dann springt er aus dem Bett, glättet sein Kopfkissen und die Bettdecke als wenn er zu Hause wäre.

Nachdem er geduscht, rasiert und angezogen ist, begibt er sich gemächlich ins Frühstücksrestaurant, um mit einer Ruhe und Gelassenheit, wie er sie seit langer Zeit nicht mehr erlebt hat, ein ausgiebiges Frühstück einzunehmen. Dabei wünscht er sich von ganzem Herzen, dass die längste Reise seines Lebens hoffentlich bald zu Ende geht. Dass Ron einige Tage bei seinem Freund hier in London verbringen wird, stört ihn nicht im Geringsten. Im Gegenteil, er ist froh darüber, weil er tun und lassen kann was und wie er will. Außerdem ermöglicht es ihm, seine Gedanken zu ordnen und die Weiterreise in Ruhe durchzudenken und vorzubereiten. Immerhin haben die beiden rund die Hälfte ihrer Reise und auch ihrer Pläne bereits hinter sich. Doch die zweite Hälfte liegt noch vor ihnen, einige unvorhergesehene Abenteuer bereithaltend.

,Jetzt werde ich erst mal einkaufen, wenn mir der Wettergott schon so hold ist'. Er trägt einen Rollkragenpulli und darüber einen zwar gefütterten, aber nicht sonderlich warmen Trenchcoat. Es ist sein Ziel, mit der U-Bahn zur Liverpool Street zu fahren. Von dort, so hat man ihm im Hotel erklärt, ist das Großkaufhaus ,Marks & Spencer' leicht erreichbar. Er wird dort auch absolut alles finden, was er auf seiner Einkaufsliste notiert hat. Die wichtigsten Gegenstände sind ein Paar ordentliche und gefütterte Winterstiefel und eine lange und ebenfalls gefütterte Lederjacke, die er zwar sehr schick findet, jedoch in Südafrika überflüssig gewesen wäre. Als er das ,London Bridge Hotel' verlässt, scheint zwar die Sonne, es ist bereits Mittagszeit, aber die Temperatur liegt sicherlich noch unter dem Gefrierpunkt. ,Oh ja, Handschuhe braucht er auch.'

Vom Hotel zur U-Bahn Station ,London Bridge' ist es nur ein Katzensprung. Mit Hilfe eines anderen freundlichen U-Bahnbenutzers kauft er ein Ticket. Allerdings befindet sich das ,Marks

& Spencer' am Covent Garden, so dass sein Trip, obwohl entfernungsmäßig nicht sehr weit, ein zweimaliges Umsteigen notwendig macht. Alles verläuft wie geplant und in weniger als einer halben Stunde erreicht er sein Ziel. Ein riesengroßes Schild über der Eingangstüre des ‚Department Stores' verkündet bereits, was er hier erwarten kann: ‚Alles unter einem Dach'.

Eine angenehme Wärme empfängt ihn, als er das Großkaufhaus betritt. Die Menschenmenge, die plötzlich um ihn herum ist, versetzt ihn fast in Panikstimmung. Er ist es einfach nicht gewohnt und hat es auch vorher noch nicht erlebt. Die Leute schieben und drängeln von einem Stand zum anderen, ohne auf ihre Mitmenschen die geringste Rücksicht zu nehmen. Kein Wunder: Es ist der letzte Samstag vor Weihnachten und viele Artikel sind bereits stark reduziert. Auch Pieter bleibt nichts anderes übrig als seine Ellbogen zu gebrauchen. Er kämpft sich im wahrsten Sinne des Wortes zu den Rolltreppen durch. Hier zeigen die Hinweisschilder, was man in den verschiedenen Stockwerken finden kann.

Er muss ins zweite Obergeschoss. Dort ist die Männerabteilung. Also, nichts wie hin. Auch hier herrscht zwar reger Betrieb aber glücklicherweise steht das in keinem Vergleich mit dem Erdgeschoss. Sich nach allen Seiten umschauend, marschiert er zuerst in die Schuhabteilung und findet auf Anhieb was er sucht: Ein paar schwarze, mit Lammfell gefütterte Lederstiefel. Der einzige sichtbare Verkäufer schaut zufällig in Pieters Richtung, der hilflos dort steht, beide Stiefel in der Hand haltend. Endlich bewegt er sich in Pieters Richtung und bietet seine Hilfe an. Da dieser bereits gefunden hat, was er suchte, ist nach einer kurzen Anprobe der Kauf abgeschlossen. Nun geht es zur Lederwarenabteilung. Auch hier, Pieter hat ja bereits eine Vorstellung, was er sucht, findet er ohne größeren Zeitverlust, was ihm gefällt. Nach Anprobe einiger mit saftigen Preisen ausgezeichneter Lederjacken, entschließt er sich für eine dreiviertel lange, burgunderfarbene Jacke aus Kalbsleder mit herausknöpfbarem Futter.

In seinem ganzen Leben war er noch nie ein Verschwender. Im Gegenteil, er hatte immer jeden Cent (Rand) mehrmals umgedreht, bevor er ihn ausgab. Heute jedoch nicht! Ohne Überschwänglichkeit fühlt er die Berechtigung, sich das zu leisten, was er sich immer gewünscht und wofür er sein Leben lang gearbeitet hat. Mit zwei großen Plastiktaschen am Arm und völlig zufrieden mit seinen Errungenschaften, macht er sich auf den Weg, das Riesenkaufhaus zu verlassen. Er vergisst total, dass er ja auch Handschuhe braucht. Schließlich ist der Winter auf der nördlichen Erdkugel nicht mit denen, die er bisher erlebt hat, zu vergleichen. Nur wenige Meter vom Ausgang entfernt findet er den Stand, den er sucht. Handschuhe in allen Farben und Größen liegen aufgestapelt vor ihm. Anprobieren und Kaufen sind Momentsache, bevor er das Kaufhaus endgültig verlässt.

Die letzten Sonnenstrahlen und der sich rötlich verfärbende Horizont tauchen die Stadt in ein warmes Licht, weshalb Pieter beschließt, trotz Plastiktaschen den Weg zum ‚London Bridge Hotel' zu Fuß zurückzulegen. Auf einer Stadtkarte rechnet er sich die Zeit aus, die er etwa benötigen wird. Zu seiner Überraschung ist dieser Weg in weniger als einer halben Stunde zu bewältigen. Hier und da bleibt er vor festlich dekorierten Schaufenstern stehen, um die Auslagen zu bewundern und so zieht sich sein Rückweg doch über eine volle Stunde hin.

In seinem Hotelzimmer angekommen, probiert er natürlich als erstes nochmals die gerade erworbenen Stiefel, Jacke und auch Handschuhe an. Alles passt wie angegossen und obwohl man ihm keine große Eitelkeit nachsagen kann, paradiert er nun doch einige Male vor dem großen Wandspiegel auf und ab. Zufriedenheit mit dem Einkauf spiegelt sich in seinem Gesicht.

‚Was würde Belinda sagen, wenn sie ihn jetzt so sehen würde?' Er bescheinigt sich selbst, dass er trotz seiner graumelierten Haare immer noch in die Kategorie ‚gut aussehend' fällt. Eine beruhigende Tatsache, die ihn, über sich selber lachend, sagen lässt: ‚Eitler Fatzke'.

Erst das Klingeln seines Telefons bringt ihn in die Wirklichkeit zurück. Am anderen Ende meldet sich Ron, der ihm auch kurz seinen Tagesablauf beschreibt, ihm aber hauptsächlich mitteilen will, dass sein Freund im Konsulat von Benin seine Reise zur EU nach Brüssel für Dienstag gebucht hat und eigentlich nur noch die von der ‚Lloyds Bank' an Pieter ausgehändigten Dokumente benötigt. Aber das kann ja leicht am Montag erledigt werden.

In wenigen Sätzen erzählt Pieter von seinem Einkaufsbummel und dass er sich für Sonntagmorgen eine Besichtigungstour des Zentrums von London, einschließlich des ‚Buckingham Palastes' und des ‚Towers of London', vorgenommen hat. Noch die Frage, ob er allein O.K. sei und ihm, nach Pieters Bejahung, einen schönen Sonntag wünschend, verabschiedet sich Ron von ihm und hängt ab.

Pieter beschließt, da es inzwischen sieben Uhr abends ist, im Restaurant ein gutes Abendessen zu genießen und danach die ans Restaurant angrenzende ‚Quarter Bar' für ein oder auch zwei seines Lieblingsgetränkes ‚Rum und Cola' aufzusuchen. Anschließend wird er, je nach Laune, einen Fernsehfilm schauen. Heute Abend kann er gleich zwei Episoden von ‚Mr. Bean' sehen, doch vielleicht wird er sich auch nur mit der Tageszeitung begnügen.

Da Samstagabend ist und so gut wie keine Geschäftsleute für heute im Hotel gebucht haben, ist auch das Restaurant nur spärlich besucht. Man kann die Gäste fast an den Fingern abzählen. Pieter sucht sich einen etwas abgelegenen Fensterplatz, bestellt sich ein Glas Bier, als Vorspeise einen gemischten Salat und danach ein deftiges ‚Porterhouse Steak'. Wie er es sich vorgenommen hat, wirft er nach dem Essen einen Blick in die ‚Quarter Bar', schaut auf seine Armbanduhr um festzustellen, dass der Abend gerade erst begonnen hat. Da fast alle

Barstühle frei sind und auch der Barkellner einen sympathischen Eindruck macht, nimmt er auf einem der Barhocker Platz. Schon nach dem zweiten Drink, Pieters hat sich entschlossen anstatt ‚Rum und Cola' beim Bier zu bleiben, löst sich seine Zunge und er startet ein Gespräch mit seinem Nachbarn. Der Barkeeper schaltet sich fast gleichzeitig ein und in kürzester Zeit sind alle drei in eine angeregte Unterhaltung verwickelt. Während man sich erst über allgemeine Themen unterhält, fragt der Barkeeper nach Pieters Herkunft, da dieser mit einem Akzent spricht, den er vorher noch nie gehört hat. In wenigen Sätzen erzählt Pieter, dass er aus Südafrika stamme, dort auch schon geboren sei und sich hier nur einige Tage aus geschäftlichen Gründen aufhält. Das eigentliche Ziel seiner Reise sei aber Kanada.

Als wäre er in ein Hornissennest geraten, so bricht auf einmal der Redeschwall seiner beiden Zuhörer über ihn herein. Kanada, das Land der Zukunft, war auch der beiden Traum. Aber dann gestand man, dass schließlich die Heimatverbundenheit über die Abenteuerlust auf ein fremdes und unbekanntes Land gesiegt hätte.

Die nächsten zweieinhalb Stunden verfliegen und als man sich kurz nach Mitternacht trennt, haben alle drei ihre Adressen ausgetauscht. Pieter konnte leider nur Toronto als zukünftigen Wohnsitz angeben. Man verabschiedete sich voneinander als wenn man sich schon eine Ewigkeit gekannt hätte.

Der Sonntagmorgen, ziemlich ungewohnt für London, startet wieder mit strahlendem Sonnenschein, als wenn Pieter das Wetter für seine Besichtigungstour bestellt hätte. Er ist schon frühzeitig auf den Beinen und das nicht nur, weil er bereits ausgeschlafen hat. Vielmehr ist es dem Bienenschwarm zuzuschreiben, der sich in seinem Kopf eingenistet hat.

Kurz nach neun verlässt er das Hotel. Heute, so hat er sich vorgenommen, würde er alles zu Fuß erledigen, um so viele Eindrücke wie möglich von London in sich aufzunehmen. Wer weiß, ob ihm jemals noch die Gelegenheit geboten wird, diese schöne und interessante Stadt wiederzusehen. Er trägt seine neuen Stiefel, um sie auf ihre Bequemlichkeit zu überprüfen. Falls sie ihn drücken, kann er seinen Rückweg immer noch per Bus, Untergrundbahn oder Taxi vornehmen. Die Haltestationen sind nämlich nur einen Steinwurf von seinem Hotel entfernt.

Mit einem Stadtplan, den man ihm am Informationsschalter des Hotels in die Hände gedrückt hat, marschiert er nach draußen. Erst schaut er nach rechts, dann nach links um sich für den ersten Teil seiner Tour zu entscheiden. Er gibt der rechten Seite den Vorzug. Diese führt ihn nämlich von der Tooley Street über die ‚Battle Bridge Lane' und ‚The Queen's Walk' entlang der Themse zur ‚Tower Bridge'. Auf der gegenüber liegenden Seite wird er als erstes den ‚Tower of London' besichtigen. Jemand vom Hotelpersonal hat ihm erzählt, dass man ohne Schwierigkeiten ZentralLondon zu Fuß abklappern kann. Das hat er sich jetzt auch so vorgenommen. ‚London Tower Bridge' und auch der ‚Tower of London' vermitteln ihm ein eindrucksvolles Bild. Fast ärgerlich gesteht er sich, dass es sich bestimmt gelohnt hätte, fünfzig Pounds für eine kleine Digitalkamera auszugeben, um alle seine Reiseeindrücke festzuhalten.

Aber was soll's? Er hat nicht daran gedacht, weil er andere, größere Sorgen hat. Vom ‚Tower of London' führt ihn sein Weg zur ‚St. Paul's Cathedral', einem architektonischen Meisterwerk, wiedererbaut von Sir Christopher Wren, nachdem die Kathedrale vom ‚Great Fire of London' im Jahre 1666 in Schutt und Asche gelegt worden war.

Andächtig wandert er durch den Dom, in dem sich viele Ereignisse der englischen Geschichte abgespielt haben und in welchem auch Prinz Charles und Prinzessin Diana getraut wurden. Doch Pieters Weg führt ihn danach weiter ins Zentrum der Stadt, nämlich zum ‚Trafalgar Square' und von da zum Parlamentsgebäude, dem ‚House of Parliament', dem englischen Regierungssitz.

Etliche Stunden sind inzwischen vergangen und seine glorreiche Idee, die neuen Winterstiefel auszuprobieren, geht nun gründlich in die Hose. Seine Füße schmerzen und der Druck der neuen Lederschuhe macht sich jetzt bei jedem Schritt mehr und mehr bemerkbar. Deshalb beschließt er, zuerst einmal eine Ruhepause in einem Restaurant in der Nähe der ‚Westminster Abbey' einzulegen. Er bestellt sich eine Kleinigkeit zum Essen, obwohl er noch keinen Hunger hat und auch sein Schädel vom gestrigen Abend immer noch brummt. Das einzige, das ihn, außer den Fußschmerzen, im Moment plagt, ist sein Durst. Wie der Volksmund sagt, soll man nach zu viel Alkohol am nächsten Tag wieder mit demselben Getränk beginnen mit dem man aufgehört hat. Er bestellt sich also ein großes Bier, welches er gierig austrinkt.

Soll er oder soll er nicht? ‚Buckingham Palace' steht noch auf seinem Programm. Nach dem Begleichen der Rechnung begibt er sich zur Toilette, entledigt sich seiner Stiefel und massiert seine Füße. Blasen hat er sich glücklicherweise nicht zugezogen. Da er momentan der einzige Toilettenbesucher ist, stört es ihn auch nicht, seine Füße abwechselnd unter das kalte Wasser im Waschbecken zu stecken. Die vorhin noch recht unangenehmen Schmerzen verschwinden zwar nicht ganz, halten sich aber in annehmbaren Grenzen.

Als er das Restaurant verlässt, um zum ‚Buckingham Palast' zu wandern, ist es bereits drei Uhr nachmittags geworden. Er ist jetzt jedoch so weit gekommen und wird die restliche Strecke auch noch bewältigen. Für den Rückweg, soviel ist ihm inzwischen klar geworden, wird er entweder den Bus oder die U-Bahn benutzen. Nachdem er den ‚Buckingham Palace', einen der Wohnsitze des englischen Königshauses, genügend bestaunt und bewundert hat, auf eine angebotene Innenbesichtigung hat er bewusst verzichtet, begibt er sich gemächlichen Schrittes zur Bushaltestelle an der ‚Victoria Station'. Auf seinem Plan sucht er sich die Linie Nr. 24, die ihn nach einmaligem Umsteigen auf die Linie Nr. 15 zur ‚Monument Station' bringen wird. Von dort ist er nach der Überquerung der ‚London

Bridge' nur eine kurze Strecke von seinem Aufenthaltsort, dem ‚London Bridge Hotel', entfernt.

Da etliche Buslinien an der ‚Victoria Station' beginnen und enden, ist nicht nur der Busverkehr sondern auch die Menschenmenge enorm. Für Pieter ist das alles Neuland. Solchen Trubel ist er einfach nicht gewohnt. Dennoch ist es interessant und lenkt ihn von seinen schmerzenden Füssen ab.

Bei seiner stattlichen Größe kann er sogar über die Köpfe der meisten Fahrgäste hinwegblicken und lässt ihm die Menschen in einem äußerst amüsanten Blickwinkel erscheinen.

Wie vom Blitz getroffen zuckt er plötzlich zusammen. Sieht er eine ‚Fata Morgana'? Es kann nicht sein. Sein Gehirn versagt und ist wie eingefroren.

Doch, es ist wahr! Es ist sie. Sie und keine andere. Er ist normal und denkt auch wieder klar. Weniger als fünfzig Meter entfernt steht sie mit einer etwa gleichaltrigen Frau und einem Mann und wartet auf den Doppeldeckerbus der Linie Nr. 38. Ganz klar und deutlich erkennt er sie jetzt. Sie trägt die gleiche beige Baskenmütze wie auf der Busfahrt zum Flughafen in Pretoria. „Belinda, Belinda, warte! Steig nicht ein. Ich komme. Ich bin gleich da." Sein noch so lautes Rufen, ja Schreien, verhallt jedoch im Stimmengewirr der vielen Menschen. Er schiebt sich nach vorne, drängt die Menschen nicht gerade rücksichtsvoll zur Seite und sieht sie und ihre beiden Begleiter in den Bus einsteigen. Er ruft nochmals ihren Namen und rudert mit beiden Armen in der Luft. Doch sie hört ihn nicht, kann ihn nicht hören. Als er die Stelle erreicht, wo sie noch vor wenigen Minuten stand, bleibt ihm nur der Trost, dem davonfahrenden Bus nachzuwinken. Er hat verloren. Dennoch, so schnell gibt er nicht auf. Wieder drängt er sich durch das Menschengewimmel. Diesmal in die entgegengesetzte Richtung. Auf der anderen Straßenseite hat er einen Taxistand entdeckt. Nachdem er das erste Taxi erreicht, muss er erst tief Luft holen, um dem

Taxifahrer kurz erklären zu können, der Buslinie Nr. 38 zu folgen. Egal wohin und wenn es bis zur Endstation sein muss. Im Taxi sitzend, holt er noch einmal tief Luft, um wieder normal sprechen zu können. Der Taxifahrer, nach seinem Akzent vermutlich arabischer Abstammung, erläutert seinem Gast mit wilden Gesten, dass die Busse nur in gewissen Zeitabständen ihre Linien abfahren. Es ist ihm vielleicht sogar möglich, den erst vor wenigen Minuten abgefahrenen Bus einzuholen. Er wendet sich Pieter zu und fragt scheinheilig mit einem breiten Grinsen im Gesicht: „Du haben verloren Freundin?"

Mit wenigen Worten beschreibt ihm Pieter die drei Personen, zwei Frauen und ein Mann, nach denen er Ausschau hält. Der Taxifahrer schafft es tatsächlich, sich nach der zweiten Haltestelle am ‚Piccadilly Circus' hinter den Bus zu platzieren und bei jedem Halt passt Pieter höllisch auf, wer die aussteigenden Gäste sind. Dieses Unterfangen erweist sich als nicht gerade einfach, weil sich immer wieder andere Fahrzeuge zwischen Bus und Taxi schieben. Endlich, es kommt ihm wie eine Ewigkeit vor, sieht er als ersten von den drei Personen die andere Frau aussteigen. Er erkennt sie an ihrem breitrandigen, grünen Hut. Wie von einer Tarantel gestochen, reißt er die Taxitür auf und rennt auf den Bus zu. Doch es kommen keine weiteren Personen. Die Türe schließt sich und der Bus fährt weiter. Er sieht die Frau gemächlich mit einer großen Plastiktüte bepackt, davongehen. Doch er kann ihr nicht schnell genug folgen, weil der Taxifahrer um seine Fähre fürchtet und die Türe weit aufgerissen, lautstark hinter ihm herschreit. Pieter rennt zurück, drückt ihm eine zwanzig Pound Note in die Hand mit der Bemerkung, dass er das Wechselgeld behalten kann und rennt in die Richtung, welche die Frau eingeschlagen hat. Endlich, er glaubt schon, dass er sie verloren hat, sieht er sie in eine Seitenstraße einbiegen. Glücklicherweise hat er sich den Namen der Bushaltestelle gemerkt. Es ist ‚Essex Road'. In seiner Aufregung schaut er nicht auf das Straßenschild der Straße, in die die Frau eingebogen ist. Immer noch eine stattliche Entfernung von der Frau entfernt, sieht er gerade noch, wie diese im vierten oder fünften Haus auf der rechten Straßenseite eine

Treppe hochsteigt und im Haus verschwindet.

An dem vermuteten Haus angekommen, steigt er die sieben Stufen hoch bis zur Haustüre und betätigt den Klingelknopf. Keine Antwort. Nach dem fünften vergeblichen Versuch geht er zum nächsten Haus, merkt sich aber die vorherige Hausnummer, weil er ziemlich sicher ist, dass die Frau in diesem Haus verschwunden ist.

Eine ältere Dame mit vorgebundener Schürze öffnet ihm die Türe. Es ist nicht die gesuchte Frau und das Schlimmste ist, dass er von der Gesuchten weder Vor- noch Nachnamen weiß. In diesem Moment wird ihm auch klar, dass er nichtmals Belindas Nachnamen weiß. Er entschuldigt sich bei der älteren Frau und fragt nach dem Nachnamen ihrer linken Nachbarn die, wie er nun erfährt, Holborn heißen. Außerdem bittet er die Dame um Auskunft, ob sie vielleicht in den letzten Tagen eine Frau, dabei beschreibt er Belinda, gesehen hat, die sich bei den Nachbarn als Gast aufhält. Mit dem Kopf nickend bejaht sie seine Frage:

„Ja", meint sie „sie meinen sicher die Südafrikanerin. Ich glaube sie heißt Belinda. Ich habe sogar mit ihr gesprochen. Sie ist auf der Durchreise nach Amerika und besucht hier nur ihre Verwandten. Mehr weiß ich aber auch nicht."

„Oh, vielen, vielen Dank. Sie haben mir sehr geholfen. Nochmals herzlichen Dank und auf Wiedersehen."

Danach wandert er die wenigen Schritte zurück, versucht es nochmals mit Klingeln und Klopfen. Wieder vergeblich. Im Hause rührt sich nichts. Etwas niedergeschlagen geht er zurück zur Bushaltestelle ‚Essex Road', doch im letzten Moment gelingt es ihm, ein vorbeifahrendes Taxi anzuhalten, welches ihn in wenigen Minuten zum ‚London Bridge Hotel' bringt.

An der Rezeption teilt ihm eine freundliche junge Dame mit, dass ein gewisser Mr. Wellington bereits zwei Mal angerufen hat. Er wird es zu einem späteren Zeitpunkt nochmals versuchen. Dabei überreicht sie ihm den Zimmerschlüssel mit den beiden Nachrichtenzetteln, auf welchem neben Rons Namen auch die Uhrzeiten seiner Anrufe vermerkt sind.

Inzwischen ist auch die Dunkelheit angebrochen. In seinem Zimmer entledigt sich Pieter als erstes seiner Stiefel, obwohl die Fußschmerzen entweder durch das Einlaufen oder durch die Aufregung des Nachmittags erheblich nachgelassen haben. Als er den Kleiderschrank öffnet, in dem er seinen Rucksack verstaut hat, stellt er mit kurzem Blick fest, dass sich noch alles so befindet wie er es verlassen hat. Vorsichtshalber hat er nämlich ein Band lose über den Gürtel seiner Anzugshose geworfen. Bei Berührung des Rucksacks wäre dieses Band auf jeden Fall heruntergefallen. Alles ist in Ordnung. Als nächstes ruft er Ron auf der angegebenen Nummer an.

Die beiden reden nur kurz über das Tagesgeschehen, wobei Pieter geflissentlich die Geschichte mit Belinda verschweigt. Ron weiß nichts von ihrer Existenz. Pieter sieht auch keine Veranlassung, ihn darüber zu informieren. Schließlich ist das reine Privatsache.

Ron wird auch heute Nacht noch bei seinen Freunden bleiben und erst morgen Vormittag wieder im Hotel zurück sein. Wie Pieter ihm sagt, trifft sich das recht gut, da er morgen Früh nochmals einkaufen wolle. Er möchte noch einige Gegenstände erwerben, die er wegen Geschäftsschluss nicht mehr bekommen hat. Beide beschließen daher, sich am Montagnachmittag so gegen zwei Uhr in der ‚Quarter Bar' zu treffen.

Pieter ist immer noch verwirrt und je mehr er über die erlebte Situation nachdenkt, je trübsinniger werden seine Gedanken. Er begibt sich zur Hotelbar und obwohl er sich gerade erst heute Morgen vorgenommen hat, für längere Zeit keinen Alkohol anzurühren, bestellt er sich einen doppelten ‚Rum mit Cola'. Seine Gefühle bestehen im Moment aus einem Zwiespalt von Enttäuschung und Unsicherheit. Noch heute Mittag schien sich sein Traum zu verwirklichen.

Er sah sie, die Frau, an die er sein Herz verlor. Sie hatte ihm die Hoffnung auf den Beginn eines neuen Lebens gegeben. Alles schien ja auch in Ordnung zu sein. Er sah sie mit einer anderen Frau und sehr wahrscheinlich deren Mann.

Von diesem Moment an lief alles in die falsche Richtung. Er sah und erkannte sie. Dann ging sie ihm verloren, war verschwunden. Was war geschehen? Er fand zwar die andere Frau, hatte aber keine Gelegenheit, mit ihr zu sprechen, um den wahren Sachverhalt herauszufinden. Belinda und der Mann, mit dem sie zusammen war, waren verschwunden. Wie konnte so etwas passieren, wo er doch so nahe war? War der andere vielleicht ihr Freund? Warum war die andere Frau auf einmal allein? Würde der Freund etwa sogar mit Belinda auswandern? Hatte sie ihn, Pieter, möglicherweise gesehen und ihn absichtlich nicht bemerkt? ‚Ist das also der Anfang vom Ende meines Traumes? Aber was weiß ich auch schon von ihr?'

Er hatte sich in wenigen Stunden Hals über Kopf in eine Person verliebt, nicht einmal wissend, ob sie seine Liebe überhaupt wahrgenommen oder sogar mit Gegenliebe erwidern würde. In seinen Gedanken wechseln sich Enttäuschung, Traurigkeit und Wut miteinander ab und der Alkohol tut das Seine.

Dennoch entschließt er sich, nicht eine Wiederholung der letzten Nacht zu durchleben, sondern er begibt sich nach dem dritten Glas ‚Rum und Cola' in sein Zimmer, blättert durch das Fernsehprogramm und entscheidet, sich von einem alten Fernsehfilm ablenken zu lassen. An ein Schlafengehen will er gar nicht denken und so liegt er stundenlang hellwach in seinem Bett, sich immer wieder neue Geschichten ausmalend, was sein könnte, wenn...

Endlich, es ist bereits früher Morgen, überfällt ihn die Müdigkeit mit solcher Macht, dass er erst nach acht Uhr morgens das Licht des neuen Tages erblickt. Er weiß, er hat nur wenige Stunden Zeit, um das herauszufinden, was ihm am Herzen liegt und entweder alle seine Zweifel bestätigen oder als total unsinnig auflösen wird. Das Rätselraten wird auf jeden Fall in wenigen Stunden zu Ende sein. Dessen ist er sich sicher.

In Windeseile erledigt er seine Morgentoilette und sein Frühstück, für das er sich normalerweise immer gerne Zeit nimmt, verschlingt er fast.

Durch die Rezeption ließ sich Pieter ein Taxi bestellen, welches bereits vor dem Hoteleingang auf ihn wartet. Er bittet den Fahrer, wieder ein Dunkelhäutiger, dessen Englisch im Vergleich zu Pieters, fast perfekt klingt, ihn zu dem Haus von gestern zu bringen, nämlich Nr.69 Gaskin Street. Gerade versucht er, dem Fahrer einige nützliche Hinweise für seine Fahrtstrecke zu geben, als dieser, einen kurzen Blick nach hinten werfend, lachend erwidert:

„Ich kenne die Straße. Es ist eine Seitenstraße der ‚Essex Road'."

Eine bisher für ihn ungewohnte Unruhe hat von Pieter Besitz ergriffen und sein nervöses Fingerspiel fällt sogar dem Fahrer auf, der nun öfters in den Rückspiegel schaut. Nach weniger als einer halben Stunde Fahrzeit stoppt das Taxi vor dem Haus Nr. 69 in der Gaskin Street. Pieter bezahlt den Fahrer, bittet ihn jedoch, auf seine Rückkehr zu warten, falls es ihm wieder so ergeht wie gestern Nachmittag und er niemand antreffen wird.

Sein Herz schlägt bis zum Hals. Während er den Klingelknopf betätigt, klopft er mit seiner linken Hand gegen die hölzerne Haustüre. Es dauert diesmal nur wenige Augenblicke bis eine hübsch und adrett aussehende Frau, Pieter schätzt sie auf Anfang vierzig, die Türe öffnet und ihn nach seinen Wünschen fragt.

Bevor er antwortet, entspannt sich sein Gesichtsausdruck, ‚ja es ist die Dame, die er gestern mit Belinda und einem männlichen Begleiter gesehen hat. Doch aus der Nähe betrachtet, sieht sie viel jünger aus.'

Noch bevor er seinen Mund aufmacht, entblößt sie beim Lachen eine Reihe perlweißer Zähne:

„Ist ihr Name vielleicht Pieter, Pieter van Bohlen oder so ähnlich?" Er schaut sie total entgeistert an. Erst nach einer Weile bringt er stotternd die ersten Worte hervor:

„Ja, ich bin Pie Pie, Pieter van Dohlen und ich glaube gestern Nachmittag in der Nähe der ‚Victoria Station' eine Bekannte mit ihnen und einem männlichen Begleiter gesehen zu haben und da wir beide uns auf den Weg nach Kanada befinden..." Sie stoppt seinen Redefluss indem sie ihn bittet, doch erst einmal einzutreten.

Nachdem der Weg geradeaus in die Küche führt, dirigiert sie ihn nach links in ein elegantes, doch sehr gemütliches Wohnzimmer und bittet ihn, Platz zu nehmen.

Trotz aller Aufregung fällt Pieter ein, dass er den Taxifahrer gebeten hat, auf seine Rückkehr zu warten. Er murmelt einige entschuldigende Worte, rennt zur Haustüre, drückt dem verdutzten Chauffeur eine zwanzig Pfundnote in die Hand mit der Bitte, doch weiter auf ihn zu warten. Mit schnellen Schritten begibt er sich zurück ins Haus. Seine Fassung hat er jedoch immer noch nicht ganz wiedergefunden.

Nachdem er seinen vorherigen Platz wieder eingenommen hat, ist es wieder die freundliche junge Frau, die die Unterhaltung beginnt:

„Ja, mein Mann und ich wissen mehr von dir, entschuldige, wenn ich dich mit dem Vornamen anrede, als du ahnst. Mein Mann Thomas, also Belindas Bruder, ist ein wahrer Meister im Aushorchen seiner kleinen Schwester. Sie scheint sich total in dich verliebt zu haben und kann das Wiedersehen mit dir in Kanada kaum erwarten".

„Jetzt", dabei schaut sie auf ihre Armbanduhr, „werden die beiden schon beim Einchecken für Belindas Flug nach Toronto sein. Zwei Stunden früher hättet ihr euch noch getroffen." Pieter springt förmlich in die Höhe:

„Bitte sei mir nicht böse, aber wann geht der Flug?" „Um 13:10 Uhr von ‚Heathrow'. Aber das kannst du nicht schaffen. Die Zeit ist zu kurz."

Er springt aus seinem Sessel, eilt mit großen Schritten zur Tür:

„Ich will es wenigstens versuchen. Es war eine Freude, dich kennenzulernen. Wir werden uns ganz sicher ganz bald aus Kanada melden." Bei dem Wort ‚Kanada' fällt ihm plötzlich ein, dass er ja noch nicht einmal Belindas Nachnamen, geschweige denn ihre Adresse in Toronto kennt und so viel hat er inzwischen erfahren, dass es in Kanada keine Meldepflicht gibt.

„Ich habe noch eine Bitte: Kannst du mir noch ganz schnell Belindas Adresse in Kanada geben?"

„Ja, sie wird zuerst bei ihrer Tante und ihrem Onkel in Markham wohnen, das ist ein Vorort von Toronto." In Windeseile hat sie ihm die Adresse auf einen leeren Umschlag aufgeschrieben.

„Viel Glück, vielleicht schaffst du es doch noch!"

So schnell ihn seine Füße tragen können, rennt er zurück zum Taxi und bittet den Fahrer, ihn zum ‚Heathrow Airport' zu bringen und ihn vor der ‚Internationalen Abflughalle' abzusetzen. Instinktiv verspürt der Taxifahrer, dass höchste Eile geboten ist. Für ihn ist der Wunsch seines Fahrgastes oberstes Gebot. Sicherlich ist es nicht das erste Mal, dass er versucht, seinen eigenen Geschwindigkeitsrekord zum Flughafen zu brechen.

Dort angekommen springt Pieter aus dem Fahrzeug, bittet den Fahrer, auf ihn zu warten und rennt so schnell er kann in die Abflughalle zum Schalter der ‚Air Canada' nach Toronto. Zu spät, das Flugzeug mit der Flugnummer ‚AC 843' hat vor drei Minuten pünktlich abgehoben und befindet sich auf seinem Nonstop Flug nach Toronto. Einige Minuten vergönnt er sich jetzt zum Verschnaufen, schaut noch einmal zur Abflugtafel, welche ihm anzeigt ‚AC 843 to Toronto on time.'

Etwas niedergeschlagen, aber dennoch glücklich, verlässt er das Flughafengebäude, um zu seinem Taxi zurückzukehren und den Rückweg zum ‚London Bridge Hotel' anzutreten. Die lange Nacht mit wenig Schlaf, die Aufregung, die Eifersucht, ja sogar das starke Herzklopfen, all das hätte er sich sparen können. Er hat sie zwar hier in London nur kurz aus der Ferne gesehen. Er hat es versäumt, sie zu treffen, aber was ist das alles im Vergleich zu der Tatsache, dass sie ihn genau so liebt wie er sie. Er hatte sich in einen Wahn gesteigert. All seine Vorstellungen waren total falsch. Das Gegenteil ist eingetreten. Er hat in seiner Aufregung total vergessen, Belindas Schwägerin nach ihrem Namen zu fragen oder aus welchem Grund sie ihm gestern nicht die Türe geöffnet hat. Doch das alles ist jetzt zweitrangig. Alles was für ihn nun zählt, ist die Genugtuung zu wissen, dass seine Liebe zu Belinda von ihr voll erwidert wird, vielleicht sogar mit der gleichen Hingabe wie sie von ihm ausgeht.

Als ihn der Taxifahrer mit grinsendem Gesicht vor dem Hoteleingang absetzt, wartet Ron Wellington schon ungeduldig in der ‚Quarter Bar' auf ihn. Nach der kurzen Begrüßung bittet ihn Ron, die Unterlagen und notwendigen Dokumente aus seinem Zimmer zu holen, da sein ‚Vorgesetzter', wie Ron ihn nannte, diese Papiere morgen, bei der EU in Brüssel vorlegen muss, um damit das ‚Clearance Certificate' zu bekommen mit der Bestätigung, dass das zu transferierende Geld nichts mit ‚Drogen oder Terroristengeldern' zu tun hat. Als Pieter den Briefumschlag mit den gewünschten Papieren an Ron aushändigt, bittet ihn dieser, wenn möglich, ihn doch zum Konsulat von Benin zu begleiten. Das Konsulat hat seinen Sitz in einem großen Industriezentrum, dem ‚Millennium Business Centre', rund fünfzehn Kilometer vom Hotel entfernt.

„Ron, wenn ich nicht unbedingt dort gebraucht werde, möchte ich dich bitten, die Angelegenheit allein zu erledigen." Pieters Gedanken bewegen sich immer noch in einer anderen Welt. Auf Rons mehrmaliges Fragen, ob er irgendwelche Probleme habe, verneint er dies oder weicht mit vagen Antworten aus. Deshalb beschließt Ron, das Konsulat allein aufzusuchen, um alle erforderlichen Fragen, die eventuell aufkommen könnten, zu beantworten und Pieters Papiere und Dokumente dort abzuliefern.

Bevor er sich jedoch auf den Weg begibt, lässt er sich vorsichtshalber von Pieter eine Vollmacht unterschreiben, in der er in Pieters Namen berechtigt ist, alles Erforderliche auszuhandeln und auch entsprechende Dokumente zu unterschreiben.

„Pieter ich melde mich, wenn ich alles erledigt habe. Bitte halte dich aber im Hotel auf falls ich Fragen von dir beantwortet haben muss. Ansonsten würde ich dir vorschlagen, dass wir uns um sieben Uhr im Restaurant hier wieder treffen. Pieter nickt ihm zu:

„Sieben Uhr ist O.K. und viel Glück. Mache sicher, dass alles in Ordnung geht." Rons Bluff, Pieter einzuladen, doch mit ihm zu kommen, war wieder einmal gelungen. Er hatte klar mit dessen Ablehnung gerechnet. Hätte Pieter zugestimmt, hätte er ihn zwar mitgenommen, ihn aber in irgendeinem Büro des Konsulates mit irgendeinem bedeutungslosen Angestellten zusammengebracht, damit er keinen Schaden anrichten konnte. Schon nach wenigen Minuten ihres ohnehin kurzen Gespräches trennen sich die beiden. Diesmal haben sie sich nicht einmal die Zeit für eine Tasse Kaffee genommen.

Nachdem Ron das Hotel verlassen hat, es ist inzwischen fast drei Uhr Nachmittag geworden, begibt sich Pieter erst einmal in die ihm schon vertraut gewordene ‚Quarter Bar'. Diesmal aber nimmt er an einem kleinen Tisch im hinteren Raum Platz. Hier hat er nicht nur eine gute Übersicht über die gesamte

Lounge bis hin zur Rezeption, sondern durch das vor ihm liegende Fenster genießt er auch einen Blick auf das lebhafte Straßengeschehen. Jetzt hat er endlich Zeit, ruhig und besonnen über die Dinge, die seit gestern Morgen geschehen sind, nachzudenken.

,Ist das wirklich wahr, was sich alles in einem Tag hier in London abgespielt hat? Wenn ich es weiter erzählen würde, wäre es eine unglaubwürdige Geschichte, einfach an den Haaren herbeigezogen. Doch es war alles so und nicht anders!'

Während seine Gedanken mal nach vorne und dann wieder rückwärts schweifen, fällt ihm ein, dass ja in drei Tagen Weihnachten sein wird. ,Ja, es werden für ihn einige einsame Tage kommen, doch seit Marie-Luise ihn vor gut drei Jahren für immer verlassen hat, ist es nichts Ungewohntes mehr für ihn. Auch ,Samson', sein treuer Hund, wird ihm am ,Heiligen Abend' fehlen und am Weihnachtstag wird er ganz sicherlich den alten Hassan vermissen, der ihn an diesem Tag nie allein gelassen hat.'

Nachdem er eine weitere Tasse Kaffee bestellt hat, welche die Serviererin vor ihn hinstellt, schweifen seine Blicke zur Straße. Der Verkehrsstrom hat eher zu als abgenommen. ,Aber was soll's? Er hat das schönste Weihnachtsgeschenk, das man sich vorstellen kann, ja schon erhalten und er weiß, dass dort drüben auf der anderen Seite des Ozeans jemand die gleichen Gedanken mit ihm teilt und ihre Sehnsucht mit seiner vergleichbar sein wird. Nur noch wenige Tage Wartezeit! Ja, den Silvesterabend werden sie womöglich schon zusammen feiern können.' Hastig trinkt er noch den letzten Schluck Kaffee.

Nachdem er der Kellnerin ein deftiges Trinkgeld in die Hand drückt, eilt er zum Aufzug und unverzüglich in sein Zimmer. Alles was er sich in seinem bisherigen Leben vorgenommen hatte, führte er auch aus. Eben, unten in der Lounge beim Kaffee war ihm eingefallen, dass es an der Zeit sei, alles was er bei sich trug, im Rucksack, in den Koffern wie auch Hosen und Anzugstaschen aufzuräumen und dabei auch Bilanz zu ziehen, wie es um seinen Bargeldbestand aussieht.

Aus den verschiedenen Anzugstaschen holt er das Kleingeld und auch einige Scheine und legt alles fein säuberlich auf den Tisch. Unter den Banknoten findet er auch holländische Gulden, die er aus Zeitmangel und wegen der Benutzung des Privatjets anstatt des vorgesehenen Linienfluges nicht mehr umgetauscht hatte. Ansonsten besteht sein Bargeld aus englischen Pounds und natürlich der weitaus größte Teil bereits aus kanadischen Dollar, die er noch in Südafrika gegen alles Geld, das er aus seinen Besitzverkäufen erhalten hatte, umgewechselt hat. Er war sich beim Umtausch schon des Risikos bewusst, dass man eine solch große Summe nicht in Bargeld mit sich trägt. Andererseits hatte ihm sein bisheriges Leben in Südafrika gelehrt, mit Risiken zu leben und wie man solche auf ein Minimum reduziert.

Beim Nachzählen seines Bargeldbestandes stellt er fest, dass er doch einiges mehr verbraucht hat als er einkalkuliert hatte. Er beschließt daher, von nun an tägliche Aufschreibungen über seine Ausgaben zu führen. Obgleich es äußerst unwahrscheinlich sein wird, bei einem normalen Lebensstil, wie er ihn gewohnt ist, jemals in seinem Leben in Geldschwierigkeiten zu geraten.

Nachdem er alles wieder ordnungsgemäß verstaut hat, entleert er den roten Rucksack. Auch hier ist alles vorhanden und in Ordnung. Den Diamantenbeutel hat er im doppelten Boden des Rucksackes. Jetzt, nachdem er weiß, dass alles so geordnet ist, wie er es gerne hat, legt er sich voll gekleidet auf sein Bett. Er entledigt sich nur seiner Schuhe und seines Jacketts, und verbringt den Rest des Nachmittags damit, abwechselnd zu träumen, natürlich von Belinda oder sich verschiedene Fernsehsendungen anzuschauen.

Punkt sieben Uhr trifft er sich mit Ron, der ihm ausführlich erklärt, dass Hartwig Hartkorn, der stellvertretende Konsul von Benin, es sein wird, der morgen nach Brüssel fliegt, um das bereits dort beantragte Dokument in Empfang zu nehmen. Nach dem Abendessen beschließen beide, einen Verdauungsspaziergang zu unternehmen, da das Wetter, zwar kühl aber trocken, zu dieser Abwechslung einlädt. Sie überqueren die ‚London Bridge', wandern bis zum ‚Monument', dann vorbei am ‚Tower Hill' bis zum ‚Tower of London' und von hier führt sie ihr Weg über die ‚Tower Bridge Road' zurück zum Hotel.

Während der gesamten Wegstrecke unterhalten sie sich über viele Dinge. Pieter ist immer wieder von Rons Kenntnissen, ob allgemeiner Natur oder auch spezielles Wissen, wie über Geographie, Geschichte und natürlich Politik, überrascht und beeindruckt. Zurück im Hotel, begeben sie sich in die ‚Quarter Bar' und nehmen an dem kleinen Tisch in der Fensterecke Platz, der Pieter so gefällt. Von hier aus können beide Innen und Außenwelt gleichzeitig beobachten. Außerdem vermittelt diese Baracke eine gewisse Gemütlichkeit. Nachdem jeder zwei Bier konsumiert hat, trennen sie sich, begeben sich in ihre Zimmer in Erwartung auf den morgigen Tag. Diesmal vergessen sie nicht, einen Frühstückstermin zu vereinbaren

Pünktlich um 8.30 Uhr am nächsten Morgen, also Dienstag, dem 22. Dezember, begrüßen sich Pieter und Ron im Frühstücksrestaurant. Pieter hat in der vergangenen Nacht, trotz aufgewühlter Gefühle, tief und traumlos geschlafen. Noch während des Frühstücks kommt ein junger Mann von der Rezeption, ein Telefon in der Hand haltend, zu ihrem Tisch und fragt, ob einer von ihnen Ron Wellington sei. Ron streckt bereits seinen Arm aus:

„Ja ich bin Ron Wellington" während er das Telefon an sich nimmt. Der junge Angestellte macht ihn darauf aufmerksam, dass er auch die Telefonzelle an der gegenüberliegenden Wand benützen könne, um ungestört zu sein.

„Nein, nein, ich habe keine Geheimnisse. Mein Freund hier kann ruhig zuhören" antwortet Ron mit unverfrorenem Gesicht, so dass Pieter nicht die geringste Idee gekommen wäre, dass dieses Telefonat vorprogrammiert war und er es mithören sollte, um die nun folgende Täuschung perfekt zu gestalten.

Pieter kann zwar nur Bruchstücke der geführten Konversation verstehen, aber soweit er es mitbekommt, handelt es sich um die bei der ‚Lloyds Bank' deponierten Geldkoffer. Man möchte heute noch die beiden Koffer von der Bank in das Konsulat bringen, um dort, nach dem erneuten Abzählen und der Überprüfung der Gesamtsumme, eine konsularische Versiegelung vorzunehmen, da man ohne diese Vorsichtsmaßnahme keine sichere und garantierte Überführung nach Kanada gewährleisten könne.

Nach Beendigung des Gespräches, bei dem es sich zeitweilig wie ein heftiger Schlagaustausch zwischen Ron und seinem Gesprächspartner am anderen Ende der Leitung anhört, spielt Ron gekonnt seine Rolle als ein total verärgerter Botschaftsangestellter, dem man irgendwelche, ihm zustehende Rechte verweigert hat.

„Pieter, wie mir gerade vom Konsulat erklärt wurde, hat es beim letzten Transport von ungemein wichtigen Dokumenten zwischen unserer Botschaft in Paris und dem Empfänger in Montreal, Kanada, irgendwelchen mir unbekannten Ärger gegeben. Deshalb hat die Botschaft in Paris, welche auch für unser Konsulat federführend ist, angeordnet, die beiden Geldbehälter unverzüglich ins Konsulat bringen zu lassen. Alles Weitere wird man uns dort erklären."

Zurückhaltend und ruhig wirkend, schaut Pieter Ron gerade ins Gesicht:

„Ron, das ist doch keine Aufregung wert. Schließlich wurde uns, beziehungsweise dir, ja bereits im Vorhinein mitgeteilt, dass wir vor unserem Abflug die Behälter versiegeln lassen

185

müssen. Wie ich mich erinnern kann, sollte das von einem deiner Kollegen, der am Abflugtag zur Bank kommen wollte, geschehen. Die andere, uns angebotene Möglichkeit wäre gewesen, dass wir zum Konsulat kommen, was wir jetzt schon tun. Wer weiß, warum sie es heute schon erledigen wollen. Es kann uns vielleicht den großen Vorteil einbringen, dass uns am Abflugtag mehr Zeit zur Verfügung steht und wir nicht in eine ungewollte Hektik geraten." Ron schaut Pieter voll in die Augen, beeindruckt von seiner Logik:

„Sehr wahrscheinlich hast du Recht. Ich werde jetzt die Bank anrufen, um einen Termin zu vereinbaren so in einer Stunde. Ist das in Ordnung?"

„Kein Problem. Sei so nett und rufe mich dann bitte in meinem Zimmer an."

„Abgemacht. Vergiss aber bitte die Bestätigungspapiere wie die Quittung nicht und um Himmels Willen vergiss nicht, den Tresorschlüssel mitzubringen. In der Zwischenzeit lasse ich ein Taxi bestellen."

Pieter ist regelrecht verärgert und zwar über sich selbst. Warum hatte er sich darauf eingelassen, unbedingt das gesamte Geld als Bargeld nach Kanada mitzunehmen. Viel einfacher und sicherer wäre es gewesen, einen auf eine namhafte Bank bezogenen Scheck ausstellen zu lassen und diesen bei einer kanadischen Bank einzulösen. Doch Ron hatte ihm eindringlich davon abgeraten und erklärt, dass er in diesem Falle einen enormen Prozentsatz an ‚Transfersteuer' zu bezahlen hätte. Außerdem und das war wohl das Schlimmste, müsse er bis auf Heller und Pfennig nachweisen, woher das Geld stamme.

Gerade deshalb hatte er ja den durch seinen Bruder Gerald vermittelten ‚Diplomaten' angeheuert, der, bedingt durch seine diplomatische Immunität das Geld sicher nach Kanada bringen sollte.

Da er heute das ‚Clearance Certificate' von der EU in Brüssel so gut wie sicher bekam, war zwar der Punkt geklärt, dass es sich nicht um Drogen oder Terroristengeld handelte. Die Herkunft des riesigen Betrages hätte auf jeden Fall bei der Ausstellung eines Bankschecks einer ausführlichen Erklärung bedurft.

Das Fazit seines Gedankenganges bringt ihn dann doch zu dem Ergebnis, Ron recht zu geben und das Risiko so gering wie möglich zu halten. Er nimmt die Bankquittung für das Anmieten des Safes und auch die Bestätigung, dass es sich bei dem Inhalt beider Koffer, bzw. Behälter um das persönliche Eigentum des Anmieters handelt und steckt beides in die Innenseite seiner Brieftasche. Den Tresorschlüssel holt er aus einem von außen nicht zu entdeckenden, äußerst geschickt eingenähten Täschchens aus dem roten Rucksack und steckt ihn in das Münzfach seiner Geldbörse.

Danach schlüpft er in seine Lederstiefel und in die neue Lederjacke, hängt das Schild ‚Do not Disturb' an die Außenseite seiner Zimmertüre, verschließt diese sorgfältig und begibt sich zum Aufzug, um die drei Stockwerke zum Erdgeschoss zu fahren. Diesmal ist er der erste. Ron lässt etliche Minuten auf sich warten, bis er im perfekten Nadelstreifen Zweireiher und dunklem Wollmantel aus dem Elevator steigt.

„Na, dann wollen wir mal." Beide steigen unverzüglich ins Taxi, welches bereits seit einigen Minuten auf sie wartet.

Obwohl die Fahrt zur ‚Lloyds of London Bank' nur wenige Minuten dauert, erscheint es Pieter wie eine Ewigkeit. Er ist nervös und wenn Pläne von enormer Bedeutung, wie dieser hier, so schnell und praktisch ohne Vorwarnung geändert werden, wird er nicht nur unruhig sondern auch unsicher.

Ron gegenüber lässt er sich nichts anmerken, doch wie er sich selbst eingesteht, hat er das Gefühl, die Kontrolle über die momentanen Geschehnisse verloren zu haben. Davor hat er Angst. Er weiß genau, wenn seine Schmerzgrenze erreicht ist und nun steht er kurz davor. Doch dann erwartet ihn die Beruhigung.

Der bereits beim Bankeingang auf sie wartende Bankier Barry Hooper, der auch gleichzeitig die Managerfunktion der Bank innehat, begrüßt sie mit herzlicher Freundlichkeit. Er bringt sie in den Schalterraum der Bank und bittet sie, sich in einem kleinen Warteraum erst einmal niederzulassen.

Es gibt ihm die Gelegenheit, den Zweitschlüssel für das angemietete Tresorfach zu holen. Pieter sowie auch Ron nehmen die ihnen angebotenen Plätze ein und beobachten durch die offenstehende Tür zum Schalterraum die zielstrebig vorbeieilenden Menschen. Es dauert tatsächlich nur einige Minuten, bis der Bankier mit dem Zweitschlüssel zurückkommt. Bevor sich jedoch die drei auf den Weg zum Tresorraum begeben, setzt sich der Bankmanager Barry Hooper auf dem einzigen noch leeren Stuhl und schaut erst Pieter und dann Ron an. Dann unterbreitet er ihnen einen Vorschlag: „Meine Herren, wie ich annehme und es auch in ihrem Leasingformular eingetragen ist, handelt es sich bei den deponierten Gegenständen um ihren persönlichen Besitz, der äußerst wertvoll ist. Ansonsten hätten sie, Mr. van Dohlen, ihn nicht, wenn auch nur für einige Tage, in unserem Gewahrsam gelassen. Wie ich wohl richtig annehme, sind ja auch größere Bargeldsummen involviert. Aber das muss ich nicht unbedingt wissen. Was ich ihnen vorschlagen möchte, ist für unsere Bank kein Geschäft, sondern eine Gefälligkeit. Finden sie es nicht viel sicherer, wenn wir die beiden Kofferbehälter mit unserem gepanzerten Fahrzeug zu ihrem Bestimmungsort bringen? Übrigens, Mr. van Dohlen, Ron Wellington und ich sind schon seit vielen Jahren miteinander bekannt. Eigentlich wundere ich mich, dass er heute Morgen bei unserem Telefonat", dabei schaut er Ron vielsagend an, „nichts davon erwähnt hat, denn schließlich ist es ja nicht das erste Mal, dass wir solche Transporte für das Konsulat von Benin durchführen." Pieters Blicke schweifen zu Ron, der daraufhin auch das Wort ergreift:

„Barry, du weißt, dass die Wünsche meiner oder besser ausgedrückt, unserer Kunden für mich stets oberstes Gebot sind. Deshalb habe ich auch nicht mit Pieter darüber gesprochen.

Aber fragen wir ihn doch selber."

Pieter nimmt natürlich den ihm angebotenen Geld und Koffertransport dankend an. Da aber die Geldtransporter für die nächsten zwei Stunden durch eine andere Geldüberführung belegt sind, gibt es den drei Männern wiederum Gelegenheit, das gleiche chinesische Restaurant, in dem sie bereits vor einigen Tagen gespeist hatten, aufzusuchen. Wiederum ist es 14:30 Uhr, als sich der Bankier bei Pieter und Ron bedankt, denn Pieter war diesmal der Gastgeber. Ron wendet sich vor dem Auseinandergehen nochmals Mr. Hooper zu:

„Barry, wie üblich, gleiche Anfahrt und bitte rückwärts die Hintertüre des Konsulates anfahren. Aber ich werde sicherstellen, dass einer unserer Angestellten bereits dort wartet, um das Entladen zu überwachen." Danach verabschieden sich die drei. Pieter und auch Ron wünschen Barry Hooper und seiner Familie frohe und besinnliche Feiertage und Ron wünscht ihm alles Gute bis zum nächsten Wiedersehen, wie er sagt, im nächsten Jahr.

Während Pieter und Ron vor der Bank auf ihr bestelltes Taxi warten, zieht dieser ein Handy aus seiner Manteltasche, wählt die Nummer des Konsulats von Benin und gibt dem sich meldenden Angestellten einige Erklärungen und Anweisungen über den in der nächsten Stunde zu erwartenden Geldtransport.

„Na, Pieter, jetzt ist unser Arbeitstag beendet. Wenn du Lust hast, kann ich dir für den Rest des Nachmittags noch einige interessante Sehenswürdigkeiten von London zeigen, denn morgen wird ein ‚heißer' Tag für uns werden. Ich bin mir nämlich sicher, dass wir die meiste Zeit mit Marcus Pears damit verbringen werden, im Konsulat das dann dort liegende Geld erneut zu zählen und die Gesamtsumme zu bescheinigen, bevor alles wieder in die Metallkoffer gepackt und diese danach als mein Diplomatengepäck versiegelt werden. Beide Gepäckstücke werden danach bis zu unserem Abflug am 26. Dezember im Tresorraum des Konsulates gelagert werden, übrigens: Bombensicher, falls dich das beruhigt."

Pieter schaut ihn jetzt fragend an:

„Gehen wir oder bevorzugst du ein Taxi?"

„Wir sind nicht weit vom Zentrum entfernt und da wir jetzt genügend Zeit zur Verfügung haben, versuchen wir es mal mit dem Gehen. Hier im Herzen der Stadt kann man alles, was man sehen oder erleben möchte, leicht abwandern, wenn das Wetter mitspielt und heute ist eigentlich schon der dritte Tag, an dem uns der Wettergott hold ist."

Ohne weitere Worte zu verlieren, beginnen beide ihre Journey durch Zentral London. Von der Gresham Street wandern sie durch eine Seitenstraße, biegen rechts in die Cheapside ab, dann nach einer kurzen Strecke wieder links und schon stehen sie vor der ‚St. Pauls Cathedral'. Ron erzählt vom Erbauer, Sir Christopher Wren, der nach dem großen Feuer, welches die Stadt im 17. Jahrhundert heimsuchte, die Kathedrale schöner als je wieder erbaut hat. Wenn es um historische Ereignisse geht, weiß er selbst kleinste Details spannend zu erzählen. Doch jetzt wird es Zeit, wollen sie das gewaltige Kirchenschiff noch von innen besichtigen! Eine Anschlagtafel über dem Haupteingang verkündet, dass um 16 Uhr der letzte Besuchereinlass ist. In der Kathedrale ist Pieter von der Größe überwältigt und obwohl er zwar an ein höheres Wesen glaubt, hat er außer seiner Hochzeit seit mindestens 30 Jahren keine Kirche mehr von innen gesehen. Von der Architekturkunst dieses historischen Bauwerkes so stark beeindruckt, beschließt er, am Morgen des Weihnachtstages einen dort stattfindenden Gottesdienst zu besuchen. Schließlich ist es das mindeste, was er tun kann, um ihm da oben ein kleines ‚Dankeschön' zu sagen, nämlich dafür, dass er ihm ein zweites Mal die überwältigende Kraft der Liebe durch das Zusammentreffen mit Belinda geschenkt hat.

Als Ron und er die Innenseite des Prachtbaues verlassen haben, empfängt sie draußen bereits die Dämmerung. Dieses hat
wiederum zur Folge, dass London jetzt vor den Festtagen in einem unglaublichen Lichtermeer erstrahlt. Beide wandern nun
in westlicher Richtung, denn Ron möchte Pieter noch das ‚Trafalgar Square', ‚Downing Street' und das ‚Parliament Square'
mit dem nahegelegenen ‚House of Parliament' und natürlich
auch ‚Westminster Abbey' zeigen.

Das sollte für heute reichen und nachdem der Abend vollends
hereingebrochen ist, suchen sie sich ein gutes Restaurant,
auch hier kennt Ron sich aus, nämlich das ‚Great Queen
Street'. Es ist nicht weit entfernt vom ‚Covent Garden', wo Pieters Shopping Tour am Sonntag begonnen hatte. Während
Ron heute Abend wieder seinem ‚Pinot Noir' den Vorzug gibt,
trinkt Pieter lieber ein deftiges Bier und nachdem er viel vom
‚Guinness Beer' gehört, aber es noch nie getrunken hat, ist
heute Probezeit. Das erste mundet ihm nicht sehr, das zweite
ist schon, wie er meint, trinkbar und das dritte, zu einem geschmackvollen Rinderbraten, sagt ihm sogar zu. Auch Ron hat
sich dem Rinderbraten verschrieben, da er aus Erfahrung weiß,
dass deftige und herzhafte Braten die Spezialität des Hauses
sind.

Sie gönnen sich noch ein letztes Bier bzw. Glas Wein und marschieren dann wegen der fallenden Temperaturen und des Re-
gens schnellstens ins Hotel zurück.

Sie verabreden sich noch zum Frühstück um 8 Uhr, wünschen
sich eine gute Nacht und begeben sich in ihre Zimmer.

Während der normalerweise mit allen Wassern gewaschene
Ron Wellington fast so etwas wie Mitleid mit seinem sympathischen Partner Pieter van Dohlen fühlt, sind bei diesem mit
dem heutigen Bankbesuch und der übertriebenen freundlichen Behandlung von Rons Seite einige Warnsignale erwacht.
Alles läuft zu geordnet, als wäre es von langer Hand vorbereitet. Doch er zerstreut seine Gedanken damit, dass so etwas wie

das heute Erlebte nicht geplant werden kann. Er verjagt auf-kommende moralische Bedenken damit, dass sich der ‚Diplo-mat' Ron nur einen Risikofaktor einhandeln würde, den er sich bestimmt nicht leisten kann.

Pieter lässt sich gemütlich auf seinem Bett nieder, verfolgt eine Fernsehshow, doch seine Gedanken schweifen immer wieder in die Zukunft, die Zukunft in Kanada mit der Liebsten, seiner Belinda. Die dreiundzwanzig Uhr Nachrichten schaut er sich zwar noch an, doch dann nimmt die Müdigkeit überhand und wenige Minuten nach dem Abschalten des Fernsehers schläft er tief und fest bis zum nächsten Morgen.

Der Mittwochmorgen bringt typisches London Wetter. Der Himmel beschert die Stadt mit einem Sprühregen, in den sich hier und da auch einige dicke Schneeflocken mischen. Wäh-rend Pieter sich aufs Frühstückstreffen im Restaurant vorbe-reitet, denkt er wiederholt über die Geschehnisse der letzten Tage nach.

Immer wieder taucht dieselbe Frage auf, die ihn seit gestern Abend beschäftigt: ‚Warum sitzen wir hier in London? Warum mussten wir überhaupt nach London? Sind da irgendwelche Gesichtspunkte von denen ich nichts weiß?' Ron wird sicher-lich wichtige Gründe dafür haben, dass manches nicht in Ams-terdam geregelt werden konnte. ‚Aber fragen werde ich ihn auf jeden Fall. Das Recht auf eine Erklärung werde ich wohl ha-ben. Schließlich wird er von mir bezahlt und auch alle anfallen-den Kosten gehen auf meine Rechnung.'

Etwa fünf Minuten vor acht Uhr treffen sich beide in der Ho-tellobby. Gemeinsam betreten sie das Restaurant, nehmen dort an ihrem gewohnten Tisch ihre Plätze ein und attackieren zusammen das Frühstücksbüffet. Ihr Servierer scheint ein sehr gutes Gedächtnis zu haben. Wie Pieter bemerkt, reserviert er für sie immer den gleichen Tisch vor ihrem bevorzugten Fens-ter, erinnert sich, dass sie Kaffee den Vorzug vor Tee geben und diesen mit Kaffeesahne und ohne Zucker trinken.

Ron berichtet Pieter, dass er bereits um 7:30 Uhr mit seinem Freund und Partner vom Benin Konsulat gesprochen hat und dieser ihm 10:30 Uhr im Konsulatsbüro im ‚Millennium Park' als Treffpunkt vorgeschlagen hat. Er konnte ihm zu diesem Zeitpunkt noch nicht zusagen, da er nicht wusste, ob Pieter damit einverstanden war. Ohne Zögern stimmt dieser zu, doch danach bittet er Ron um Beantwortung der ihm am Herzen liegenden Frage:

„Ron, du weißt, dass ich dir mein volles Vertrauen schenke, auch wenn ich manchmal die von dir eingeschlagenen Wege nicht vollständig verstehe. Da ich aber weiß und überzeugt bin, wie sehr du auf Sicherheit und Risikoverminderung Wert legst, zweifele ich in keinster Weise an der Richtigkeit deiner Entscheidungen. Bitte verstehe mich deshalb nicht falsch, doch macht es für mich absolut keinen Sinn, warum wir hier fast eine Woche in London verbringen. Wir hätten doch eigentlich direkt von Amsterdam nach Toronto, Kanada, fliegen können oder liege ich da falsch?"

Zuerst ist Ron über die direkte Frage erschrocken, fängt sich jedoch in Sekundenschnelle und antwortet mit einem breiten Grinsen im Gesicht:

„Pieter, deine Frage ist vollkommen berechtigt. Eigentlich hättest du sie mir schon bei unserer Reisevorbereitung in Cotonou stellen können. Es tut mir leid, wenn dadurch völlig unnötige Zweifel in dir aufgekommen sind. Ich könnte dir jetzt eine ganze Reihe von Gründen aufzählen, doch halten wir es kurz. Holland hat weder eine Botschaft noch ein Konsulat von Benin und ist daher nicht in der Lage, einen solchen diplomatischen Auftrag auszuführen ohne Aufsehen zu erregen. Es wären eine Menge Papierkram mit Fragen und Genehmigungsformularen zu durchzulaufen und das natürlich alles durch unsere Botschaft in Paris. Das wollte ich vermeiden und außerdem muss ich dir ehrlich gestehen, habe ich in Paris keine Vertrauensleute, die in der Lage sind mir zu helfen, die erforderlichen Dokumente, wie zum Beispiel das ‚Drogen und Terroristen

Clearance Certificate' in solch kurzer Zeit zu beschaffen. Hinzu kommt noch, dass eine Menge Fragen gestellt und Überprüfungen stattgefunden hätten. Ob wir all diesen standgehalten hätten? Ich weiß es nicht!"

Pieter ist zufrieden. Ron hat seine Frage beantwortet und zwar in einer Art und Weise, die ihm einleuchtet und somit der Reise samt Aufenthalt in London Sinn gibt. ‚Warum haben sich seine Gedanken überhaupt mit diesen Fragen beschäftigt? Urplötzlich leuchtet es ihm ein. Natürlich! Nachdem er in so unverhoffter Weise Belinda, die Frau, die ihm alles bedeutet, nicht nur gesehen sondern fast getroffen hätte, wurde in ihm ein unlöschbares Feuer entfacht und auf einmal sind es nicht nur Tage sondern Stunden, die das Wiedersehen mit ihr hinausziehen. ‚Geduld, mein Freund. Oder willst du in den letzten Tagen vor deiner Abreise nach Kanada noch irgendwelche Risiken eingehen, die womöglich weder von Ron noch von dir zu bewältigen sind?'

Einige Minuten sitzt er gedankenverloren da, dann entschuldigt er sich bei Ron für seine ihm auf einmal lächerlich vorkommenden Fragen. Ron legt die Zeitung, deren Überschriften er gerade überflogen hat, auf einen freien Stuhl am Nebentisch. Er nimmt die von Pieter ausgestreckte Hand, erwidert den kräftigen Händedruck und betrachtet die Angelegenheit ohne große Worte als erledigt.

Kurze Zeit, nachdem die beiden ihr Frühstück beendet haben, zeigt ihnen die Wanduhr, dass es an der Zeit ist, sich mit einem vorm Hoteleingang wartenden Taxi zum Konsulat im ‚Millennium Park' zu begeben, um die dort auf sie wartenden Aufgaben zu erledigen.

Am Ziel angekommen, wartet bereits ein Konsulatsangestellter auf die sie und bringt sie nach kurzer, freundlicher Begrüßung ein Stockwerk tiefer in einen fensterlosen und gefängnisartigen Raum. Die Ausstattung ist äußerst karg: Ein großer Tisch in der Raummitte, sechs gepolsterte Stühle, ein überdimensionales Bücherregal, vollgestopft mit Aktenordnern und ein großer Stahltresor in der hinteren Ecke sind das gesamte Mobiliar.

Auf dem Tisch liegen bereits einige Aktenordner, daneben eine Rolle Plastikfolie mit einem Cutter zur Versiegelung der Geldkoffer. Nach kurzer Zeit betritt Vizekonsul Hartwig Hartkorn, in Konsulatskreisen nur als ‚Haha' bekannt, den Raum, begrüßt als erstes Ron Wellington, der ihm dann Pieter van Dohlen vorstellt.

Vom ersten Moment wird Pieter das Gefühl nicht los, dass sich die beiden dunkelhäutigen Männer nicht nur sehr gut kennen, sondern dass sie auch total aufeinander abgestimmt sind. Hartwig Hartkorn ist ja auch jener Mann, der gestern in Brüssel war, um das ‚Clearance Certificate' noch am gleichen Tag zu bekommen. Das ist jedenfalls die Version, die Ron Pieter erzählt hat.

Eigentlich wäre es der Job von Marcus Pears gewesen, seines Amtes ‚Direktor für auswärtige Angelegenheiten' im Konsulat von Benin, die Brüssel Affäre zu erledigen. Er war jedoch wegen einer anderen, wichtigen Verpflichtung nicht abkömmlich und so hatte er, Hartwig Hartkorn, den Job übernommen und ihn zeitgemäß und erfolgreich ausgeführt. Diese Strategie war vorher vereinbart, um Pieter mehr Vertrauen einzuflößen, was Ron auch mit Leichtigkeit erreichte. Marcus Pears hatte von der Geschichte mit dem gefälschten ‚Clearance Certificate' nichtmals die geringste Ahnung und zum Glück aller betrügerischen Beteiligten ist er einige Tage geschäftlich unterwegs. Dies wiederum gab Hartwig Hartkorn die Gelegenheit, das gefälschte Dokument, welches eigentlich schon vor einigen Tagen aus Brüssel gesandt wurde, innerhalb des Konsulates geheim zu halten und damit jegliche Verdächtigungen im Keim zu ersticken.

In seiner Geldgier sah er nur das halbe Prozent vor Augen, welches Ron Wellington ihm neben den üblichen Auslagen versprochen hatte.

Unter den Augen eines weiteren Konsulatsangestellten in der Uniform eines ‚Security Guards' werden schließlich beide Geldkoffer gleichzeitig geöffnet und der gesamte Inhalt auf der Tischplatte aufgestapelt. Nun wird von Hartwig Hartkorn das Geld aus dem ersten Kofferbehälter gezählt und nach Bündeln in den zweiten Behälter umgeschichtet. Aufgabe des ‚Security Guards' ist es, die Bündel mitzuzählen und jedes einzelne auf der Oberseite des Papierstreifens mit einem Stempel zu versehen und in einer vorbereiteten Liste die entsprechenden Nummern auszustreichen, damit eine Doppelzählung ausgeschlossen ist. Nach und nach werden so die beiden Geldkoffer wieder gefüllt und nachdem als das letzte Geldbündel im zweiten Hartschalenkoffer verstaut ist, entlässt Mr. Hartkorn den Sicherheitsbeamten.

Erst als Hartwig Hartkorn, Ron Wellington und Pieter van Dohlen die einzigen Personen im Raum sind, entnimmt Ron Wellington einem der Behälter vier der abgezählten Bündel, also vierzigtausend Dollar, die er, mit Pieters Zustimmung, Mr. Hartkorn für dessen, bzw. des Konsulates Service überreicht. Ordnung muss sein und deshalb schreitet ‚Haha' zur Schrankwand, holt einen Ordner aus dem entsprechenden Regal, entnimmt ihm einen Quittungsblock und übergibt Pieter van Dohlen, dem rechtmäßigen Eigentümer, eine Quittung über den Betrag von vierzigtausend Dollar. Dieser setzt sich zusammen aus einer Consulting Fee von fünfunddreißigtausend Dollar und weiteren fünftausend Dollar Extrakosten, wie Beschaffung des ‚Clearance Certificates', Flugtickets, usw..

Jetzt, nach getaner Arbeit, verschließt Hartwig Hartkorn beide Koffer und beendet somit diesen Geschäftsvorgang. Die Schlüssel wird er Pieter, bzw. Ron erst am Flughafen bei ihrer Abreise übergeben. Da die beiden Gepäckstücke von nun an der diplomatischen Immunität der Republik von Benin unterliegen, wird der Konsul die Koffer, die mit einer Spezialplastikhülle eingepackt werden, mit dem Benin Dienstsiegel, über welches nur er verfügt, versehen.

Die sorgfältig verpackte und versiegelte Fracht wird danach, bzw. am Abreisetag von einem angeheuerten Geldtransporter zum Flughafen ‚Heathrow' gebracht. Von dort wird sie nun als Diplomatengepäck des ‚Diplomaten' Ron Wellington per Luftfracht nach Toronto transportiert und ist unantastbar für jegliche Zollkontrolle, weder in England noch in Kanada.

Hartwig Hartkorn alias ‚Haha' lädt beide Männer als Geste seiner Gastfreundlichkeit in sein komfortables Büro im Obergeschoss des riesigen Gebäudes ein und bietet Ron und Pieter nach solch aufregender Aktion, wie er sich ausdrückt, ein Erfrischungsgetränk an. Dabei öffnet er die linke Seitentüre seines Wandschrankes und zeigt den beiden, was er an alkoholischen Getränken anzubieten hat. Alle drei entschließen sich für einen Cognac der Nobelmarke ‚Hennessy Very Special, XXO'. Wenn schon, denn schon.

Es ist inzwischen später Nachmittag geworden und die Sonne, die sich in den letzten Tagen nur zögernd zeigt, versucht, im letzten Moment London in ein goldfarbenes, warmes Licht zu tauchen, um danach endgültig hinter einer dicken Wolkendecke zu verschwinden.

Ron und Pieter befinden sich auf dem Rückweg zum Hotel und zwar in einer Limousine des Konsulats, genau gesagt im Dienstwagen des Konsuls, der heute wegen Erledigung auswärtiger Angelegenheiten während ihres Besuches nicht im Büro anwesend war. Beide sind mit dem Resultat des heutigen Tages zufrieden. Es ist vorgesehen, dass die beiden Gepäckstücke mit dem Geldinhalt und dem Dienstsiegel der Republik von Benin versehen, als Diplomatengepäck Ron Wellingtons am 26. Dezember per Geldtransporter zum ‚Heathrow Airport' gebracht werden. Von dort werden sie mit ‚Air Canada Flug Nr. 843' ihre Reise nach Toronto antreten. Nach Ankunft in Toronto und nachdem der Diplomatenstatus Ron Wellingtons überprüft ist, sollen die Gepäckstücke ohne weitere Beanstandung an den Adressaten ausgeliefert werden.

Inzwischen ist es Abend geworden. Obwohl es nur einen Tag vor dem ‚Heiligen Abend' ist, sind die Gehsteige immer noch mit Menschenmengen überfüllt. Vor dem Hoteleingang steigen beide Männer aus und während Pieter dem Chauffeur ein kräftiges Trinkgeld in die Hand drückt, eilt Ron bereits mit schnellen Schritten dem Eingang zu, da die Temperatur in kurzer Zeit unter den Gefrierpunkt gesunken ist. Es sieht fast so aus als wenn London diesmal weiße Weihnachten feiern würde.

Während Ron und Pieter ihre Zimmerschlüssel an der Rezeption in Empfang nehmen, drückt die freundliche, junge Dame hinter dem Counter Ron einen Zettel mit einer Telefonnummer in die Hand. Sie erklärt ihm dabei, dass eine männliche Person, ohne Namensangabe, bereits mehrfach versucht hat, ihn zu erreichen und er möchte die ihm ausgehändigte Telefonnummer doch baldmöglichst zurückrufen.

Im Fahrstuhl nach oben vereinbaren die beiden, sich um etwa acht Uhr zum Abendessen im Restaurant zu treffen. Dabei könne man ja weitere Details ihrer Reiseroute besprechen und auch vereinbaren, wie man den morgigen Tag verbringen will. Alle Vorbereitungen sind nun ja getroffen und eigentlich steht einem Ruhetag nichts im Weg.

Nachdem Pieter in seinem Zimmer angelangt ist, wäscht er sich erst einmal gründlich die Hände, um anschließend in legere Kleidung zu schlüpfen. Dann sucht und findet er in dem kleinen Schreibtisch was er sucht: Ein Telefonbuch von London. Den Namen Holborn in der Gaskin Street möchte er finden und es dauert tatsächlich nicht lange bis er gefunden hat, was er sucht: ‚02073321958'.

Seine Hände zittern als er die gewünschte Nummer wählt. Eine sachlich klingende Stimme am anderen Ende der Leitung erläutert ihm, dass er die Zahl 020 bitte weglassen möchte, da es die Vorwahlnummer für London sei, er aber bereits aus dem Stadtbereich telefoniere. Also probiert er es erneut und diesmal meldet sich eine tiefe männliche Stimme mit einem kurzen „Hallo".

Pieters Aufregung lässt sich nicht verbergen. Fast stotternd klingen seine Worte:

„Spreche ich mit Mr. Holborn?"

„Ja, Thomas Holborn hier. Was kann ich für sie tun?"

„Mein Name ist Pieter van Dohlen. Ich hatte die Gelegenheit, vor einigen Tagen kurz mit ihrer Gattin zu reden. Sie erklärte mir dabei, dass sie auf dem Wege wären, ihre Schwester Belinda zum Airport zu bringen. Eigentlich wollte ich jetzt nur fragen, ob sie irgendwas von ihr gehört haben und ob sie gut drüben, ich meine in Toronto, angekommen ist?"

Tom Holborn, der Mann mit der sonoren Stimme, lacht: „Ja, Belinda ist gut in Toronto angekommen. Kurz nach ihrer Ankunft hat sie meine Frau angerufen. Meine Frau hat mir übrigens von ihrem Kurzbesuch und dem Pech erzählt, Belinda im letzten Moment verpasst zu haben.

Während der Tage ihres Aufenthaltes hier hat sie so viel von ihnen erzählt, dass ich fast das Gefühl habe, sie zu kennen. Na, sie müssen ein toller Kerl sein. Meine kleine Schwester ist nämlich nicht so leicht zu beeindrucken. Wie lange bleiben sie noch in London?"

Pieter hat das Gefühl als ob ihm ein Kartoffelkloß im Hals stecken geblieben sei als er wieder fast stotternd antwortet:

„Bis zum 26. Dezember, also dem Tag nach Weihnachten."

„Was machen sie morgen Abend?"

„Ich werde den ‚Heiligen Abend' wohl oder übel im Hotel verbringen. Aber das ist O.K."

„Könnten sie sich vorstellen, dass der Bruder seiner kleinen Schwester, sie betrachtet mich zwar als ihren kleinen Bruder, den Mann gerne kennenlernen möchte, in den sie sich total verliebt hat?"

„Ich weiß es nicht. Nur dass ich eigentlich nie an eine Liebe auf den ersten Blick geglaubt habe, hätte ich es nicht selbst erlebt. Aber es hat bei mir genauso eingeschlagen."

Tom, am anderen Ende der Leitung, lacht:

„Also, darf ich sie für morgen Abend einladen? Es sind nur meine Frau und meine Schwiegereltern da. Keiner von uns wird sie beißen, aber alle würden sich freuen, sie kennenzulernen. Meine Frau nickt übrigens heftig mit dem Kopf. Sagen wir, so gegen fünf Uhr?" Nun ist es Pieter, der mehrmals mit dem Kopf nickt. Es hat ihm einfach die Sprache verschlagen und erst als Tom nachfragt, warum er nicht antwortet, bemerkt er, dass er zwar heftig nickt, jedoch nicht ein einziges Wort hervorgebracht hat.

„Ja, gerne. Ich freue mich riesig. Aber kommt ihnen das wirklich gelegen, wenn ich so einfach in ihr Familienleben eindringe?" Tom lacht:

„Papperlapapp, Familie ist Familie und ich möchte zwar nicht vorgreifen, doch hab ich so eine Vorahnung, dass sie bald dazu gehören werden."

Wieder schickt sich Pieter an, mit dem Kopf zu nicken. Diesmal sind jedoch Worte mit dabei:

„Vielen Dank für ihre Einladung und ganz herzliche Grüße an ihre Gattin. Bis Morgen um Fünf. Ich wünsche ihnen und ihrer Gattin noch einen schönen Abend."

„Wünsche ich ihnen auch. Gute Nacht, bis morgen."

Nach dem Auflegen des Hörers wird er zum kleinen Jungen. Er tanzt und springt zwischen seinem Zimmer und dem Badezimmer hin und her und singt dabei mit seiner eigentlich recht melodischen Stimme ungereimte Texte.

Das Telefonat hat doch einige Zeit beansprucht und erst jetzt merkt er, dass es höchste Zeit ist, das Restaurant aufzusuchen, wo Ron sicherlich bereits auf ihn wartet. Doch auch dieser hat sich wegen einiger längeren Telefonate mit seiner Sekretärin und seinen politischen Freunden verspätet. Auch mit Vizekonsul Hartwig Hartkorn hat er ein längeres unvorhergesehenes Gespräch geführt. Über den Inhalt schweigt er, verspricht aber Pieter, ihn nach der Ankunft in Toronto aufzuklären, da es in gewisser Weise auch ihn betreffe. Pieter gefällt diese Antwort überhaupt nicht. Er fragt Ron deshalb ohne große Umschweife:

„Ron, hat es etwas mit dem Geldtransport zu tun?"

„In gewisser Weise ja, aber nichts, was uns irgendeinen Schaden verursachen könnte. Es ist nur mit extra Arbeit und Unannehmlichkeit verbunden. Aber lassen wir es jetzt dabei. Ich bin hungrig und wenn sich bei mir der Hunger bemerkbar macht, schlägt das nicht nur auf meinen Magen sondern auch auf meine Laune."

Beide belegen ihren Stammplatz am Fenster und innerhalb weniger Augenblicke erscheint ihr Kellner am Tisch, legt ihnen die Wein und Speisekarte vor und fragt nach ihren Trinkwünschen. Nachdem Ron einige Male verschiedene Weinsorten in der Weinkarte überflogen hat, bestellt er eine Flasche australischen Rotwein der Marke ‚Wolff Blass'. Während der Kellner sich mit den Worten „good choice" in Richtung Weinbar begibt, studiert Ron die Speisekarte und überlässt Pieter das Probieren des inzwischen servierten Rotweines.

‚Soll er Ron von seinem vorherigen Telefongespräch erzählen

201

oder nicht? Er hat sich in den Tagen ihres Zusammenseins als guter Partner gezeigt und ist auch in den Augen seines Bruders Gerald ein Mann, mit dem man gut auskommen kann und das Allerwichtigste, gemäß Geralds Worten, er ist vertrauenswürdig.'

Pieter überlegt hin und her: ,Nein, sein Freund ist er nicht, wird er auch nie werden. Dazu sind sie zu verschieden. Er hat die letzten drei Jahre ohne Freunde verbracht. Hat er das wirklich? Vergiss nicht den alten Hassan und deine Arbeitskollegen. Alle sie sind deine Freunde bis an dein Lebensende! O.K., Ron ist in Ordnung und er wird ihm heute Abend auch bezüglich seiner morgigen Einladung erzählen. Das ist es aber dann auch!'

Als der Kellner zum Tisch der beiden kommt und höflich fragt, ob man noch ein paar Minuten zum Aussuchen der Speisen benötigt, verneint Ron. Er ist nämlich, wie schon erwähnt, äußerst hungrig. Nach ihrem ausgiebigen Essen, genehmigen sie sich noch eine Flasche Rotwein.

Während Ron sich anschickt, Pieters Glas nachzufüllen, fragt er ihn so beiläufig, was morgen oder am Weihnachtstag seine Pläne seien. Ohne große Umschweife erzählt Pieter, dass er bei seinem Spaziergang am Sonntagnachmittag ein Ehepaar kennengelernt habe, die ihn für morgen Abend für einige Stunden in ihre Familie eingeladen hätten.

„Deshalb wollte ich dich auch fragen, was deine Pläne sind?" Ron schaut ihn an. Seine Blicke schweifen durchs ,Londinium Restaurant' und wieder zurück zu Pieter.

„Pieter, das trifft sich ja gut. Ich weiß nicht mehr, ob ich dir erzählt habe, dass ich kein Christ bin. Weihnachten ist also für mich bedeutungslos. Ich bin daher morgen und auch übermorgen bei den gleichen Leuten eingeladen, bei denen ich auch letztes Wochenende verbracht habe. So ist ja alles in bester Ordnung." Dabei lacht er und fährt fort:

„Pieter, ich wünsche dir zwei schöne Tage, aber ich habe auch eine Bitte an dich. Ganz gleich, mit wem du zusammenkommst, bitte erzähle keinem von unseren Geschäften, nicht einmal andeutungsweise. Wir möchten doch beide nicht, dass auch nur das Geringste schiefläuft. Kannst du mir das versprechen?" Pieter wirft ihm einen ernsten, fast ärgerlichen Blick zu, bevor er sein Glas hebt und mit Ron anstößt:

„Ron, glaube mir, ich bin zwar kein Raketenforscher, aber ein Trottel bin ich auch nicht und ich weiß sehr wohl, geschäftliche Dinge von privaten zu unterscheiden und auseinander zu halten. Außerdem gehen meine geschäftlichen Dinge keinen Anderen was an. Ganz sicherlich nicht irgendwelche fremde Leute."

„Pieter, ich wollte dich in keinster Weise beleidigen. Nur eine Vorsichtsmaßnahme, sonst nichts."

„Ist schon gut. Habe deinen Tipp verstanden!" Damit ist dieser Teil ihrer Unterhaltung beendet. Pieter hat Ron zwar nicht die volle Wahrheit offenbart, gelogen hat er aber auch nicht.

Beide steuern nun auf die Unterhaltung zu, wie sie ihren Flug am Samstag, den 26. Dezember, nach Toronto vorbereiten sollen und beschließen, sich am Weihnachtstag, also am 25.12., um sieben Uhr abends wieder hier im ‚Londinium Restaurant' zu treffen, um alle notwendigen Vorbereitungen zu besprechen. Ron füllt den restlichen Rotwein in die Gläser. Nochmals trinken beide auf ein gutes Gelingen ihrer Pläne und auch auf zwei angenehme Feiertage.

Danach verabschieden sie sich mit einem kräftigen Händedruck, als ob sie sich für einen längeren Zeitraum nicht sehen würden und begeben sich in ihre Zimmer.

Der Vorweihnachtstag beschert allen, besonders den Kindern, etwas Seltenes. Es hat geschneit und eine weiße, wenn auch nur dünne Schneedecke verwandelt London in eine Zauberlandschaft. Als Pieter endlich aufwacht, es ist bereits halb neun

Uhr, bemerkt er als erstes das rote Blinklicht an seinem Telefon. Er wählt die Nummer 0 und als er sich aus seinem Bett erhebt, meldet sich auch schon die Dame an der Rezeption. Ein Mr. Ron Wellington hat einen Umschlag mit einer Nachricht für ihn hinterlassen. Pieter bittet die Dame, den Umschlag in das Fach mit seiner Zimmernummer zu deponieren, wo er ihn in der nächsten halben Stunde auf seinem Weg ins Frühstücksrestaurant abholen wird.

Auf dem Weg nach unten macht sich ein ungutes Gefühl in seinem Magen bemerkbar. ,Zuerst gestern der Vizekonsul, dessen Gesprächsinhalt Ron ihm erst nach ihrer Ankunft in Toronto preisgeben will und nun der Brief.' Wenn Pieter ein ungutes Gefühl verspürt, hat das meistens seinen Grund. Als er den Briefumschlag mit seinem Namen versehen entgegennimmt, verstärkt sich das Gefühl noch. Es kostet ihn einige Überwindung, den Umschlag nicht sofort aufzureißen, sondern diesen erst am Tisch zu öffnen.

Wie in den meisten Fällen hat ihn sein Instinkt auch diesmal nicht getäuscht. Mit kurzen Worten beschreibt Ron, dass er kurz vor Mitternacht einen Anruf erhalten habe, sich auf schnellstem Wege nach Kolumbien zu begeben. Dort sei es seine Aufgabe, eine äußerst delikate, diplomatische Mission zu erledigen. Daher könne er am Weihnachtstag abends nicht mehr mit ihm zusammenkommen, um ihre Reisevorbereitungen für den 26. Dezember im Detail abzusprechen. Auch wird er deshalb nicht die Reise nach Toronto mit Pieter gemeinsam antreten. Pieters Flugticket wird er am Air Canada ,Business Class' Schalter zur Abholung durch Pieter hinterlegen.

Den Geldtransport, der ja mit dem gleichen Flug durchgeführt werden sollte, hat er nach Absprache mit Hartwig Hartkorn auf Montag, den 28. Dezember verschoben. Es ist der Tag seiner Rückkehr und sein Flug wird ihn direkt von Kolumbien nach Toronto bringen. Weitere Einzelheiten wird er Pieter noch vor dessen Abreise per Fax ins Hotel übermitteln. Pieter brauche sich also keine unnötigen Sorgen machen. Alles ginge in Ordnung.

Als Nachsatz wünscht er ihm nochmals ein paar schöne Tage in London und einen angenehmen Flug nach Kanada. Trotz der beruhigenden Worte ist Pieter nicht in bester Laune. Er hat schon während des Konsulat Besuches und überhaupt während des Zusammenseins mit Ron in den letzten Tagen einige, wie er es sich auslegt, Ungereimtheiten bemerkt, die der freundschaftlichen Beziehung nicht gerade dienlich sind. Doch so schnell wie sie gekommen sind, verwirft er diese Gedanken wieder. Ändern kann er jetzt sowieso nichts mehr.

Nachdem er sein Frühstück beendet hat, geht er nochmals kurz zu seinem Zimmer, um sich aus dem Stadtplan von London einige Informationen und auch einige Geschäftsadressen zu besorgen. Nr. 1 auf seiner ,Shopping List' ist natürlich ein Blumengeschäft, welches nur etwa vierhundert Meter vom Hotel entfernt ist. Doch diesen Einkauf verschiebt er auf den frühen Nachmittag, weil die Einladung bei Belindas Bruder und Familie erst für fünf Uhr festgelegt ist.

Das Wetter hat sich inzwischen mal wieder gedreht. Es liegt zwar noch immer Schnee auf den Straßen und Gehsteigen, doch ist es nasskalt und so beschließt Pieter, sich noch schnell in einem der naheliegenden Bekleidungshäuser einen Schal und einen oder zwei Rollkragenpullover zu erstehen.

Tatsächlich findet er, trotz des Gedränges der Leute, das Gesuchte in kurzer Zeit. Der Nachmittag kommt auch schneller als er es sich vorgestellt hat, weshalb er sich anschickt, den von ihm vorgemerkten Blumenladen aufzusuchen. In der Vergangenheit war er nie ein Charme versprühender Mensch und Blumengeschenke machte er fast nie oder nur ganz selten. Daher ist er unbedingt auf den Rat der Verkäuferin angewiesen, die allerdings sehr beschäftigt ist, sodass man annehmen musste, alle Londoner hätten sich das Blumenkaufen für die letzten Minuten aufgehoben.

Es ist bereits nach drei Uhr als er endlich mit einer allerdings wunderschönen und mit viel Liebe und Können zusammengesteckten Blumenschale den Laden verlässt und mit großen Schritten zum Hotel zurück eilt. Nach dem Duschen nimmt er seine besten Kleidungsstücke, ein weißes Hemd, eine blaubeige gestreifte Krawatte, dazu eine dunkelblaue Hose und legt alles auf das Bett. Dabei stellt er fest, dass das Ausgesuchte seiner Vorstellung nach perfekt zusammenpasst. Nach dem Anziehen betrachtet er sich kritisch im Wandspiegel. Normalerweise ist er alles andere als eitel, aber dies hier ist ein besonderer Anlass und er ist sich nicht sicher, ob er sich dieser Prozedur wegen Belinda unterzieht. Vielleicht ist es auch nur der Drang, seinen Gastgebern zu imponieren, die eventuell in Zukunft Teil seiner Familie sein werden.

Wie es auch sei, Freude und Aufregung wechseln von einer Minute zur anderen. Nur hin und wieder wird er von dem Gedanken abgelenkt, was wohl wäre, wenn Ron Wellington oder seine Gefolgsleute durch nicht wieder gutzumachende Fehler den Geldtransport nach Kanada in Gefahr bringen würden. Glücklicherweise verfliegen diese angsteinflößenden Gedanken so schnell wie sie kommen. Sie lassen ihm nicht einmal die Zeit, an eine Schädigung oder gar den Verlust seines Vermögens zu Ende zu denken.

Doch nun wird es Zeit, sich ein Taxi zu bestellen, welches ihn in die Gaskin Street bringen wird, um dort mit den Menschen, die Belinda am nächsten stehen, den ‚Vorweihnachtsabend' zu verbringen. Noch ein schneller Blick in den großen Wandspiegel, um dann in knapp einer halben Stunde den Menschen gegenüber zu stehen, die er bereits in sein Herz geschlossen hat, ohne sie richtig zu kennen. ‚Vielleicht ist eine Übersensibilität daran schuld, dass meine Gefühle so überschwänglich sind'. Dazu kommt, dass morgen in der ganzen Welt das Weihnachtsfest gefeiert wird. Glücklicherweise ein Tag im Jahr, an dem die meisten Menschen wenigstens versuchen, Hass, Neid und Eifersucht zu vergessen und durch Liebe, Freude oder nur schlichte Menschlichkeit zu ersetzen.

Noch einmal schweifen seine wachsamen Augen durch den Raum. Die zwei Koffer stehen neben dem eingebauten Wandschrank während der ‚berühmte' oder ‚berüchtigte' rote Rucksack im abgeschlossenen Wäscheteil des Kleiderschrankes einen halbwegs sicheren Platz gefunden hat. Als das Telefon läutet, weiß er, dass sein vorbestelltes Taxi auf ihn wartet. Er zieht sich die Lederjacke über, wirft einen letzten prüfenden Blick in den Spiegel, löscht mit der rechten Hand die Zimmerlampe und balanciert mit der linken die Blumenschale.

Sorgfältig verschließt er die Türe von der Flurseite und begibt sich zum Aufzug. Seinen Zimmerschlüssel behält er bei sich und steckt ihn in seine Jackentasche. Der freundliche Taxifahrer hält ihm die Türe offen, nimmt ihm die Blumenschale ab und übergibt sie ihm erst wieder, als er seinen Sitzplatz eingenommen hat. Während der Fahrt erzählt er seinem Gast, dass er ledig ist, keine weiteren Verwandten in London hat und daher schon fast zwanzig Jahre dazu auserkoren ist, zu Weihnachten die Schichten einiger Kollegen zu übernehmen, damit diese die Festtage im Kreise ihrer Familien verbringen können.

Die Fahrt führt sie durch festlich erleuchtete Straßen. Mit bunten Weihnachtslichtern geschmückte Girlanden verzieren viele Fensterrahmen und bunte Weihnachtsbäume zeigen sich im Lichterglanz durch die hell erleuchteten Fenster der Häuser. Die Fahrt führt sie am ‚Monument' vorbei, an der ‚Bank of England', am ‚Museum of London', durch die Goswell Road in die Islington Street, von dort in die Essex Road und dann links in die Gaskin Street. Die Uhr im Taxi zeigt fast genau auf fünf Uhr als der Fahrer vor dem roten Ziegelsteinhaus der Holborns stoppt. Pieter bezahlt, gibt reichlich Trinkgeld und dafür lässt sich der freundliche ‚Cab Driver' nicht beirren, Pieter nicht nur die Türe aufzuhalten sondern auch die Blumenschale die Treppenstufen hochzutragen, um sie dann Pieter in die aufgehaltenen Hände zu legen. Mit einem „Frohe Festtage" verabschiedet er sich von Pieter, betätigt aber schnell noch den Knopf der Türklingel. Pieters Herz klopft vor Aufregung bis zum Halse.

Die Haustüre öffnet sich und im Türrahmen steht ein Mann, dessen Gestalt fast die gesamte Türöffnung einnimmt. Er erscheint Pieter so groß und mächtig, dass er sich absolut klein vorkommt, obwohl er selbst mit seinen über hundert Kilogramm und einer Größe von über einen Meter achtzig wirklich kein Leichtgewicht ist.

„Pieter van Dohlen, ich, ich....". Weiter kommt er nicht, denn Tom Holborn bittet ihn, doch erst einmal einzutreten. Wie er lachend bemerkt, möchte er nicht dafür verantwortlich sein, dass sein Gast vor der Haustüre erfriert. Mit einem leichten Stoß schließt Tom die Haustüre.

„Ich bin Tom Holborn, Belindas Bruder und meine Schwester hat sie so genau beschrieben, dass ich sie mitten in Zentral London auf Anhieb erkennen würde. Doch bevor wir hier weiterreden, legen sie doch erst mal ab, damit ich ihnen meine Familie vorstellen kann.

Meine Frau Linda ist ihnen ja bereits bekannt. Dieser Herr links vor ihnen ist mein Schwiegervater Harry, die streng aussehende Dame ist meine Schwiegermutter Betty. Sie sieht nur so streng aus, ist aber ansonsten in Ordnung." Dabei zieht sich ein spitzbübisches Lachen über sein Gesicht.

„Bevor ich nun weiterrede, habe ich eine kleine Bitte. Ich bin der Tom und ich möchte, dass wir uns mit unseren Vornamen anreden und die Förmlichkeiten vergessen. Ich werde nämlich das Gefühl nicht los, dass du bald ein Teil unserer Familie sein wirst, jedenfalls gemäß der Einschätzung meiner kleinen Schwester."

Als suche er nach etwas, schaut sich Pieter fast hilflos um, doch dann endlich bringt er die ersten Worte hervor:

„Zuerst möchte ich mich herzlich für eure Einladung bedanken. Alles was in den letzten zwei Wochen über mich hereingebrochen ist, geschah so plötzlich, dass ich es kaum glauben kann.

Erst Belinda, dann ihr. Ich möchte euch beileibe nicht mit meiner Lebensgeschichte langweilen; aber auf einmal hat mein Leben wieder einen Sinn. Es ist einfach kaum glaubhaft. So viel Glück wie in der letzten Zeit über mich gekommen ist, kann man sich normalerweise nur wünschen".

Tom der ‚Gentle Giant', wie es Pieter in den Sinn kam, als er ihn in der Haustüre stehen sah, setzt Pieter in den wuchtigen, verstellbaren Sessel, in dem bisher nur sein Schwiegervater oder er Platz nehmen durften. Doch heute ist Pieter der Ehrengast.

„Und jetzt sag mir erst einmal, was ich dir anbieten darf."

Linda, seine hübsche Frau, erhebt sich von ihrem Platz, geht durch eine Verbindungstüre in die Küche, kommt zurück mit einer Flasche eisgekühltem Sekt, postiert sich vor ihrem Mann und meint dann in trockenem Ton:

„Bevor dir irgendwas anderes in den Sinn kommt, hole erst mal fünf Sektkelche aus der Bar. Schließlich haben wir nicht nur auf Weihnachten sondern auch noch auf einen anderen wichtigen Anlass anzustoßen."

Mit einer Geschwindigkeit, die Pieter dem 'Gentle Giant' Tom nicht zugetraut hätte, bringt dieser ein Tablett mit den Sektkelchen, entkorkt die Flasche, füllt die Gläser und drückt jedem Anwesenden ein Glas mit dem prickelndem Nass in die Hand.

„In ein paar Stunden ist Weihnachten und meine kleine Schwester wird heute zum ersten Mal in einem fremden Land auf der anderen Seite des Ozeans mit Onkel John und Tante Bertha zusammen feiern. Sie und ich wurden getrennt und quasi auseinandergerissen nachdem unsere Eltern vor fast zehn Jahren tödlich verunglückten.

Ich kam nach England und habe hier mein Glück gefunden. Sie blieb in Südafrika allein. Sie hatte jegliche Lebenslust verloren. Sie wollte auch allein bleiben. Doch das Schicksal hatte etwas anderes vorgesehen. Wie aus heiterem Himmel trat ein Mann in ihr Leben. Ich habe die letzten Tage, in denen sie hier mit uns zusammen war, gesehen und erlebt, wie glücklich sie wieder ist. Pieter, dieser Mann bist du und deshalb möchten wir jetzt auf Belinda und dich anstoßen, euch viel Glück wünschen und dass ihr bald zusammen sein werdet. Zum Kuckuck noch mal, soviel und so lange rede ich normalerweise nie. Hoch die Gläser und alles Glück der Welt für euch beide."

Nachdem alle ihre Gläser wieder abgesetzt haben, stellt sich Tom vor Pieter:

„Nur noch eines: Sollte jemals etwas schief gehen zwischen euch beiden und es ist deine Schuld, dann Gnade dir Gott! So, jetzt habe ich alles gesagt."

Pieter steht wie versteinert da, doch es ist ihm klar, dass alle jetzt auf seine Antwort warten:

„Falls sich irgendeiner von euch Sorgen macht, so sind diese total unbegründet. Belinda ist nach meiner verstorbenen Frau die zweite große Liebe, die ich erleben darf und verlasst euch darauf, sie und ich werden jede Minute zusammen genießen und finanzielle Sorgen werden wir auch nicht haben. Dafür ist vorgesorgt."

Mit diesen Worten beendet er den wichtigsten familiären Teil des Abends zufriedenstellend, wie es sich aus den Gesichtern aller Anwesenden ablesen lässt. Man unterhält sich über alles Mögliche und die Zeit vergeht wie im Fluge. Es wird gescherzt und gelacht. Die Weihnachtsstimmung hat alle erfasst, doch als die Zeiger der Uhr auf zwei Minuten vor neun vorgerückt sind, erhebt sich Tom:

„Pieter, die Zeit ist nun da, dir dein Weihnachtsgeschenk zu geben." Nichtmals zehn Sekunden später klingelt das Telefon und wortlos überreicht Tom ihm den Hörer

„Für dich". Dabei strahlt er übers ganze Gesicht. Er kann seine

Freude nicht verbergen. Es ist einer der Momente in seinem Leben, der in seinem Gedächtnis für immer haften wird.

Fast wie ein Flüstern hört sich Pieters Stimme an als er, den Hörer ans Ohr gepresst, sich mit

„Ja bitte" meldet. Doch dann ist es um seine Fassung geschehen.

„Belinda, oh Gott, Belinda, du bist es wirklich? Oh mein Gott, frohe Weihnachten. Wie geht es dir? Was machst du, ist alles in Ordnung?" Er stellt so viele Fragen, die alle auf einmal seinem Mund entweichen, dass er selbst die Kontrolle verliert, bevor er ihr erklären kann, wie sehr er sie liebt und vermisst und dass er am zweiten Weihnachtstag, also am 26. Dezember um 4 Uhr nachmittags in Toronto ankommen wird.

Augenblicklich wird Belinda klar, was er beim Abschied in Pretoria damit meinte, als er ihr spontan nachrief:

‚Wir sehen uns in Toronto!' Auf einmal versteht sie auch den Liebeskummer, etwas was sie vorher nie gekannt hatte, den sie nach ihrem Abflug bis zu dieser Minute verspürt und mit dem Mann geteilt hat, in den sie sich auf Anhieb verliebt hat.

Tom, Linda und ihre Eltern haben fast geräuschlos das Wohnzimmer verlassen. Während Linda und auch ihrer Mutter die Tränen in den Augen stehen, lacht Tom übers ganze Gesicht. Er freut sich wie ein kleiner Junge auf Weihnachten. Ach ja, es ist ja auch Weihnachten.

Nach dem langen Telefongespräch, Belinda wird ihren Pieter am 26. Dezember bei seiner Ankunft in Toronto begrüßen, ruft Pieter Tom, Linda und ihre Eltern, um jedem die Gelegenheit zu geben, Belinda ein frohes Weihnachtsfest und alles erdenklich Gute in der neuen Heimat und natürlich mit Pieter vereint, zu wünschen.

Endlich, als letzte, legt Lindas Mutter den Hörer auf und nachdem man sich wieder im Wohnzimmer versammelt hat, drückt Pieter ohne Vorwarnung Tom so fest an sich, dass diesem, trotz seines Größen und Gewichtsvorteiles, die Luft wegbleibt.

Pieters Augen sind rotgerändert. Eine vorher nie gekannte Sensibilität hat ihn überwältigt. Dies ist nun das zweite Mal für heute, dass er wässerige Augen zeigt. Seit Marie-Luise für immer von ihm ging, war etwas Seltsames geschehen: Er konnte nicht mehr weinen. Nur äußerst selten schlichen sich Tränen in seine Augen. Und jetzt ist er wieder der, der er früher war. Gefühle sind in sein Leben zurückgekehrt und beanspruchen ihren Raum. Sie bringen ihm die vermisste Lebensfreude und das Glück zurück.

Lange nach Mitternacht bedankt Pieter sich herzlich bei seinen Gastgebern, verspricht ihnen, sie über alles was die Zukunft bringen wird, zu informieren. Er kehrt mit aufgewühlten Gefühlen, dennoch überglücklich, per Taxi in sein Hotel zurück. Während er anfänglich in seinem Glückstaumel nicht einmal ans Einschlafen denken kann, fällt er dann doch nach einiger Zeit in einen tiefen, traumlosen Schlaf und wacht erst am Weihnachtsmorgen auf, als jemand im Nebenzimmer die Türe zu heftig ins Schloss fallen lässt.

Nach all dem Erlebten von gestern verspürt er einen ungemeinen Drang, heute am Weihnachtsmorgen, die ‚St. Pauls Cathedral' aufzusuchen. Es ist ihm einfach ein Bedürfnis, ‚ihm da oben' Danke zu sagen. Aber dafür braucht man doch keine Kirche oder gar eine Kathedrale! ‚Oh ja, sie wird mir meinen neu gefundenen Frieden erhalten und verstärken. Dessen bin ich mir ganz sicher.'

Er springt aus dem Bett und macht sich fertig für das Frühstück. Für heute sind seine besten Kleidungsstücke gerade gut genug. Immerhin ist es Weihnachten und für ihn ganz besondere Festtage. An der Rezeption informiert er sich bei der jungen Dame über den heutigen Gottesdienst in der ‚St. Pauls Cathedral'. Innerhalb weniger Minuten weiß er, dass der nächste um elf Uhr sein wird. Der berühmte ‚Cathedral Choir' wird den Gottesdienst mit Gesang verschönern und der Bischof von London wird die Festpredigt halten.

Kapitel 11: Pieters Weihnachten in England

Das Wetter ist trocken, weder kalt noch regnerisch, weshalb Pieter beschließt, den Weg zur ‚St. Pauls Cathedral' zu Fuß zurückzulegen. Es sind nur etwa fünfzehn bis zwanzig Minuten zu laufen. Außerdem wird ihm die frische Luft gut tun. Da ihm genug Zeit zur Verfügung steht, wandert er über die ‚London Bridge' bis zum ‚Monument', biegt dann nach links in die Cannon Street, die ihn geradeaus in den ‚St. Pauls Churchyard' führt und nach nichtmals fünfzehn Minuten steht er an einem der Seiteneingänge der ‚St. Pauls Cathedral', einem der bekanntesten und berühmtesten Wahrzeichen Londons.

Die Kathedrale ist, wie schon vorher erwähnt, ein Meisterwerk seines Erbauers oder besser gesagt ‚Wiedererbauers', Sir Christopher Wrens, denn sie wurde von dem großen Feuer in London im Jahre 1666 vollständig zerstört und zwischen den Jahren 1667 und 1710 wieder erbaut. Neben anderen großen englischen Persönlichkeiten wie Nelson, Wellington und Churchill fand auch Sir Christoper Wren in den unterirdischen Gewölben seine letzte Ruhe.

Während die meisten Leute um ihn herum lautstark ihre Weihnachtsgrüße austauschen, betritt Pieter das riesige Kirchenschiff. Mit einem Blick nach oben zur Kirchendecke, handelt er sich fast ein Schwindelgefühl ein. Trotzdem, er hatte es vorher nie für möglich gehalten, vermittelt ihm der mächtige Kirchenbau ein Gefühl der Geborgenheit. Er war bisher nie ein praktizierender Christ und ist nun über sich selbst erstaunt. Irgendwie hat sich sein inneres Wesen total verändert. Er ist sich jedoch der Ursache nicht bewusst.

Während seines Berufslebens in der Diamantenmine in Südafrika hat er mehr Leid und Elend als Lebensfreude und glückliche Stunden erlebt. Sein Privatleben und die äußerst glückliche Ehe mit Marie-Luise wirkten auf der anderen Seite wie ein Ruhepol gegen die Gewalt und oftmals auch offene Brutalität.

Dann, Jahre später, als er das Skelett mit den Diamanten fand, obwohl zuerst verunsichert, ja sogar verängstigt entdeckt zu werden, hatte sich sein Leben innerhalb kürzester Zeit für immer verändert. Sein Tatendrang, seine Wachsamkeit und das Gespür für Gefahren hatten ihn geprägt. Gleichzeitig wuchs aber auch ein Gefühl von Sicherheit und Überlegenheit in ihm. Schließlich trat eine andere Person in sein Leben, erweckte einen neuen Drang nach Liebe und Gemeinsamkeit in ihm. Deshalb ist er jetzt hier in diesem Gotteshaus, um dem zu danken, der über ihn gewacht, ihn geleitet und beschützt hat.

Die ‚St. Pauls Cathedral' ist wie in jedem Jahr am Weihnachtstag mit Gläubigen überfüllt. Die Menschen um Pieter stehen so dicht gedrängt, dass er nicht umfallen könnte. In seiner Weihnachtsansprache erwähnt der Bischof von London nicht nur die Geburt Jesu. Sein Hauptthema ist mehr auf die Nächstenliebe ausgerichtet, die Hilfe für in Not geratene Menschen, die Armen und Hilfsbedürftigen.

Pieter fühlt sich einige Male direkt angesprochen und beschließt in seinem tiefsten Inneren, dass er mit seinem gefundenen Reichtum das seine dazutun wird, anderen zu helfen. Das Ritual des Gottesdienstes interessiert ihn wenig, doch von dem Gefühl, das ihm dieser Kirchenbesuch vermittelt, wird er noch lange zehren. Nach Beendigung der Schlusshymne, die vom ‚Cathedral Choir' gesungen wird, verlässt er wie die meisten Menschen das Gotteshaus. Innerlich aufgewühlt, begibt er sich auf den Rückweg zum Hotel, wo noch einige Arbeit auf ihn wartet, unter anderem auch das unangenehme Kofferpacken.

Zuerst wird er jedoch im Restaurant eine kleine Mahlzeit zu sich nehmen. Auf seinem Nachhauseweg nimmt er einige Umwege in Kauf. Das trockene Wetter lädt gerade dazu ein. Beim Betreten des ‚London Bridge Hotels' bemerkt er jedoch mit Erstaunen, dass die Wanduhr bereits fast drei Uhr zeigt. Obwohl sich immer noch einige Gäste im Restaurant aufhalten, erklärt man Pieter freundlich aber bestimmt, dass die kleinen Mahlzeiten nach drei Uhr in der ‚Quarter Bar' serviert werden, da das ‚Londominium Restaurant' zwischen drei und fünf Uhr geschlossen sei.

Pieter begibt sich also in die ‚Quarter Bar' und bestellt der Einfachheit halber eine kleine Portion ‚Fish and Chips'. Er lacht über sich selber ‚erster Weihnachtstag und du bestellst ‚Fish and Chips''. Nach der kleinen, aber sättigenden Mahlzeit begibt er sich unverzüglich in sein Zimmer und will gerade mit dem Einpacken beginnen, als er durch das Läuten des Telefons aufgeschreckt wird. An der Rezeption hat man gerade eine ‚Email' von Ron Wellington empfangen mit der Bitte, diese unverzüglich an Pieter weiterzuleiten. Die junge Dame am Counter bietet ihm an, die ‚Email' sofort zu seinem Zimmer bringen zu lassen. Innerhalb von ein paar Minuten hält er das Stück Papier in seiner Hand.

Es ist mehr oder weniger eine Bestätigung, dass Ron am 28. Dezember um sechs Uhr in Toronto im Terminal I ankommt und auch die Geldkoffer mit einer Zeitverschiebung von rund einer Stunde, bereits kurz nach fünf Uhr, dort eintreffen werden. Er bittet daher Pieter, am 28. Dezember um die genannte Uhrzeit im Terminal 1 auf ihn zu warten, um mit ihm gemeinsam die Geldkoffer in Empfang zu nehmen. Außerdem bittet er um Bestätigung der ‚Email' durch eine ‚Email' seinerseits, die Pieter vom Hotelcomputer absenden soll, da Ron in der Gegend, wo er sich gerade in Kolumbien befindet, keinen Telefonempfang hat.

Nachdem Pieter das Stück Papier nicht nur einmal, sondern einige Male gelesen hat, wird er ein Schuldgefühl nicht los. An dem Tag, an welchem Ron ihn über seine unaufschiebbare Reise nach Kolumbien informierte, tauchte ein Gefühl der Unsicherheit in Pieter auf. Er war sich auf einmal nicht mehr so sicher, ob er in Ron Wellington den richtigen Mann ausgewählt hatte, dem er praktisch einen Großteil seines Vermögens blindlings anvertraut hatte. War es eigentlich seine Idee oder die seines Bruders oder eine Kombination von beiden, Ron in eine Position zu heben, die ihm die volle Kontrolle über Pieter und sein Vermögen ermöglichte?

Doch nun, durch ein kleines Stück bedrucktes Papier bestätigt, ist glücklicherweise die finanzielle Welt für ihn wieder in Ordnung. In wenigen Tagen wird er in Toronto sein Geld bekommen. Er wird Ron die vereinbarten Vermittler und Transportkosten auszahlen und die beiden werden sich danach wahrscheinlich niemals im Leben je wieder begegnen oder wiedersehen. ‚Pieter, bringe deine Gedankengänge in die richtige Reihenfolge. Vergiss jetzt mal allen anderen Kram und mach dich ans Kofferpacken.'

Gedacht, getan. Sorgfältig, was eigentlich nicht eine seiner absoluten Stärken ist, verstaut er jetzt Stück für Stück seiner Bekleidung in den beiden Koffern. Auch der rote Rucksack mit dem größten Teil seines Barvermögens, des Diamantenbeutels und anderen Wertsachen ist nun fertig gepackt. Alles ist ordentlich in einer der Seitentaschen verstaut und mit einem Spezialsicherheitsschloss abgesichert. Jetzt erst fällt ihm auf, dass die Hotelzimmer nicht, wie es in Südafrika der Fall ist, mit kleinen Wandtresoren ausgestattet sind. Sicherlich wird dort auch weit mehr eingebrochen und geklaut.

Mit geübtem Auge überfliegt er nochmals Zimmer und Badezimmer. Immerhin hat er jahrelang in gehobener Stellung in einer der größten Diamantenminen Südafrikas gearbeitet. Da musste man schon die geringsten Details wahrnehmen und die Augen offenhalten, wenn man seinen Job behalten wollte. Er findet alles in Ordnung. Die Kleidung, die er morgen auf seinem Überseeflug tragen wird, hat er auf Kleiderbügel an der Außenwand des Kleiderschrankes aufgehängt und die Schuhe darunter gestellt. Der morgige Tag wird für immer in seiner Erinnerung bleiben. Morgen wird er Belinda in seine starken Arme schließen und sie für einige Zeit nicht mehr loslassen. ‚Ja morgen, es ist wie Weihnachten, ja es ist noch Weihnachten. Nein, das meine ich nicht. Wie haben unsere Eltern früher immer gesagt? Nur noch einmal schlafen!' Leise lacht er vor sich hin.

Da es auch Zeit wird, sich ins ‚Londinium Restaurant' zum ‚Christmas Dinner' zu begeben, geht er ins Badezimmer, wäscht sein Gesicht mit eiskaltem Wasser, kleidet sich festlich in grauer Hose und dunkelblauem Sacco. Zur Feier des Tages trägt er sogar eine passende Krawatte zum Oberhemd. Er fährt sich mehrere Male mit den Fingern durch das pfeffer- und salzfarbene Haar, verschließt seine Zimmertüre und nimmt den Aufzug nach unten.

Eigentlich hätte Ron heute Abend auch dabei sein sollen, denn beim Einchecken, als klar wurde, dass sie mehrere Tage einschließlich der Weihnachtsfeiertage im Hotel verbringen würden, hatte sie der Hotelmanager für den heutigen Abend als seine Dinnergäste eingeladen. Glücklicherweise war Pieter nicht sein einziger Gast. Wie er erfuhr, war es eine alte Hoteltradition, dass Gäste bzw. Stammgäste, die ihre Weihnachtstage im Hotel verbrachten, vom Hotelmanager mit einem Dinner beschert wurden.

Als erster Gang wird eine Pilzcremesuppe serviert, dann ein äußerst delikates ‚Beef Wellington' mit Kartoffelpüree, gedünsteten Tomaten, Erbsen, Karotten, Spargel und natürlich der traditionelle ‚Yorkshire Pudding'. Als Dessert werden verschiedene, attraktiv garnierte Sorbetsorten in Kristallschalen gereicht. Zum Essen trinkt Pieter ein Glas ‚Merlot'.

Der Manager, Mr. Bruce Smith, tritt nur kurz in Erscheinung. Er begrüßt jeden Gast persönlich, wünscht allen frohe Feiertage und einen angenehmen Aufenthalt im ‚London Bridge Hotel'. Pieter fragt er beiläufig nach dessen weiterem Ziel und als Pieter ihm mit knappen Worten erzählt, dass er morgen, also am zweiten Weihnachtstag, seine Weiterreise nach Kanada antreten wird, wünscht er ihm viel Glück.

„Dann waren sie während ihres Aufenthaltes bei uns ja nur auf der Durchreise. Danke, dass sie uns als Aufenthaltsort ausgewählt haben und ich wünsche ihnen für morgen einen angenehmen Flug und alles Gute für ihr weiteres Leben in Kanada."

Kurz nachdem er sich von Pieter verabschiedet hat, beschließt dieser auch aufzubrechen und sein Zimmer aufzusuchen, da sich seine Tischnachbarn, ein älteres Ehepaar, trotz Weihnachten in Kriegsstimmung befinden.

‚Pieter', so schwört er sich, ‚das war mit MarieLuise nie der Fall und bevor ich je mit Belinda in solche Streitigkeiten geraten werde, bin ich mir sicher, wird der Mond eher viereckig.' Mit einem Kopfnicken in Richtung aller Tischgäste verlässt er das Restaurant. In seinem Zimmer verbringt er den Rest des Weihnachtstages in angenehmer Ruhe, natürlich um seinen Träumen nachzuhängen, was das Schicksal für Belinda und ihn wohl bereithält.

Kapitel 12: Pierre Labonte und Ingolf Wittenauer

Ingolf Wittenauer und Pierre Labonte sitzen niedergeschlagen in dem kleinen Büro Pierres, welches sich in einem Seitentrakt des Altenheimes ‚Emmanuel' in Plattsville befindet. Die Einrichtung ist zwar als äußerst sparsam zu bezeichnen, doch für Pierre Labonte zweckentsprechend.

Vier Tage sind inzwischen seit ihrem letzten Besuch im ‚Sunny Shore Hotelresort' vergangen und nichts, absolut nichts, hat sich getan. Ingolf Wittenauer hat gestern eine ‚Email' an den Diplomaten Ron Wellington mit der Bitte um schnellste Rückantwort gesandt und wartet bisher vergeblich.

Endlich, es ist kurz nach Mittag, blinkt das rote Licht an seinem Black Berry Handy auf. Ein Zeichen, dass er eine ‚Email' bekommen hat. Obwohl die meiste, ihn erreichende elektronische Post Reklamebriefe sind, ist es diesmal wirklich und wahrhaftig das so sehnlichst erwartete Schreiben aus Benin.

Beide, Ingolf als auch Pierre, versuchen gleichzeitig, die gedruckten Zeilen auf dem kleinen Handy Bildschirm zu lesen, was zwar zu einem heftigen Zusammenstoß ihrer Köpfe führt, aber trotzdem ein gemeinsames Lesen der ‚Email' nicht ermöglicht. Da Ingolf das Handy in seiner Hand hält, liest er als erster den Inhalt. Mit jedem Satz wird sein Gesichtsausdruck ernster und bedenklicher.

„Pierre, diese ‚Email' ist von Ron Wellingtons Sekretärin und sie schreibt, dass Mr. Wellington in einer dringenden, diplomatischen Angelegenheit unverzüglich nach Kolumbien abreisen musste, sich aber von dort mit uns in Verbindung setzen würde, um die Geldüberweisung so schnell wie möglich zu erledigen. Weiterhin schreibt sie, dass sie nach der Abreise Mr. Wellingtons ein Dokument vom Finanzministerium der Republik von Benin erhalten habe. Diese besagt, dass ihr Büro in der Erbschaftsangelegenheit Mr. Wittenauers innerhalb von zehn

Tagen eine weitere interne Zoll und Transfergenehmigungsge-
bühr von zweitausendachthundert Dollar an das Finanzministerium von Benin zu überweisen hat. Da sich jedoch Mr.
Wellington gegenwärtig auf einer Dienstreise befindet, sieht
sie einen Ausweg nur darin, dass dieser Betrag von Mr. Wittenauer schnellstens an Mr. Wellingtons Büro überwiesen wird,
um die Transferierung der Gesamtsumme nicht noch weiter zu
verzögern."

Ingolf Wittenauer steckt das Handy in seine Jackentasche,
schaut Pierre Labonte einige Zeit an, bevor er sich von seinem
Schreck, erneut Geld nach Benin senden zu sollen, erholt hat.

„Pierre, was nun? So wie es aussieht, kann es noch einige Wochen, nicht wie versprochen Tage, dauern bis wir das Geld hier
auf meinem Bankkonto haben. Wir hätten dem Grundstücksmakler doch noch nicht den hunderttausend Dollar Scheck für
die Anzahlung des ‚Sunny Shore' geben sollen. Der Scheck ist
ganz sicher am Ausstellungstag in die Bank eingezahlt worden.
Zum Stoppen ist es jetzt zu spät. Er wird platzen und wir müssen dafür geradestehen und uns rechtfertigen."

Pierre schaut ihn verschüchtert an:

„Ja, es war mein Fehler. Wie konnte ich auch nur einen unge-
deckten Scheck so mir nichts, dir nichts ausstellen. Ich war mir
jedoch unserer Sache so sicher, dass das uns zustehende Geld
rechtzeitig in der Bank sein würde. Ich werde den Grundstücksmakler anrufen und ihn bitten, für uns einen Termin mit Hendrik Kauser zu vereinbaren. Vielleicht wird er uns eine zweite
Chance geben. So wie wir ihn kennengelernt haben ist er nicht
nur Geschäftsmann sondern scheint auch eine menschliche
Seite zu haben. Es ist ja nur eine Verzögerung bis er sein Geld
und wir das Hotelresort bekommen."

Gesagt, getan. Pierre Labonte setzt sich unverzüglich mit dem
Grundstücksmakler Tony Kallman in Verbindung und vereinbart einen Termin für den nächsten Tag um zwei Uhr nachmittags in dessen Büro. Er bittet ihn, gleichzeitig auch Hendrik

Kauser einzuladen, da man ihm eine nicht gerade einfache Erklärung schuldig ist. Von dem hunderttausend Dollar Scheck erwähnt er jedoch vorsichtshalber momentan noch nichts.

Tony Kallman verspricht, sich umgehend mit Hendrik Kauser in Verbindung zu setzen. Es vergehen jedoch zwei lange und qualvolle Stunden bis endlich der erlösende Anruf den beiden das Zusammentreffen am nächsten Tag um zwei Uhr bestätigt.

Im weiteren Verlauf ihres Gespräches beschließen sie, Hendrik Kauser die volle und ungeschminkte Wahrheit zu gestehen. Wie sie sich an das letzte gemeinsame Gespräch mit ihm erinnern, hat auch er gewisse Verpflichtungen zu erfüllen. Eigentlich warten noch einige weitere Kaufinteressenten auf ihre Chance, das ‚Sunny Shore Hotelresort' zu erwerben. Hendrik hat ihnen jedoch den Vorrang eingeräumt, da sie nicht nur die ersten Kaufanwärter waren, sondern auch den besten Preis geboten haben. Und nun dieser Rückschlag!

Es nützt alles nichts. Sie müssen sich ihm stellen und in den sauren Apfel beißen. Nur eines wollen sie nicht, nämlich dieses Geschäft verlieren, das ihren gesamten Lebensstil verändern soll.

„Partner, lass den Kopf nicht hängen. Da müssen wir durch. Wir werden es schon irgendwie schaffen." Nach diesen Worten verlässt Ingolf das kleine Büro und fährt nach Hause in die Kleinstadt Cambridge, etwa fünfzehn Kilometer entfernt.

Oftmals sucht sich das Schicksal seltsame Wege und als wenn es vom Geldmangel der beiden gewusst hätte, bringt der Postbote am nächsten Vormittag einen Bonusscheck von der Seniorenheim Versicherungsgesellschaft für die Schadensfreiheit der letzten drei Jahre.

Der Betrag von etwas über zehntausend Dollar ist für die beiden wie ein Geschenk des Himmels. Innerhalb der nächsten zwei Stunden ist ein beglaubigter Bankscheck über zweitausendachthundert Dollar an das Büro des ‚Foreign Remittance

Officers' in Benin per Expresspost auf dem Wege, um unbedingt jede weitere Verzögerung der Geldüberweisung zu vermeiden.

Pünktlich um vierzehn Uhr erscheinen Ingolf Wittenauer und sein Partner Pierre Labonte in Tony Kallmans Büro. Nachdem beide im Vorzimmer, welches gleichzeitig auch als Mr. Kallmans Sekretärinsbüro dient, Platz genommen haben, klopft es erneut an die Türe. Herein kommt Hendrik Kauser. Obwohl ihm nicht danach zumute ist, begrüßt er die beiden Männer mit Handschlag und den Worten:

„Na, dann wollen wir mal."

Von seiner Sekretärin über das Eintreffen der beteiligten Parteien verständigt, betritt Tony Kallman das Empfangszimmer und bittet alle, ihm ins Konferenzzimmer zu folgen.

Nachdem die vier Platz genommen haben, ist es Tony Kallman, der als erster das Wort ergreift indem er sich Ingolf und Pierre zuwendet:

„Ingolf und Pierre, ich habe leider eine schlechte Nachricht für euch. Eure Anzahlung von hunderttausend Dollar für den ‚Sunny Shore Hotel Resort Deal' ist heute Morgen geplatzt. Mein Bankmanager hat mich um neun Uhr davon verständigt." Dann dreht er seinen Kopf in Hendriks Richtung:

„Hendrik, im Moment ist das Geschäft zwischen dir und den beiden hier kaputt."

In Sekunden wechselt Hendriks Gesichtsfarbe auf aschfahl. Er muss die neue Situation erst voll erfassen und verdauen. Er war sich zu sicher gewesen, dass dieses Geschäft endlich zum Abschluss kommen würde. Zu viele Angebote von Interessenten waren in den vergangenen sechs Monaten geplatzt und haben auch ihn jetzt in eine finanzielle Enge gedrückt. Alle vorherigen Kaufangebote kamen von angesehenen Kaufinteressenten, deren Begeisterung anfänglich nicht zu dämpfen war. Sie

223

alle wurden aber in die Realität zurückgerufen, als ihnen ihre Hausbanken, mit denen sie oft über dreißig Jahre zusammenarbeiteten, den erforderlichen Kredit versagten, obwohl das vorgelegte Angebot bereits auf die Hälfte des Realwertes herabgesetzt war.

Deshalb ist dieses heutige Ereignis für Hendrik Kauser eine riesige Enttäuschung. Er war sich so sicher, dass es diesmal klappen würde, weil das Geld aus dem Ausland kommen soll und es sich um eine Erbschaftsangelegenheit handelt, wie Ingolf als auch Pierre immer wieder versichern. Zwar bedauern beide was passiert ist, machen aber Tony Kallman und Hendrik Kauser darauf aufmerksam, dass ihr Geld unterwegs ist, aber durch eine ihnen unbekannte Verzögerung noch nicht in Ingolfs Konto sei. Sie bitten daher um eine Verschiebung des Abschlusstermins um zwei Wochen. Nachdem Weihnachten vor der Türe steht, wäre ein Kaufabschluss zum Jahresende ideal. Tony Kallman schaut Hendrik Kauser fragend an. Kann und wird er, auch ohne die nun geplatzte Anzahlung, zustimmen und den Abschlusstag auf den dritten Januar verlängern? Was alle Beteiligten nicht wissen: Hendrik hat keine andere Wahl. Aus Deutschland kommt kein Geld mehr. Der Graf weigert sich, noch mehr zu investieren und so stimmt Hendrik, nicht gerade hoch erfreut, der Verlängerung zu. Irgendwie werden die Einnahmen in den nächsten zwei Wochen wohl ausreichen, die Hotelkosten zu decken. Ein gewisses Misstrauen macht sich zwar in ihm breit. Irgendwas stimmt mit der Erbschaft nicht. Er fühlt es, kann aber nicht sagen was es ist.

Die Beunruhigung verstärkt sich nach dem Verlassen von Tony Kallmans Büro und nimmt auf seiner Heimfahrt mehr und mehr Gestalt an. Schließlich biegt er in einen Parkplatz vor einem größeren Einkaufszentrum ein und wählt Ingolf Wittenauers Handynummer. Obgleich ihm Ingolf ein wenig naiv erscheint, sieht er ihn aber als grundehrlich an und möchte sich von ihm einige Aufschlüsse über die Erbschaftsangelegenheit einholen.

Die beiden vereinbaren noch für den gleichen Abend um acht Uhr im ‚Williams Coffee Shop' ein Treffen, um nochmals, wie sich Hendrik ausdrückt, einigen Ungereimtheiten des heutigen Gesprächs nachzugehen und zu klären.

Es ist genau acht Uhr als Hendrik Kauser seinen kleinen Geländewagen auf dem Parkgelände vor dem ‚Williams Coffee Shop' parkt. Beim Betreten des Gebäudes winkt ihm Ingolf Wittenauer bereits aus einer etwas versteckt liegenden Ecke zu. Während Hendrik auf der Eckbank gegenüber von Ingolf Platz nimmt, bestellt dieser schon zwei Tassen Kaffee.

Mit treuherzigen Augen schaut Ingolf Hendrik an. Irgendwie wirkt er verängstigt und verschüchtert:

„Mr. Kauser, was gestern und heute passiert ist, war weder in Pierres noch in meinem Sinn. Es tut mir außerordentlich leid und ich hoffe, dass ihnen dadurch kein zu großer finanzieller Schaden entstanden ist."

„Ingolf, zuerst einmal wollen wir uns doch die Sache ein wenig einfacher und legerer gestalten. Ich bin der Hendrik und du der Ingolf. Wenn immer ich mit Mr. Kauser angesprochen werde, fühle ich mich noch älter als ich ohnehin schon bin. Also, bist du damit einverstanden, wenn ich dich mit Ingolf anspreche?"

„Oh ja, gerne. Auf jeden Fall."

Hendrik Kauser ist in seinem Bekannten und Freundeskreis nicht nur als äußerst geschickter Verhandlungspartner bekannt sondern er ist auch ein Taktiker, der es versteht, seinen Mitmenschen Vertrauen einzuflößen, so dass diese ihm Tür und Tor öffnen. Die erste Viertelstunde reden die beiden über alles Mögliche. Doch nach und nach werden Hendriks Fragen immer gezielter. Sie sind jedoch immer noch so formuliert, dass sie von Ingolf in jedem Fall als unverfänglich aufgenommen werden. Mit langsamen, bedächtigen Worten erzählt Ingolf endlich die Geschichte mit der Erbschaft.

Vor etwa einigen Monaten bekam er einen Brief oder besser gesagt eine ‚Email', so genau kann er sich nicht mehr erinnern. Dieser Brief war am Briefkopf mit dem Emblem der Republik von Benin in Südafrika versehen, was ihm, daran kann er sich erinnern, ungemein imponierte. Was ihm jedoch noch viel mehr gefiel, war der Inhalt des Briefes. Er besagte nämlich, dass ein gewisser Rudolph Wittenauer, von Beruf Bergwerksingenieur und Staatsangestellter der Republik von Benin, gestorben sei und keine legalen Nachkommen habe, weder verheiratet sei noch irgendwelche andere Verwandte in Benin auffindbar seien. Dies hätten die vorschriftsmäßig durchgeführten und ausgiebigen Nachforschungen ergeben.

Wie sich herausstellte, habe Rudolph Wittenauer ein beträchtliches Vermögen von achtzehn Millionen fünfhunderttausend Dollar hinterlassen und die einzig auffindbare Person mit dem gleichen Namen war er, Ingolf Wittenauer. Wie sie ihn ausfindig gemacht hatten, wusste er nicht mehr, nur, dass er gewisse Voraussetzungen zu erfüllen habe, bevor er die Erbschaft antreten könne und man den Geldtransfer durchführen konnte. Er erzählte Hendrik, seinem aufmerksamen Zuhörer, dass er und sein Freund Pierre etliche Male Transfer, Transit, Zoll und sogar Steuergebühren nach Benin gesandt haben. Doch immer wieder sind neue Verzögerungen und auch neue Gebühren verlangt worden. Aber in der letzten ‚Email', welche die beiden erst vor einigen Tagen bekommen haben, steht Schwarz auf Weiß, dass nun alles endgültig geklärt sei. Es wären keine weiteren Forderungen und Zahlungen mehr zu entrichten und dass die auszuzahlende Erbschaftssumme innerhalb von zweiundsiebzig Stunden in dem von Ingolf Wittenauer angegebenen Bankkonto bei der hiesigen HSBC Bank eintreffen sollte. Ingolf zieht ein dokumentartiges Papier, säuberlich zusammengefaltet, aus seiner Jackentasche und überreicht es Hendrik Kauser zur Begutachtung.

Hendrik schaut sich das ‚Dokument' genau an und auch er findet nichts daran auszusetzen.

„Ingolf, eine Frage. Hast du eine Idee wie man an deinen Namen gekommen ist und wie man in Benin darauf gestoßen ist, dass dieser Ingenieur wirklich dein Verwandter war?"

„Ja Hendrik. Das ist es ja gerade, was mich am Anfang auch stutzig gemacht hat. Da meine Eltern schon nach Kanada ausgewandert sind als ich noch ein Kleinkind war, kann ich hier bestimmt keine Hinweise finden. Aus diesem Grunde habe ich einige meiner Verwandten angeschrieben, die heute noch in Deutschland, genauer gesagt in der Stadt Eutin, leben. Diese waren sich in ihren Antworten ziemlich sicher. Sie wissen aber nicht mehr wie lange zurück, da sei ein Rudolph Wittenauer nach Afrika ausgewandert. Genaueres wussten sie aber auch nicht. Sie haben niemals wieder von ihm gehört."

Hendrik hört Ingolf aufmerksam zu. Alles was er von ihm erfährt, könnte haargenau den Tatsachen entsprechen, wenn da nur nicht der Sachverhalt des dauernden Geldschickens wäre. Hendrik scheut sich nicht, Ingolf direkt darauf anzusprechen:

„Sag mal Ingolf, da ist etwas was mich ungemein stört. Warum tauchen immer wieder so kurz vor der Banküberweisung Ungereimtheiten auf? Wenn das Geld doch in Benin zur Überweisung auf dein Konto bereitliegt, es aber angeblich nicht abgeschickt werden kann, weil diese Steuer oder jene Gebühr erst von dir bezahlt werden muss, kann man bei der dortigen Bank diese Beträge doch einfach von der Gesamtsumme abziehen. Erstens entspricht das mehr der Logik und zweitens würde es den Sachverhalt, wie die Geldüberweisung auf dein Konto enorm erleichtern. Wie heißt die zuständige Bank in Benin und weißt du den Namen des verantwortlichen Bankbeamten?"

„Ja Hendrik. Die Bank ist die Bank von Benin, die dem Finanzministerium der Republik von Benin unterstellt ist. Der Name des zuständigen Beamten, nein, er ist nicht Beamter, er hat Diplomatenstatus und heißt Ron Wellington. Sein offizieller Titel, so steht es jedenfalls in seinen Briefen und ‚Emails' ist ‚Foreign Remittance Officer'."

Mit einem leichten ‚Klapp' legt Hendrik Kauser seine vollends geöffnete rechte Hand auf die Mitte des Tisches und schaut dann nachdenklich aber bestimmt in Ingolfs Augen:

„Ingolf, irgendwie habe ich geahnt, dass mit eurem Anzahlungsscheck etwas faul riecht und es ist auch tatsächlich eingetreten, was ich befürchtet hatte. Ich muss dir ehrlich gestehen, es hat mich, beziehungsweise das Hotel, in eine missliche Lage gebracht, da ich mir anfangs hundertprozentig sicher war, dass der Verkauf funktioniert. Es hat nicht geklappt und wir können uns auch deshalb nicht die Köpfe abreißen. Ich bin der persönlichen Meinung, dass Pierre und du ehrliche und anständige Menschen seid und ich bin auch gerne bereit, das Kaufangebot wieder in Kraft zu setzen, wenn ihr in den nächsten zwei Wochen mit dem Geld kommt. Ich muss euch aber ganz offen gestehen, dass ich davon nicht mehr voll überzeugt bin. Sicherlich willst du wissen warum? Ein guter Freund von mir hat vor einigen Wochen auch einen ähnlichen Brief, wie du ihn vor einigen Monaten erhalten hast, bekommen. Nur kam dieser Brief von einem spanischen Rechtsanwaltsbüro und auch mein Freund hatte angeblich einen Bergwerksingenieur Onkel, der allerdings in diesem Fall durch einen Unfall ums Leben kam und meinem Freund angeblich ein Riesenvermögen hinterlassen hat. Danach kommt die dir ja zur Genüge bekannte Geschichte. Er hat diese und jene Gebühren im Voraus zu entrichten, genauso wie du und Pierre. Er hat es nicht getan und da er sich im Internet sehr gut auskennt, hat er einige Nachforschungen angestellt und was denkst du, was dabei herauskam? Viele Menschen üben betrügerische Machenschaften aus und dies ist einer ihrer übelsten Tricks, um an das Geld anderer Menschen zu gelangen. Es tut mir sehr leid, dass ich es dir so klipp und klar sagen muss, denn ich weiß, dass eure Enttäuschung groß genug ist, aber vertraut nicht auf das Geld. Um es dir ehrlich zu gestehen: Ich glaube, ihr werdet es so leicht nicht bekommen. Es ist womöglich auch ein Riesenbetrug. Übrigens, wieviel Geld habt ihr diesem ‚Foreign Remittance Officer' Wellington bis heute bereits bezahlt?"

228

Nach dem, was Hendrik Kauser Ingolf Wittenauer mit offenen Worten mitgeteilt hat, ist dessen Gesichtsfarbe einer farblosen Blässe gewichen. Dennoch wird er die Frage Hendriks offen und ehrlich beantworten. In seinem Fall war ja ein Namensvetter, ein Verwandter im Spiel und es muss sich einfach um die Wahrheit handeln.

„Pierre und ich haben alles zusammengekratzt was wir aufbringen konnten. Pierre hat sogar Geld geliehen. Insgesamt haben wir weit über siebzigtausend Dollar nach Benin gesandt."

Entgeistert schüttelt Hendrik seinen Kopf:

„Hui, das ist eine Menge Geld! Ich werde euch beide Daumen drücken. Schließlich hängt auch ein Teil meines Erfolges davon ab."

Hendrik Kauser möchte nicht mehr weiter auf diesem Thema herumhacken, denn nun ist die Angst und Unsicherheit deutlich in Ingolf Wittenauers Gesicht zu sehen. Er möchte und will es einfach nicht glauben und wenn er nachher mit seinem Partner Pierre darüber sprechen muss, kennt er schon jetzt dessen Antwort:

‚Nein Ingolf. Lass dich doch nicht einschüchtern. Du weißt ich bin ein sehr gläubiger und gottesfürchtiger Mensch und glaube auch fest daran, dass der liebe Gott so etwas nicht zulassen wird.'

Hendrik lacht kurz auf:

„Ja Ingolf, nur noch eines: Wenn es so leicht wäre, wäre das schön. Aus Erfahrung weiß ich jedoch, dass man schon hart arbeiten muss um Geld zu verdienen."

In Ingolf Wittenauers Gesicht zeigt sich auf einmal ein leichtes Lächeln, wenn auch etwas verkrampft. Noch einige belanglose Worte, die Kaffeetassen sind längst leer und die beiden verabschieden sich mit dem Versprechen: Wer als erster etwas

Wichtiges oder Positives erfährt, wird den anderen unverzüglich davon benachrichtigen. Hendrik Kauser traut der Sache zwar nicht, doch wie heißt ein altes deutsches Sprichwort: ‚Man hat schon Pferde vor der Apotheke kotzen sehen.‘

Kapitel 13: Auf in die neue Heimat

Samstag, der 26. Dezember wird in England noch als zweiter Weihnachtsfeiertag gefeiert, während der 26. Dezember in Kanada ein Tag wie jeder andere ist, sich jedoch den Namen ‚Boxing Day' eingehandelt hat. An diesem Tage sind nicht nur alle Geschäfte frühzeitig geöffnet sondern auch total überfüllt, weil es der Tag der ‚Schnäppchen' und des Geschenkeumtauschens ist. Belinda und ihre Tante Bertha sind heute auch unter den Frühaufstehern. Immerhin werden sie im ‚Eatons Centre' in Toronto einige Sachen umtauschen, die sie in aller Hast noch vor Weihnachten erworben haben.

Heute kommt der Mann, in den sich Belinda auf Anhieb so verliebt hat, dass alles andere, sogar der große Schritt, nach Kanada zu immigrieren, schlagartig Nebensache geworden ist.

Tante Bertha, eine stattliche Frau in den Mittsechzigern und wie sie malaysischer Abstammung, muss heute Morgen schon eine Menge Geduld aufbringen, da Belinda momentan nicht die ruhige und gelassene Person der letzten Tage ist. Sie ist nervös, total aufgeregt und obwohl sie alles andere als eitel ist, hat sie heute Morgen von dem großen Wandspiegel in der Eingangshalle Besitz ergriffen und probiert alles an, was ihr an Winterkleidung zur Verfügung steht.

Kurzfristig kam ihr die Idee, im Einkaufszentrum ‚Eaton's Centre' nach einem passenden Wintermantel und einer dazu passenden Pelzmütze Ausschau zu halten. Glücklicherweise stimmt Tante Bertha dem Vorschlag sofort zu, da sie erkannt hat, dass Belinda mit dem bisschen Winterbekleidung, die sie aus Südafrika mitgebracht hat, hier im kalten Kanada wirklich nicht viel unternehmen kann. Außerdem möchte sie ja einen guten Eindruck auf ihren Pieter machen.

Ihre Tante scheint das ‚Shopping Centre' in und auswendig zu kennen. Schon nach kurzer Zeit hat sie im zweiten Obergeschoss das gefunden, was Belindas Herz höher schlagen lässt.

231

In einem Geschäft für ‚Feine Damenbekleidung' hängen Mäntel in allen Größen, Farben und Macharten mit dazu passender Kopfbedeckung.

Es ist inzwischen fast elf Uhr geworden und der Flug ‚AC 871' wird kurz nach vier Uhr auf dem ‚Internationalen Pearson Airport' landen. Es dauert nicht sehr lange bis Belinda gefunden hat, was sie sucht. Ein weißer Wollmantel und dazu eine weiße Pelzmütze verwandeln sie in eine ‚Schneeprinzessin' und passen ideal zu ihrer bronzegetönten Hautfarbe.

Eigentlich war es nicht in ihrem Sinne, soviel Geld auszugeben. Aber, was ist Geld im Vergleich zu Liebe? Wie vom Blitz getroffen blickt sie erschrocken auf, zuckt förmlich zusammen und schaut fast hilflos umher, während ihre Tante sich einige Meter entfernt mit einer der Verkäuferinnen unterhält. 'Was ist, wenn nichts so zutrifft wie sie es sich vorgestellt hat, wenn sein Gefühl für sie nur oberflächlich ist? Nein, das kann nicht sein. Warum hätte er ihr sonst in Pretoria in allerletzter Sekunde zugerufen ‚Wir sehen uns in Toronto'.' Trotz ihres halbstündigen Gesprächs am ‚Weihnachtsvorabend' hatte sie versäumt, ihn zu fragen, warum er hier nach Kanada kam. ‚War er auch ein Einwanderer oder vielleicht nur ein Besucher?' So schnell diese Fragen und Gedanken auf sie einströmten, so schnell verfliegen sie auch wieder. Eines war ihr klar: Sie hatten sich in wenigen Stunden in Südafrika kennen und lieben gelernt. Diese gegenseitige Liebe und Zuneigung werden sie ein Leben lang nicht verlieren. So etwas spürte man, so etwas wusste man als Frau und damit basta. Mantel und Mütze werden gekauft. Egal wie teuer sie sind.

Überlegt und ausgeführt, alles ist nur eine Momentsache. Sogar ihre Tante kann ihre Freude und Zustimmung nicht verbergen. Sie kommt aus dem Staunen nicht heraus als Belinda wie ein Mannequin ihre neue Garderobe vorführt. Jetzt wird es aber Zeit, das Einkaufszentrum zu verlassen und nach Hause zurückzukehren. Dort hat inzwischen auch Berthas Mann John kräftig mitgeholfen, das Haus auf Hochglanz zu polieren.

Es ist noch nicht einmal zwei Uhr nachmittags. Draußen fallen frische Schneeflocken auf die bereits vorhandene Schneedecke. Onkel John fragt Belinda treuherzig, was der Himmel wohl sonst noch bereithalten würde, um die Ankunft Pieters in Kanada zu verschönern.

Um zwei Uhr dreißig parkt John seinen geräumigen Dodge Minivan in der dem Flughafengebäude gegenüber liegenden Garage. Gemächlich wandern die drei der Ankunftshalle zu, in welcher auf einer Tafel bereits die Ankunft von Flug ‚AC 871' in Leuchtschrift angekündigt wird. Er wird pünktlich auf die Minute landen. Während Onkel John und Tante Bertha in dem kleinen ‚Coffee Shop' gemütlich ihre Plätze einnehmen und sich an einer Tasse Kaffee mit je einem Croissant erlaben, wandert Belinda vor der automatischen Türe, welche die Gepäck und Zollabfertigung von der Besucherhalle trennt, auf und ab, als wolle sie die Zeit mit ihrem Schnellgang vorantreiben.

Obwohl die hier zusammen gewürfelten Menschen alle auf die Ankunft ihrer Angehörigen, Freunde, Partner oder auch nur Bekannte aus aller Welt warten, werfen doch nicht wenige einen Blick auf die Dame in Weiß, die in jedem ‚Fashion Magazin' auf der Titelseite hätte abgebildet sein können.

Es ist erst fünf Uhr morgens als Pieter aus seinem leichten Schlaf erwacht. Die vergangene Nacht ist für ihn sehr unruhig verlaufen. Mehrere Male wurde er durch geringe Geräusche, die er normalerweise nicht vernommen hätte, aufgeweckt. Wenn er endlich in einen leichten Schlaf fiel, waren es die absurdesten Träume, die ihn immer wieder hellwach werden ließen.

Inhaltlich waren es immer wieder die gleichen: Er sah sich in irgendwelchen Fantasiehotels, hatte immer seine Koffer für die Abreise gepackt und jedes Mal, wenn er am Morgen wach wurde, kam er zu spät zum Flughafen. In zwei seiner Träume fehlte ihm am nächsten Morgen der rote Rucksack. Als er endlich erwacht, bemerkt er, dass er in Schweiß gebadet ist. Deshalb beschließt er, jetzt um fünf Uhr früh aufzustehen. Mit langsamen Bewegungen, die für ihn eigentlich völlig ungewöhnlich sind, begibt er sich ins Bad, duscht und rasiert sich, benutzt reichlich von dem Deo. Auch mit dem Rasierwasser geht er nicht gerade sparsam um, bis er in seine bereits am Vorabend bereit gelegte Reisebekleidung schlüpft.

Seine enorme Aufregung, in wenigen Stunden einen Teil des Glückes dieser Erde, Belinda, in seinen Armen zu halten, ist ihm jedoch nicht anzumerken. Als er noch in der ‚Venetia Mine' in Messina gearbeitet hatte und Probleme auftraten oder manchmal Unfälle passierten, war er der einzige, dessen Entscheidungen, trotz jeglicher Aufregung, klar und präzise waren. Immer wieder war ihm dort von Vorgesetzten und Mitarbeitern bescheinigt worden, dass er selbst in den schwierigsten Situationen nicht nur Stahlnerven, sondern wie manche schworen, überhaupt keine hatte.

So auch heute Morgen. Zwar ging es nicht um Leben oder Tod, sondern um die Liebe. Aber auch die konnte verdammt schmerzlich sein und wehtun.

Da das Frühstücksrestaurant um sieben Uhr öffnet, ist er der erste Gast und hätte somit die freie Auswahl aller Delikatessen, die den Hotelgästen heute, am 26. Dezember, also dem zweiten Weihnachtsfeiertag, zum Frühstück geboten werden. Trotzdem verzehrt er nur mit Mühe und Not ein wohlriechendes Käsecroissant, denn Hunger hat er weiß Gott keinen. Dafür trinkt er drei Tassen starken Kaffee, welcher ihm die gewünschte Wirkung nicht versagt, andererseits jedoch seine zwar nicht sichtbare jedoch hochgradige Nervosität noch verstärkt.

Gegen neun Uhr räumt er sein Hotelzimmer, schafft sein Gepäck zur Rezeption und checkt aus. Die Dame hinter dem Counter schaut ihn zwar etwas erstaunt an, als er die gesamte Hotelrechnung in bar bezahlt. Eigentlich will er ihr eine kurze

Erklärung geben, ändert aber seine Meinung, denn schließlich geht sie das überhaupt nichts an.

Das von der Rezeption bestellte Taxi steht in weniger als zehn Minuten vor dem Hoteleingang und nach einer etwa halbstündigen Fahrt ist der ‚Heathrow Airport', Terminal 3, in Sicht. Der Taxifahrer stoppt vor dem Eingang zur internationalen Abflughalle, hilft Pieter beim Entladen der beiden Koffer und der Reisetasche. Den roten Rucksack an seinem linken Arm hängend hat er vorsichtshalber mit in die Taxikabine genommen. Pieter bezahlt und gibt dem hilfreichen Mann ein ordentliches Trinkgeld. Dafür wünscht dieser ihm noch einen schönen Feiertag und einen guten Flug. Pieter hängt sich den Rucksack auf den Rücken und steuert zielstrebig, die beiden Koffer und die aufgeschnallte Reisetasche nach sich ziehend, auf einen der ‚Air Canada' Schalter zu.

Im gesamten Abflugbereich herrscht noch eine ungewöhnliche Ruhe. Aber, so denkt sich Pieter, nicht, weil ein Feiertag ist, sondern weil er einfach zu früh hier angekommen ist. Die meisten Überseeflüge starten erst am frühen Nachmittag. Ron Wellington hatte bereits vom Konsulat aus die zwei Flüge für den 26. Dezember in der ‚Business Class' reserviert, seinen dann aber wegen der Kolumbienreise wieder annulliert und so erklärt die freundliche Dame am Abflugschalter, wird der Sitz neben Pieter voraussichtlich leer bleiben. Das kann ihm nicht mehr als recht sein.

Pieter van Dohlen checkt die beiden Koffer ein, worauf ihn die ‚Air Canada' Angestellte höflich aber bestimmt fragt, ob er nicht den Rucksack mit einchecken will. Die Dame erinnert ihn daran, dass er sonst zwei Gepäckstücke, also seine Reisetasche, die vorher auf einem der Koffer angeschnallt war und den Rucksack als Kabinengepäck hätte. Erlaubt sei aber nur ein Stück. Auf sein Ticket schauend verbessert sie sich höflich, da er ja ‚Business Class' gebucht hätte und es deshalb kein Problem wäre. Doch vorsichtshalber musste er die beiden Handgepäckstücke durch ein Metallgestell ziehen um festzustellen, ob sie den erlaubten Massen entsprechen. Auch das klappt vorzüglich. Dennoch wurde das Angstgefühl wegen der mitgeführten Diamanten, welches ihn schon seit einigen Stunden gepackt hatte, nicht gemildert. ‚Wofür hatte er eigentlich für die sichere Durchführung dieser Angelegenheit jemand angeheuert, den er hoch, sehr hoch bezahlen muss. Aber konnte er diesem einen Vorwurf machen? Nein, Ron Wellington hat seine Pflicht bisher erfüllt. Er hat einen ihm überlassenen Teil der Diamanten in Bargeld umgewandelt, dieses als ‚Real Estate Investment Fund‘ deklarieren lassen um ja keine rote Flagge zu zeigen. Er selbst war derjenige der sich den Risikofaktor durch seine Unachtsamkeit und Nachlässigkeit eingehandelt hatte. Nun muss er, komme es wie es wolle, da durch und konnte nur auf das Glück bauen, dass alles gut verlaufen würde‘.

Fast schlagartig verstärkt sich die Wut auf sich selbst. Schließlich war er kein Dieb. Er hatte die Diamanten nicht gestohlen. Er hatte sie gefunden und wenn er sich nun zurück erinnerte, war der Skelettfund so nahe an der Grundstücksgrenze zu seinem Haus, dass es ohne weiteres möglich war, dass die Fundstelle tatsächlich noch auf seinem Grundstück lag. Alles Nachjammern half jetzt nichts mehr. Er muss sich jetzt durchbeißen und kann nur hoffen, dass ihm das Glück beisteht.

Nach dem Einchecken des Gepäcks wandert Pieter ziellos im Flughafengebäude umher, bleibt hier und da vor einem Geschäft stehen und schaut sich die Auslagen an. Schließlich kauft er in einer Buchhandlung ein Clive Cussler Roman mit dem Titel ‚Pacific Vortec‘, um während des rund achtstündigen Fluges beschäftigt zu sein und dabei auch seine Nervosität im Zaum zu halten.

Endlich ist es soweit. Die Zeiger der Uhren im Flughafen zeigen auf Zwölf. Nun muss Pieter durch die Sicherheitskontrolle. Seine Bordkarte und sein Pass werden aufs gründlichste geprüft bevor er zur Wartehalle Nr. 7 gelangt. Hier wird nochmals seine Bordkarte mit einer Liste der Fluggäste verglichen und abgehakt und dann erst gelangt er über einen etwa dreißig

Meter langen Gangway zum Flugzeug, einer ‚Boeing 747400'. Er wird von zwei freundlichen Flugbegleitern begrüßt und wird von einem der beiden zu seinem Sitzplatz 18A begleitet. Wie die Dame ihm am Schalter bereits beim Einchecken angedeutet hat, bleibt der Sitz neben ihm unbesetzt.

Bisher ist alles so verlaufen wie er es sich vorgestellt hat und trotz seiner Aufregung gelingt es ihm, nach dem Start der Maschine etliche Seiten seines Buches zu lesen und sich damit zu beruhigen. Dennoch kommt es ihm vor, als ob die Zeit nur schleichend vorangeht. Minuten kommen ihm wie Stunden vor und als der Kapitän nach rund siebeneinhalb Stunden Flugzeit auf die Vorbereitung zur Landung in Toronto aufmerksam macht, ist Pieters Nervosität auf dem absoluten Höhepunkt angelangt. Zu allem Unglück stößt er auch noch das vor ihm stehende volle Weinglas um. Glücklicherweise ist es Weißwein, den er auf den Boden verschüttet. Eine aufmerksame Stewardess kommt in Windeseile mit einer Handvoll Papiertüchern, um das Dilemma in wenigen Minuten zu beseitigen. Dann leuchtet auch schon das Anschnallsignal auf und aus dem Cockpit wird den Fluggästen mitgeteilt, dass man in etwa zwanzig Minuten in Toronto landen werde. Mit seiner sonoren Stimme gibt der Kapitän kurz die Wetterlage in Toronto bekannt: ‚Temperatur – 5 Grad Celsius, dabei leichter Schneefall.'

Pieter schlüpft in seine Winterstiefel, zieht die Reisverschlüsse an beiden Seiten hoch, checkt die am Vordersitz angebrachte Zeitschriftentasche und postiert seinen Sitz aus der angenehmen Liegeposition in die vom Flugpersonal gebetene Aufrechtstellung. Mit einem schnellen Blick überfliegen seine Augen, ob er auch tatsächlich alles weggeräumt hat. Doch dann setzt die Angst und Aufregung wieder ein, was passieren könnte wenn....

Während des gesamten Fluges, selbst beim Lesen, sind seine Gedanken immer wieder zu Belinda geschweift. Dabei hat er sich die Begrüßung in unterschiedlichster Weise ausgemalt. ‚Ob sie wohl auch so aufgeregt ist wie er? Nein, in solch einem

Zustand wie er sich momentan befindet, kann sie nicht sein. Oder vielleicht doch? Wo wird sie auf ihn warten? Was wird sie tragen? Wie wird ihre Haarfrisur sein?'

Trotz seiner Angst, dass man sein Hab und Gut, das heißt die in den Koffern und im Rucksack mitgebrachten Sachen gründlich durchsucht, huscht ein leichtes Lächeln über sein Gesicht, weil er sich eingestehen muss, dass sich seine Gedanken in immer absurdere Wege einschleichen.

Nach der vollzogenen Landung hat Pieter inzwischen das Flugzeug verlassen. Im Gedränge mit den anderen Passagieren strebt er der Pass und Zollkontrolle zu. Vor den einzelnen Schaltern stehen bereits die Leute in langen Schlangen. Es sind die, die schon vorher mit verschiedenen anderen Flügen angekommen sind. Als er das Bild vor sich betrachtet, wird ihm ein bisschen mulmig. Er sucht sich die kürzeste Reihe, es ist Reihe Nr. 7 und stellt sich ordnungsgemäß an.

Als er die rote Stopplinie vor seinem Schalter erreicht hat, winkt ihm der noch jugendlich wirkende Pass und Zollkontrolleur zu, vorzutreten. Pieter überreicht ihm seinen Reisepass einschließlich der Bordkarte. Er wird gefragt, ob er etwas zu verzollen hätte, Tabak oder Alkohol, was er wahrheitsgemäß verneint. Doch dann stellt der junge Zollbeamte die entscheidende Frage:

„Darf ich auch ihren Flugschein sehen und was ist der Zweck ihrer Reise nach Kanada?" Pieter legt den Flugschein auf die Schalterablage und bevor er überhaupt etwas sagen kann, hat der Kontrollbeamte den Flugschein geprüft. Wie aus der Pistole geschossen stellt er fest:

„Das ist ja nur ein Hinflugticket. Wie lange gedenken sie in Kanada zu bleiben?" Pieter schaut dem jungen Mann in die Augen:

„Wenn ich darf für den Rest meines Lebens. Heute ist nämlich mein Einwanderungstag nach Kanada. Hier sind meine Immigrationspapiere."

„Danke, aber dann bin ich auch schon fertig mit ihnen. Gehen sie bitte durch bis zur zweiten Türe auf der linken Seite mit der Aufschrift ‚Immigration Canada'". Nach diesen Worten stempelt er die freie Seite des Reisepasses und schiebt ihn zusammen mit dem Flugticket zurück zu Pieter.

Bevor dieser sich bedanken kann, strahlt der junge Pass und Zollbeamte übers ganze Gesicht, heißt Pieter herzlich willkommen in Kanada und wünscht ihm alles Gute und viel Glück für die Zukunft. Erleichtert bedankt sich Pieter, wandert zu der ihm angegebenen Türe mit der Immigrationsaufschrift und klopft fast zaghaft an. Von der Innenseite erschallt im Basston ein kräftiges „Come in". Als Pieter eintritt, steht er einem nicht nur übergroßen sondern auch übergewichtigen, aber gutmütig ausschauenden, dunkelhäutigen Mann gegenüber. Dieser bietet ihm zuerst höflich einen Platz an ehe er die ihm überreichten Immigrationspapiere überprüft.

Pieter van Dohlen ist angenehm überrascht, denn die ihm gestellten Fragen sind mehr allgemeiner Natur. Aber hatte er nicht bereits alle wichtigen Fragen bezüglich seiner Immigration in den beiden Interviews in Pretoria beantwortet? Dieses Interview hier ist deshalb fast wie ein Willkommensgruß in Kanada. Rund zwanzig Minuten später, nach dem Abstempeln verschiedener Dokumente, verabschiedet der Immigrationsbeamte ihn, indem er ihm, wie der Passkontrolleur, alles Gute für die Zukunft in Kanada wünscht.

Fast einem Erdrutsch gleich fallen die Steine von Pieters Herzen. Nun musste er nur noch sein Gepäck vom Fließband holen und dann ist er ein freier Mann. Was man ihm in Südafrika über Kanada erzählt hat und was er selbst bei seinem ersten und einzigen Besuch vor einigen Jahren hier erlebt hatte, bekommt er nun wieder zu spüren: Der Durchschnittskanadier ist ein liebenswerter, zuvorkommender und hilfsbereiter Mensch ohne

Hass oder Rassenvorurteile. Menschlichkeit ist hier, im Gegensatz zu so vielen anderen Ländern der Welt, immer noch oberstes Gebot.

Als er die Gepäckhalle betritt, muss er sich erst an den über den Förderbändern hängenden Schildern orientieren, auf welchem Band seine Koffer angekommen sind. Wieder ist es die Nummer 7. Er ist von Natur aus alles andere als abergläubisch. Doch jetzt glaubt er fast selbst daran, dass die Sieben seine Glückszahl ist. Da kommt auch schon der erste und kaum zu glauben, da ist auch schon der zweite Koffer. Pieter hat seine Reisetasche neben sich gestellt. Den Rucksack trägt er auf seinem Rücken als er die beiden Koffer vom Fließband nimmt. Er hängt die Reisetasche an das dafür vorgesehene Band an seinem Koffer und schreitet nun, den Rucksack lose über der linken Schulter, die beiden Koffer samt Reisetasche nach sich ziehend, auf den Ausgang zu. ‚Wo wird sie stehen? Wer wird wen als ersten sehen?' Etwa zehn Meter vor der sich automatisch öffnenden Türe ist nochmals eine Kontrolle. Hier nimmt ein weiterer Zollbeamter den von jedem Reisenden auszufüllenden Kontrollschein entgegen, um dann den betreffenden Fluggast entweder in Richtung Ausgangstüre oder zur ausführlichen Zollkontrolle in die entgegengesetzte Richtung zu senden. Pieter drückt ihm nichtsahnend das Stück Papier in die Hand. Der Zollbeamte wirft einen kurzen Blick darauf und weist Pieter mit einer Handbewegung in Richtung Zollkontrolle.

‚Nein, nicht im letzten Augenblick alles zerplatzen lassen. Lieber Gott hilf mir.' Da hilft alles nichts. Es ist zu spät und auch der liebe Gott scheint sich nicht einmischen zu wollen. Pieter wandert mit allem Gepäck und mit gehöriger Angst in den Zollkontrollraum. Doch bevor er auf einen der drei wartenden Zöllner zuschreitet, fängt er sich wieder. ‚Nur kühlen Kopf bewahren' sind seine einzigen Gedanken als er auf den von ihm auserkorenen Beamten zuschreitet. Es ist ein Bär von einem Mann der mindestens fünfzig Pfund mehr als er auf die Waage bringen würde, stellt er im Unterbewusstsein fest.

240

„Na, was haben wir denn so alles im Gepäck? Dafür, dass sie allein reisen, schleppen sie aber allerhand mit sich."

„Ja, aber nur, weil ich heute hier nach Kanada immigriere" beantwortet Pieter die Frage und zwingt sich dabei sogar ein Lächeln ab. ‚Um Himmels Willen, nur nicht den roten Rucksack durchsuchen'. Deshalb stellt er fast scheinheilig die Frage, wobei er auf die beiden Koffer deutet:

„Welches Gepäckstück soll ich als erstes öffnen?" Dabei schaut er sein Gegenüber fragend an. Der zeigt auf den Koffer an dem die Reisetasche hängt und fragt, was dieser enthalte. Pieters Antwort erfolgt auf Anhieb:

„Nur Kleidungsstücke."

„Dann nehmen sie bitte mal die Reisetasche ab und lassen mich sehen."

Mit einem kurzen ‚klick' springt die Reisetasche aus dem Schnappverschluss. Pieter stellt sie neben sich. Mit flinken Händen öffnet er das Kombinationsschloss am Koffer und öffnet den Kofferdeckel. Der Zollbeamte schaut in den Koffer, berührt aber selber nichts. Er lässt Pieter die Kleidungsstücke umwälzen und sagt letztlich:

„Da sind wirklich nur Kleidungsstücke drin. Sie können den Koffer wieder abschließen." Pieters Gefühle bestehen nun aus einem Gemisch von Angst und Erwartung, als er gerade fragen will, welches Gepäckstück er als nächstes öffnen soll, winkt der Kontrolleur ab:

„Das war's schon. Wünsche ihnen eine gute Heimfahrt. Haben sie schon eine Bleibe gefunden oder geht's noch in ein Hotel?"

„Die erste Woche muss es noch ein Hotel sein. Dann werde ich schon das Richtige finden."

„Na dann, nochmals viel Glück. Good-bye."

Pieters „thank you" hört sich fast wie ein Stoßseufzer an und in seinem tiefsten Innern weiß er nicht, ob ihm zum Lachen oder Weinen zumute ist als er den Kontrollraum verlässt und nach draußen in die Wartehalle schreitet. Hundert und mehr Menschen füllen die Ankunftshalle, um die ankommenden Fluggäste zu begrüßen. Pieters Blicke streifen wie Röntgenstrahlen über die Menschenmasse und tatsächlich übersieht er in seiner Aufregung die Frau, die in der ersten Reihe in einem weißen Mantel und weißer Pelzkappe über den dunkelbraunen Haaren, nicht einmal drei Meter vor ihm entfernt steht. Mit einem strahlenden Gesicht, ihre großen Augen, die sich nun mit Freudentränen füllen und ihrer Stimme kaum mächtig, winkt sie ihm mit beiden Armen zu und ruft immer wieder:

„Pieter hier, Pieter hier", während er seine suchenden Blicke immer noch auf die Menschenmenge vor ihm richtet. In dem Lärm und Getümmel in der Riesenhalle verhallt ihr Rufen. Erst als sich ein Fluggast an ihm vorbeidrängen will, muss er seinen Blick notgedrungen mehr nach unten richten.

Und dann sieht er sie. Er kann es einfach nicht fassen. Das Wesen vor ihm, nur durch ein halbhohes Geländer von ihm getrennt, ist sie, seine Belinda. Er lässt die Griffe seiner Koffer aus seinen Händen gleiten, vergisst total, dass er einen Rucksack auf seinem Rücken trägt und springt mit einem mächtigen Satz über das halbhohe Geländer. Dann nimmt er sie in seine bärenstarken Arme, drückt sie an sich und während sie sich küssen, vermischen sich ihre Freudentränen.

Erst als ein neben ihnen stehender Mann sich laut und deutlich äußert, indem er seiner Frau lautstark mitteilt: „So einen Kuss hab ich noch nie bekommen. Ach, muss Liebe schön sein", trennen sich ihre Lippen. Belindas Tante Bertha und auch Onkel John hatten sich bis zur Ankunft Pieters mehr im Hintergrund der Halle aufgehalten, doch jetzt sind auch sie nur noch einige Meter von den beiden entfernt.

Während Onkel John mit gerührtem Gesichtsausdruck, aber

schweigend, das sich vor ihm abspielende Geschehen betrachtet, hat Tante Bertha immer wieder, wie er später behauptet, die gleichen Worte laut und hörbar wiederholt:

„Mein Gott, ist das ein Traumpaar. Was für ein Traumpaar".

Endlich haben sie durch Drängen, Schieben und Drücken der ihnen im Wege stehenden Leute Belinda und Pieter erreicht. Belinda und Pieter strahlen übers ganze Gesicht und das überträgt sich auch auf Onkel und Tante, denen Belinda nun endlich ihren Traummann vorstellen kann.

Mit einem plötzlichen Ruck dreht sich Pieter um. Oh nein, seine Koffer und die Reisetasche stehen noch direkt hinter ihm auf der Innenseite der Absperrung. Mit seinen langen Armen lehnt er sich über das Geländer, hebt die Koffer und Tasche auf seine Seite. Während er den Rucksack über seine linke Schulter geworfen hat und Belinda sich in seinen rechten Arm einhakt, gelingt es ihm gerade noch, Onkel John und Tante Berthas Hände zu schütteln und sich offiziell vorzustellen. Erst jetzt, fast schlagartig und trotz aller vorangegangener Aufregung verspürt Pieter die Müdigkeit, die von ihm Besitz ergriffen hat. Er bittet die drei, den naheliegenden ‚Coffee Shop' aufzusuchen, wo gerade im Moment vier Sitzplätze frei geworden sind. Pieter mit seinem Rucksack an einem, Belinda am anderen Arm, Onkel John die beiden Koffer hinter sich ziehend und Tante Bertha mit der Reisetasche im Schlepptau, steuern sie die freien Sitzplätze an. Die folgende Unterhaltung wird natürlich von Belinda und ihrer Tante angeführt, da beide so viele Fragen haben, dass Pieter kaum mit dem Antworten nachkommt.

Er erzählt kurz von den Ereignissen der letzten Tage. Immerhin hat er ja Belinda das meiste und auch Interessanteste bereits am ‚Heiligen Abend' per Telefon mitgeteilt. Nach der wohltuenden Pause begeben sich die vier nun auf direktem Weg zu der auf der gegenüber dem Flughafengebäude liegenden Parkgarage. Während des Einsteigens bittet Pieter Onkel John

243

um Absetzung beim nahegelegenen ,Marriott Hotel', in welchem Ron Wellington noch von London aus Zimmer reserviert hat. Dieser Wunsch wird ihm jedoch verwehrt, indem er schlicht und einfach von den drei anderen abgelehnt wird.

Schließlich hat die Tante doch zu seinen und Belindas Ehren ein Festessen in ihrem Haus vorbereitet. Da geht nun kein Weg dran vorbei. Die Fahrt ist jedoch relativ kurz. Zuerst geht es zur Autostraße Nr. 427, von deren Ende in die Hauptstraße Nr. 27 und nach etwa fünfzehn Minuten sind sie bereits am Haus Nr. 227 in der Rutherford Road angelangt.

Nach dem Aussteigen bietet John Pieter nochmals an, die erste Nacht in Kanada doch in ihrem Haus zu verbringen. Seine Frau und Belinda haben bereits das zweite Gästezimmer für diesen Zweck hergerichtet. Pieter scheut sich jedoch, diesen gastfreundlichen Leuten das Gefühl des Überrumpelt Werdens zu vermitteln. Außerdem wird man heute den ganzen Abend zusammensitzen. Morgen Früh wird er sich einen Leihwagen nehmen und Belinda wird hoffentlich den gesamten Tag mit ihm verbringen. Immerhin werden sich die beiden allerhand zu erzählen haben und dabei sind bestimmte Dinge nicht für die Ohren Anderer bestimmt, auch wenn es noch so nahestehende Familienangehörige sind.

Erst nachdem sich alle gemütlich im Wohnzimmer niedergelassen haben, öffnet Belinda eine Flasche des in Kanada beliebten Sektes der Marke ,Henkell Trocken'. Nachdem sie die Gläser Aller gefüllt hat und bevor noch jemand seinen Mund öffnen kann, stellt sie sich, ihr volles Glas in der Hand, vor Pieter, der sich auch aus seinem Sitz erhoben hat. Mit zitternder Stimme kommen die Worte aus ihrem Munde:

„Lieber Pieter, nur einige Wochen sind vergangen, dass wir uns kennengelernt haben und das auch nur für ein paar Stunden und doch haben wir das gleiche gefühlt, das gleiche gedacht und gespürt. Manchmal schlägt der Pegel des Schicksals in diese und manchmal in jene Richtung. Wir haben keinen oder nur kaum Einfluss darauf. Wir hätten uns wehren können, wären aber trotzdem hilflos geblieben. Wir haben es nicht getan. Unsere Gefühle haben uns dazu getrieben, uns in dieser so kurzen Zeit in eine Liebe zu stürzen, um das zu erleben, was viele andere Menschen nie erfahren werden. Ich habe tagelang Zeit gehabt und habe über alles nachgedacht. Was ich durch unsere Begegnung erfahren habe, gibt mir die Kraft und vor allen Dingen das Wichtigste, nämlich zu wissen, dass du der Mann bist, mit dem ich den Rest meines Lebens verbringen möchte. Pieter van Dohlen, ich liebe dich mit jeder Faser meines Herzens."

Nach diesen gefühlvollen Worten küsst sie ihn so heftig, dass sein Sektglas überschwappt.

„Pieter, mir darfst du alles später sagen, dann, wenn wir allein sind." Dabei zwinkert sie Tante und Onkel zu, hebt ihr Glas, schaut in Pieters stahlblaue Augen und prostet erst ihm, dann Tante Bertha und Onkel John zu.

Wenige Minuten nach dieser rührenden Rede, die nicht nur Pieter sondern auch John und Bertha sehr nahe gegangen ist, bittet Tante Bertha alle ins Esszimmer. Schließlich hat sie sich dem heutigen Essen mit viel Liebe gewidmet. Da das Haus, wie so viele in Kanada, im offenen Baukonzept errichtet wurde, das heißt Küche, Esszimmer und auch Wohnzimmer sind offen oder zum Teil nur mit halbhohen Wänden versehen, strömt der Duft eines gebratenen Truthahnes hungererregend durch die Räume. Die Unterhaltung während des Essens besteht aus etlichen Komplimenten und werden natürlich auch wohlwollend aufgenommen.

Ins Wohnzimmer zurückgekehrt, sind drei Augenpaare auf Pieter gerichtet. Zuerst muss er über seinen gesamten Reiseverlauf von Togo, Benin, von dort nach Amsterdam und der weiteren Zwischenstation in London berichten, um von da aus endlich sein Endziel, seine Reise nach seiner auserkorenen neuen Heimat Kanada, anzutreten.

Seine drei Zuhörer lauschen seinen Worten aufmerksam und gespannt. Alles möchten sie so detailliert wie möglich erfahren. Manchmal tauchen auch Fragen ihrerseits auf, doch muss sich Pieter in etlichen Angelegenheiten seiner selbst auferlegten Schweigepflicht unterwerfen. Nur vom Weihnachtsbesuch bei Tom und Linda in London, immerhin handelt es sich um Belindas Bruder, bleibt ihm nichts Anderes übrig als den gesamten Inhalt der dort geführten Unterhaltungen fast wörtlich wiederzugeben.

Es ist bereits nach elf Uhr abends und obwohl Belinda immer wieder seine Hände ergreift und in den ihren hält, ist er jetzt jedoch in einem Stadium angelangt, dass es ihm schwerfällt, seine Müdigkeit zu verbergen. Bertha, die ihm gegenüber sitzt, ist die erste, die ihren Mann bittet, Pieter zum ‚Marriott Hotel' zu bringen. Schließlich sei ja morgen auch noch ein Tag, an dem man noch viel besprechen könnte. Belinda bietet ihre Begleitung an, denn sie möchte jede freie Minute mit Pieter zusammen sein. So bringen Onkel John und sie ihn zum ‚Marriott Hotel' in der Nähe des ‚Pearson International Airports'. Sie bleiben so lange in der Hotellobby bis alle Formalitäten des Eincheckens erledigt sind und das vorbestellte Zimmer zur Verfügung steht.

Obgleich er todmüde ist, nimmt Pieter seine Belinda in seine starken Arme und dreht sie in der Luft wie einen Spielball, bevor er sie auf den Boden zurückläßt, sie noch einmal an sich drückt und sie zärtlich auf ihren weichen vollen Mund küsst.

Der nächste Morgen, es ist Sonntag, beginnt mit einem leichten Schneefall. Pieter schaltet sein Zimmerradio ein und hört gerade noch, dass der Schneefall in Richtung der Stadt Barrie, also nördlich, doch stärker ausfallen wird als der Wetterdienst vorausgesagt hat. Er will sich gerade ins Frühstücksrestaurant begeben als er einen Anruf von Ron Wellington erhält. Dieser teilt ihm mit, er muss sich leider kurz fassen, dass er bereits in Mexico ist, wo er einen Zwischenaufenthalt geplant hatte und von dort aus telefonieren fast ein halbes Abenteuer sei.

„Pieter, ich möchte dir hauptsächlich mitteilen, dass ich morgen um 18:22 Uhr im Terminal 1 in Toronto ankomme und wäre dir sehr dankbar, wenn du mich dort abholen könntest. Alles Gute bis morgen. Übrigens, das Geld liegt bereits in Toronto unter Sperrverschluss im Flughafen. Also, bis dann."

Auf dem Weg nach unten ist Pieter recht zufrieden. Das Geld ist schon da, mehr als er je verbrauchen kann. Über eines ist er sich allerdings noch nicht im Klaren: Ob er Belinda schon davon erzählen soll oder nicht. Schließlich trifft er die Entscheidung, ihr momentan nur das zu sagen, was sie wissen sollte und ihr erst nach und nach die volle Wahrheit zu erklären ohne sie in die große Verwirrung der Situation einzubeziehen. Nachdem er ausgiebig gefrühstückt hat, ist es bereits kurz nach zehn Uhr morgens, eine Zeit, in der man auch keinen mehr aus dem Sonntagsschlaf weckt. Also beschließt er, Belinda anzurufen. Nach zweimaligen Klingeln meldet sie sich, weil Tante Bertha ihr bereits zugeflüstert hat, dass es doch nur er sein könne.

Nach der herzlichen Begrüßung fragt er sie, ob er sie zum Mittagessen einladen dürfe und ob sie danach Lust hätte, mit ihm einen Mietwagen auszusuchen. Schließlich brauche er einen fahrbaren Untersatz bis er sein eigenes Fahrzeug erwirbt.

Kapitel 14: Endlich am Ziel

Während Pieter einen Blick aus dem Hotelfenster wirft, stellt er Belinda die Frage, ob sie damit einverstanden sei, dass er in etwa einer halben Stunde zu ihr käme.

„Was für eine Frage! Bitte komme. Ich warte doch schon auf dich" ist ihre Antwort. Kurze Zeit später steht sie, gekleidet mit dem neuen, weißen Wintermantel, Pelzkappe und langen, schwarzen Lederstiefeln, vor ihrer Tante und schaut sie fragend an:

„Was meinst du, werde ich ihm so gefallen?"

„Du bist ausnahmslos die hübscheste und charmanteste Dame, die er heute in Toronto finden wird. Aber, das weißt du doch selber. Warum fragst du mich also?" Belinda schluckt:

„Aus deinem Munde klingt es einfach so als käme es von meiner Mutter. Darum."

„Danke mein Sonnenschein. Es freut mich, dass du das denkst. Doch nun geh. Da draußen wartet nämlich schon einer auf dich." Unbemerkt von Belinda wischt sie dabei hastig eine Träne aus ihren Augen, denn ihre tödlich verunglückte Schwester, Belindas Mutter, und sie waren schon als Kinder unzertrennlich.

Wie ein Zwanzigjähriger springt Pieter aus dem Taxi, hält ihr die hintere Türe auf, nicht jedoch ohne ihr vorher einen Kuss zu geben und sie an sich zu drücken. Als er sie die Treppen heruntergehen sah, entschlüpfte sogar dem Taxifahrer ein begeistertes „Wow", wobei er Pieter mit einem Auge zuzwinkert. Da die Straßen noch ziemlich verkehrsfrei sind, gelangen sie in kürzester Zeit zum ‚Marriott Hotel' und streben mit schnellen Schritten dem Aufzug zu. Peter drückt die Nummer 4. Seine Zimmernummer ist 407. Ihm erscheint es fast wie ein Omen.

Vor dem Zimmer angekommen, ist er so aufgeregt, dass er einige Male ansetzen muss, um die Karte zum Öffnen der Türe in die richtige Position zu bringen.

Im Zimmer empfängt sie eine mollige Wärme und bevor er ihr aus ihrem Mantel hilft, drückt und küsst er sie zärtlich. Dann erst hilft er ihr beim Ablegen, hebt sie mit seinen starken Armen in die Höhe und setzt sie mit sanfter Gewalt aufs Bett. Bevor er ihr auch nur die geringste Chance zur Gegenwehr gibt, liegt sie bereits rücklings auf dem weichen Bett, ihre Hände in den seinen hoch über ihrem Kopf ausgestreckt.

So liegen sie für mehrere Minuten wie von einer magischen Kraft angezogen. Keiner kann oder will sich von dem anderen lösen. Langsam befreit er seine rechte Hand aus ihrer und streichelt über ihr Gesicht, ihre Wangen und ihre Augenbrauen mit einer solchen Zärtlichkeit, dass ihr die Tränen in die Augen treten. Auch ihre andere Hand lässt er nun seiner entgleiten und hebt ihren Kopf mit seiner linken Hand so weit in die Höhe, dass sich ihre Lippen berühren. Er küsst sie nun hemmungslos, ihre Lippen, ihre Wangen und ihre Augenlider. Seine rechte Hand schiebt er langsam unter ihren Rollkragenpulli. Er spürt die Wärme ihrer Haut, ihren klopfenden Herzschlag, der ihren Oberkörper in einem gleichmäßigen Rhythmus hebt und senkt. Er streichelt über die sanften Rundungen ihres weichen Körpers, fühlt, wie er sich ihm zu streckt. Sein Verstand versagt ihm das klare Denken. Als er jedoch ihren Pullover hochschieben will, berührt sie mit beiden Händen sein Gesicht, fährt über seine Wangen, sein Kinn und mit ihrer melodischen Stimme, während sie ihm tief in die Augen schaut, bittet sie ihn: „Pieter, liebster Pieter, bitte heute noch nicht. Bitte, bitte gib mir etwas Zeit. Sei bitte nicht enttäuscht. Du bist der einzige Mann in meinem Leben, der mir je etwas bedeutet hat, doch nun geht alles so furchtbar schnell. Gib mir etwas Zeit und ich werde ganz allein, nur allein für dich da sein."

Nach einer Weile öffnet sie ihre opalgrünen Augen weit, schaut ihm voll in die seinen und mit zittriger Stimme fährt sie fort:

„Pieter, ich habe in meinem Leben zwar einige kurze Liebschaften gehabt, doch nie etwas Ernstliches und als ich dann daran dachte, eine Frau zu werden, geschah das Unglück mit meinen Eltern. Seitdem bin ich nie wieder in irgendeine Beziehung eingegangen. Bitte, bitte, verstehe mich." Pieter schaut sie lange an. Seine Blicke ruhen ernst auf ihren fast mandelförmigen Augen, aus denen nun dicke Tränen hervorquellen.

„Belinda, es tut mir leid, wenn ich dich in meinem Überschwang seelisch verletzt habe. Es war unvernünftig von mir, dich so zu überfallen. Es ist wirklich nicht meine Art, jedoch hab ich mich so Hals über Kopf in dich verliebt, dass ich einfach alles um mich herum vergessen habe. Bitte sei mir nicht böse. Nimm dir all die Zeit die du brauchst und ich bin mir hundert Prozent sicher, dass wir beide spüren werden, wenn wir am richtigen Zeitpunkt angelangt sind."

Behutsam hebt er sie hoch, beide sitzen auf der Bettkante. Sie hat ihren Kopf an seine Schulter gekuschelt und für eine lange Zeit sprechen sie kein Wort. Nur der beidseitige Druck ihrer Hände bestätigt, was in ihnen vorgeht.

Inzwischen ist es Mittag geworden und sie beschließen gemeinsam, etwas für ihr leibliches Wohl zu tun. Danach werden sie mit dem Servicebus des Hotels zum Flughafen fahren, so sich Pieter ein Auto mieten wird, er meint, so für zwei Wochen bis er sich in dem für ihn neuen Land und auch in der ihm ungewohnten Umgebung zurechtfindet. Nachdem sich beide mit nur kleinen Mahlzeiten begnügt haben, geht es zum nahegelegenen Flughafen. Die Fahrzeit beträgt weniger als zehn Minuten und das Anmieten des Leihwagens ist auch nur eine Angelegenheit von einer halben Stunde.

Da der kanadische Straßenverkehr und auch das Straßennetz für ihn völliges Neuland sind, beschließt er, erstmals ein kleineres Auto zu mieten. Der ihm angebotene ‚Ford Focus' scheint das perfekte Fahrzeug zu sein. Obwohl er ihm von außen recht klein erscheint, bietet der Innenraum für Belinda und ihn mehr Platz als beide vermutet haben und selbst Pieter mit seinen langen Beinen findet eine recht bequeme Sitzstellung.

Der vormittäglich fallende Schnee hat einem strahlend blauen Horizont Platz gemacht, weshalb die beiden beschließen, Torontos Innenstadt einen Besuch abzustatten. Diesen Plan verwirft Pieter jedoch augenblicklich, als er seiner Belinda, er kann es immer noch nicht fassen, dass sie hier neben ihm sitzt, erklärt, dass er mit ihr gerne über einige Dinge sprechen möchte. Diese Angelegenheit liegt ihm nämlich sehr auf dem Herzen und er möchte sie über alles voll informieren.

Es ist ihm klar, dass er damit eines seiner letzten und größten Geheimnisse preisgibt. Wenn er jedoch dem Menschen, der ihm alles bedeutet, nicht hundertprozentig vertrauen kann, hätte alles ja gar keinen Sinn.

Pieter ist ein sehr guter Autofahrer und die Umstellung von der südafrikanischen auf die nordamerikanische, also kanadische Fahrweise, beeindruckt ihn nicht im Geringsten. Belinda fühlt sich sichtlich wohl an seiner Seite und so verlassen sie die ‚Airport Road', gelangen auf die Autostraße Nr. 401. Nach einigen Kilometern nehmen sie die Abzweigung auf die Autostraße Nr. 400, die sie nun in Richtung Norden führt. Die Fahrbahn ist schnee- und eisfrei und wettermäßig sieht es so aus als wenn sich im Laufe dieses Sonntags nichts mehr an dem sonnigen Wetter ändern würde.

„Belinda, sei so nett und reiche mir vom Rücksitz die Broschüre mit den kommerziellen Verkaufsangeboten. Ich hab sie am Flughafen von einem Stand genommen und habe sie deshalb mitgebracht, weil ich etwas darin gesehen habe, was mich und hoffentlich auch dich interessieren wird."

Belinda reicht mit ihrem Arm über die Rückenlehne, bekommt

251

die Broschüre zu fassen und will sie Pieter geben. Er winkt jedoch ab:

„Nein, du sollst es sehen. Schaue bitte mal auf die Innenseite des hinteren Umschlagblattes."

Belinda tut wie ihr geheißen, schlägt die entsprechende Seite auf und entdeckt dort, in mehreren Buntbildern abgebildet, das ‚Sunny Shore Hotelresort'. Gemäß Anzeige wollen die beiden Eigentümer dieses Schmuckstückes aus Alters- und Gesundheitsgründen zu einem unglaublich günstigen Preis verkaufen. Mehr Informationen kann man auf Anfrage von dem für den Verkauf zuständigen Grundstücksmakler Tony Kallman erhalten.

„Pieter, du willst doch nicht etwa in ein so großes Geschäft einsteigen?" Er wechselt einen kurzen Blick mit ihr:

„Würde dich so etwas interessieren?" fragt er mit scheinheiliger Miene.

„Ja, aber hast du auch den Preis gesehen? Trotz Herabsetzung auf den fast halben Preis, bleibt da immer noch der stattliche Betrag von fünf Millionen vierhunderttausend Dollar. Pieter, das ist eine Summe, die für mich unvorstellbar ist."

„Das verstehe ich schon. Aber mach dir darüber bitte im Moment keine Sorgen. Weil wir jedoch schon auf dem Weg nach Norden sind, das ‚Sunny Shore' ist angeblich nur eineinhalb Stunden von Toronto entfernt, warum schauen wir es uns nicht einmal an? Kostet doch nichts, oder?" Belinda nickt:

„Einverstanden. Onkel John und Tante Bertha schwärmen sowieso von der Gegend dort oben und du hast recht: Anschauen kostet nichts, solange wir nicht zu spät nach Hause kommen."

„Keine Bange. Wenn es spät wird können wir immer noch dort im Hotel übernachten. Sonntags haben sie bestimmt freie Zimmer. Falls es dazu kommen sollte, können wir leicht Onkel John und Tante Bertha telefonisch verständigen."

Die Autostraße Nr. 400 bringt sie an der rund hundertvierzig-
tausend Einwohner zählenden Stadt Barrie vorbei und von dort
in einer weiteren halben Stunde zu ihrem Ziel, dem ‚Sunny
Shore Hotelresort'.

Obwohl es erst vier Uhr nachmittags ist, beginnt sich der Horizont bereits rötlich zu färben. Ein sicheres Zeichen, dass in weniger als einer Stunde die Dunkelheit hereinbrechen wird. Der
Hotelkomplex liegt nur eineinhalb Kilometer von der Autobahn
entfernt. Die Hinfahrt entpuppt sich durch die gute Beschilde-
rung als einfach. In einigen hundert Metern Entfernung sehen
sie bereits die Festbeleuchtung, die das Luxushotel im Däm-
merlicht fast wie ein Schloss erscheinen lässt.

Bei ihrer Ankunft wird gerade ein Parkplatz vor dem Eingang
zur Lobby frei, den sie dankbar in Beschlag nehmen, denn, wie
sie feststellen, ist die Temperatur etliche Grade unter den Gefrierpunkt gesunken. Also, nichts wie rein! Die elegante, jedoch gemütliche Empfangshalle übertrifft all ihre Erwartun-
gen. Marmorböden, teilweise mit Eichenholz verkleidete
Wände, eine beleuchtete Kuppel, indirekte Beleuchtung und
das nicht nur geschmackvolle sondern auch wertvolle Mobiliar, teilweise aus dem frühen zwanzigsten Jahrhundert, verstärkt noch den schlossartigen Eindruck. Bequeme Ledersessel
und Ledercouch vor einem offenen Kamin vermitteln dem Gesamtbild eine anheimelnde Atmosphäre und laden zum Verweilen ein. Pieter schätzt das Fassungsvermögen der Lobby allein auf etwa hundertfünfzig Personen.

Die beiden Empfangsdamen nicken ihnen freundlich zu und er-
kundigen sich nach ihren Wünschen. Pieter fragt nach dem
Weg zum Restaurant und eine der zwei Damen lässt es sich
nicht nehmen, sie dorthin zu begleiten. Sie fragt, ob sie reserviert hätten, da man heute Abend eine Größere Gesellschaft
zu einer Geburtstagsfeier erwarte. Peter verneint, doch nach-

dem die Empfangsdame ein paar Worte mit dem Restaurant-manager wechselt, bringt sie die beiden in den rustikalen, aber dennoch eleganten Gastraum und bietet ihnen einen Tisch an einem der Außenfenster an. Die Aussicht ist atemberaubend. Der mit einer Schneeschicht bedeckte Strand, sowie der dahinter noch nicht zugefrorene See werden von etlichen Außenscheinwerfern wie magisch in eine Zauberlandschaft verwandelt.

Von einer adretten Serviererin nach ihren Wünschen befragt, bestellt Pieter eine Flasche Champagner. Schließlich ist die Schönheit, die sie hier, gepaart mit ihrem unbeschreiblichen Glücksgefühl erleben dürfen, etwas Besonderes, das man unbedingt feiern muss.

Zum Abendessen ist es noch reichlich früh. Trotzdem sind schon einige Tische besetzt. Wahrscheinlich von Hotelgästen. Pieter lässt seine wachsamen Augen umherschweifen und schätzt dabei, dass der fast kreisrunde Gastraum bequem etwa hundertvierzig bis hundertfünfzig Gäste aufnehmen kann.

Während des Anstoßens greift seine linke Hand nach ihrer rechten und als sie ihre Gläser mit dem prickendem Nass erheben, zeigen Belindas Augen wieder jenen feuchten Schimmer.

Pieter stellt eine starke, stattliche Persönlichkeit dar, die wenn nötig hart sein kann und im bisherigen Leben auch immer ihren Mann gestanden hat. Er ist nie einer Unannehmlichkeit ausgewichen und hat sich auch in der ‚Venetia Diamantenmine' als gradliniger und aufrichtiger Kollege einen Namen erworben. Wenn er jedoch Tränen in den Augen einer Frau sieht, ist es meistens um seine Fassung geschehen. Verstohlen wischt er sich mit seinem Taschentuch über seine Augen, als ob ihn etwas störte, bevor er in die Realität zurückfindet.

Doch jetzt ist die Zeit gekommen: Nun, in diesem Moment des Glücksgefühls wird er Belinda die Geschichte seines Lebens seit dem Diamantenfund erzählen. Er wird ihr klar machen, dass er kein armer Mann ist und dass er sich vorstellen kann, hier vielleicht schon an diesem Platz, die Verwirklichung seiner Träume gefunden zu haben.

In jedem Fall wird er morgen mit dem Grundstücksmakler Tony Kallman Verbindung aufnehmen, sich zusammen mit Belinda, ihre Zustimmung vorausgesetzt, den Gesamtkomplex anschauen und dann wird man weitersehen. Eines steht für ihn fest: Wenn der Winter bereits mit solcher Schönheit aufwartet, wie wird es dann hier erst im Sommer aussehen?

Zu ihrem Erstaunen bemerkt Belinda, dass Pieter auf einmal sehr schweigsam geworden ist. Fast sieht es so aus als müsste er sich zwingen, die Wörter aus seinem Mund hervorzubringen. Inzwischen ist es sieben Uhr geworden. Die Zeit ist nur so verflogen und Pieter bittet die Serviererin um die Speisekarte. Belinda merkt ihm an, dass er was auf dem Herzen hat.

Ohne Vorwarnung, die offene Speisekarte vor sich haltend, beginnt Pieter zu erzählen. Er schildert seinen Werdegang in der Diamantenmine, seinen dortigen Aufstieg und seinen Auswanderungswunsch nach Kanada, den er schon Jahre zurück mit seiner damaligen Frau Marie-Luise hegte. Doch das Schicksal hatte es anders vorgesehen. Sie ist sichtlich berührt über das was er ihr jetzt schonend beizubringen versucht, nämlich den Diamantenfund, den ihm niemand geglaubt hätte. Seine Vertrauensstellung in der Mine und dann der plötzliche Diamantenfund nahe bei seinem Grundstück hätte wie an den Haaren herbeigezogen geklungen und wäre äußerst unglaubhaft gewesen, weshalb er, außer seinem Bruder, nie jemand davon erzählt hat.

„Belinda, ich schwöre dir an meinem eigenen Leben und allem was mir lieb und recht ist, dass es genauso war und nicht anders." Er fährt in seiner Erzählung fort, indem er die Geschichte mit seinem Bruder in Togo und dessen politischen Freund in Benin beschreibt, warum er erst nach Holland und von dort nach London und erst dann nach Kanada kommen konnte.

Belinda lauscht Pieters Erzählungen mit angespanntem Gesichtsausdruck, der einige Male sogar ins Erschrecken überwechselt.

Zwischenzeitlich bestellen die beiden das gleiche Gericht, nämlich eine der Hausspezialitäten. Pieter hat Belinda inzwischen so in Spannung versetzt, dass sie ihn nun darum bittet, doch weiter zu erzählen, was ihm von jetzt an auch leichter fällt.

„Morgen, am frühen Abend, kommt nun jener Diplomat, sein Name ist Ron Wellington, der mir bisher geholfen und deshalb auch alles wie vorgesehen, geklappt hat. Ich werde ihn am Flughafen in Toronto abholen. Danach werde ich mit ihm ins ‚Marriott Hotel' fahren, wo auch er sein Zimmer reserviert hat und über das weitere Vorgehen sprechen. So wie ich ihn kennengelernt habe, ist er zwar ein feiner Kerl aber bestimmt wartet er schon auf seinen nicht gerade geringen Obolus. Übermorgen werden er und ich in der Deutschen Bankfiliale hier in Toronto das Geld deponieren. Um keine unnötigen und aufwendigen Steuern zu zahlen, ist das Geld als ‚Real Estate Investment Fund' deklariert und darf nicht länger als hundert zwanzig Tage in diesem Konto bleiben. Nun weißt du also, warum ich erpicht war, mir dieses Hotelresort schon heute wenigstens mal kurz anzuschauen und auch dir zu zeigen.

Selbstverständlich wird es nicht das einzige Objekt bleiben, welches ich oder besser gesagt du und ich, uns anschauen werden. Dieses hier ist auf jeden Fall ein vielversprechender Anfang."

Pieter ist sichtlich erleichtert. Endlich hat er sich alles von der Seele reden können, was das Verhältnis mit Belinda belasten könnte. Während des Abendessens, das beide mit der Note ‚hervorragend' bewerten, beginnt Belinda mit der Erzählung ihrer Lebensgeschichte. Schließlich hat auch Pieter ein Recht darauf, zu wissen wie ihr bisheriges Leben in Südafrika verlaufen war. In Durban geboren war sie unter der Obhut ihrer Eltern und ihres älteren Bruders Thomas aufgewachsen. Tom hatte es sich zur Aufgabe gemacht, sie vor allem zu schützen und zu behüten, denn wie Pieter selber wusste, war das Leben in Südafrika für Menschen mit weißer Hautfarbe nicht gerade ungefährlich.

Nach ihrer Schulzeit hatte sie die Universität in Pretoria besucht, Naturwissenschaften als Hauptfach studiert und ist nach Abschluss ihres Staatsexamens in den Lehrerberuf eingestiegen. Sie war mit ihrem Leben zufrieden, hatte einige mehr oder weniger belanglose Freundschaften und glaubte fest daran, dass es ‚die große Liebe' nur in Filmen oder Romanheften gab. Dann, an einem schönen Sommertag, auf dem Ausflug zur pazifischen Küste, schlug das Schicksal grausam zu. Ein überladener Lastkraftwagen schleuderte über die Mittellinie, raste seitwärts in den von ihrem Vater gesteuerten Personenwagen, der außer Kontrolle geriet und eine steile Böschung hinunterstürzte. Vater und Mutter waren auf der Stelle tot, während man sie schwer verletzt zur nächsten Notarztstation transportierte und von dort aus per Hubschrauber ins General Hospital in Durban brachte. Nur ihr Bruder Tom entkam dem Grauen mit leichten Verletzungen.

Nach einer Genesungszeit von über einem Jahr hatte sich ihr Leben total verändert. Ihr Beruf bereitete ihr keine Freude mehr und als ihr letzter Halt, ihr Bruder Tom, nach vier Jahren heiratete und nach zwei weiteren Jahren nach England auswanderte, gab es absolut nichts mehr, was sie noch in Südafrika halten konnte. Nach langem Hin und Her und einem ausgiebigen Schriftwechsel mit ihrer Lieblingstante Bertha und deren Ehemann John, folgte sie deren Rat und beantragte die Immigrationspapiere nach Kanada.

Endlich, nach mehr als zwei weiteren Jahren, als sie schon fast nicht mehr daran glaubte, bekam sie ihre Einreiseerlaubnis. Am Tag ihrer Abreise lernte sie dann im Bus auf der Fahrt vom

Bahnhof in Pretoria zum Internationalen Flughafen in Johannesburg einen Mann kennen, in den sie sich Hals über Kopf verliebte und der ihr Leben für immer verändern würde. Es handelte sich um einen gewissen Pieter van Dohlen.

Mit beiden Händen greift Pieter nach Belindas zarten Händen. Kein Wort kommt über seine Lippen. Er schaut sie nur an und gibt ihre Hände erst wieder frei als die Serviererin neben ihrem Tisch steht und höflich fragt, ob sie die Dessertkarte bringen soll oder ob Kaffee oder Tee angenehm sei. Aufs Dessert verzichten sie, aber zum Abschluss eine gute Tasse Kaffee, dazu sagen sie nicht nein.

Während sie genüsslich ihren Kaffee trinken, gibt Pieter noch einige seiner manchmal abenteuerlichen, oftmals auch sehr lustigen Geschichten preis, doch dann wird es ernstlich Zeit, aufzubrechen und die Heimfahrt anzutreten. Am Weg nach draußen stoppen beide nochmals an der Rezeption und lassen sich von der Empfangsdame alles verfügbare Informationsmaterial über das Hotelresort geben.

Während der fast zweistündigen Heimfahrt, Pieter fährt absichtlich langsamer als auf der Hinfahrt, da es stockdunkel ist und er eventuelle Glatteisflächen auf der Autostraße Nr. 400 vermeiden möchte, legt Belinda ihren Kopf an seine Schulter und richtet sich erst wieder in ihrem Sitz auf als sie die ersten Lichter von Toronto sehen. Während der gesamten Fahrt haben beide nur über die Zukunft gesprochen, Pläne geschmiedet und wieder verworfen. Beide haben wie beim ersten Treffen das seltsame Gefühl sich schon Jahre zu kennen. Dabei ist der Zeitraum ihres echten Zusammenseins noch in Stunden zu messen. Vielleicht hängt alles mit ihrem jahrelangen beiderseitigen Alleinsein zusammen. Vielleicht sind aber auch Kräfte in ihrem Leben frei geworden, von deren Vorhandensein sie keine Ahnung hatten. Jedenfalls tragen beide in sich die Gewissheit, diese Kräfte nie wieder zu verlieren.

Obwohl sie nichtmals zusammen geschlafen haben, taumeln

sie in einer Glückseligkeit, aus der sie nie erwachen möchten. Als sie sich dem Hause ihrer Verwandten nähern, besprechen sie kurz den morgigen Tagesablauf. Pieter will morgen Früh je ein ‚Smart Phone' für sich und Belinda besorgen, so dass sie auf jeden Fall immer in Verbindung sind. Sie vereinbaren, dass er sie vor dem Frühstück, so etwa um neun Uhr bei ihren Verwandten abholen wird, damit sie den Tag mit einem gemeinsamen Frühstück beginnen und dabei auch den weiteren Tagesverlauf planen können. Um sechs Uhr würde Pieter ja am Flughafen sein, um seinen Partner Ron Wellington abzuholen. Es ist schon angenehmer für beide, wenn Belinda bei den geschäftlichen Gesprächen nicht zugegen sein wird.

Vor dem Hause von Onkel John und Tante Bertha angelangt, springt Pieter aus dem Auto und öffnet galant die Türe für Belinda. Gemeinsam steigen sie die wenigen Stufen bis zur Haustüre und in dem Moment, als sie den Schlüssel ins Türschloss stecken will, nimmt Pieter sie in seine Arme und drückt ihr einen so leidenschaftlichen ‚Gute Nacht Kuss' auf ihren weichen, vollen Mund, dass ihr fast der Atem stockt.

„Bis morgen Früh um Neun und bestelle bitte deiner Tante, dass es meine Schuld ist, dass du erst so spät nach Hause kommst. Sicherlich hat sie sich schon um dich gesorgt. ‚Gute Nacht und I love you'.

Pünktlich um neun Uhr am Montagmorgen steht Pieter vor der Türe des Hauses Nr. 227 in der Rutherford Road. Tante Bertha öffnet ihm die Türe und bittet ihn, hereinzukommen.

Nach einer Minute steht jedoch Belinda vor ihm, drückt und begrüßt ihn mit der ihr eigenen Herzlichkeit, so dass sich Tante Bertha dezent entfernt.

Nach dem Frühstück beschließen sie, zuerst dem ‚Eaton's Centre' an der Yonge Street einen Besuch abzustatten. Dort finden sie mit großer Wahrscheinlichkeit ein Geschäft, das ihnen die gewünschten Handys verkaufen kann. In kürzester

Zeit haben sie entdeckt, was sie suchen. Pieter bezahlt die beiden ‚Blackberry' Handys und überreicht eines Belinda:

„Ein kleines Geschenk für dich."

„Dann lass es uns doch gleich mal ausprobieren."

In kurzer Zeit haben sie die Funktionstüchtigkeit der ‚Black-Berry Handys einschließlich der ‚Email' Funktion ausgetüftelt, setzen sich auf zwei, etwa dreißig Meter auseinander liegenden Bänke und wie zwei verspielte Teenager telefonieren und ‚emailen' sie vor und zurück.

Die Zeit bleibt jedoch nicht stehen. Im Handumdrehen ist der Vormittag vorbei. Sie verbringen die gesamte Zeit im ‚Eaton's Centre', weil es da so viel zu bestaunen gibt, Dinge, von denen man in ihrer alten Heimat Südafrika nur träumen konnte. Kurz nach drei Uhr nachmittags ermahnt Belinda ihren Pieter, dass sein Partner Ron Wellington in drei Stunden aus Mexiko ankommt und auf seine Abholung am Flughafen wartet. Mit fast wehmütigen Gesichtern wandern sie durch das Parkhaus zu Pieters Mietwagen, der sie zum Hause ihrer Verwandten zurückbringen wird.

„Belinda, ich hoffe, dass Ron und ich alles Geschäftliche noch im Laufe des Abends besprechen werden und morgen früh unsere gemeinsamen Bankbesuche erledigen können. Dann bin ich frei, frei für dich und nur für dich!" Hätte er auch nur geahnt, was in den nächsten Tagen auf ihn zukommen würde, wären seine Worte an Belinda weitaus vorsichtiger ausgefallen.

Um etwa 18 Uhr steuert Pieter seinen ‚Ford Focus' in das an das Flughafengebäude angrenzende Parkhaus. Glücklicherweise findet er direkt neben einer der Verbindungstüren einen Parkplatz. Von hier bringt ihn eine eingeglaste Überführung in das zweite Stockwerk des Flughafengebäudes. Per Rolltreppe geht es dann hinunter in die Ankunftshalle. Auf einer Tafel über den Zollausgangstüren wird bereits der ‚American Airlines Flug Nr. 1973' von San Diego mit Ankunftszeit 18:22 Uhr bekanntgegeben. In relativ kurzer Zeit, selbst unter Berücksichtigung seines Diplomatenpasses, erscheint Ron Wellington im Rahmen der automatisch öffnenden Ausgangstüre, schaut sich kurz um und entdeckt Pieter van Dohlen am Ende des Absperrgeländers. Ron ist trotz des anstrengenden Tages, er musste angeblich zwei Zwischenstopps in Mexiko in Kauf nehmen, um dort einige diplomatische Missionen zu erfüllen, in äußerst aufgeschlossener Laune. Er erzählt Pieter kurz, was er alles in Kolumbien und während der Zwischenaufenthalte in Mexiko erledigen konnte. Zum Beispiel, wie er sagt, war es ihm möglich einige wichtige Verträge bezüglich der Baumwollherstellung, des größten Exportgeschäftes von Benin, mit seinen Amtskollegen in Mexiko und Kolumbien soweit vorzubereiten, dass praktisch die Wirtschaftsminister der beteiligten Länder nur noch ihre Unterschriften unter die Dokumente setzen mussten.

Morgen Früh will er mit Pieter die beiden Geldkoffer bei der hiesigen ‚Airport Security' auslösen und im ‚Marriott Hotel' anstatt in der Bankfiliale, im Beisein eines unabhängigen Bankangestellten der Deutschen Bank, öffnen. Wie er Pieter schon vor seiner Abreise in London angedeutet hat, muss Pieter mit einer kleinen, aber dennoch unliebsamen Überraschung rechnen. Diese wird er ihm aber erst morgen Früh an Ort und Stelle bekannt geben. Nach dieser Ankündigung, die Pieter bereits in London in eine innere Unruhe versetzt hatte, passiert nun wieder das gleiche. Pieters Herz und Pulsschlag erhöhen sich schlagartig. Doch trotz Pieters Nachbohrens gibt Ron nichts preis. Er weiß angeblich selbst nicht genau, um was es sich handelt.

Ron checkt im ‚Marriott Hotel' ein und verabredet sich mit Pieter zum gemeinsamen Abendessen um acht Uhr, so dass man noch verschiedene Details besprechen kann. Die kurze Zeitspanne gibt Pieter die Möglichkeit, mit Belinda zu telefonieren.

‚Ha, ha, das ‚Blackberry' ist schon was Feines. In wenigen Sätzen erläutert er ihr alles Wissenswerte, beteuert ihr etliche Male, wie sie ihm jede Minute fehlt. Trotzdem möchte er sie nicht mit Ron Wellington zusammenbringen. Eine innere Stimme spricht dagegen.

Etwa um acht Uhr finden sich Pieter und Ron fast gleichzeitig im Hotelrestaurant ein. Weder Pieter noch Ron zeigen irgendwelche Hungergefühle und bestellen sich lieber je ein Bier. Eigentlich beginnt die Unterhaltung nur schleppend. Zuerst erkundigt sich Ron, wie in London alles ohne ihn verlaufen sei und scheint sich mit Pieters Antworten zufrieden zu geben. Als nächstes besprechen beide den morgigen Tagesablauf. Ron weiß natürlich nichts von Belindas Existenz und es liegt auch nicht in Pieters Interesse, ihn über das so schnelle und innige Verhältnis der beiden aufzuklären. Irgendwie liegt es ihm nicht, mit Ron über seine Privatangelegenheiten zu sprechen. Das ist er ihm auch nicht schuldig und wenn er darüber nachdenkt, wie innig und tief seine Liebe zu Belinda ist, dann möchte er das als sein Privatgeheimnis hüten und nicht in diese Geschäftsatmosphäre hineinziehen. So entwickelt sich dann auch ihre weitere Unterhaltung nur auf geschäftlicher Basis.

Sie vereinbaren, morgen Früh, gleich nach dem Frühstück, zum Flughafen zu fahren um dort Ron Wellingtons Diplomaten Gepäckstücke einzulösen. Danach werden sie in einem kleinen Konferenzraum, welchen Ron für den morgigen Tag vom Hotel angemietet hat, die Koffer, beziehungsweise Geldbehälter öffnen und den Inhalt überprüfen. Gegen 10 Uhr kommt der Angestellte der Deutschen Bank, ebenfalls von Ron noch von London aus arrangiert, um mit ihnen gemeinsam das Nachzählen des gesamten Geldes zu übernehmen. Ron hat angeblich schon ein Konto bei der Deutschen Bank Filiale in Toronto auf den Namen ‚Pieter van Dohlen' eröffnet.

Da das Geld aus steuerlichen Gründen als ‚Real Estate Investment Fund' deklariert ist, darf es in diesem Konto nur bis zu hundert zwanzig Tagen deponiert werden. Pieter ist also gezwungen, in dieser Zeitspanne eine der Geldsummenhöhe entsprechende Investition zu tätigen. Soweit sind also die Vorbesprechungen der beiden fortgeschritten. Nun bestellen sie sich noch ein Bier, welches sie jetzt in aller Ruhe genießen. Obwohl Ron Pieter bereits bei seiner Ankunft angedeutet hat, dass er ihm etwas vorenthält, scheint sich dieser doch beruhigt zu haben. ‚Lassen wir morgen einfach mal auf uns zukommen' ist seine Devise als sich beide verabschieden, eine gute Nacht wünschen und in ihre Zimmer zurückkehren.

Egal wie spät es auch sein würde, hat Belinda Pieter gebeten, sie doch bitte anzurufen, damit auch sie beruhigt ist, dass alles so verlaufen ist wie er es sich bei ihrem Beisammensein heute Morgen vorgestellt hat. Pieter lacht leise vor sich hin als er ihre Nummer wählt. Frauen haben irgendwie eine Intuition und meistens haben sie damit auch noch Recht.

„Na, mein lieber Schatz, wie ist alles verlaufen?" „Eigentlich so wie vorgesehen. Aber, ich weiß nicht recht. Seit ich Ron wiedergesehen habe, werde ich ein unliebsames Gefühl nicht los. Er hat mich bereits vor seiner Abreise aus London vor irgendetwas gewarnt. Heute wieder. Es wäre kein Schaden für mich und es würde auch keiner entstehen. Mehr Information will er mir aber vor morgen Früh nicht geben, obwohl ich darauf gedrängt habe. Schließlich handelt es sich um mein Geld und um meine Zukunft." Belinda hört ihm aufmerksam zu und antwortet:

„Pieter, du bist zu erregt. Denke mal über all das nach, was in den letzten Tagen und Wochen auf dich zugekommen ist. Es war einfach zu viel. Lege dich jetzt ins Bett und schlafe dich richtig aus. Morgen Früh sieht die Welt wieder ganz anders aus. Wann darf ich dich wecken?" Fast schelmisch klingt ihre Frage.

„Wenn du so früh aufstehen willst, dann bitte um sieben Uhr" ist seine Antwort, begleitet mit einem lauten Lachen.

„So und nun ist Ende der Unterhaltung. Morgen bekommst du all die fehlenden Küsse von heute nachgeliefert und jetzt wünsche ich dir eine gute Nacht und träume was Schönes, basta. Oh, noch etwas: Ich liebe dich von ganzem Herzen."

„Ich liebe dich auch. Gute Nacht" kommt es zärtlich zurück.

Obwohl er eigentlich keinen großen Grund dazu hat, schläft Pieter sehr unruhig, wälzt sich im Bett von einer Seite zur anderen und ein Albtraum löst den nächsten ab. Er ist daher recht froh und erleichtert als endlich der Morgen anbricht und er von der Geräuschkulisse im Hotel vollends aufgeweckt wird.

Kurz nach acht Uhr trifft er sich auch schon mit Ron Wellington auf dem Weg ins Frühstücksrestaurant. Gemeinsam nehmen sie ihr Frühstück ein. Ron spricht nochmals alle zu beachtenden Punkte bei der Geldübernahme mit ihm durch. Vorsichtshalber hat Pieter in seiner ledernen Briefmappe alle wichtigen Papiere mitgebracht, wie er sie von David Himmelstein und vom Konsulatsbeamten Hartwig Hartkorn in London erhalten hat. Das wichtigste Dokument wird heute wohl das Zertifikat sein, dass es sich bei der Geldsumme um einen ‚Real Estate Investment Fund' handelt, den er hier zum Immobilienerwerb anlegen muss, um, wie Ron ihm mehrfach erklärt hat, die sonst anfallende Transfersteuer zu vermeiden.

Für Pieter ist nur die Tatsache von enormer Wichtigkeit, dass alles was er jetzt hier bewerkstelligt, legal geschieht und den kanadischen, ihm noch total unbekannten Gesetzen entspricht.

Als der Zeiger der Wanduhr in der Hotellobby auf neun Uhr springt, verlassen Ron und er das Hotel und fahren in Pieters Leihwagen den fast zwei Kilometer langen Weg zum Flughafen, um das dort in Mr. Wellingtons Namen unter Verschluss gehaltene Diplomatengepäck auszulösen. Alles verläuft ohne Schwierigkeiten oder irgendwelche unvorhergesehene Unannehmlichkeiten.

Das einzige Ärgernis für Pieter ist, dass er bedingt durch die vielen Dinge, die momentan sein Gehirn belasten, es total verschwitzt hat, seine Belinda anzurufen. Aber hatte nicht sie versprochen, ihrerseits den Weckdienst zu übernehmen und ihn um sieben Uhr anzurufen? Es wird schon nichts Ungewöhnliches passiert sein. Sie hat es sehr wahrscheinlich genauso vergessen wie er und hat zu dieser Zeit vielleicht noch fest geschlafen.

Nach Überprüfung der Personalien beider Männer werden die zwei kofferartigen Geldbehälter, die mehrfach mit einer Spezialfolie umwickelt sind und sichtbar das Staatssiegel der Republik von Benin tragen, an Ron Wellington und seinen Partner Pieter van Dohlen ausgehändigt. Ron hat darum gebeten, dass die beiden Gepäckstücke zu einem Nebenausgang gebracht und dort in den direkt vor der Türe bereitgestellten ‚Ford Focus' geladen werden. Danach wird es aber auch Zeit, zum ‚Marriott Hotel' zurückzukehren. Immerhin wird dort um zehn Uhr der Bankangestellte der Deutschen Bank erwartet. Wie allgemein bekannt, ist Pünktlichkeit eine Tugend, an welcher die Deutschen hundertprozentig festhalten.

Wie erwartet sitzt ein etwa mittelgroßer Mann mit leicht angegrauten Schläfen, etwa um die Mitte vierzig, bereits in der Hotellobby und zwar so, dass er die Eingangstüre ständig im Auge hat obgleich er den Eindruck erwecken will, dass er die Tageszeitung ‚Globe and Mail' studiert.

Ron und er scheinen sich bereits zu kennen, denn als er mit Pieter eintritt, erhebt sich der Fremde, geht auf Ron zu und begrüßt diesen mit Vornamen. Ron stellt ihn Pieter als Klaus Oberreiter vor mit der Bemerkung, dass er vor dem wohl schnellsten Geldzähler steht, der ihm je begegnet ist. Eine Pieter überreichte Businesskarte weist ihn als Abteilungsleiter der Deutschen Bank aus, Geschäftsstelle Toronto, zuständig für Investitionsanlagen dieser Bank in Kanada.

Ron hat in Minutenschnelle zwei kräftige Hotel angestellte herbeigeholt, welche die beiden Geldbehälter oder –koffer in einem im Erdgeschoss befindlichen Konferenzzimmer absetzen und sich mit strahlenden Gesichtern, vermutlich des reichlichen Trinkgeldes wegen, geräuschlos entfernen. Da das Konferenzzimmer ebenerdig ist, sind die Rollos an allen Fenstern heruntergelassen, um jeden Einblick in den Raum von draußen abzuschirmen.

Nach Eintreten der drei verschließt Ron die Türe zur Halle von der Innenseite. In dem nun verschlossenen und abgesicherten Raum heben Ron und Pieter die Geldbehälter auf einen mitten im Raum stehenden Tisch. Klaus Oberreiter, der Vertreter der Deutschen Bank, setzt seine Brille auf und checkt mit Argusaugen die Unversehrtheit der auf den Geldbehältern angebrachten Dienstsiegel von Benin. Das Inspektionsergebnis ist positiv und entspricht somit den Vorstellungen aller Anwesenden. Die Siegel sind unversehrt. Ron zieht ein scharfes Klappmesser aus seiner Hosentasche und zerschneidet Lage um Lage der Plastikfolie, die als zusätzliche Verpackung ihren Zweck erfüllt und somit ausgedient hat. Pieter ist nun an der Reihe, Ron die ihm in London übergebenen zwei Schlüssel, Ron hat das andere Paar, zu überreichen. Jetzt ist für Pieter und auch für Ron der aufregende Moment gekommen, in welchem die Geldbehälter geöffnet werden. Nachdem Klaus Oberreiter die beiden Deckel fast gleichzeitig hochklappt, sind natürlich aller Augen auf dem Inhalt, nämlich das Geld, gerichtet.

Vor ihnen liegen sechs Millionen vierhundertfünfzigtausend Dollar fein gebündelt und gestapelt. Fünfzigtausend Dollar hatten Pieter und Ron nach dem Erhalt von David Himmelstein vorsichtshalber noch in Amsterdam entnommen, da sie ja am ‚Schiphol Airport' in Amsterdam den Privatjet zum Überflug nach London angemietet hatten und auch den Vizekonsul Hartwig Hartkorn in London bezahlen mussten.

Der Bankkaufmann Oberreiter steht eine ganze Weile vor dem ersten Geldkoffer, die Lippen zusammengepresst und wie in

Trance seinen Kopf schüttelnd. Oh nein. Pieter bemerkt auf Anhieb, dass hier etwas im Argen liegt. Irgendetwas stimmt nicht. Weder sein noch Belindas Gefühl haben sie im Stich gelassen. Rons Gesichtsfarbe hat sich vom normalen Schwarz in ein, wenn man es so ausdrücken kann, blasses Schwarz verwandelt. Aber hatte er nicht schon Pieter van Dohlen noch in London vor einer Unannehmlichkeit gewarnt?

Klaus Oberreiter stülpt sich nun hauchdünne Gummihandschuhe über seine Hände. Aus dem mitgebrachten, unscheinbar aussehenden Handkoffer entnimmt er eine tragbare Geldzählmaschine, die er auf einem zweiten, kleineren Tisch postiert und das elektrische Kabel in eine Steckdose steckt. Danach schreitet er wieder auf den bereits inspizierten ersten Geldkoffer zu und immer noch schweigend, entnimmt ihm ein gebündeltes Paket mit zehntausend Dollar. Vorsichtig zieht er die Banderole ab, entnimmt drei hundert Dollar Scheine, steckt davon einen in die Zählmaschine, die gleichzeitig auch als Prüfstand für die Echtheit der Scheine fungiert und presst dann einige Tasten an der Vorderseite des Gerätes. Er runzelt die Stirn:

„Die Scheine sind zwar echt, können aber so nicht in den Umlauf gebracht werden, da sie aus Sicherheitsgründen, wahrscheinlich von deinem Konsulat, Ron, getränkt wurden, um sie im Falle eines Diebstahles unbrauchbar zu machen. Es ist weiter nicht schlimm, wenn jedoch alle Scheine getränkt sind, müssen beide Kofferbehälter in die Münzanstalt nach Ottawa. Dort muss das Geld, mit einfachen Worten gesagt, gewaschen bzw. gereinigt werden. Ron, du musst dir wohl oder übel von deiner Botschaft in Ottawa die Genehmigung hierzu einholen. Da ja der Geldnachweis und auch der Verwendungszweck dokumentarisch belegt sind, entstehen hierbei zwar keine Schwierigkeiten, doch der Zeitverlust dürfte wohl die größte, euch entstehende Unannehmlichkeit sein."

Kapitel 15: Der raffinierte Betrug des Diplomaten

Pieter van Dohlens Laune ist auf dem Tiefpunkt als er sieht und hört, was vor sich gegangen ist. Ron traut sich nicht einmal, ihm in die Augen zu schauen. ‚Aber', so sagt sich Pieter selber: ‚Hatte er eine andere Wahl als er sich entschloss, den angeblichen Freund seines Bruders für den Diamanten und den anschließenden Geldtransport nach Kanada zu engagieren? Wenn er das Geld angegeben hätte, wäre er nicht in der Lage gewesen, den Nachweis der Herkunft zu belegen.'

Die Diamantenstory ist zwar tragisch, ja, fast komisch tragisch, aber auch hier hätte er keine Chance gehabt.

„Ron, wie und wann ist das mit dem Geld passiert?"

„Pieter, bevor ich aus London abgereist bin, das heißt am Tage meiner Abreise, wurde mir von Hartwig Hartkorn die Nachricht vom Markieren des Geldes mitgeteilt, entweder durch Abstempeln oder Flüssigkeitsmarkierung. Es war eine schlichte Anordnung des Konsuls, die dieser von seiner Botschaft in Paris auferlegt bekam. Ich wollte dir nichts davon erzählen, weil es zu diesem Zeitpunkt nichts mehr verändert, sondern dich nur verärgert und dir die Feiertage vermasselt hätte. Man wird das Geld hier in Ottawa in der Münzanstalt reinigen. Das wird etwa ein bis zwei Wochen in Anspruch nehmen und dann ist alles in Ordnung.

Unsere Botschaft in Ottawa wird die Reinigung beantragen und auch dafür geradestehen, dass es sich um einen ‚Real Estate Investment Fund' handelt, der ordnungsgemäß nach Kanada gelangte. Du hast mir bisher vertraut und ich hoffe, dass ich dein Vertrauen auch weiterhin genieße, da ich das Geld zu unserer Botschaft bringen muss. Von dort wird es dann in die kanadische Münzanstalt zur Reinigung transportiert. Im Klartext gesprochen heißt das, dass ich eine Vollmacht von dir brauche, um die Geldreinigung unter der Verantwortung der

Regierung von Benin, jedoch in deinem Namen als Alleineigentümer vorzunehmen.

Nachdem dieser Prozess abgeschlossen ist und wir davon Mitteilung bekommen, wäre es mir recht, wenn du mich nach Ottawa begleiten würdest. Du wirst dann mit mir gemeinsam die Geldsumme überprüfen und ich, beziehungsweise unsere Botschaft, kann aus der Verantwortung entlassen werden. Übrigens, es ist nicht das erste Mal, dass ich bei der Ankunft mir anvertrauter Gelder am Bestimmungsort feststellen musste, dass aus Sicherheitsgründen eine Geldscheinmarkierung vorgenommen wurde".

Auch der Angestellte der Deutschen Bank scheint die Angelegenheit mehr oder weniger als Formsache anzusehen, die halt momentan nur zeitraubend ist. Nach der Zählung des ersten Behälterinhaltes zeigt das Zählgerät auf drei Millionen zweihundertfünfzigtausend Dollar. Bevor man nun mit dem Zählen des Geldes im zweiten Geldkoffer beginnt, packen Ron und Pieter die erste Summe in eine unauffällige, aber äußerst strapazierfähige, mit Durotex Spezialfutter versehene, schwarze Sporttasche, die sie mit einem starken Sicherheitsschloss verschließen.

Kurz nachdem sie mit der Inhaltszählung des zweiten Koffers beginnen, erleben sie eine weitere Überraschung. Glücklicherweise diesmal angenehmer Natur. Die ersten zwei Drittel des Geldes sind bereits auf dem Tisch gestapelt, doch als der Bankier dem Koffer ein weiteres Bündel entnimmt, fühlt er mit geübten Händen über den obersten Geldschein und bemerkt: „Der Schein ist sauber." Bei der weiteren Überprüfung stellt sich heraus, dass eine Million zweihunderttausend Dollar, also das letzte Drittel des zweiten Koffers absolut sauber, gültig und sofort verwertbar ist. Ein hörbares Aufatmen kommt von Pieter. Während der Bankier sich nochmals der Mühe einer erneuten Überprüfung unterzieht, zeichnet sich ein leichtes Grinsen auf seinem Gesicht ab, während Ron Wellington dem Schauspiel mit versteinerter Miene zuschaut und dann einen

Vorschlag einbringt.

Während er und Pieter die zwei Drittel der Geldsumme, also zwei Millionen Dollar, in eine zweite identische Sporttasche verpacken, nutzt der Bankier die Gelegenheit zum Aufsuchen der Toilette. Genau in dieser Zeitspanne bringt Ron seine Idee ans Licht. Mit fast flüsternden Worten schlägt er Pieter vor, die eine Million zweihunderttausend Dollar in zwei gleiche Summen aufzuteilen und da ihm gemäß Vereinbarung vom Gesamtbetrag zwanzig Prozent zustehen, ihm vorab sechshunderttausend Dollar auszuzahlen, während Pieter die zweiten sechshunderttausend Dollar zur Verfügung stehen. Wenn es darauf ankommt, kann Pieter sehr schnell denken und jetzt kommt es darauf an.

Wer weiß, wie lange es dauern wird bis alle Hürden der Geldreinigung erledigt sind oder welche sonstigen Probleme noch auftauchen können. Alles Geld ist ein ‚Real Estate Investment Fund' und wenn er in den nächsten Wochen oder sogar Tagen eine Immobilie findet, die ihm zusagt, braucht er womöglich eine deftige Anzahlung. Außerdem war es Rons Behörde, welche die Geldmarkierung vorgenommen hat und somit verneint er schlichtweg Rons Ansinnen. Er schaut Ron an und erklärt ihm mit höflichen aber bestimmten Worten: „Ron, es kann sein, dass ich das Geld schon in den nächsten Tagen gebrauchen werde und zwar den vollen Betrag. Wir, du und ich haben vereinbart, dass du zwanzig Prozent des Gesamterlöses bekommst, wenn unser gemeinsames Geschäft erfolgreich abgeschlossen ist. Ich werde mein Versprechen einhalten. Das weißt du. Außerdem hast du ja die Kontrolle über den gesamten Restbetrag bis wir das gereinigte Geld in Ottawa wieder abholen. Nimm es mir nicht übel aber das ist mein Beschluss und der steht unweigerlich fest."

Ron lässt sich seine Verärgerung nicht anmerken, obwohl hier für ihn weitere sechshunderttausend Dollar   zum Teufel gehen. Sein Plan, Pieter van Dohlen um den Gesamtbetrag von rund sechseinhalb Millionen Dollar zu betrügen, will einfach nicht aufgehen. Der angebliche Angestellte der Deutschen Bank, von ihm ausschließlich für diesen Job angeheuert, hat nicht wie vereinbart mitgespielt und ihm dadurch einen gehörigen finanziellen Schaden zugefügt, wissentlich oder nicht.

Bei der Deklarierung als angeblichen ,Real Estate Investment Fund', ein Trick, den er schon einige Male in anderen Situationen benutzt hat, hat er sich diesmal ins eigene Fleisch geschnitten, da Pieter das Geld für sich zur Anzahlung eines Immobilienerwerbes verwenden will.

Immerhin scheint er zum Glück noch Pieters volles Vertrauen zu genießen, der ihm ja wohl oder übel über fünf Millionen Dollar zur angeblichen Reinigung in der Münzanstalt in Ottawa anvertrauen muss. Der Wahrheit halber muss gesagt werden, dass er tatsächlich ein Büro in dem Gebäude der Botschaft von Benin in Ottawa unterhält, welches er sich durch die Zahlung von Schmiergeldern erschlichen hat. Bis heute weiß jedoch keiner der offiziellen Botschaftsangestellten, wer der freundliche und immer elegant gekleidete Herr ist, beziehungsweise welche Funktion er ausübt.

Tatsache ist, dass Ron Wellington in Kanada zahlreiche Kunden mit seinen manipulierten ,Emails' an Land gezogen hat, die ihm, so wie Pierre Labonte und Ingolf Wittenauer, im Laufe der Jahre Tausende von Dollars gesandt haben und es auch weiterhin tun werden. Sie alle sind sich ja darüber im Klaren, dass sie das bereits eingesandte Geld unter keinen Umständen verlieren wollen. Viele sind bereits süchtig geworden und glauben weiterhin fest daran, dass das ihnen versprochene Geld wirklich eines Tages eintrifft. Es ist auch schon vorgekommen, dass die so Geschädigten nicht mehr ein noch aus wussten und ihm mit der Polizei drohten so wie im Moment Ingolf Wittenauer und Pierre Labonte. Zur Beruhigung der beiden hat er sich nun einen ganz besonderen Trick ausgedacht. Die Handhabung dieser Angelegenheit wird Ron Wellington sehr einfach fallen. Er wird Pieter van Dohlens Geld dazu benutzen. Die Würfel sind gefallen. Alle Geldbündel sind in den beiden unauffälligen

271

Sporttaschen, unter der Aufsicht der drei Anwesenden, ordnungsgemäß verpackt und verschlossen worden.

Der angebliche Angestellte der Deutschen Bank, Klaus Oberreiter, bestätigt auf einem vorgedruckten Formular den Gesamtbetrag und vermerkt in der Spalte ‚Besonderheiten', dass von den nachgezählten und überprüften Geldscheinen in der Gesamthöhe von sechs Millionen vierhundertfünfzigtausend Dollar genau eine Million zweihunderttausend Dollar an den rechtmäßigen Inhaber, Mr. Pieter van Dohlen, ausgehändigt wurden und der Restbetrag von fünf Millionen zweihundertfünfzigtausend Dollar dem ‚Director of Foreign Remittance' der Republik von Benin, Mr. Ron Wellington, übergeben wurde. Dieser ist gemäß den gesetzlichen Bestimmungen seines Landes und unter Berücksichtigung aller Sicherheitsvorkehrungen gehalten, den ihm übergebenen Betrag innerhalb von drei Arbeitstagen an die Botschaft von Benin in Ottawa, Kanada, abzuliefern.

Es ist nun die Aufgabe der Botschaft, das ihr anvertraute, zu diesem Zeitpunkt nicht verwertbare Geld, ihrerseits an die kanadische Münzanstalt mit Sitz in Ottawa zur Reinigung zu schaffen. Nach der Wiederherstellung des Originalzustandes hat sie den rechtmäßigen Inhaber, Mr. Pieter van Dohlen, unmittelbar davon zu verständigen. Die ihren vollen Wert zurückerhaltene Gesamtsumme muss an diesen oder dessen per Vollmacht Beauftragten, in diesem Falle Ron Wellington, unverzüglich ausgehändigt werden. Alle entstandenen Kosten sind dem Inhaber anzulasten und müssen bei der Geldübernahme an die aushändigende Stelle bezahlt werden. Dies ist die Version wie sie Ron Pieter nun darstellt.

Im Konferenzzimmer des ‚Marriott Hotels' ist mit dieser Erklärung Ron Wellingtons der ordnungsgemäße Verlauf des geschäftlichen Teiles der Transaktion abgeschlossen. Pieter wird von dem Bankier Klaus Oberreiter, nach Vorlegen einer Rechnung der ‚Deutschen Bank' von etwas über sechszehntausendzweihundert Dollar um direkte Barzahlung gebeten. Pieter findet den geforderten Betrag zwar außerordentlich hoch, doch der Bankier besteht darauf, dass ein Viertel Prozent der Gesamtsumme gesetzlich erlaubt und somit auch gerechtfertigt sei. Pieter bezahlt die gewünschte Summe mit unüberhörbarem Knurren in der Stimme.

Nachdem die Angelegenheit damit ihren Abschluss gefunden hat, begeben sich die drei Männer für eine kurze Erfrischung ins Restaurant. Ron übernimmt die Einladung um den guten Willen zu beweisen, der Pieter eine gewisse Beruhigung vermitteln soll.

Nach einer Tasse Kaffee und je einem Cognacs verabschiedet man sich voneinander. Ron hat angeblich noch andere geschäftliche Angelegenheiten in Toronto zu erledigen und der Bankier, der bei Pieter scheinheilig anfragt, ob er für ihn die eine Million zweihunderttausend Dollar in seiner Bank wie vorgesehen deponieren soll bis sie zur Immobilienanzahlung benötigt werden, erhält eine knappe aber höfliche Absage.

Nachdem alle das Restaurant verlassen haben, begibt sich Ron Wellington in sein Zimmer. Von hier aus, vor unfreiwilligen Zuhörern geschützt, sendet er per ‚Blackberry' eine ‚Email' an Ingolf Wittenauer und teilt diesem mit, dass er heute Abend um etwa 20:30 Uhr in Toronto eintreffen werde, das Mr. Wittenauer zustehende Geld in seinem Diplomatengepäck mit sich führe und ihn daher dringend noch heute, Montag, den 28. Dezember, in der Ankunftshalle des Terminals 1 im Flughafen treffen möchte. Er bittet um umgehende Bestätigung.

Innerhalb weniger Minuten erhält er die Antwort, die er sich gewünscht hat. Das Treffen könne in der von ihm angegebenen Zeit im Airport stattfinden und da Ingolf eine dunkelrote Baskenmütze tragen wird, ist er leicht zu erkennen. Eine kurze Bestätigung erfolgt von Ron per ‚Email', der jedoch Ingolf darin auch bittet, zwei Ausweisdokumente mit Lichtbildern mitzubringen um sicherzustellen, dass er das Geld an die richtige

Person aushändigt.

Es ist inzwischen acht Uhr abends und der Verkehrsstrom in der Ankunftshalle hat von Minute zu Minute zugenommen. Ingolf Wittenauer wartet mit sichtlicher Erregung vor der automatischen Türe, durch die die ankommenden Passagiere aus dem Zollbereich in die Halle strömen. Schweißperlen bilden sich auf seiner Stirne als ihm plötzlich jemand von hinten auf die Schulter tippt. Wie von einer Tarantel gestochen, dreht er sich um und steht einem dunkelfarbigen, stattlichen und äußerst gut gekleideten Mann gegenüber. Seine rechte Hand ausstreckend spricht ihn dieser mit freundlichem Gesichtsausdruck an:

„Gehe ich richtig in der Annahme, dass sie Ingolf Wittenauer sind? Mein Name ist Ron Wellington, Foreign Remittance Officer der Republik Benin." Einen kurzen Augenblick verschlägt es Ingolf Wittenauer die Sprache. Dann streckt auch er Ron Wellington die Hand zum Gruß hin: „Ja ich bin Ingolf Wittenauer."

„Schön, dass wir uns nach dem langen hin und her und den vielen, für sie unangenehmen Ereignissen endlich persönlich kennenlernen und ich ihnen das Erbteil ihres verstorbenen Onkels Rudolph Wittenauer endlich auszahlen kann." Ingolf Wittenauer ist immer noch wie in Trance. Hundertprozentig erfasst hat er die gesamte Sachlage noch nicht. Alles strömt im Moment viel zu schnell auf ihn ein, was den sonst so besonnenen und eher zurückhaltenden Mann gehörig aus dem Konzept bringt.

„Ich hatte das Glück nach einem Zwischenstopp in San Diego einen früheren Flieger zu buchen. Daher bin ich verfrüht hier angekommen und habe bereits vorsichtshalber die Geldtaschen in einem Schließfach deponiert." Ron analysiert jede Bewegung seines Gegenübers bevor er fortfährt:

„Meiner Meinung nach wäre es das Beste, wenn ich erst die

274

Taschen hole und wir dann gemeinsam zum ‚Continental Hotel' fahren, um die Transaktion vorzunehmen. Das ist nicht weit von hier."

„Ja, das ist eine gute Idee. Mein Wagen steht im Parkhaus direkt hier gegenüber."

„Mr. Wittenauer sind sie mir bitte nicht böse, doch unsere Sicherheitsvorkehrungen besagen, dass wir den Transport entweder per Taxi oder einer öffentlichen Limousine durchführen müssen. Da ich früher als erwartet hier war, habe ich bereits eine Limousine angeheuert, die vor der Türe auf uns wartet. Bleiben sie hier stehen. Ich hole nur die Geldtaschen aus dem Schließfach und bin in wenigen Minuten wieder zurück." Tatsächlich steht er in wenigen Minuten wieder neben Ingolf Wittenauer. Beide streben dem Ausgang zu und besteigen die dort auf sie wartende Limousine, die sie zum ‚Continental Hotel' bringt.

Ron fragt die Dame an der Rezeption ob es möglich wäre, für einige Stunden ein kleines Konferenzzimmer zu mieten, da man ein größeres Geschäft zum Abschluss bringen möchte, bei welchem man absolut ungestört sein wolle.

Problemlos wird ihm für eine Gebühr von hundert Dollar ein ebenfalls im Erdgeschoss liegender, etwa zehn Personen fassender Raum zur Verfügung gestellt. Die für die Reservierung zuständige Dame bietet den beiden auch einen Zimmerservice an, den Ron jedoch dankend ablehnt. Er bittet lediglich um eine Flasche Sekt der Hausmarke, verschiedene ‚Softdrinks' sowie drei Gläser. Nach Erledigung dieser Angelegenheit wählt er im Beisein Ingolf Wittenauers eine, wie er sagt Privatnummer auf seinem ‚Blackberry' und bittet den Teilnehmer am anderen Ende, aus Dringlichkeitsgründen doch schnellstmöglich zum ‚Continental Hotel' zu kommen. Dabei entschuldigt er sich vielmals für die späte Störung. Danach erklärt er Ingolf Wittenauer, dass er dem Gesetz seines Landes folgend einen Bankbeamten, in diesem Falle von der ‚Deutschen Bank', beauftragt hat, zum Hotel zu kommen, um den Inhalt der Geldtaschen zu überprüfen, nachzuzählen und zu dokumentieren.

Etwa eine halbe Stunde später spielt sich das gleiche Schauspiel wie bereits am Morgen mit Pieter van Dohlen ab. Der angebliche Mr. Klaus Oberreiter von der ‚Deutschen Bank', Geschäftsstelle Toronto, wird Ingolf Wittenauer vorgestellt, hat die gleiche Aufgabe wie am Morgen, zählt das Geld und stellt fest, dass es aus Sicherheitsgründen momentan unbrauchbar ist und daher erst in die Münzanstalt nach Ottawa zur Reinigung muss. Ingolf Wittenauer kommt aus dem Staunen nicht heraus. Der Mund bleibt ihm offen stehen. So nahe am Ziel und doch wieder mindestens ein bis zwei Wochen vom Kauf des ‚Sunny Shore Hotelresorts' entfernt.

Ron schaut in das zweifelnde Gesicht seines ‚Kunden'. Eigentlich hat er doch alles nur arrangiert, weil Pierre Labonte und auch Ingolf Wittenauer inzwischen mit Pierres Rechtsanwalt gesprochen haben, der ihnen geraten hat, die Polizei einzuschalten, um der Sache nachzugehen.

Doch so leicht lässt sich ein Gauner von der Klasse eines Ron Wellington nicht lahmlegen. Spontan greift er in die auf dem Tisch liegenden Geldbündel, scheinbar wahllos nimmt er fünf verschiedene Pakete heraus und bittet Ingolf Wittenauer, sich aus jedem Bündel einen Hundertdollarschein zu nehmen. Dann bittet er Mr. Wittenauer, ihm die Scheine zu überreichen, holt aus seiner mitgeführten Diplomatentasche ein Fläschchen mit einer Tinktur, mit der er nun die fünf Scheine etliche Male bestreicht, beziehungsweise tränkt, um sie dann an Ingolf Wittenauer zurückzugeben.

„Mr. Wittenauer, ich habe jetzt diese fünf Scheine mit einem Spezialverfahren für sie brauchbar gemacht. Sie können sie morgen bei jeder Bank einlösen. Sie haben ja nun selbst gesehen und miterlebt, wie lange der Prozess gedauert hat. Deshalb habe ich den einfacheren Weg der Geldreinigung vorgeschlagen. Wenn meine Regierung Geldtransporte in andere

Länder tätigt, ist eigentlich nur jeder fünfte Transport diesem System unterworfen und diesmal ist es leider der Fall. Glücklicherweise fliege ich morgen nach Ottawa und werde das Geld sofort in der dortigen Münzanstalt abliefern. Innerhalb von einer bis zwei Wochen werden sie endgültiger Besitzer ihres Erbes sein."

Ingolf Wittenauer ist nun vollkommen von der Richtigkeit der Transaktion überzeugt und sogar begeistert, dass das Geld endlich da ist. Er hat es ja selbst gesehen und kann seinem Partner Pierre Labonte versichern, dass dessen Unmut umsonst war.

Um die beiden Partner für die erneute Wartezeit zu entschädigen, verspricht Ron Wellington ihnen, die Gebühr für die Prüfung durch die ‚Deutsche Bank' zu erlassen, doch die anfallende Reinigungssumme von einem halben Prozent, die seine Regierung an die Münzanstalt in Ottawa entrichten muss, wird ihnen leider vom Gesamtbetrag abgezogen. Ingolf hat die fünf Hunderter in seine Brieftasche gesteckt und wird sie morgen Früh als erstes zu seiner Bank bringen. Mit dem was er heute gesehen und gehört hat, ist er vollkommen zufrieden und so denkt er, hat es doch vielleicht geholfen, dass Pierre seinen Rechtsanwalt eingeschaltet und mit der Polizei gedroht hat. Gemeinsam genießen nun die drei Männer die Flasche Sekt und stoßen auf die prompte und für jeden zufriedenstellende Lösung des Problems an. Ron Wellington ist wieder einmal einer seiner kriminellen Schachzüge gelungen. Es wird ihn nur die Bezahlung seines Strohmannes kosten, der den Bankier markiert. Dafür hat er aber viel Zeit gewonnen, bevor ihm einer der Geschädigten, sei es Pieter van Dohlen, Ingolf Wittenauer oder sonst jemand, hinter seine verbrecherischen Machenschaften kommt. Über eines ist er sich jedoch selbst im Klaren: Die Luft wird langsam aber sicher immer dünner und bevor sie ihm ganz ausbleibt, muss er für immer verschwunden sein

Nach dem Frühstück am nächsten Tag im ‚Marriott Hotel' entschuldigt sich Pieter bei Ron. Er erklärt ihm, dass er den Nachmittag zum Treffen mit einigen Grundstücksmaklern vorgesehen hat und daher wahrscheinlich auch am Abend nicht im Hotel sein wird. Es ist sein fester Entschluss, dass er Ron nichts von Belinda erzählen wird.

Der Gedanke, die beiden miteinander bekannt zu machen, widert ihn jetzt sogar an. Es ist ihm klar, dass seine gedanklichen Wege in dieser Hinsicht falsch oder sogar irreführend sein können. Vielleicht wäre es gerade Belinda mit ihrem weiblichen Instinkt, die ihn rechtzeitig warnen könnte, falls sie irgendwelche Gefahren spürt, die auf ihn zukommen sollten. Andererseits ist alles erledigt, wenn er zusammen mit Ron nach Ottawa reist, um dort das gereinigte Geld abzuholen. Er wird ihm seinen vereinbarten Anteil auszahlen und damit ist die Geschäftsbeziehung zwischen den beiden abgeschlossen. Jetzt ist er auf jeden Fall erleichtert, als Ron sich von ihm verabschiedet, da er angeblich dringend noch eine Besorgung in der Stadt zu erledigen habe. Nun ist es aber wirklich an der Zeit, Belinda anzurufen und ihr die Ereignisse des Morgens mitzuteilen. Sie hat schon mit Spannung auf seinen Anruf gewartet, denn sie meldet sich bereits nach dem ersten Klingelton und bevor er ihr berichten kann, fragt sie ihn, ob sie ihn zur Abwechslung mal zu einem Glas Wein einladen darf. Onkel John muss sowieso in die Stadt und würde sie gerne mitnehmen und beim ‚Marriott Hotel' absetzen. Freudig stimmt Pieter zu und nach nicht ganz dreißig Minuten kommt sie schon mit schnellen Schritten und strahlendem Gesicht in die Hotellobby, wo Pieter bereits auf sie wartet.

Nach der herzlichen Begrüßung, wie man sie nur bei zwei Liebenden beobachten kann, fragt er sie beiläufig, ob sie bereits ein Bankkonto eröffnet hat oder von Onkel John oder Tante Bertha die Empfehlung für eine bestimmte Bank bekommen hat. Sie verneint, worauf Pieter zur Rezeption geht, Belinda aber vorher bittet, die an seinem Sessel angelehnte schwarze Tasche nicht aus den Augen zu lassen. Hier fragt er nach einer

Bankempfehlung und die Dame mittleren Alters hinter dem Empfangsschalter zählt ihm gleich fünf vertrauenswürdige Banken in Hotelnähe auf.

Als er zu dem kleinen Tisch in der Lobby zurückkehrt, an welchem Belinda inzwischen Platz genommen und Pieters Tasche auf den leeren Sessel neben sich abgesetzt hat, legt er ihr den Zettel mit den Namen der fünf Banken vor. Gemeinsam beraten sie kurz, nicht nur welche Bank ihnen ihr größtes Vertrauen einflößt, sondern lachend werden sie auch den klangvollsten Namen in Betracht ziehen. Kein Zweifel. Nach kurzer Zeit steht fest: Der Gewinner ist die ‚Royal Bank of Canada', deren Bankfiliale nur einen Straßenblock vom Hotel entfernt ist. Wegen der kurzen Entfernung entscheiden sie sich, den Mietwagen in der Garage zu lassen.

In der Bank werden sie von einer freundlichen Empfangsdame begrüßt, nach ihren Wünschen befragt und dementsprechend zu einem für eine Kontoeröffnung zuständigen Beamten gebracht. Der gut gekleidete junge Mann, der sich als Tom Maybury vorstellt, fragt, wie er ihnen behilflich sein kann.

„Ja, eine Kontoeröffnung ist kein Problem. Bitte nehmen sie doch erst einmal Platz. Wie waren ihre werten Namen?" Er beginnt, die erforderlichen Formulare auszufüllen und prüft dabei auch sorgfältig die ihm vorgelegten Papiere. Er trägt Belindas Wohnsitz, das heißt 227 Rutherford Road, Markham, auch als Pieters Adresse ein.

„Mr. van Dohlen darf ich sie fragen, ob sie gleich etwas einzahlen möchten. Zehn Dollar oder auch etwas mehr genügen, um das Konto zu aktivieren." Pieter lacht, doch dann schaut er den Bankangestellten Tom Maybury ernst an: „Mein Geld ist für eine Immobilienanlage gedacht. Es wird also nicht allzu lange in diesem Konto liegen, aber ich hatte an eine Einzahlung von eineinhalb Millionen Dollar gedacht". Tom Maybury verschlägt es erstmals die Sprache:

„Einskommafünf Millionen? Da muss ich leider passen und unseren Bankmanager einschalten." Nach einem kurzen Anruf erscheint der Filialleiter der Bank, begrüßt Pieter und Belinda mit übertriebener Höflichkeit und bittet die beiden, ihm in sein Büro zu folgen. Tom Maybury kommt mit, die Eröffnungsformulare in seiner Hand.

Pieter erklärt nochmals kurz, um was es sich bei dem Geld handelt und legt ohne Aufforderung die erforderlichen Dokumente vor, die ihn als rechtmäßigen Eigentümer ausweisen und auch bestätigen, dass das Geld weder aus Drogen oder Terroristentransaktionen stammt. Nach sorgfältiger Überprüfung der vorgelegten Unterlagen ist der Rest nur noch Formsache. Das Bargeld in Hundertdollarschein Banderolen wird in einem Nebenbüro gezählt. Es stimmt und somit ist auch diese Angelegenheit erledigt. Mit kräftigem Händeschütteln werden Pieter und Belinda herzlich als neue Bankkunden in die Großbank aufgenommen. Gleichzeitig versichert man ihnen, dass man alle ihrer Bank übertragenen Aufträge zur vollsten Zufriedenheit ihrer Kunden erledigen wird. Schließlich ist man die größte Bank in Kanada und das nicht umsonst.

Nach dem Verlassen der Bank schlägt Pieter vor, in einem in der Nähe liegenden Café eine Kleinigkeit zu sich zu nehmen und gleichzeitig ein wenig über seine weiteren Pläne zu reden. Belinda findet das sehr großzügig von ihm und stimmt sofort zu. Immerhin kennen sie sich noch nicht lange genug und so findet sie, hat sie nicht das Recht von ihm zu erfahren, wieviel Geld er im Gesamten besitzt und was er damit vorhat. Allerdings, das muss sie ehrlich gestehen, hatte sie auch nach dem Kennenlernen Pieters bis zum heutigen Tag nicht die geringste Ahnung, was er besaß und es wird ihre Liebe zu dem Mann ihrer Träume in keiner Weise beeinflussen.

Gleich um die nächste Straßenecke finden sie ein ‚Tim Horton' Café. Es ist zwar einfach eingerichtet, doch ist der Kaffee angeblich hier sehr gut und ein Doughnut oder Croissant dazu ist genau das Passende. Belinda möchte ihrerseits Pieter über einige Dinge, die ihr am Herzen liegen, aufklären und Pieter bewegen andererseits einige Sachen, die er ihr unbedingt mitteilen möchte.

Sie finden einen Ecktisch, an dem sie sich ungestört unterhalten können:

„O.K. Belinda, da du meine Herzdame bist, hast du den Vortritt und kannst entscheiden, wer von uns zuerst seine Sorgen los wird." Belinda schaut in seine stahlblauen Augen, die ihrem Blick standhalten. Erst als Pieter die erste Träne entdeckt, senkt er seinen Blick. Doch sie hat sich in Windeseile wieder in der Gewalt und beginnt, quasi zum zweiten Mal, ihre Lebensgeschichte zu erzählen. Nun jedoch die Details, die sie beim ersten Mal im Restaurant des ‚Sunny Shore Hotelresorts' vermieden hatte. Man merkt, dass es ihr äußerst schwerfällt ein geordnetes Leben zu führen, wie die meisten Frauen in ihrem Alter. Auch wie sehr sie sich immer danach gesehnt hat, in den starken Armen eines Mannes, den sie liebt, gehalten zu werden; wie sehr sie sich nach einem Familienleben gesehnt hat und wie sehr sie Kinder liebt, aber all das ist ihr bisher verwehrt geblieben.

„Pieter", dabei nimmt sie seine rechte Hand in ihre zarten Hände, „nach dem grausamen Unfall mit meinen Eltern wäre ich auch am liebsten gestorben. Den schlimmsten Schock meines Lebens bekam ich als meine Gesundheit zwar soweit wiederhergestellt war, aber der Chefarzt, den ich sofort als meinen Ersatzvater angenommen hätte, mir so taktvoll und vorsichtig wie möglich erklärte, dass ich keine eigenen Kinder haben kann. Tage, ja wochenlang konnte und wollte ich kaum etwas essen. Ich war total abgemagert. Einer meiner Wunschträume war mit einem Schlag zerstört. Als wäre der Tod meiner lieben Eltern nicht genug gewesen. Doch es war nicht das Ende. Als dann mein Bruder auch noch nach England auswanderte, glaubte ich nicht mehr ans Leben. Wenn ich jetzt zurückdenke war es doch so, dass ich, trotz einiger lieber Menschen, mehr oder weniger dahinvegetierte bis dann.... und von da an weißt du ja was passierte." Pieter ist von allem, was er gerade gehört hat, tief gerührt.

Er sitzt mehrere Minuten regungslos und schweigt. Schließlich antwortet er:

„Belinda, du hast allerhand durchgestanden in deinem jungen Leben. Es tut mir alles so leid für dich. Auch ich habe Kinder sehr gerne, glaube mir, doch unsere Liebe zueinander ist viel zu stark und mächtig, als dass es unseren Gefühlen auch nur im Geringsten schaden könnte."

Belinda schaut ihn jetzt durch ihre tränenüberfüllten Augen fast ungläubig an. Dann huscht ein schüchternes Lächeln über ihr Gesicht:

„Du meinst wir werden zusammen bleiben, auch ohne Kinder?"

„Das meine ich nicht nur, das weiß ich hundertprozentig. Und nun zum fröhlicheren Teil unserer Unterhaltung."

Ingolf Wittenauer ist nach seiner Besprechung mit Ron Wellington auf dem Nachhauseweg. Er möchte zwar gerne noch mit Pierre über die sich mal wieder geänderte Sachlage sprechen, doch dafür ist jetzt schon zu spät. Er kommt erst kurz nach Mitternacht nach Hause. Die Anstrengung des Treffens, der angebliche Erfolg, er hat ja das Geld gesehen und die zusätzlich langen Fahrzeiten von und nach Toronto haben ihn so ausgelaugt, dass er ohne Zeitverlust tief und fest ins Reich der Träume versinkt.

Als er erwacht, ist es erst kurz nach sieben Uhr morgens. Doch das Erlebte vom Vortag lässt ihm keine Ruhe. Nach Beendigung seiner Morgentoilette hängt er sich ans Telefon. Er weiß, dass Pierre ein Frühaufsteher und längst mit der Versorgung seiner Seniorenheimbewohner beschäftigt ist. Als er ihn an der Strippe hat, erzählt er ihm ausführlich die Geschehnisse des gestrigen Abends, dass das Geld endlich da ist und all ihre Sorgen auf ein Minimum reduziert sind. Pierre, der Ingolfs Anruf noch in der letzten Nacht erwartet hatte, wird immer aufgeregter:

„Ingolf, bringe bitte die fünf Hunderter sofort zur Bank und wenn sie echt sind, dann haben wir endlich unser Ziel erreicht. Kannst du dir vorstellen, in wenigen Wochen werden wir die Alleininhaber des schönsten und elegantesten Hotelseniorenheimes in ganz Kanada sein. In Toronto und Umgebung gibt es so viele pensionierte Millionäre, dass sie uns die Türen einrennen werden. Wenn wir alles voll belegt haben, können wir noch einmal rund einhundert Einheiten anbauen. Das hat mir jedenfalls Hendrik Kauser versichert und er hat mir sogar die Pläne dafür gezeigt. Endlich, endlich wird es wahr. Vielleicht kannst du heute Morgen mal kurz bei mir vorbeischauen. Dann können wir Mr. Kauser die gute Nachricht gemeinsam mitteilen. Er hat ja lange genug Geduld mit uns gehabt. Nun ist es soweit. Wir sind am Ziel." Gegen Mittag treffen sich die zwei in Pierres Seniorenheim und als erstes rufen sie Hendrik Kauser an, der jedoch außer Haus ist. Die Dame an der Rezeption des Hotels verspricht den beiden aber hoch und heilig, Mr. Kauser sofort nach seiner Rückkehr von ihrem, wie sie ihr mitteilen, äußerst wichtigen Anruf zu verständigen.

Auf der Fahrt von seinem Haus zum Seniorenheim hat Ingolf die fünf Hundertdollarnoten bei seiner Bank eingezahlt. Da die Bank gehalten ist, bei großen Geldscheinen wie Fünfzigern oder gar Hundertern, sofort die Echtheit nachzuprüfen, was auch hier geschehen ist, stellt sich auch für den Einzahler Ingolf Wittenauer eine große Beruhigung ein.

Der ‚Foreign Remittance Officer' Ron Wellington ist bereits in seiner Eigenschaft als Diplomat der Republik von Benin auf dem Weg zu seiner Botschaft in Ottawa, um von dort aus die schnelle Überbringung des Geldes und die dann folgende Reinigung in der zuständigen kanadischen Münzanstalt in Ottawa vornehmen zu lassen. Danach, genau wie im Fall Pieter van

Dohlen, hat Mr. Wellington Ingolf Wittenauer angetragen, mit ihm gemeinsam das Geld in Ottawa auszulösen.

Das alles hört sich ungemein beruhigend an. Ingolf und Pierre müssen nur die Geduld des Wartens aufbringen. Beide springen auf, als das Telefon in Pierres kleinem Büro schrill läutet. Es ist tatsächlich Hendrik Kauser am anderen Ende der Leitung. Hendrik hat den beiden in den letzten Wochen einige Aufschübe ihres Kaufangebotes gewährt. Er hat sie aber immer wieder darauf hingewiesen, dass er keine Rücksicht mehr nehmen kann, falls ein anderer Kaufinteressent auftaucht. Ihren Vertröstungen auf morgen, nächsten Freitag, nächsten Montag, nächste Woche und so weiter glaubt er schon lange nicht mehr. Eigentlich erwecken sie sein Mitleid, weil ihm klar ist, dass da irgendwas schief liegt und sie mit einer Hinhaltetaktik belogen werden.

Heute klingen die Stimmen der beiden äußerst zufrieden, ja fast glücklich, wie es Hendrik vorkommt. Als sie ihm die gestrigen Geschehnisse erzählen, schöpft auch er wieder Mut. Viel länger kann er das Hotelresort nicht mehr halten ohne es zweckzuentfremden. Der Geldhahn von Deutschland ist abgedreht. Viele Touristen der Vorjahre bleiben aus, vor allem die Amerikaner, da der kanadische Dollar eine bisher nie gekannte Stärke erreicht hat und damit den Urlaub der Gäste aus den USA zu stark verteuert.

Die Vorschläge und Vorhaben der beiden klingen gut und erfolgversprechend und wenn sie jetzt das Ingolf Wittenauer zugesagte Erbe tatsächlich erhalten, steht einem Führungswechsel des ‚Sunny Shore Hotelresorts' nichts mehr im Wege.

Die nächsten Tage bringen den Jahreswechsel und somit ist auch das Hotel voll ausgebucht. Da es ohnehin einige Tage dauern wird bis Mr. Wittenauers Geld in seinem Konto ist, schlägt er den beiden vor, dass man sich im neuen Jahr, also am Montag, den 11. Januar, für einige Stunden im Hotel zusammensetzt. Dabei werden nochmals alle Punkte des Verkaufsvertrages überprüft und die beiden können ihre festgelegte Anzahlung auf den Tisch legen bevor man einen neuen Abschlusstag festlegt. Obwohl Pierre und auch Ingolf gerne noch heute, im alten Jahr, ein Treffen mit Hendrik vereinbart hätten, nehmen sie das ihnen vorgeschlagene Datum an, da sie fest daran glauben zu diesem Zeitpunkt im Besitz der vollen Kaufsumme zu sein. In ihrer Begeisterung informieren sie auch gleich den Grundstücksmakler Tony Kallman, der für sie das neue Kaufangebot vorbereiten wird und ihnen gleichzeitig anbietet, sie am besagten 11. Januar zu begleiten, damit, wie er sagt, eventuell auftretende Differenzen oder sonstige Unklarheiten an Ort und Stelle korrigiert werden können.

Kurz nach seinem Gespräch mit Ingolf Wittenauer und Pierre Labonte läutet erneut Mr. Kallmans Telefon. Diesmal ist ein Mr. Pieter van Dohlen am anderen Ende, der um Zusendung von ausführlichem Angebotsmaterial über das ‚Sunny Shore Hotel Resort' bittet, da er, Mr. Kallman, ja der zuständige Immobilienmakler für dieses Objekt sei. Mr. van Dohlen würde sich gerne nach den Neujahrsfeiertagen das Objekt anschauen, jedoch vorher einen Termin mit ihm vereinbaren. Tony Kallman ist auf einmal hellwach, als er vom Interesse dieses neuen Kunden hört und würde gerne Einzelheiten in Erfahrung bringen. Dieser blockt jedoch ab:

„Wenn mir das Objekt nach Erhalt ihrer Unterlagen zusagt, werde ich mich bei ihnen melden und mit ihnen einen Besichtigungstermin, sehr wahrscheinlich in der ersten Januarwoche, vereinbaren. Würde ihnen das zusagen?" Tony Kallman sagt sofort zu. Zu lange, viel zu lange geistert die Immobilie bereits auf dem Markt herum.

Da sich das ‚Tim Horton' Café mehr und mehr füllt und sich auch an den Nebentischen hungrige Gäste niedergelassen haben, beschließen Pieter und Belinda, zum ‚Marriott Hotel' zurückzukehren. Pieter hat nämlich noch allerhand auf dem Herzen was er loswerden möchte. Auf dem kurzen Rückweg zum

Hotel schmieden sie Pläne für den morgigen Silvesterabend.

Pieter fragt Belinda nach ihren Wünschen, doch sie kann ihm eigentlich nur mit vorsichtigen Worten beibringen, dass sie ihre Verwandten wohl oder übel nicht allein lassen kann, wo diese doch so viel für sie getan haben. Ihre Begründung leuchtet ihm ein und es gibt kein Gegenargument. Als sie jedoch seinen ernsten Gesichtsausdruck wahrnimmt, lacht sie:

„Du bist natürlich auch ganz herzlich eingeladen." Sichtlich erleichtert antwortet er:

„Danke für die Einladung. Das ist sehr nett von euch, doch ich habe eine kleine Bitte an dich."

„Und die wäre?"

„Ich möchte fürs Essen und auch die Getränke morgen Abend zuständig sein und bitte keine Widerrede!" Mit einem herzhaften Lachen und einem Zwinkern mit ihren mandelförmigen Augen erwidert sie:

„Abgemacht. Aber vergiss nicht: Ich kenne dein Bankkonto".

Danach wird jedoch auch Pieter wieder ernst. Er bleibt vorm Hoteleingang kurz stehen, sie tut das gleiche und beide schauen sich in die Augen.

„Belinda, wenn wir jetzt im Hotel sind, vertraust du mir und begleitest mich in mein Zimmer?"

„Wenn ich dir nicht voll vertrauen würde, wanderte ich jetzt an diesem kalten Wintertag, bestimmt nicht neben dir her. Etwas möchte ich gleich für ein und allemal klarstellen: Mr. Van Dohlen, ich liebe dich bedingungslos mit meinem ganzen Herzen und ich möchte dich auch keinesfalls beleidigen, aber nur damit wir uns darüber einig sind: Dein Geld und mag es noch so viel sein, interessiert mich nicht im Geringsten."

„Danke für die freundlichen Worte". Seine Antwort klingt ironisch, birgt jedoch auch eine gewisse Wärme und eine Portion Humor in sich.

Nach dem Eintritt in die Hotellobby fragt Pieter, ob irgendwelche Nachrichten für ihn wären, doch keiner hat nach ihm gefragt oder irgendetwas für ihn hinterlassen. Im zweiten Stockwerk angekommen haben die beiden Glück, denn die Zimmermädchen verlassen gerade Pieters Zimmer.

Während er ihr aus dem Mantel hilft, streift sie bereits die Schuhe von ihren Füssen, wirft sich in einen in Fensternähe stehenden Sessel, springt dann doch wieder auf, rennt auf ihn zu, zieht seinen Kopf zu sich herunter und küsst ihn mit solcher Leidenschaft, dass es ihm den Atem verschlägt. Danach rennt sie demonstrativ wieder zu ihrem Sessel und legt ihre Füße hoch in den freistehenden anderen. Er kommt auf sie zu, nimmt ihre Füße und Beine vom Sessel, setzt sich hinein und hebt diese, als wären sie zerbrechlich, in seinen Schoss und beginnt zu erzählen:

„Liebste Belinda, vorhin auf der Straße hast du ein sehr heikles Thema angeschnitten." Sie schaut ihn sichtlich erschrocken an, erwidert aber nichts.

„Ich bin ein reicher aber auch zugleich ein armer Mann. Der größte Reichtum bist selbstverständlich du, aber finanziell bin ich arm und doch reich zugleich."

Er erzählt ihr die Geschichte mit dem Diamantenfund, die gesamte, gemeinsame Reise mit Ron Wellington, dem Diamantenverkauf in Amsterdam und was sich alles in London zugetragen hat. Auch die Geschichte mit dem markierten Geld und dessen Reinigung in Ottawa lässt er nicht aus. In einfacher und leicht verständlicher Art beschreibt er die Diamantenverwechslung in Benin, dass er bis hierher Todesängste wegen der restlichen Diamanten ausgestanden hat, die er durch sein eigenes Verschulden selbst durchschmuggeln musste und dass glücklicherweise aber alles gut verlaufen ist.

Morgen früh will er in der Bank, in der sie heute das Konto eröffnet haben, einen Safe mieten, in dem er die restlichen Diamanten erst einmal sicher lagern wird. In den ersten Tagen des neuen Jahres möchte er dann, sobald sich die Möglichkeit wetterweise ergibt, nach Ottawa reisen. Bei der südafrikanischen Botschaft will er nämlich die gesetzlichen Grundlagen bezüglich des Diamantenfundes und auch die Eigentumsrechte auschecken lassen. Vorher möchte er sich aber selber mit den Gesetzen seines ehemaligen Heimatlandes vertraut machen und sich auch mit einem hochgestellten Mitarbeiter der ‚Venetia Mine', dem er hundertprozentig vertrauen kann, in Verbindung setzen. Wenn nötig, wird er sogar einen Blitzflug in die alte Heimat unternehmen. Damit will er endgültig Klarheit über die Eigentumsrechte des Fundes schaffen. Er hofft, dass er Beweise erbringen kann, dass sein Fund nicht aus Diamanten aus der Mine stammt, sondern aus dem Flussbett eines Nebenflusses des Limpopo Rivers. Beim heutigen Stand der Technik sollte man ohne weiteres hierzu in der Lage sein. Im Limpopo River hatte man ja auch im Jahre 1867 die ersten Diamanten in Afrika entdeckt. Das einzige, was gegen ihn spricht, wird sein, dass er die Diamanten vielleicht rechtswidrig an sich genommen und behalten hat. Die rechtliche Seite hierfür muss und will er halt bei seinem Besuch in der Botschaft Südafrikas in Ottawa im Januar herausfinden.

Belinda hat ihm staunend zugehört, ihre Hände zittern vor Aufregung. Kein Laut ist bis jetzt über ihre Lippen gekommen als sie ihn mit großen Augen anschaut:

„Pieter ich habe Angst, Angst um dich, wenn irgendwas passiert. Ich darf nicht einmal daran denken und wenn es sein muss, lass die Diamanten sausen. Wir brauchen sie nicht, besonders nicht, wenn sie unserem Glück im Wege stehen sollten."

„Keine Bange. Ich werde gewissenhaft nach dem richtigen und auch ehrlichen Weg suchen und werde nicht ruhen, bis ich ihn gefunden habe. Aber es war und ist mir ein großes Bedürfnis,

288

vor dir keine Geheimnisse zu haben. In meinen Augen habe ich ja keinen geschädigt oder in irgendeiner Form betrogen. Ich bin mir daher auch ganz sicher, dass alles seinen gerechten Lauf nehmen wird."

Behutsam nimmt Pieter jetzt Belindas Füße von seinem Schoss, setzt sie auf den Boden und erhebt sich aus seinem Sessel. Auf die Türe zuschreitend verschließt er diese sorgfältig, geht zum Kleiderschrank und bringt den roten Rucksack zum Vorschein. Nach Öffnen desselben entnimmt er etliche Kleidungsstücke, die er sorgfältig auf sein Bett legt. Danach holt er einen kleinen Schlüsselbund aus seiner Hosentasche, sucht den passenden Schlüssel und öffnet damit das hinter dem Innenfutter versteckte Geheimfach. Daraus entnimmt er einen flach gepressten Lederbeutel. Aus dem Badezimmer bringt er ein mittelgroßes Handtuch, breitet es auf dem Tisch aus und entleert nun vorsichtig den Beutel mit den Diamanten, die zwar lupenrein weiß erscheinen, aber wegen ihrer Rohform wenig Glanz und Strahlung von sich geben.

Er erklärt Belinda die ungefähren Karatzahlen und ihre jetzigen sowie die nach dem Schliff zu erwartenden Werte. Wenn aber alles wie geplant läuft und nach seiner Vorstellung wird das so sein, will er die Diamanten im Rohzustand verkaufen. Nur den größten und schönsten wird er neben ein paar kleineren behalten und schleifen lassen „und es wird mein Hochzeitsgeschenk für dich werden." Sie gibt ihm keine Antwort, weil sie wirklich nicht weiß, was sie sagen soll. Alles was sie sieht und was um sie herum vorgeht, ist zu überwältigend und es wird eine gewisse Zeit dauern bis sie es verdaut hat. Ihre Gedanken eilen Hornissenschwärmen gleich durch ihren Kopf. Sie weiß nicht ob sie sich freuen oder Angst haben soll.

Pieter bringt sie in die Wirklichkeit zurück, indem er sie behutsam aber doch bestimmt, mit seinen starken Armen in ihren Sessel zurückträgt. Er steckt alle Edelsteine wieder in den Lederbeutel und verstaut und verschließt sie bis morgen im Geheimfach des roten Rucksacks. Dass er noch einige wertvolle

Steine in den Absätzen von zwei Paar Schuhen eingelassen und versteckt hat, verschweigt er ihr noch. Vorerst hat sie mehr als genug zu verdauen.

„Belinda, ich weiß und es ist mir auch vollkommen klar, womit ich dich jetzt belastet habe. Aber es musste sein. Es war einfach zu viel für mich, dir das alles vorzuenthalten. Ehrlicherweise fühle ich mich jetzt total erleichtert, weil mit klar ist, wie wertvoll deine Ratschläge für mich sein werden. Du siehst und beurteilst diese Dinge mit den Augen einer Frau und Frauen liegen mit ihren Urteilen meistens richtig."

Langsam fängt sich Belinda wieder. Ihre vorhin blasse Gesichtshaut nimmt wieder Farbe an, bevor sie ihn, ihrer Sprache wieder mächtig, mit einem Satz überrascht, den er niemals von ihr erwartet hätte:

„Heute darfst du mich wirklich zum Essen und Trinken einladen, denn ich möchte mich so richtig betrinken. Wenn ich dann wieder nüchtern bin, wird hoffentlich alles vorbei sein und der Traum von diesem Nachmittag war halt nur ein Traum."

Pieter schaut sie fast verständnislos an:

„Belinda, es tut mir furchtbar leid, wenn ich dir jetzt eine gewisse Angst eingejagt habe. Aber ich verspreche dir, ich werde alles wieder in Ordnung bringen und die gefundenen Diamanten werden uns nicht schaden, sondern ganz sicher das erhoffte Glück bringen. In den letzten Tagen habe ich mir alles mehr als gründlich überlegt und durchdacht. Du kennst doch Südafrika und seine Gesetze und auch ihre Ausführung genauso wie ich. Zwei Dinge, die uns beiden am Herzen liegen, muss ich noch herausfinden. Erstens: Ich habe die Diamanten gefunden. Wem muss ich sie abliefern oder darf ich sie behalten? Zweitens: Dass die Diamanten aus einem Gesteinsbrocken aus dem Limpopo River beziehungsweise aus einem Nebenfluss desselben stammen und vielleicht schon auf meinem Grundstück waren, welches ja fast bis ans Ufer grenzt. Das Skelett möchte ich nicht einmal erwähnen, denn sogar die DNA

Untersuchungen haben nichts Außergewöhnliches in Erfahrung gebracht außer, dass es bereits über hundert zwanzig Jahre dort gelegen haben muss.

So, jetzt habe ich dir alles erzählt und habe nichts mehr zu verbergen und nun gehen wir nach unten ins Restaurant und erfüllen deinen Wunsch. Wollen wir doch mal sehen, ob ich dich in eine heitere Stimmung bringen kann."

Aufgelockert, ja fast heiter schaut Belinda ihn jetzt an:

„Mein lieber Pieter, weißt du was? Ich habe auf einmal das gute Gefühl, dass du zwar noch eine schwere Zeit vor dir hast, doch dann werden wir gemeinsam in ruhiges Fahrwasser segeln. Du kannst dir gar nicht vorstellen wie sehr ich mich auf unser Zusammenleben freue.

Deine heutige Offenheit war auch gleichzeitig ein Spiegelbild deines Charakters und dass du mich in diesen Spiegel schauen ließest, dafür danke ich dir." Er schaut sie lachend an. Am liebsten hätte er sie gepackt und aufs Bett geworfen, doch dann gewinnt sein Verstand schnell wieder die Oberhand. Obwohl ihr Körper sich nach seinem sehnt, beherrscht auch sie sich. Sie interessieren weder seine Diamanten noch sein Geld, doch wenn sie sich ihm jetzt hingäbe, wäre es noch nicht der richtige Zeitpunkt.

Nachdem beide im Restaurant des ‚Marriott', diesmal an der Bar, Platz genommen haben, ist Pieters erste Frage an den Bartender, ob sie hier auch etwas Essbares bestellen könnten, eigentlich nur Kleinigkeiten, denn, wie ihm auch Belinda bestätigt, zeigen beide keinen großen Hunger. Nachdem dieser ihre Frage bejaht begnügen sich beide mit ‚Fingerfood'. Dabei unterhalten sie sich angeregt. Aus einem Glas Champagner werden zwei und dann drei, danach vier und plötzlich verspüren beide das Gefühl der Federleichtigkeit.

Es ist inzwischen acht Uhr abends als sie ihren Pieter zurück in sein Zimmer begleitet. Dann passiert das was beide mit äußerster Disziplin und Beherrschung ihrer Gefühle vermeiden wollten. Alles kommt über sie wie ein Freudentaumel. Nach Einschalten des Zimmerradios tanzen sie nach den Takten eines Tangos. In ihnen scheinen sich die gestauten Hemmungen in Windeseile abzubauen. Die Macht ihrer seelischen Liebe vereinigt sich mit ihren körperlichen Sehnsüchten und hat im Handumdrehen die Oberhand gewonnen. Beide stehen wie versteinert auf der Stelle, an der ihr Tangotanz endete. Ihre vollen Lippen fest an seine gepresst und wie miteinander verschmolzen, schiebt er sie rückwärts auf das Doppelbett. Er fühlt die Vibration ihres weichen Körpers an seinem und ohne Widerstand lässt er sie behutsam ins Bett gleiten. Mit zittrigen Fingern öffnet er die Perlmutterknöpfe an ihrer Bluse; das gleiche geschieht mit seinem Hemd durch ihre schlanken Finger. Ein Kleidungsstück nach dem anderen landet auf dem Boden. Mit einer Geschmeidigkeit, die er ihr nicht zugetraut hätte, schmiegt sie ihre weichen Rundungen an seinen muskulösen Oberkörper. Minutenlang liegen sie da, schauen sich nur an und seine Finger gleiten behutsam über ihr Gesicht, ihre Augenbrauen, danach über ihre weichen Schultern, den sanften Konturen ihres wohlgeformten Körpers entlang. Der Zeigefinger seiner rechten Hand gleitet wie eine Feder über die vollen Lippen ihres halb geöffneten Mundes. Vorsichtig, als wäre sie zerbrechlich, dringt er in sie ein. Beide Körper verschmelzen und starten mit rhythmischen Bewegungen. Sie schließt ihre Augen, alles ist verschwommen. Wie in einem Ozean schwimmend, kommen riesige Wellen über sie, werden abgelöst von glühender Asche. Im Unterbewusstsein sieht sie einen feuerspeienden Vulkan, dann wieder die Riesenwellen und hört das dröhnende Stakkato dazu. Plötzlich vermischen sich die beiden Kräfte miteinander, sie bäumt ihren makellosen Körper noch einmal auf bevor sie sich mit einem nie gekannten Gefühl des Glückes entspannt. Pieter bleibt noch einige Minuten ruhig liegen. Das unbändige Gefühl des Glücks, gemischt mit Entspannung und Zufriedenheit, hat nun auch von ihm Besitz ergriffen. Erst als Belinda versucht, seinen Körper sanft anzuheben, rollt er sich zur Seite. Beide strahlen sich mit dem Ausdruck des vollendeten Glücks von zwei Menschen an, die sicher sind, dass nur der Tod sie scheiden kann.

Ihren Kopf an seine kräftige, breite Brust geschmiegt, schläft sie in wenigen Minuten ein, während er in einem Trancezustand, zurückdenkt bis zu dem Moment ihres ersten Treffens im Bus von Pretoria zum Flughafen. Doch dann sinkt auch er in einen tiefen Schlaf, wobei sich das Glück in seinem Gesichtsausdruck geradezu widerspiegelt.

Der letzte Tag des alten Jahres startet mit Schnee. Es schneit und schneit ohne Unterlass. Als Belinda erwacht, liegt sie immer noch in Pieters Armen. Behutsam löst sie sich aus der Umarmung, doch Pieter hat ihr seinen Schlaf anscheinend nur vorgetäuscht. Bei ihrer geringsten Bewegung dreht er sich in ihre Richtung und lacht sie mit einem „guten Morgen" an. Während sie mit strahlendem Gesicht zurückblickt, verschmelzen ihre beiden Körper aufs Neue. Ihre Liebesbezeugungen gehen erst dem Ende zu als Belinda plötzlich erschrocken zum Radiowecker blickt.

„Mein Gott, Pieter, wir, nein ich habe total vergessen, gestern Abend Tante Bertha von meinem Ausbleiben zu verständigen".

In wenigen Minuten ist alles erledigt. Tante Bertha hat was Ähnliches geahnt und so, wie sie sagt, war sie ja auch einmal jung. Belinda ist sichtlich erleichtert. Nach Beenden ihrer Morgentoilette frühstücken sie gemeinsam im Restaurant. Danach will sich Pieter einige Immobilienbroschüren besorgen und für die ersten Tage des neuen Jahres einen Termin mit Tony Kallman vereinbaren. Das ‚Sunny Shore Hotelresort' hat es ihm angetan und er fühlt, dass auch Belinda diesbezüglich vollkommen auf seiner Seite ist. Aber einige andere Objekte zu besichtigen und auch einige Informationen einzuholen gehört zu den absoluten Grundregeln.

Beide verlassen kurz nach 10 Uhr das Restaurant, um sich in einem Zeitschriftenkiosk mit einigem ‚Real Estate' Material zu

versorgen. Wie sich jedoch herausstellt, sind die ihnen ausgehändigten Broschüren nur auf den privaten Häusermarkt in
und um Toronto abgestimmt, weshalb sie erfolglos zum Hotel
zurückkehren. In Pieters Zimmer angekommen, ruft er Tony
Kallman an, um einen Termin zur Besichtigung des ‚Sunny
Shore Hotelresorts' zu vereinbaren. Er fragt den Grundstücksmakler, ob er auch noch andere kommerzielle oder gewerbli-
che Objekte zum Verkauf anzubieten hat, was dieser bejaht.

Gutes Wetter, also keine eisglatten Straßen oder Schnee vorausgesetzt, vereinbart Pieter mit Tony Kallman einen Termin
zur Besichtigung des Resorts für Montag, den vierten Januar
um zwölf Uhr im Restaurant des Hotels. Nach Erledigung dieser
Pieter sehr am Herzen liegenden Angelegenheit begeben er
und Belinda sich in die Hoteltiefgarage, um mit seinem Mietwagen nach Markham zu einem ‚Liquor Store' zu fahren, der
nicht sonderlich weit vom Hause der Angehörigen Belindas
entfernt ist. Dort werden sie jetzt erst einmal die nötigen Getränke beschaffen: Bier, Wein und natürlich Sekt. Obgleich
man sagen könnte, dass Pieter van Dohlen jetzt ein reicher
Mann ist, gehört das Wort Verschwendung nicht zu seinem
Wortschatz. Er liebt zwar gute und qualitative Sachen aber bezüglich der Getränke ist ein Sekt der Marke ‚Henkell' genau seinem Geschmack entsprechend. Es muss nicht unbedingt ein
Champagner der Marke ‚Piper Heidsieck' sein.

Nachdem sie die gewünschten Spirituosen erworben haben,
führt sie der nächste Weg zu einem Lebensmittelgeschäft in
der Islington Avenue, wo sie alle möglichen Leckerbissen für
den heutigen Silvesterabend erstehen.

Mit genügend Alkohol und Lebensmitteln versorgt, kreuzen sie
zur Überraschung von Tante Bertha und Onkel John vor dem
Hause Nr. 227 Rutherford Road auf. Diese haben die beiden
‚Turteltauben' erst am späten Nachmittag erwartet.

Der Silvesterabend beginnt für Pieter und Belinda mit einer

ihnen bisher unbekannten Feierlichkeit. Onkel John trägt seinen besten Anzug und Tante Bertha, gekleidet in einem dunkelblauen, langen Kleid, wirkt plötzlich mindestens zehn Jahre jünger. Belinda und Pieter suchen zwar auch ihre besten mitgebrachten Kleider hervor, doch sind es halt einfache Sachen. Belinda trägt eine weiße Seidenbluse und dazu einen passenden schwarzen Rock und er hat nur einen Straßenanzug in seinem Reisegepäck, da seine Kleider und auch sein gesamtes Mobiliar zwar nicht mehr auf dem Ozean schwimmen, aber auch das Ankunftsziel Toronto noch nicht erreicht haben.

Ein benachbartes Ehepaar läutet kurz nach acht Uhr an der Haustüre. John und Bertha haben sie eingeladen. Belinda ist ihnen bereits bekannt und Pieter wird ihnen jetzt vorgestellt.

Tante Bertha und Belinda haben gemeinsam ein Büfett im Esszimmer aufgebaut, welches selbst für verwöhnte Gaumen keine Wünsche offen lässt. Es wird gegessen, getrunken, gescherzt und gelacht, so dass der Abend viel zu schnell vergeht. Als es auf Mitternacht zugeht, im Fernsehen zählen sie bereits die Sekunden am ,Big Apple' in New York, erheben sich John, Bertha, Belinda, Pieter und die Gäste mit ihren gefüllten Sektgläsern und erwarten freudig das ,Neue Jahr', um miteinander auf die zu erwartenden Dinge, wie Glück und Gesundheit im kommenden Jahr, anzustoßen.

,Three, two, one, happy New Year! Alle heben ihre Gläser und nehmen sich in die Arme. Pieter und Belinda stehen sich gegenüber und schauen sich tief in die Augen, in denen sich ihr Glück widerspiegelt. Doch dann, wie aus heiterem Himmel, stellt Belinda ihr Sektglas auf den kleinen Tisch, hängt sich an Pieters Arm und lässt ihren Tränen freien Lauf. Sie weint und weint. Ihr ganzer Körper vibriert und Pieter wischt ihr immer wieder die Tränen aus ihrem hübschen Gesicht. Dabei ist er, der starke, gegen alles gewappnete Mann, nicht mehr weit vom Verlieren seiner eigenen Fassung. Alles kann er ertragen aber nicht, seine Belinda weinen sehen. Das ist zu viel für ihn.

Die Episode dauert einige Minuten und John deutet den anderen mit einer Handbewegung, die beiden allein zu lassen. Und siehe da, mit tränenüberströmtem Gesicht lacht Belinda ihren Pieter und die anderen an, entschuldigt sich, dass sie durch die auf sie einströmenden Einflüsse der letzten Tage und Wochen, durch das Gefühl von Glück, Geborgenheit und die große Liebe entdeckt zu haben, ohne Vorwarnung übermannt wurde.

Doch nun ist es vorbei, man feiert bis in die frühen Morgenstunden und Pieter bewundert im Stillen die Kondition der beiden anderen, doch schon betagten Paare. Selbstverständlich wird Pieter im Gästezimmer schlafen und nachdem sich die Nachbarn verabschiedet haben, Tante Bertha und Onkel John in ihrem Schlafzimmer verschwunden sind, wünschen sich auch die beiden mit zärtlichen Küssen eine gute Nacht und schließen leise die Türen hinter sich.

Pieter liegt noch hellwach in seinem Bett und überdenkt die Zukunft. Ein Glücksgefühl, wie er es sich einfach nicht mehr vorstellen konnte, raubt ihm den Schlaf. Geräuschlos öffnet sich seine Zimmertüre und es dauert nur Sekunden bis sich der weiche, warme Körper Belindas an ihn schmiegt. Es folgen Stunden, die beide nie aus ihrem Gedächtnis streichen möchten.

Der Neujahrstag startet mit einem gemeinsamen Frühstück. Danach möchten sich die beiden ‚Turteltauben' den Stadtkern Torontos etwas näher ansehen, die Hafenfront mit ihrem schmucken Restaurants besichtigen und wenn es ihr Zeitplan noch erlaubt, mit dem Aufzug den CN Tower hochfahren, um das majestätische Stadtbild von Toronto aus der Luft zu betrachten.

Wie immer vergeht die Zeit viel zu schnell. Dennoch erreichen sie gegen vier Uhr nachmittags die Lobby des CN Towers, der mit seinen fünfhundertdreiundfünfzig Metern Höhe über viele Jahre hinweg das höchste freistehende Bauwerk der Welt war.

Pieter erwirbt zwei Tickets, aber nicht nur zur Aussichtsplattform, sondern für den Expressaufzug, der sie zum Drehrestaurant bringen wird.

Eigentlich sollten sie gegen Abend wieder zu Hause sein aber der Reiz, dort oben in einigen hundert Metern Höhe zu speisen und die Stadt von allen Seiten zu bewundern, ist zu groß. Immerhin dreht sich das Restaurant in rund zweiundsiebzig Minuten einmal um die eigene Achse und wenn sie jetzt hochfahren, können sie den Stadtüberblick noch bei Tageslicht genießen und danach beim Abendessen wird ihnen die Lichterschau Torontos bei Nacht geboten.

Obwohl Neujahrstag ist, hält sich der Andrang zum Aufzug in Grenzen. Die Wartezeit beträgt nur wenige Minuten und dann bietet sich ihnen das faszinierende Stadtbild Torontos aus luftiger Höhe von rund dreihundertfünfzig Metern. Im Restaurant müssen sie zwar einige Minuten Wartezeit in Kauf nehmen, dafür bekommen sie aber an einem Tisch im ‚Rondell' die beiden besten Fensterplätze. Die Stadt zu ihren Füssen verwandelt sich bei Anbruch der Dunkelheit in ein wahres Lichtermeer. Das von ihnen ausgewählte Dinner mit dem dazu passenden Wein ist ausgezeichnet und wird von ihnen entsprechend genossen. So wird es fast neun Uhr abends bis sie die Stätte ihres Ausfluges verlassen und sich auf den Heimweg, Richtung Markham, begeben. Glücklicherweise haben sie Tante Bertha rechtzeitig angerufen, denn sonst hätte sie die Essensreste des Silvesterabends serviert. Das war jedenfalls ihr Plan.

Man sitzt noch kurz zusammen, dann verabschiedet sich Pieter von John und Bertha und von seiner Liebsten mit innigen Küssen und fährt zurück zum ‚Marriott Hotel'.

Gleich nach seiner Ankunft fragt er nach Ron Wellington, der ja inzwischen die beiden Geldtaschen in seiner Botschaft abgeliefert hatte, um danach nach Toronto zurückzukehren. Nein, Mr. Wellington war noch nicht zurück, hat aber für Pieter eine Nachricht hinterlassen. Darin bestätigt er, dass er zwar beide

Geldtaschen in der Botschaft von Benin sicher untergebracht hat, dass jedoch die Weiterleitung an die kanadische Münzanstalt erst am 4. Januar erfolgen wird. Deshalb hat er beschlossen, bis nach der Ablieferung an die Münzanstalt die ersten Januartage in Ottawa zu verbringen. Wie er sich ausdrückt, sind auch in seinem dortigen Büro einige Arbeiten angefallen, die er während dieses Zeitraumes erledigen wolle. Nach Erhalt dieser Nachricht trinkt Pieter noch zwei Bier in der Restaurant Bar und zieht sich sodann in sein Zimmer zurück. Als er sein Bett aufsucht, ist er in einer Art Trance und träumt von Belinda bis er endlich tief und fest einschläft.

Der nächste Morgen bringt, wie vom Wetterdienst vorhergesagt, Schneefall über einen Großteil der Provinz Ontario und auch Toronto bleibt nicht verschont.

Pieters erster Anruf geht selbstverständlich zu Belinda. Noch während er ihre Nummer wählt, besinnt er sich und will noch eine Zeitlang warten, um sie nicht zu früh aus dem Schlaf zu reißen. Doch während er den Hörer wieder auflegt, klingelt sein Handy und eine freundliche und einschmeichelnde Stimme mit dem dazugehörenden Namen Belinda möchte für ihn den Weckdienst spielen.

Fast eine halbe Stunde dauert ihr Telefonat. Dann macht er ihr den Vorschlag, sie zu Hause abzuholen und trotz des leichten Schneefalles ein wenig in der Gegend herumzukutschieren. Vielleicht werden sie sogar in einer einstündigen Autofahrt einen Mercedes Händler in der westlich von Toronto liegenden Stadt Kitchener aufsuchen. ‚Victoria Star Motors' hat, wie Pieter aus der Morgenzeitung erfahren hat, angeblich die günstigsten Angebote und seinen Mietwagen muss er sowieso bald zurückbringen, da er ihn nur für zwei Wochen gemietet hat.

Gesagt, getan. Sein Mietwagen hat Vorderradantrieb und ist mit Winterreifen ausgerüstet, so dass bei vorsichtiger Fahrweise nichts schiefgehen sollte. Als er bei ihrem Hause vorfährt, steht seine ‚Schneeprinzessin' schon abfahrbereit vor der Haustüre, natürlich ganz in Weiß, so dass bestimmt viele der vorbeifahrenden Autofahrer neugierige Blicke auf sie werfen. In seiner schlaksigen Art springt er aus dem Auto, begrüßt sie mit einem zärtlichen Kuss, hält ihr die Autotüre auf und winkt gleichzeitig Tante Bertha und Onkel John zu, die hinter den beiseitegeschobenen Gardinen am Fenster stehen und den beiden nachwinken.

Pieter hat beim Verlassen des Hotels in der Lobby einige Werbezeitschriften mit Immobilienangeboten gefunden und auf die Rücksitze geworfen. Erst als sie auf die Autostraße Nr. 401 in Richtung Westen stoßen, bittet er Belinda, die Broschüren an sich zu nehmen. Nur mal so durchblättern. Vielleicht finden sie etwas, das interessant erscheint oder was in der Nähe auf ihrem Weg Richtung Kitchener liegt. Meistens handelt es sich jedoch um entweder kommerzielle oder industrielle Objekte, die Pieter nicht anlagewertig erscheinen. In seinem Gespräch mit Belinda kommen sie beide immer wieder zurück zu ihrem ersten Besuch im ‚Sunny Shore Hotelresort'. Er wird sich zwar am Montag bei ihrem Besichtigungstermin mit Tony Kallman auch über andere Investitionsobjekte unterhalten, doch sieht es fast so aus als stünde seine Meinung bereits vorzeitig fest. Die Geschwindigkeitsbegrenzung auf kanadischen Autobahnen ist hundert Stundenkilometer und da es sich bei Pieters Auto um einen Leihwagen handelt, möchte er nicht unbedingt mit überhöhter Geschwindigkeit erwischt werden, weshalb er hundertzehn Kilometer auf dem Tachometer als oberste Grenze ansieht.

In der Stadt Kitchener, die Stadt hat über zweihunderttausend Einwohner und hieß bis zum Jahre 1916 Berlin, verfahren sie sich gleich zweimal und es dauert fast zwei Stunden bis sie endlich auf dem Parkplatz vor dem attraktiven Mercedes Benz Gebäude angelangt sind. Ein freundlicher, junger Verkäufer eilt kurz nach ihrem Eintritt in den Ausstellungsraum auf sie zu, fragt höflich nach ihren Wünschen. Jetzt wird es Belinda klar, dass Pieter keinesfalls wegen des günstigen Angebotes hierher kam, sondern bereits eine feste Vorstellung von dem Auto hatte, das er kaufen möchte.

„Pieter, du Gauner, du weißt bereits genau was du willst, stimmt's?" Verschmitzt lacht er sie an:

„Ja, heute möchte ich mir einen Traum erfüllen und da ich es mir endlich erlauben kann, soll es diesmal ein ‚Mercedes Benz' sein. Aber ganz ehrlich gesagt, die Sicherheit spielt dabei auch eine Rolle. Übrigens, falls du es nicht bemerkt hast, es ist bereits mein zweiter erfüllter Traum in Kanada. Der erste steht direkt neben mir." Sie lacht und freut sich mit ihm. Schließlich ist es das erste Mal, dass sie ihn wie einen großen Lausbuben erlebt. Ein beglückendes Gefühl erfüllt auch sie.

Was Pieter im Sinn hat ist das eben erst auf dem Markt erschienene Geländefahrzeug oder SUV, nämlich der ‚Mercedes Benz' GLK 350 mit Allrad Antrieb, der sich jedoch im Komfort mit jedem Personenwagen der Mittelklasse messen kann und dabei noch eine ganze Reihe Sicherheitsvorkehrungen aufweist. Es ist das Auto, was er sich als Idealfahrzeug für kanadische Verhältnisse vorstellt. Nach Besichtigung und noch vor einer Probefahrt, die der Verkäufer mit den beiden unternimmt, ist es für Pieter bereits eine beschlossene Sache. Die Probefahrt verläuft genauso wie er es sich vorgestellt hat und das im Ausstellungsraum befindliche Modell wird innerhalb der nächsten Stunde in Mr. Pieter van Dohlen seinen neuen Eigentümer finden. Pieter schließt den Vertrag ab, bezahlt die ihm vorgelegte Rechnung und der ausgewählte ‚GLK 350' wird am kommenden Mittwoch an ihn ausgeliefert werden.

In fröhlicher Laune verlassen die beiden Kitchener, besuchen noch den naheliegenden St. Jacobs Farmers' Market, wo ihnen die Gelegenheit geboten wird, einigen Mennoniten alter Ordnung zu begegnen. Diese Menschen, die in ihrer Glaubensgemeinschaft alle modernen Errungenschaften wie Elektrizität, moderne Kleidung, Motorfahrzeuge und dergleichen ablehnen und ihre Pferdekutschen allen anderen modernen Fortbewegungsmitteln vorziehen, erringen sich die Achtung und eine gehörige Portion Respekt und das nicht nur in Pieters und Belindas Augen.

All diese Dinge, die sie im Augenblick zusammen erleben dürfen und die bleibende Eindrücke in ihrem Leben hinterlassen, sind klein und harmlos im Gegensatz zu denen, die in den nächsten zwei Wochen auf sie zukommen werden.

Die Dunkelheit ist bereits hereingebrochen als Pieter und Belinda nach Toronto zurückkehren und im ‚Marriott Hotel' ankommen. Nach kurzer Überlegung verständigt Belinda ihre Tante davon, dass sie nicht nach Hause kommen sondern die Nacht mit Pieter im ‚Marriott Hotel' verbringen wird. Tante Bertha fragt besorgt, ob sie irgendwelche Sachen zum Hotel bringen kann, doch lehnt Belinda dankend ab. Pieter hat jedoch eine absolut gute Idee. Er möchte John und Bertha zum Abendessen ins Hotel einladen. Somit können sie die Sachen mitbringen, die Belinda benötigt.

Innerhalb der nächsten Stunde erscheinen Onkel und Tante im Hotel, um mit Pieter und ihrem Ziehkind Belinda einen wunderschönen und unterhaltsamen Abend zu verbringen, der hauptsächlich aus Belindas und Pieters Erzählungen über Südafrika besteht und erst kurz vor Mitternacht endet.

Der Sonntagmorgen lässt die beiden erst spät aufwachen. Es ist fast neun Uhr als Pieter die Augen aufschlägt und liebevoll sein ‚Ein und Alles' neben sich betrachtet. Nur ihr Gesicht und die weiche, geschmeidige Haut ihrer Schultern sind sichtbar während die vollen Lippen ihres halb geöffneten Mundes zum Küssen auffordern. Er beherrscht sich jedoch und möchte keinesfalls ihren Schlaf stören. Ganz bestimmt wird sie in wenigen Minuten aufwachen. Er bemüht sich, so geräuschlos wie möglich das Bett zu verlassen, schleicht sich ins Badezimmer, duscht und rasiert sich und beendet gerade seine Morgentoilette als sie, so wie der liebe Gott sie erschaffen hat, plötzlich hinter ihm steht.

„Bei einem so wohlriechenden Mann kann doch keine Frau mehr schlafen, egal wie müde sie ist." Er betrachtet sie lange im Spiegel bevor er sich umdreht, sie zärtlich in seine Arme nimmt und ihren weichen, vollen Mund küsst. Als er sie endlich freigibt, schlüpft sie mit der Geschwindigkeit einer Raubkatze in einen hinter der Badezimmertüre hängenden Bademantel. Mit dem Gürtel desselben umschließt sie ihn, zieht ihn rückwärtsgehend aus dem Badezimmer und schubst ihn aufs Bett.

Gegen Mittag verlassen sie das Marriott. Heute wollen sie nochmals versuchen, die Hafenfront zu erkunden, was ihnen gestern aus Zeitmangel nicht mehr gelungen ist. Den Leihwagen lassen sie in der Garage. Da jedoch der Weg zum Laufen zu weit ist, benutzen sie einen City Bus, zumal die Haltestelle direkt vor dem Hotel liegt und die Busse im fünfzehnminütigen Intervall verkehren. Im Hafenviertel angekommen, wandern sie einige Zeit umher, bestaunen dieses und jenes und suchen dann ein gemütliches Restaurant, in dem sie fast den gesamten Sonntagnachmittag verbringen.

Erst am späten Nachmittag beschließen sie die Heimfahrt. Zuerst ins Hotel, von wo er sie mit seinem Mietwagen in die Rutherford Road bringt. Beiden scheint der Abschied, wenn auch nur für einen halben Tag, schwer zu fallen. Sie wünschen sich einen schönen Abend und versprechen sich gegenseitig, voneinander zu träumen. Sie küsst ihn durch das offene Fenster zum letzten Mal für heute und winkt ihm noch lange nach als er davonfährt.

Als er die Hotellobby betritt ist seine erste Frage wiederum, ob eine Nachricht von Ron Wellington für ihn gekommen sei. Wieder nichts! Sorgen macht er sich jedoch deshalb noch keine. Er ist sich sicher, dass Ron bald aus Ottawa zurück sein wird, um ihn dabei über alles Vorgefallene zu unterrichten. Zumindest ist es wichtig, welchen Termin Ron vorgesehen hat, um mit ihm gemeinsam in die Bundeshauptstadt zu reisen. Dann kann er dort sein brauchbar gemachtes Geld in Empfang nehmen, Ron auszahlen und damit das Geschäft zu einem glücklichen Abschluss bringen.

Bevor er sich in die Bistro Bar für einen ‚Gute Nacht Drink' begibt, versucht er wie vereinbart, Tony Kallman anzurufen und den morgigen Termin im ‚Sunny Shore Hotelresort' zu bestätigen.

Nach dessen Antwort holt er die Immobilienbroschüren aus seinem Mietwagen, um sich nochmals ausführlich die dort angebotenen kommerziellen und industriellen Objekte in der Umgebung von Toronto anzuschauen und die angegebenen Zahlen wertmäßig zu überprüfen. Doch selbst beim wiederholten Durchschauen ist absolut nichts dabei, was ihm auch nur im Geringsten zusagt oder seinen Wünschen entspricht.

Als er mit Belinda das ‚Sunny Shore Resorthotel' betreten hat, als er ihre Augen leuchten sah, die Begeisterung in ihrer Stimme wahrnahm, ja von diesem Moment an war er sich eigentlich schon darüber im Klaren: Dieses oder nichts! An dieser Feststellung hat sich auch in der Zwischenzeit nichts geändert. Sicherlich muss er morgen nach der ausführlichen Besichtigung auch das gesamte zur Verfügung stehende Zahlenmaterial durcharbeiten, doch das dürfte kein übermäßig großes Problem für ihn sein. Schließlich wird man auch nicht in eine Managementposition in einer Diamantenmine in Südafrika befördert, wenn man nicht alle hierzu erforderlichen Qualifikationen hart erarbeitet oder durch überdurchschnittliches Können erworben hat.

Es ist erst zehn Uhr abends und Belinda sitzt bestimmt noch mit Tante Bertha und Onkel John zusammen. Außerdem hat er es ihr versprochen, sie anzurufen. Also wählt er ihre Handy Nummer ‚4165930050' und hat sie in Sekundenschnelle an der Strippe. In ihrem langen Gespräch beteuern sie nicht nur ihre Liebe zueinander, sondern sprechen auch die morgen anstehende Besichtigung des Objektes und die daraus entstehenden

Folgen und eventuellen Fragen durch. Sie vereinbaren, dass Pieter sie um neun Uhr vom Hause ihrer Verwandten abholen wird. Das erlaubt ihnen genügend Spielraum, frühzeitig im Resort anzukommen, um sich vielleicht sogar vorher noch ein wenig umzuschauen und mit der Umgebung vertraut zu machen.

Er läutet eine Viertelstunde zu früh an ihrer Haustüre wofür er sich höflich entschuldigt. Doch Onkel John, der die Türe öffnet, erklärt ihm, dass Belinda bereits seit halb Neun mindestens alle dreißig Sekunden aus dem Fenster schaut, ob er schon da sei.

Während Pieter dankend die ihm von John angebotene Tasse Kaffee trinkt, erklärt dieser ihm, wie schön es in der Gegend sei, die Belinda und er in den nächsten Stunden besuchen wollen. Er hat in jüngeren Jahren fast jedes freie Wochenende in dieser Umgebung verbracht. Angeln war damals sein großes Hobby und Fische gibt es auch heute noch dort, zwar nicht mehr so viele wie früher, aber immer noch genug. Bertha hat ihn oft begleitet, als sie noch verlobt waren. Im ‚Sunny Shore Inn', wie es damals hieß, haben sie sogar einige Male übernachtet. Damals war es noch weit davon entfernt, den Namen ‚Hotel' zu beanspruchen.

Während John einige Geschichten aus seiner Vergangenheit preisgibt, hat Pieter eine Idee, die er auch sofort in die Tat umsetzt. Kurze Zeit später gesellt sich Belinda zu den beiden und Pieter erklärt ihr, was er im Schilde führt. Belinda ist sofort damit einverstanden. Sie findet seine Idee nicht nur richtig, sondern in vieler Hinsicht sogar wichtig.

Pieter schlägt nämlich vor, sein Zimmer im ‚Marriott Hotel' aufzugeben und sich mit Belindas Zustimmung, sie ist natürlich auch einbegriffen, für die volle Woche und eventuell länger, im ‚Sunny Shore' einzuquartieren. Damit können er und auch sie sich ein Bild formen, was dort vor sich geht und ob es wirklich das gesuchte und gefundene Objekt ihrer Vorstellung ist.

In kürzester Zeit hat Belinda ihren Koffer gepackt. Beide bedanken und verabschieden sich von Onkel John und Tante Bertha und versprechen feierlich, die beiden älteren Leutchen täglich anzurufen. Pieter und Belinda fahren unverzüglich zum ‚Marriott Hotel', er kündigt sein Zimmer, packt seine Koffer und bezahlt für seine Aufenthaltsdauer. Vorsichtshalber hinterlässt er seine Telefonnummer für den Fall, dass sich Ron Wellington meldet. Bereits kurz nach zehn Uhr morgens begeben sie sich auf die Fahrt nach Norden zum ‚Sunny Shore Hotelresort'.

Es ist zwölf Uhr mittags als sie die mit Marmorböden ausgelegte Lobby betreten. Die junge Dame an der Rezeption fragt nach ihren Wünschen und als Pieter sich mit seinem vollen Namen vorstellt, erklärt sie beiden, dass ein Mr. Tony Kallman im ‚Leonies Restaurant' bereits auf sie wartet.

Während Belinda in einem der wuchtigen Ledersessel vor dem offenen Kamin in der Empfangshalle Platz nimmt, führt die junge Dame Pieter ins Restaurant, wo Tony Kallman einen Tisch am Fensterplatz reserviert hat. Die ‚Assistant Managerin' Sarah, die Mr. Kallman bereits kennt, übernimmt die Vorstellung der beiden Männer und entfernt sich dann diskret.

Bedingt durch seinen Beruf und die damit gewonnene Menschenkenntnis ist Pieter meistens in der Lage, Menschen bereits beim ersten Treffen richtig einzuschätzen. Dieser Mr. Kallman scheint nicht nur ein sympathisches Wesen zu haben, er ist vom Scheitel bis zur Sohle ein ausgesprochener Gentleman, was sicherlich den Vorteil hat, dass er und Pieter auf der gleichen Wellenlänge liegen. Tony Kallman, Pieter schätzt ihn auf Mitte fünfzig, ist mittelgroß und schlank. Der gutmütig erscheinende Gesichtsausdruck mag ein wenig täuschen, denn Pieter bemerkt gleich, dass er in ein wachsames Augenpaar schaut, dem nichts zu entgehen scheint.

„Mr. Kallman, meine Begleiterin, sie werden sie gleich kennenlernen, sitzt momentan in der Lobby. Wir haben uns leider etwas verspätet. Sind sie damit einverstanden, dass wir zuerst einchecken und uns in sagen wir innerhalb der nächsten halben Stunde wieder treffen?"

„Ja natürlich. Nehmen sie sich nur Zeit. Ich habe mir für heute Nachmittag sowieso nichts anderes vorgenommen."

Pieter und Belinda kehren zurück zur Rezeption, buchen ein Zimmer für die gesamte Woche und da in dieser Jahreszeit etliche Zimmer verfügbar sind, haben sie die Qual der Wahl. Sie fahren in Begleitung einer Angestellten per Aufzug ins zweite Stockwerk und schauen sich die verschiedenen Zimmer an, die zur Verfügung stehen. Sie entscheiden sich für eine Suite im sogenannten ‚Rondell', die es ihnen ermöglicht, vom Bett aus direkt auf den vor ihnen liegenden See zu schauen. Die junge Dame lacht:

„Sie haben Glück. Dies hier ist eines unserer gefragtesten Zimmer. Es ist die sogenannte ‚Honeymoon Suite'". Pieter und Belinda schauen sich erst verdutzt an bis sie in ein schallendes Gelächter ausbrechen.

Nach rund zwanzig Minuten finden sie sich wieder im Restaurant ein und als Pieter Tony Kallman seine Belinda vorstellt, bleibt diesem fast der Mund offenstehen. Belinda trägt jetzt ein elegantes, gerade neu erworbenes, schwarzes Kostüm mit einer weißen Bluse, die ihre getönte Gesichtsfarbe und den vollen roten Mund gekonnt zur Geltung bringen.

Obwohl Tony Kallman sie zum Mittagessen einlädt, verzichten beide zugunsten einer Tasse Kaffee mit etwas leichtem Gebäck.

Die von Mr. Kallman gestartete Unterhaltung verläuft in der ersten halben Stunde eigentlich recht zwanglos. Man spricht über allgemeine Dinge, die gegenwärtige Wirtschaftslage und Tony Kallman gibt den beiden einen neutralen Überblick, was sich hier in der Umgebung touristenmäßig anbahnt und wie er die Zukunftsaussichten einschätzt. Dabei stellt er auch hier und da einige anfangs recht harmlose scheinende Fragen, die jedoch nach und nach, wie Pieter feststellt, immer gezielter werden und auf ein enormes Fachwissen dieses Mannes schließen lassen.

Tony Kallman legt Pieter einige Dokumentationen vor, kann es jedoch nicht lassen, Pieters guten Geschmack zu bescheinigen indem er einen äußerst freundlichen Blick auf Belinda wirft und mit einem „wow" bestätigt. Pieter schaut sich das vor ihm ausgebreitete Zahlenmaterial mit den Ein und Ausgaben der letzten drei Jahre an, überprüft die Gewinn und Verlustrechnungen und ist davon alles andere als begeistert. Immerhin arbeitet man hier schon einige Jahre mit nicht gerade geringen Verlusten. Pieters bisheriger Optimismus hat dadurch einen Dämpfer bekommen, den Belinda sofort in seinem Gesichtsausdruck bemerkt.

Tony Kallman löst den Knoten in Pieters Denkweise indem er ihm einige vernünftige Vorschläge unterbreitet, die nach kurzer Überlegung Pieters wirklich brauchbar und vollziehbar sind. Sie konnten von der bisherigen Hotelleitung nicht ausgeführt werden, da einfach das benötigte Bargeld nicht vorhanden war. Ein weiterer Punkt, der ihm sehr schnell klar wird, ist die Tatsache, dass das Hotelresort unter den derzeitigen Umständen und auch der Führung nur etwa ein Drittel des vorhandenen Potentials ausnutzt. Das alles kann und muss man ändern. Doch jetzt will er erst einmal mit Belinda und unter Tony Kallmans Führung eine Besichtigungstour des gesamten Komplexes vornehmen. Mr. Kallman entpuppt sich als versierter Führer und Verkäufer und was Pieter und Belinda nun zu hören und sehen bekommen, verschlägt ihnen im wahrsten Sinne des Wortes die Sprache. Das im hundertachtzig Grad Stil erbaute luxuriöse, aber trotzdem rustikale Restaurant mit seinem Seeblick, die holzvertäfelte Decke im Stil eines Schiffssteuerrades, die gemütlich eingerichtete Bar, die individuell ausgestatteten Zimmer, die Luxus-Spa, das Meeressalzwasser Schwimmbad, das aufs Modernste eingerichtete Konferenzzentrum sind für

Pieter und Belinda alles überzeugende Argumente, dieses Objekt in einen enormen Erfolg umzuwandeln.

Trotz der geschützten und fast versteckten Halbinsellage liegen die Gebäude nur etwas über einen Kilometer von der Autostraße Nr. 400 entfernt und sind von der etwa drei Millionen Einwohner zählenden Metropole Toronto in weniger als zwei Stunden leicht erreichbar.

Nach der Besichtigung kann sich Pieters Begeisterung kaum in Grenzen halten. Bei einem solchen Kauf kann man kaum etwas falsch machen und Belinda schließt sich voll seiner Meinung an. Dennoch bittet Pieter Tony Kallman, sich einige Tage zu gedulden. Er verspricht Mr. Kallman, ihm spätestens Anfang nächster Woche das Kaufangebot zu unterbreiten und bittet ihn bis nächsten Montag alle erforderlichen Papiere vorzubereiten. Wenn alles in Ordnung ist, wird er ihm einen Bankscheck über eine Million Dollar als Anzahlung überreichen. Nach ihrem Abschlussgespräch bedankt er sich bei Mr. Kallman für die ausgezeichnete Führung und verabschiedet sich zusammen mit Belinda von dem Grundstücksmakler.

Der Montag verläuft, wie in den meisten Hotels, auch im ‚Sunny Shore Hotelresort' äußerst ruhig. Pieter und Belinda beschließen, sich nach den doch anstrengenden Stunden mit Tony Kallman und der Hotelbesichtigung in ihr Zimmer zurückzuziehen und erst zum Abendessen um etwa sieben Uhr wieder im Restaurant zu erscheinen. Beide sind, trotz einiger Minuspunkte, besonders was die Zahlen angeht, äußerst glücklich und zufrieden mit dem Gesamtbild. Schließlich ist alles doch so verlaufen wie sie es sich vorgestellt haben.

Pieter ruft noch kurz beim ‚Marriott Hotel' an, doch Ron Wellingtons Zimmertelefon bleibt stumm. Anscheinend ist er noch nicht aus Ottawa zurück.

Pieter entledigt sich seiner Schuhe, wirft sich aber in voller Kleidung auf sein Bett und schläft tatsächlich innerhalb weniger Minuten tief und fest während sich seine Belinda in einen der bequemen Sessel vor der Balkontüre niedergelassen hat und ein Buch liest.

Draußen fallen dicke Schneeflocken und die beiden genießen mit einigen anderen Gästen ihr Abendessen im ‚Loonie's' Restaurant. Wiederum, trotz großer Auswahl, beschränkt sich ihr Hauptgericht auf die Spezialität des Hauses, ‚Baby BackRibs'. Danach sitzen sie noch eine Zeit lang gemütlich an der Bar, genießen einige Gläser Rotwein und ziehen sich dann in ihr Zimmer zurück. Der Tag ist für sie gelaufen. Morgen werden sie sich die unmittelbare Umgebung anschauen, wollen erkunden, welche Sehenswürdigkeiten in der Nähe des Hotels zu finden sind, die auch gleichzeitig einen Anreiz für ‚ihr' Hotel bieten.

Der nächste Morgen beschert sie jedoch mit tiefem Schnee und so beschließen Pieter und Belinda, die Annehmlichkeiten des Resorts auszunützen und sich auszuruhen und zu entspannen.

Gleich nach dem Frühstück beschließt Belinda, sich im Wellnessbereich verwöhnen zu lassen, muss jedoch bis zum frühen Nachmittag waren, da der Vormittag voll ausgebucht ist. Beide verbringen daher den Vormittag beim ‚Swimmingpool'. Sie schwimmen, relaxen in der Hot Tub, sitzen an einem gemütlichen Tisch in der Nähe des Schwimmbades und schauen den anderen Gästen im ‚Salzwasserschwimmbad' zu.

Nachdem Belinda den Nachmittag im Wellnessbereich verbringen wird, will Pieter die Gebäudesubstanz und alles was damit zusammenhängt, einschließlich aller Nebengebäude, Außenanlagen und dergleichen nochmals gründlich inspizieren. Den Tag werden sie dann wieder gemeinsam im Restaurant und an der Bar ausklingen lassen. So verläuft für die beiden ein ruhiger Tag, der am späteren Abend so gegen zehn Uhr, als das Restaurant geschlossen wird, endet.

Bei Morgenanbruch zeigt sich auch der Wettergott von seiner guten Seite. Kein Neuschnee, nur teilweise Bewölkung, also perfektes Reisewetter. Pieter muss nämlich heute seinen Mietwagen zurückgeben. Anschließend werden er und Belinda mit einem ‚Airport Taxi' nach Kitchener zum ‚Mercedes Benz' Händler gebracht, um Pieters neueste Errungenschaft, seinen Mercedes Benz GLK 350 SUV (Geländewagen) in Empfang zu nehmen.

Kurz nach dem Frühstück verlassen die beiden das ‚Sunny Shore Hotel Resort' und fahren auf der Autostraße Nr. 400 in Richtung Süden, dem Flughafen Toronto zu.

Pieter bringt den Leihwagen in die Tiefgarage zu dem ihm zugewiesenen Parkplatz und nachdem sie alle Formalitäten erledigt haben, warten sie an der Haltestelle auf das ‚Airport Taxi'. Nach nur fünfzehn Minuten befinden sie sich auf der Weiterfahrt nach Kitchener. In der ‚Mercedes Benz' Ausstellungshalle sitzen sie ihrem freundlichen Verkäufer Dave Grafton gegenüber, der bereits alles für sie vorbereitet hat und Pieter innerhalb der nächsten Stunde zum zufriedenen Besitzer seines ausgewählten neuen Fahrzeuges, Farbe ‚Desert Silver', werden lässt. Wenn ihn jetzt sein Bruder Gerald sehen könnte! Was würde der wohl sagen, wo doch sein ganzer Stolz sein schon ein wenig betagter ‚Nissan Pathfinder' ist.

Die Rückfahrt zum Hotel bewältigt Pieter mit seinem neuen Fahrzeug ohne besondere Vorkommnisse in weniger als zweieinhalb Stunden. Der Abend im Hotel vergeht viel zu schnell, da sie bei ihrem Baraufenthalt andere Gäste kennenlernen und man sich schließlich allerhand zu erzählen hat, besonders wenn die anderen erfahren, dass man Neueinwanderer ist und aus Südafrika kommt.

Eigentlich wollte Pieter noch versuchen, Ron Wellington zu erreichen, doch ein kurzer Blick auf die Uhr zeigt ihm, dass es hierfür schon zu spät ist, so dass er halt bis morgen Früh warten wird.

Das Leben steckt voller Neuigkeiten und Überraschungen und so beschert der nächste Tag auch etwas Besonderes für Pieter und seine Belinda. Bei ihren Verhandlungen mit Tony Kallman bezüglich dieses Objektes hatte Pieter Mr. Kallman um absolute Diskretion gebeten und vor allen Dingen keinem der Hotelangestellten, nicht mal dem Manager, der sich allerdings sowieso für die nächsten zwei Wochen in Urlaub befand, von den Kaufabsichten zu erzählen. Belinda und er sind Gäste wie alle anderen, die sich hier nur erholen wollen und damit basta!

Als sie gerade an ihren Lieblingsplätzen am Fenster im Restaurant Platz genommen haben und die herrliche Winterlandschaft bestaunen, betritt ein etwas über einem Meter achtzig großer Mann mit weißem Haar, dezent aber dennoch schick gekleidet, das linke Bein kaum merklich nachziehend, den Raum.

In dem Durchgang, der die dahinterliegende Halle vom Restaurant trennt, bleibt er stehen und lässt seine wachsamen Augen prüfend über alle Tische schweifen, einschließlich der Gäste im Restaurant. Pieter und Belinda schätzen ihn auf ungefähr siebzig Jahre. Die Serviererinnen begrüßen ihn alle sehr freundlich und mit einer Höflichkeit, die er in gleicher Weise erwidert. Beim Vorbeigehen an den mit Gästen besetzten Tischen verweilt er jeweils einen Augenblick, wünscht einen guten Morgen und hier und da bekräftigt er seinen Gruß mit einer lustigen Bemerkung, wie man an den lachenden Gesichtern der Gäste beobachten kann. Es sieht so aus, als wenn die Mehrzahl der Gäste ihn bereits kennen, denn, wie man Pieter und Belinda am Tage ihrer Ankunft an der Rezeption stolz verkündete, hatte man rund sechzig Prozent immer wiederkehrende Stammgäste.

Als der weißhaarige Mann auf Pieters und Belindas Tisch zusteuert, stoppen beide ihr gerade begonnenes Frühstück, während er sie mit freundlicher Miene und wie Belinda später behauptete, mit lachenden Augen anspricht:

„Guten Morgen. Ist alles in Ordnung an ihrem Tisch? Da ich sie zum ersten Male hier sehe, müssen sie neu sein hier und haben sicherlich auch das schöne Wetter mitgebracht. Stimmt's?" Bevor einer der beiden antworten kann, schaut er erst zu Pieter, doch dann bleiben seine Augen an Belinda hängen.

„Entschuldigen sie bitte, dass ich so direkt bin", dabei wendet er sich wieder Pieter zu:

„Sie haben einen außergewöhnlich guten Geschmack." Sein verschmitztes Lächeln verfehlt nicht seine Wirkung auf Pieter und Belinda.

„Aber, ich möchte sie nicht weiter stören." Doch jetzt antwortet Pieter schnell und schlagfertig:

„Nein, nein, sie stören überhaupt nicht. Im Gegenteil, es ist uns eine wahre Freude, sie kennenzulernen."

„Na ja, dann muss ich mich wohl zuerst einmal vorstellen. Ich bin Hendrik Kauser, der Repräsentant des Inhabers dieses Etablissements aus Deutschland und auch ein kleiner Teilhaber, aber nur ein ganz kleiner."

Erfreut und erstaunt über diese Worte bittet Pieter: „Mr. Kauser, wenn sie einige Minuten Zeit haben, dürfen wir sie bitten, Platz zu nehmen?"

„Eigentlich liegt es mir nicht, unsere Gäste zu stören, doch so netten wie ihnen kann man nicht so leicht einen Wunsch abschlagen. Übrigens, nennen sie mich bitte Hendrik, das Mr. Kauser erinnert mich zu viel an mein Alter."

Belinda streckt als erste spontan ihre Hand aus:

„Ich bin Belinda und das ist Pieter. Um es gleich vorweg zu sagen, wir finden dieses Fleckchen Erde und alles was dazu gehört einfach wundervoll!" Hendrik fragt nach ihrer Herkunft und unter anderem auch, was sie hierher bringt. Dann beginnt er mit ernster Miene, ihnen die Geschichte des Hotels, besonders der letzten Jahre, zu erzählen und macht keinen Hehl daraus, wie schwer es ihm momentan fällt, alles zusammenzuhalten. Dabei entgeht ihm natürlich, er kann es ja auch gar nicht wissen, dass er praktisch alle Fragen beantwortet, bevor Pieter sie ihm überhaupt stellen kann.

Pieter schaut Belinda fragend an. Sie fühlt förmlich, was er sagen möchte und fast unmerklich nickt sie ihm zu. Pieter hat nämlich beschlossen, Hendrik Kauser mit seinem Plan zu konfrontieren, dass er großes Interesse am Kauf des Hotelkomplexes hat und bereits mit Mr. Tony Kallman in Verbindung steht. Er hat diesen jedoch gebeten, niemand von seinem Vorhaben zu informieren, auch nicht den Verkäufer, in diesem Fall Hendrik, bevor er sich nicht sicher ist und alle ihm zur Verfügung gestellten Angaben und Daten überprüft hat. Er spürt, dass er den richtigen Zeitpunkt gewählt hat und mit der gleichen Ehrlichkeit und Offenheit, die ihm von Hendrik Kauser entgegengebracht wird, informiert er diesen über seine Pläne, die naturgemäß nun auch Belindas sind. Hendrik Kauser spielt nicht nur den Überraschten. Er ist es auch. An der Auf und Abbewegung seines Adamsapfels sieht man deutlich, wie die Aufregung von ihm Besitz ergriffen hat.

Freude über das Erfahrene, aber auch Wehmut, dass das das Ende seiner Tage hier gekommen ist, wechseln miteinander ab. Er erzählt den beiden, dass er im letzten Jahr etwa ein Dutzend Kaufangebote von Interessenten bekommen habe, die aber alle wie Seifenblasen zerplatzten, wenn die ,Möchtegern Käufer' ihre Banken um die notwendige Finanzierung aufsuchten. Die allgemeine Wirtschaftslage und der damit verbundene Bankenzusammenbruch haben nämlich unter anderem auch bewirkt, dass keine Bank in Kanada, selbst nicht ihren besten Kunden, auch nur einen Cent für ein Objekt der ,Hospitality Industrie' zur Verfügung stellt. Pieter beschwichtigt Hendrik, indem er ihm erklärt, dass er Eigenkapital hat und eine Fremdfinanzierung für ihn nicht in Frage kommt.

Als sähe er ein Gewitter aufziehen, so plötzlich bilden sich Falten auf Hendriks Stirne. Er schaut Pieter fast entgeistert ins Gesicht als er zu sprechen beginnt: „Pieter, ich möchte dich unter gar keinen Umständen beunruhigen, aber am Samstag erwarte ich zwei Geschäftsleute. Der eine ist Inhaber eines Seniorenheimes, was der zweite betreibt, ist mir nicht bekannt. Sie waren schon öfters hier und möchten kaufen, warten aber seit rund fünf Monaten auf eine enorme Geldsumme aus einer Erbschaft, deren Auszahlung sich aus mir unbekannten Gründen immer wieder verschiebt. Ich glaube auch diesmal nicht, dass sie mit der vereinbarten Anzahlung aufwarten, dennoch möchte ich dich und Belinda der Anständigkeit halber davon in Kenntnis setzen. Seid ihr am Samstag noch hier? Vielleicht lernt ihr die beiden ja kennen."

Pieter lässt sich seine Enttäuschung in keinster Weise anmerken als er Hendrik antwortet:

„Hendrik, wenn diese Leute vor uns waren, möchten wir ihnen ihre Chancen nicht zerstören. Wenn sie aber nicht in der Lage sind, zu kaufen, bekommst du am Montag unser Kaufangebot, unwiderruflich!"

Eigentlich wäre es ihr Plan gewesen, am Samstag nach Toronto zurückzukehren, doch nun verlängern sie ihren Aufenthalt bis Montag. Pieter überlegt sogar, ob er Belinda zu ihren Verwandten zurückbringen soll. Er möchte jedenfalls vorerst hierbleiben. Selbstverständlich würde er sich über Belindas Anwesenheit hier freuen, doch ist es eine Entscheidung, die er ihr überlassen will. Übermorgen ist ja schon Samstag und er muss unbedingt mit Ron Wellington sprechen. Er will wissen, wann dieser gedenkt, mit ihm nach Ottawa entweder zu fahren oder zu fliegen, um sein Geld zurück zu bekommen und mit ihm abzurechnen. Außerdem steht ein Besuch der südafrikanischen Botschaft auf seinem Programm. Er möchte sich nämlich mit den gesetzlichen Bestimmungen vertraut machen, um genau zu erfahren, ob und welche Chancen er hat, die gefundenen und ihm noch verbliebenen Diamanten sein eigen zu nennen.

Das einzige, was er bisher in Erfahrung bringen konnte, ist die zwar unverbriefte Regelung, dass wenn sich in einer gewissen Zeitspanne kein Eigentümer meldet, der Finder ein Recht darauf hat, den Fund für sich zu beanspruchen.

Während des gesamten Freitags hat er mehrmals im ,Marriott Hotel' in Toronto angerufen, jedoch immer ohne Erfolg. Ron Wellington hat sich noch nicht zurückgemeldet. Allmählich steigert sich Pieters sprichwörtliche Ruhe in Nervosität. ,Bisher sind alle Aktionen wie geplant verlaufen, doch jetzt haben gleich zwei Gründe eine gewisse Unruhe in ihm erweckt. Erstens: Vielleicht kommen die zwei anderen Interessenten am Samstag mit der erforderlichen Anzahlung. Dann haben sie den Kaufvorrang und er und Belinda müssen sich wieder von neuem auf die Suche begeben oder: Was passiert, wenn Ron ... Er darf nicht weiterdenken. Es kann und darf nicht wahr sein. Ron wird sicherlich mehrere geschäftliche Angelegenheiten in Ottawa zu erledigen haben, was seine verzögerte Rückkehr nach Toronto erklärt'.

Ingolf Wittenauer und Pierre Labonte treffen am Samstag gegen Mittag im Hotel ein und betreten in Begleitung einer netten Angestellten das Restaurant. Sie bittet die beiden, sich etwas zu gedulden. Sie wird Hendrik Kauser unverzüglich von ihrem Eintreffen verständigen. Kurz danach ist er auch schon im Restaurant. Die drei Männer suchen sich einen etwas versteckten Tisch am Ende des Restaurants, wo sie sich ungestört und ohne unliebsamen Zuhörer unterhalten können.

Pieter und Belinda haben den Morgen dazu benutzt, sich nach dem ausgiebigen Frühstück ein wenig die Umgebung anzusehen und betreten das Restaurant etwa eine Stunde nach der Ankunft Ingolf Wittenauers und Pierre Labontes, die gerade beim Mittagstisch im Gespräch vertieft sind. Pieter flüstert Belinda zu, dass man die drei Männer jetzt nicht stören werde. Sie werden warten bis Hendrik Kauser sie erspäht hat und wenn es ihm zweckmäßig erscheint, zum gegebenen Zeitpunkt ein Treffen arrangieren wird. Aufregung und Nervosität erfassen Pieter schlagartig und auch Belinda kann eine gewisse innere Unruhe nicht verbergen.

Ingolf Wittenauer hat Hendrik inzwischen einen Bericht über das Eintreffen des Geldes erstattet und Hendrik ist zwar beruhigt, hätte aber dennoch lieber Pieter van Dohlen und seine hübsche Begleiterin Belinda als Käufer gesehen. Irgendwie hat er die beiden in den wenigen Tagen ihres Hierseins ins Herz geschlossen. Er könnte sich nichts Besseres vorstellen, als diese beiden als Inhaber und bestimmt tüchtigen Betreiber des Resorts zu sehen. Aber Recht muss Recht bleiben und so genießen Ingolf und Pierre halt den Vorrang.

Pieter und Belinda verspüren keinen großen Hunger, bestellen sich aber trotzdem die Tagessuppe, eine Broccoli Cremesuppe, die äußerst delikat schmeckt. Weiter möchten sie nichts. Oh doch, auf ihren gemeinsamen Kaffee möchten beide nicht verzichten.

Endlich, Pieter glaubt schon fast nicht mehr daran, dreht sich Hendrik um und entdeckt die beiden, denen er bisher den Rücken zugekehrt hat. Es sieht so aus, als wolle er Ingolf Wittenauer und Pierre Labonte etwas erklären. Dann erhebt er sich, kommt auf Pieter und Belinda zu, begrüßt sie freundlich und fragt, ob sie gerne die beiden Männer am letzten Tisch im Lokal kennenlernen möchten. Es folgt ein „ja, gerne" und gemeinsam wandern die drei auf die beiden Männer zu, die sich höflich von ihren Stühlen erhoben haben.

Pieter van Dohlen ist ein Mann mit Prinzipien und hier in dieser Situation gebietet ihm der Anstand, den zukünftigen Besitzern des Hotels, also den Gewinnern, zu gratulieren. Danach, als alle wieder ihre Plätze eingenommen haben, möchte Pieter selbstverständlich wissen, was die Vorstellungen und Vorhaben der zwei, eigentlich recht ungleichen Männer sind und wie sie ihre Zukunftsaussichten hier beurteilen.

Ein Wortschwall kommt von beiden gleichzeitig, bis Hendrik

mit einem Machtwort dazwischenfährt:

„Bitte immer nur einer und immer schön hintereinander. Ingolf, wenn du bitte beginnen willst?" Ingolf Wittenauer räuspert sich und bringt bedächtig jedes seiner Worte mit besonderer Betonung hervor:

„Vor rund einem halben Jahr wurde ich von einer Behörde von Benin in Afrika verständigt und davon in Kenntnis gesetzt, dass ein vor etwa fünfzig Jahren nach dort aus Deutschland ausgewanderter Onkel von mir, Rudolph Wittenauer, gestorben sei und mich als Alleinerbe über ein immenses Vermögen eingesetzt habe. Jedoch ging alles nicht so schnell wie ich es mir vorgestellt hatte. Ich musste, um an das rechtmäßig mir gehörende Erbe über rund achtzehn Millionen Dollar, zu kommen, gewisse Vorleistungen erfüllen, die aus diesen und jenen Gebühren bestanden. Bis letzte Woche habe ich fast siebzig Tausend Dollar bezahlt, doch nun ist es endlich geschafft. Mein Geld ist letzte Woche hier eingetroffen. Ich habe es gesehen und es befindet sich zurzeit in Ottawa in der kanadischen Münzanstalt in einem Reinigungsprozess, der aus Sicherheitsgründen durchgeführt werden muss und spätestens nächste Woche abgeschlossen sein wird."

Pieter van Dohlens Gesicht ist aschfahl geworden. Was er hier eben gehört hat, kann doch nicht purer Zufall sein. ,Was geht hier vor?' Er ist momentan nicht in der Lage, einen klaren Gedanken zu fassen, kann es einfach nicht glauben, was Ingolf Wittenauer gerade erzählt hat. ,Es muss sich bei Ingolf Wittenauers Geschichte um einen außergewöhnlichen Zufall handeln. Es muss! Aber warum sind da so viele Gleichheiten?' Ingolf schickt sich gerade an, seine Geschichte zu Ende zu bringen, als Pieter ihn mit einer fast schroffen Handbewegung stoppt. Seine Stimme klingt eisig als er Ingolf Wittenauer nur die eine Frage stellt:

„Der Mann, der ihnen letzte Woche das Geld gezeigt hat, ist er Afrikaner und sein Name Ron Wellington, ein Diplomat?"

„Ja, aber woher wissen sie das? Kennen sie ihn etwa?" „Und ob ich ihn kenne!"

Pieter ist in Rage und nur langsam erholt er sich von seinem Schock. Das ungute Gefühl der letzten Tage hatte ihn nicht betrogen. Er schreit mehr als er spricht:

„Wir sind alle einem großen Betrüger auf den Leim gegangen. Er hat über fünf Millionen Dollar von mir in seinem Besitz. Wir müssen sofort alles unternehmen, um ihn zu finden. Sonst verlieren wir alles." Aber es ist Samstag und die Botschaft von Benin in Ottawa ist garantiert heute nicht geöffnet. Dennoch besorgt sich Pieter die Telefonnummer. Es sind deren drei. Pieter versucht eine nach der anderen, jedoch erfolglos. Dann beschafft er sich die Telefonnummer der kanadischen Münzanstalt in Ottawa, versucht auch diese. Ebenfalls ohne Erfolg.

„Hendrik, ist hier noch ein anderer Raum, wo wir ungestört sprechen können? Die Gäste werden schon aufmerksam."

„Ja, ich bringe euch in den ‚Georgian Room'. Das ist ein kleines Konferenzzimmer für zwölf Personen. Dort können wir ungestört alles durchsprechen. Das Wichtigste im Moment ist, die Nerven zu behalten und dann müssen wir alles rekonstruieren. Pieter, noch ist nichts verloren. Vielleicht wird sich noch alles aufklären und es ist nur ein großes Missverständnis."

Nachdem alle Beteiligten in den ‚Georgian Room' übergewechselt sind, bestellt Hendrik zuerst eine große Kanne Kaffee und bittet alle, Platz zu nehmen. Belinda hat sich bisher mit keinem Wort geäußert, doch der Schmerz, den sie mit ihrem geliebten Pieter empfindet, drückt sich deutlich an den roten Rändern um ihre weitgeöffneten Augen aus.

Hendrik Kauser, der am Kopfende des langen Tisches Platz genommen hat, schaut in die Gesichter aller Anwesenden und bittet sie, auch in dieser heiklen Situation zu versuchen, die Ruhe zu bewahren.

„Denn", wie er sich ausdrückt, „nur so können wir herausfinden, ob und was geschehen ist und was unsere Möglichkeiten sind, eventuell das Schlimmste zu verhindern." Trotz seiner Aufregung strahlt er eine gewisse Ruhe aus, die auf die anderen überspringt. Nicht umsonst nennen ihn diejenigen, die ihn lange kennen, den ‚Negotiator'.

Zuerst fragt er Pieter, ob er gewillt ist, seine Geschichte von Anfang an und notfalls auch ins Detail gehend, preiszugeben. Pieter stimmt ohne langes Zögern zu, beginnt aber mit seinem Bericht erst in Togo. Den Diamantenbesitz erwähnt er zwar, lässt aber die Herkunft offen. Er erzählt sachlich und ohne Umschweife, warum, weshalb und wieso er die Reise mit dem ‚Diplomaten' Ron Wellington unternommen hat, der ihn vor allem von den zu erwartenden Schwierigkeiten, die durch die mitgeführten Diamanten hätten entstehen können, bewahren sollte. Das hat er auch getan. Die noch in seinem Besitz befindlichen Diamanten verschweigt er vorsichtshalber. Außerdem haben sie nichts mit dieser Angelegenheit hier zu tun. Er schließt seine Geschichte damit ab, da sie ja auch momentan hier in diesem Raum endet.

Während der gesamten Erzählung hat Hendrik immer wieder Stichwörter notiert, um deren Erklärung er Pieter, wenn sich die Gelegenheit zum Alleinsein bietet, bitten wird. Nach einer kurzen Kaffeepause bekommt Ingolf Wittenauer, als der federführende des Wittenauer Labonte Teams, die Gelegenheit, die manchmal haarsträubenden Erlebnisse und Ereignisse seit der ersten ihm zugesandten ‚Email' vor rund einem halben Jahr darzustellen.

Ingolf Wittenauer beginnt mit der Erbschaftsgeschichte, die ihm anfänglich als ‚Email' übermittelt wurde. Nach Aufforderung und Erledigung seiner ersten Bezahlung der, wie ihm mitgeteilt wurde, entstandenen Bankgebühren, erhielt er immer wieder neue ‚Emails' mit der Bitte, oft sogar Aufforderung, um Überweisung von Transfergebühren, Zollfreigabe und Steuergebühren. Alle waren mit den erforderlichen und amtlichen

Dokumenten der Republik von Benin belegt und unterzeichnet von dem für die Geldüberweisung zuständigen ‚Foreign Remittance Officer' Ron Wellington, offizielle Adresse: ‚Finanzministerium der Republik Benin'.

Ingolf Wittenauer stoppt inmitten seiner ausführlichen Erzählungen, greift zur Seite und holt einen Aktenordner aus seiner mitgeführten Tasche und legt diesen zur Begutachtung aller auf den Tisch. Er enthält alle ‚Emails' einschließlich der vorgedruckten Formulare mit allen Dienstsiegeln und den dazugehörigen Unterschriften der zuständigen Beamten.

Das alles erweckt einen recht authentischen Eindruck, was sogar Hendrik Kauser nach einer äußerst gründlichen Begutachtung bestätigt.

Nach seiner mindestens fünften Tasse Kaffee nimmt Hendrik eine kerzengerade Stellung in seinem Stuhl ein und erwähnt als erstes das Einschalten der Polizei. Das wird jedoch von Pieter zu diesem Zeitpunkt heftig und bestimmt abgelehnt. Er bemerkt, dass man nicht vergessen sollte, dass Ron Wellington, wie immer er auch dazu gekommen ist sei dahingestellt, im Besitz von Diplomatenpapieren ist, die ihm eine gewisse Immunität gewähren. Hinzu kommt für Pieter die Tatsache, dass er keinen oder besser ausgedrückt, noch keinen Nachweis über das Eigentum seiner Diamanten und des dafür erhaltenen Geldes hat. Dessen Nachweis müsste er garantiert der untersuchenden Polizeibehörde beweisen.

Trotz allem Hin und Her bleibt ihnen keine andere Wahl, als bis Montag zu warten. Dann werden nämlich Pieter und Belinda die Reise nach Ottawa antreten, um dort nach Ron Wellington Ausschau zu halten, die Botschaft von Benin in der ‚Glebe Avenue' zu besuchen und auch, wenn notwendig, der kanadischen Münzanstalt einen Besuch abzustatten. Irgendwas muss sich doch herausfinden lassen. Nach einem erneuten Anruf im ‚Marriott Hotel' in Toronto, erhält Pieter wieder die gleiche Antwort: Kein Ron Wellington hier und sein Zimmer, welches auf Pieters Rechnung ging, ist total geräumt, nichtmals ein Haar von dem Gesuchten auffindbar.

Obwohl es Samstagnachmittag ist, verständigt Pieter Tony Kallman kurz von der prekären Situation und verlegt seinen Termin mit ihm auf den kommenden Mittwoch, wieder um die Mittagszeit im ‚Sunny Shore' und diesmal im Beisein von Hendrik Kauser.

Während noch alle im ‚Georgian Room' zusammensitzen, beobachtet Pieter jeden einzelnen. Belinda bewahrt ihre Fassung recht gut, Ingolf Wittenauer und Pierre Labonte erwecken irgendwie Pieters Mitleid, sind doch in den letzten Stunden all ihre Träume wie Seifenblasen zerplatzt. Völlig in sich zusammengesunken sitzen sie da, geben keinen Ton von sich. Hendrik Kauser hat sich für einige Minuten entschuldigt, kommt aber nach einer kurzen Zeitspanne mit der Assistant Managerin, die er bittet, den Anwesenden einen kurzen Aufklärungsvortrag über einen Internetbetrug zu halten. Hierbei gibt er offen und ehrlich zu, dass es auch für ihn Neuland ist. Die etwas füllige Dame, die vorübergehend den Manager vertritt und das Hotelresort leitet, erklärt nun für alle leicht nachvollziehbar, dass kaum ein Tag vergeht an dem nicht, im Internet als ‚Email' getarnt, irgendwelche scheinbare Erben gesucht werden, denen riesige Summen als angebliche Erbschaften zustehen. Diese und ähnliche Tricks sind inzwischen vielen Internetbenutzern in aller Welt bekannt und werden bereits meistens auf der ‚Email' Seite im Internet als ‚Spam', also falsch oder nutzlos, deklariert. Niemand mit gesundem Menschenverstand sollte auf so etwas hereinfallen und Geld dahin senden. Trotzdem gibt es nicht Hunderte sondern Tausende von leichtgläubigen Menschen, die immer noch auf diese üblen Machenschaften hereinfallen. Soweit ihr kurzer Vortrag. Sie bedankt sich fürs Zuhören und verlässt die deprimierte Gruppe.

‚Mein Gott', Pieters Gedanken schlagen Purzelbäume, ‚ich habe wenigstens die 1,2 Millionen Dollar gerettet' und wenn alles nach seinen bereits ausgearbeiteten Plänen läuft, kann er den Großteil der Diamanten, die er mehr durch Glück und Zufall noch in seinem Besitz hat, hoffentlich legal verkaufen. Dann verspricht die Zukunft mit Belinda sich immer noch so zu gestalten, wie es sich beide vorstellen.

Hendrik hat sich von seinem Stuhl erhoben und wandert, die Hände auf dem Rücken, ruhelos im Raum auf und ab. Die Blicke aller Anwesenden sind jetzt auf ihn gerichtet. Ruckartig dreht er sich um und schaut den beiden Männern, Ingolf und Pierre, die immer noch am gleichen Fleck verharren, mit stechendem Blick in die Augen:

„Dieser Mann", dabei deutet er auf Pieter „und seine Begleiterin haben sehr wahrscheinlich ein riesiges Vermögen verloren. Sie sind von einem raffinierten und ausgekochten Betrüger auf professionelle Art und sogar durch Unwissenheit von der eigenen Verwandtschaft bekräftigt, in eine Falle gelaufen, in die jeder von uns auch gestolpert wäre. Ihr beiden hättet es jedoch besser wissen müssen. Ihr habt euch so dämlich und naiv benommen wie es schlimmer nicht mehr geht. Jeder gehirngeschädigte Trottel hätte sich besonnener und vorsichtiger verhalten. Über siebzig Tausend Dollar, die ihr durch diesen ‚Scam' bereits verloren habt, sind besonders für euch eine Menge Geld. Da müsst ihr euch nun allein durchbeißen. Ich wünsche euch jedenfalls für eure Zukunft mehr Glück. Eine solch idiotische Dummheit wird euch hoffentlich nicht noch einmal passieren, da bin ich mir sicher. Das ist alles, was ich zu sagen habe."

Nach diesen Worten verabschiedet er sich von jedem einzelnen und verlässt, das linke Bein stärker als normal nachziehend, den Raum. Die vier hinterbliebenen Personen sitzen wie versteinert auf ihren Stühlen. Keiner gibt auch nur einen Muckser von sich. Plötzlich fallen bei Belinda die ersten Tränen, die sich in Minutenschnelle in ein herzzerbrechendes Schluchzen verwandeln. Alles Trösten ist vergeblich. Selbst als Pieter liebevoll seinen Arm um ihre Schultern legt, gelingt es ihm nicht, ihren Weinkrampf einzudämmen. Ingolf Wittenauer und Pierre Labonte verabschieden sich eingeschüchtert, doch in diesem Moment hebt Belinda ihren Kopf und schaut die drei Männer mit verweinten Augen an. Sie möchte so gerne etwas sagen, doch ihre Stimme versagt und so kommt nur ein zaghaftes

„Ihr tut mir ja alle so leid" über ihre Lippen.

Nachdem Ingolf Wittenauer und Pierre Labonte den Raum verlassen haben, sitzen Pieter und Belinda noch einige Zeit still und regungslos beieinander. Erst als sie ihn fragend anschaut, beginnt er zu sprechen:

„Ja Belinda, ich habe heute einen großen Teil des Geldes verloren, mit dem ich unsere Zukunft aufbauen wollte. Nicht nur das. Ich muss mir auch persönlich einen Großteil der Schuld zuschieben. Wie konnte ich auch nur so fahrlässig handeln? Doch es ist nicht das Ende der Welt! Wir werden immer noch genug haben, um das ‚Sunny Shore' gleich zwei Mal kaufen zu können. Dessen bin ich mir sicher. Am Montag werden wir in Ottawa sein und ich bin zuversichtlich, dass wir dort an Ort und Stelle allerhand erfahren werden. Doch nun möchte ich zuerst noch einmal kurz mit Hendrik Kauser sprechen bevor er das Hotel verlässt. Du bist herzlich willkommen, dabei zu sein, kannst dich aber auch ausruhen. Was immer du vorziehst." Belinda streichelt liebevoll mit beiden Händen über seine Wangen.

„Wenn es dir nichts ausmacht, würde ich mich gerne etwas ausruhen. Das alles hat mich doch mehr belastet als ich dachte."

„Du hast ja deinen Zimmerschlüssel. Bis bald." Liebevoll küsst er sie auf ihren weichen Mund, dann noch einen Kuss auf die Stirn, bevor er zur Rezeption zurückgeht und nach Hendrik Kauser fragt. Dieser erscheint kurz danach in der Lobby und bittet Pieter, ihm zu folgen. Auch Hendrik sieht jetzt recht mitgenommen aus. Der strahlende Glanz ist aus seinen Augen gewichen. Seine Sorgen sind durch die heutigen Ereignisse noch größer geworden. Das ist gerade der eigentliche Grund, warum ihn Pieter unbedingt heute noch einmal sehen wollte.

Hendrik muss nächste Woche die Zinszahlung für ein Darlehen an einen ‚Loan Shark' vornehmen und bei der derzeitigen Hotelbelegung wird es ihm schwer fallen, die Gesamtsumme bis zum Zahltag zusammen zu bekommen. Der Hypothekengeber entpuppte sich nach kurzer Zeit, als die geforderte Zinszahlung durch das schleppende Geschäft, verspätet einging, als ein Geldhai der übelsten Sorte. Er schraubte die Zinshöhe von zwölf auf vierundzwanzig Prozent. Dazu kamen so viele extra Gebühren, die ihm der ‚Moralganove', wie Hendrik den Ex-Bankier Bobby Lüders bezeichnet, aufbrummte, sodass er der Zahlungsunfähigkeit nahe ist. Momentan gelingt es ihm gerade, sich mit Mühe und Not über Wasser zu halten.

Anstatt sich ins recht ungemütliche Manager Büro zu setzen, zieht Hendrik es vor, sich mit Pieter einen Tisch im hinteren Ende des Restaurants zu suchen, wo man sich ungestört unterhalten kann und gleichzeitig einen besonders schönen Ausblick auf den davorliegenden See hat. Inzwischen ist Nachmittag geworden und die zwei sind die einzigen Restaurantgäste. Während Hendrik die Serviererin herbeiruft, fragt er Pieter nach seinen Wünschen. Obwohl beide in den letzten Stunden mehr als genug Kaffee konsumiert haben, wird es doch wieder für jeden eine Tasse desselben.

Pieter beginnt ohne Umschweife mit der Unterhaltung. Hendrik ist sichtlich überrascht, als er ihm erklärt, dass er, trotz des heute Mittag erlebten Fiaskos, immer noch großes Interesse am Objektkauf hat. Er möchte sich deshalb nach seiner und Belindas Rückkehr aus Ottawa am Mittwoch mit Tony Kallman zwecks des Angebotes nochmals treffen. Er bittet Hendrik daher auch dabei zu sein falls er Fragen hat, da der Kauf sehr kurzfristig über die Bühne gehen soll.

„Schließlich brauchen Belinda und ich auch einen Platz, wo wir unsere Füße ausstrecken können." Hendrik stößt einen tiefen

Seufzer aus.

„Pieter, das ist alles nicht so einfach wie du dir das vorstellst. Mein Partner und ich brauchen einen Kaufpreis von mindestens fünf Millionen Dollar, um alle Gläubiger zufrieden zu stellen. Es treibt mir Tränen in die Augen, wenn ich mir vorstelle, dass wir bei dem Geschäft nochmals ungefähr das gleiche verlieren, denn über zehn Millionen stecken in dem Gesamtobjekt. Das ist nun mal so und wir, mein Partner und Freund, ein deutscher Graf, haben uns schweren Herzens damit abgefunden. Es ehrt und freut mich zwar, dass du immer noch am Kauf interessiert bist, doch muss ich dich darauf aufmerksam machen, dass erstens die Anzahlung nicht gerade gering sein wird und zweitens der Abschluss in rund sechzig Tagen über die Bühne gehen muss. Es geht uns ansonsten die Luft aus, mit anderen Worten, es bleibt uns nichts anderes übrig, als die Insolvenz anzumelden. Nun kommst du, hast gerade durch einen riesigen Betrug alles oder fast alles verloren und bist immer noch am Kauf interessiert. Ist da etwas, was ich nicht mitbekommen habe?"

„Hendrik, du hast natürlich Recht. Ich habe heute viel, aber nicht alles verloren und ein Samariter bin ich weiß Gott auch nicht. Belinda und mir gefällt es hier und wenn du jetzt auf mein Angebot eingehst, werden Tony Kallman und ich es am Mittwoch bei dem Kaufabschluss viel leichter haben. Hier ist mein Angebot:

„Ich gebe dir am Mittwoch eine Million Dollar als feste Anzahlung und den Betrag von vier Millionen zweihundert Tausend Dollar bei Übernahme in sechzig Tagen. Wenn du damit einverstanden bist, hier ist meine Hand!"

Pieter streckt seine Hand aus und ein einfacher Händedruck von beiden Seiten besiegelt nicht nur ein Geschäft, sondern eine Freundschaft, die ein Leben lang halten wird.

Hendrik erhebt sich, murmelt etwas vor sich hin und verlässt das Restaurant in Richtung Toilette. Der alte Mann möchte vermeiden, dass Pieter die Tränen in seinen Augen wahrnimmt. Als er zurückkommt, unterhalten die beiden sich noch eine längere Zeit über Pieters Herkunft. Er erzählt die Geschichte des Kennenlernens mit Belinda, seine große Liebe auf den ersten Blick und indem er Hendrik in die Augen schaut, beteuert er, dass er ihm eines Tages seine gesamte Lebensgeschichte erzählen wird. Die Stunden sind verflogen und es wird Zeit, sich zu verabschieden. Hendrik muss zurück nach Hause und Pieter möchte zu seiner Belinda.

Sie geben sich die Hände und dann drückt Hendrik Pieter an sich. Pieter läuft es heiß und kalt über den Rücken, denn genauso hatte es sein Vater mit ihm beim Abschiednehmen auch immer getan.

Kapitel 16: Pieters Blitzbesuch in Südafrika

Leise wie nur eben möglich öffnet Pieter die Zimmertüre, doch Belinda sitzt bereits in dem Sessel vor dem Fernsehgerät und hat gerade auf die Nachrichtensendung umgeschaltet als Pieter eintritt. Als sie ihn bemerkt, springt sie erfreut auf, rennt ihm förmlich in die Arme und schmiegt sich mit der Sanftheit einer Siamkatze an ihn. Liebevoll streicht er über ihre Haare und küsst sie auf ihren weichen, vollen Mund.

Er berichtet von seiner Unterhaltung mit Hendrik und instinktiv bemerkt sie, wie respektvoll er über diesen Mann redet, der allerdings in der relativ kurzen Zeit auch ihre Sympathie erworben hat. Danach lenkt er sein Gespräch auf ihren gemeinsamen Besuch in Ottawa und schlägt vor, dass sie vielleicht schon morgen, also am Sonntag, die Hinreise bewerkstelligen sollen, denn wie bereits auch Hendrik erwähnt hat, steckt der kanadische Winter voller Überraschungen. Belinda ist sofort mit seinem Vorschlag einverstanden und dabei so übereifrig, dass sie innerhalb der nächsten Stunde, bis auf einige Toilettenartikel, bereits ihre Tasche gepackt hat und reisefertig ist.

„Belinda, heute ist immer noch Samstag und ich habe mir vorgestellt, dass wir uns morgen Mittag, gleich nach dem Essen auf den Weg machen. Die Fahrt wird etwa fünf Stunden in Anspruch nehmen und uns genügend Gelegenheit geben, unseren neuen SUV (Geländewagen) auf Herz und Nieren zu prüfen. Die Wettervoraussage verspricht viel Sonnenschein und glücklicherweise keinen Schneefall für die nächsten zwei Tage". Sie beschließen, auf dem Hinweg die Landstraßen zu benutzen und auf dem Rückweg nach Toronto der Autostraße Nr. 401 den Vorzug zu geben. In Toronto möchten sie dann einen Tag mit Onkel John und Tante Bertha verbringen und anschließend wieder zum ‚Sunny Shore' zurückfahren, um den Vertragsabschluss für den Kauf des Hotelresorts mit Tony Kallman und Hendrik Kauser durchzuführen.

Klirrend kalt, doch blauer Himmel und frisch gefallener Schnee, stellenweise noch von keinem menschlichen Fuß berührt, verwandeln die Muskoka Gegend in der Georgian Bay in ein Winterwunderland. Auch das ‚Sunny Shore' Gebäude, die Außenwände mit Natursteinen verkleidet, das rote Ziegeldach, die Blumenkästen an den Balkons noch mit der Weihnachtsdekoration geschmückt, erweckt den Eindruck eines französischen Landschlosses. So drückte sich jedenfalls der Reporter einer Torontoer Tageszeitung in seinem Artikel aus.

Doch Pieter wie auch Belinda befinden sich leider nicht in der Laune, die ihnen gebotenen Schönheiten der winterlichen Natur zu bewundern. Viel zu tief sitzt ihnen immer noch der Schock des Geldverlustes und auch die gesamte Betrugsaffäre in den Gliedern. Für Pieter ist es einfach unfassbar, dass sich jemand seine Freundschaft erschleicht, um ihn dann skrupellos und eiskalt um sein Vermögen zu bringen. ‚Aber ist das überhaupt der Fall?' Immer noch tauchen Zweifel in ihm auf, die ihn in den Glauben versetzen, dass doch die Geldreinigung echt ist und in der kanadischen Münzanstalt vorgenommen wurde und sogar dort noch lagert. ‚Vielleicht ist Ron Wellington irgendwas zugestoßen und er hatte bisher keine Chance, es ihm mitzuteilen? Quatsch, die Geschichte, die er mit Ingolf Wittenauer und Pierre Labonte fabriziert hat, die monatelang sich immer wieder hinziehenden und unterschiedlich deklarierten Geld und Kostenforderungen sprechen Bände dagegen.'

Pieter war eigentlich derjenige, der Belinda vorgeschlagen hatte, die Abreise nach Ottawa erst am Sonntagnachmittag anzutreten, doch jetzt wird er so von einer eigenen Unruhe getrieben, dass er ihr vorschlägt, die Abreise um einige Stunden vorzuverlegen. Sie können die Fahrzeit durch langsameres Fahren verlängern, damit sie die Schönheit der kanadischen Winterlandschaft wenigstens etwas genießen können. Außerdem haben sie dann auch genügend Zeit, unterwegs Pausen einzulegen. Die Wahrheit ist jedoch eine ganz andere. Die innere Unruhe, das Unwissen über die Vorgänge der letzten Tage, das Verschwinden Ron Wellingtons sind die Gründe, die ihn dazu treiben, so schnell wie möglich nach Ottawa zu kommen, um vielleicht doch etwas herauszufinden, was ihm mehr Aufschluss über das Vorgefallene vermitteln wird.

Die Fahrt nach Ottawa beginnt also zwei Stunden früher als geplant, denn Pieters Vorschlag sagt auch Belinda zu. Obwohl sie einige Tage abwesend sein werden, erhalten sie ihre Zimmerreservierung aufrecht.

Ihre Fahrt führt sie zunächst über die Landstraße Nr. 12 durch die Kleinstadt Orillia, danach über die Landstraße Nr. 11 durch den idyllischen Touristenort Huntsville und weiter geht's auf der Landstraße Nr. 60 in Richtung Osten, quer durch den ‚Algonquin Park', einer Naturoase der Provinz Ontario. Sie fahren an zugefrorenen und verschneiten Seen, lieblichen Dörfern links und rechts der Straße und weit übers Land verstreuten Farmen vorbei. Nach rund fünf Stunden Fahrzeit erreichen sie den Stadtrand der kanadischen Hauptstadt, die auch teilweise die Grenze zwischen den Provinzen ‚Ontario' und dem zum Großteil französisch sprechenden ‚Quebec' bildet.

Trotz der langen Fahrzeit haben sie auf jegliche Pause verzichtet. Für Belinda gibt es so viel zu sehen. Immer wieder ist sie beeindruckt von der Schönheit der Landschaft während sich Pieter von seinen Sorgen geplagt aufs Fahren konzentriert. Dennoch nimmt er sich die Zeit für eine zeitweilige Unterhaltung mit ihr, dabei jedoch immer wieder über sein Vorgehen in Ottawa nachdenkend.

Erst als sich jener rötliche Schimmer am Horizont zeigt, der den Anbruch der Dunkelheit ankündigt, steuert Pieter von der Autostraße Nr. 417 direkt auf die Stadtmitte Ottawas zu. Bereits im ‚Sunny Shore' hat er sich mit dem Stadtplan Ottawas vertraut gemacht und jetzt hilft ihm sein GPS Navigationsgerät, den Weg zur Elgin Street in der Stadtmitte zu finden, wo er bereits heute Morgen ein Zimmer im ‚Lord Elgin Hotel' reserviert hat.

Die Dunkelheit ist über die Stadt hereingebrochen als sie endlich im Hotel ankommen, doch das Lichtermeer der Großstadt lässt Hotel und Umgebung taghell erscheinen. Nachdem sie in ihr komfortables Zimmer eingecheckt haben, beschließen sie als erstes, ihren Hunger zu stillen. Sie befolgen den Vorschlag der Dame an der Rezeption und entscheiden sich für das von ihr hochgelobte Hotelrestaurant ‚Grill 41'.

Nach dem ausgezeichneten Abendessen und der dazugehörenden Flasche Rotwein beschließen sie, trotz klirrender Kälte, das sich nur einen Steinwurf vom Hotel entfernte Parlamentsgebäude anzuschauen. Vor dem Regierungsgebäude angekommen, schauen sich beide an und ihre Wortwahl ist fast gleich:

„Das sieht ja aus wie in London". Obgleich das Stadtzentrum sehr viel zu bieten hat, Belinda weiß nicht, wohin sie zuerst schauen soll, erinnert Pieter sie an seine Vorbereitungen, die er für seinen morgigen Besuch noch treffen muss. Sie wandern zurück zum Hotel und bestellen sich, lieber als an der Bar zu sitzen, eine Flasche Rotwein auf ihr Zimmer. Pieter überfliegt noch einmal alle Fragen, die ihm am Herzen liegen, für seine morgigen geplanten Besuche. Punkt für Punkt wiederholt er sein Spiel einige Male, bis er sicher ist, nichts vergessen zu haben und gesellt sich dann zu Belinda. Gemeinsam schauen sie sich noch eine spannende Fernsehsendung an, um danach eng zusammengekuschelt, in einen traumlosen Schlaf zu sinken.

Nach dem Frühstück am nächsten Morgen führt sie ihr erster Weg zur Botschaft von Benin in der ‚Glebe Avenue'. Trotz aller von den Botschaftsangestellten gewährten Hilfe ist den Angesprochenen ein Mr. Wellington nur vage als Geschäftsmann, zwar mit einem Büro im Gebäude bekannt, aber definitiv nicht als Staatsangestellter von Benin.

Als Pieter dem herbeigeholten Büroleiter der Botschaft den Sachverhalt erklärt, verständigt dieser sogar den Botschafter persönlich, der zu seinem Bedauern Pieter und Belinda auch nur eine negative Antwort geben kann. Pieter wird schnell klar, dass sie hier kein Weiterkommen erwarten können. Obwohl er bereits die richtige Antwort voraussieht, beschließen beide, der kanadischen Münzanstalt in der ‚Granville Street' einen Besuch abzustatten. Freundlich und höflich erhalten Pieter und Belinda die einleuchtende Aufklärung, dass man zwar alle Sorten von Münzen und Sonderausgaben von Münzen für Sammler und auch gesamte Kollektionen hier herstellt und prägt, aber von einer Geldscheinreinigung ist auch hier nichts bekannt und so lange man zurückdenken kann, ist niemand mit einem solchen Auftrag an sie herangetreten.

Pieter und Belinda bedanken sich für die so wichtige Auskunft und nach dem „Auf Wiedersehen" kommen nur zwei Worte über Pieters Lippen: „Wieder Fehlanzeige". Endgültig wird ihm jetzt klar, dass er vollends einem äußerst geschliffenen und ge-wieften Betrüger in die Hände gefallen ist, der seine Erfahrung, ohne großes Auffallen oder gar Fahndungen und polizeiliche Ermittlungen davonzukommen, geschickt ausgenutzt hat und auf Nimmerwiedersehen verschwunden ist.

Pieter bleibt nichts anderes übrig, als sich selbst einzugeste-hen, dass er sich in ein Glücksspiel eingelassen und dafür jetzt seinen Preis bezahlt hat. Beim Mittagessen in einem kleinen Restaurant, ebenfalls in der Elgin Street, gesteht er Belinda sein letztes Geheimnis. Er schließt sein Gespräch mit den Wor-ten:

„Thema abgeschlossen. Bitte kein Wort mehr darüber verlie-ren!" Er hat verloren und bekommt nicht einmal die Chance, den Täter zur Rechenschaft zu ziehen ohne sich und andere dabei in Gefahr zu bringen.

Für den Nachmittag steht nur noch die Südafrikanische Bot-schaft auf dem Programm. Auch dieser vorgesehene Besuch endet nicht so wie er ihn sich vorgestellt hat. Nachdem er vor-sichtshalber erst dort anruft und zwar bei der ‚South African High Commission', teilt man ihm mit, dass alle Fragen, deren

Beantwortung er dringend benötigt, nicht in Ottawa, sondern vom südafrikanischen Generalkonsulat in Toronto beantwortet werden können.

Nach diesem Telefonat möchte er Ottawa am liebsten sofort verlassen, doch am Horizont ist eine dichte Wolkendecke aufgezogen und da sie nun schon einmal hier sind, werden Belinda und er den Rest des Tages dazu benutzen, sich ein wenig die zwar als kälteste Hauptstadt der Welt bekannte, aber auch äußerst schöne Stadt anzuschauen. Der Parlamentshügel steht als erstes auf dem Programm. Sie schauen sich das Parlamentsgebäude von innen wie auch außen an, bestaunen die auffallende Ähnlichkeit mit dem englischen Parlament, wandern am ‚Rideau Canal' mit hunderten anderen Spaziergängern entlang und gelangen schließlich beim ‚National Arts Centre' an, fast gegenüber von ihrem Hotel. Gerne hätten sie sich noch einige andere Attraktionen, wie zum Beispiel den ‚Byward Market' angeschaut, doch nicht nur der hereinbrechende Abend, sondern auch die Müdigkeit in ihren Beinen lassen sie zum Hotel zurückkehren. Sie lassen sich gemütlich im ‚Grill 41' Restaurant nieder, wo Pieter seinen Ärger, Verdruss und Verlust am liebsten im Alkohol ertränken möchte.

Zum ersten Male für heute, lacht Belinda ihn an, nachdem er ihr seine depressiven Gedanken mitgeteilt hat.

„Vergiss nicht, du hast viel Geld verloren, aber, wie du selbst sagst, bist du noch lange kein armer Mann und selbst, wenn du alles verloren hättest, hast du immer noch mich und zwar so Gott will, bis zu deinem Lebensende."

Pieter schaut ihr in ihre großen opalgrünen Augen und plötzlich erscheint auch in seinem Gesicht ein Lächeln.   „Ja, du hast recht und damit du es weißt und nicht vergisst: Für dich würde ich zu Fuß nach Südafrika marschieren, nur um dich zu finden!" Dann wird sein Gesicht wieder ernst. Seine Blicke immer noch in ihre Augen vertieft, ergreift er ihre Hände:

„Belinda Holborn, ich liebe dich mit allem was mein Herz geben kann. Willst du mich heiraten?"

Im Moment sieht es so aus als hätten sich ihre Pupillen noch vergrößert und mit verzaubertem Gesicht, seinen Blick erwidernd, sprudelt sie die Worte heraus:

„Eine Frage, die ich mir selber bisher nur einmal gestellt habe, weil es dafür auch nur eine Antwort gibt und die ist ja und falls du nicht richtig gehört hast, wiederhole ich es noch fünf Mal: Ja, ja, ja, ja und nochmals ja. Doch jetzt möchte ich erst einmal in unserem Zimmer verschwinden und mit dir eins sein. Du darfst dann eine Flasche Champagner spendieren."

Es ist inzwischen neun Uhr abends geworden, als Pieter noch einen letzten Blick in den Spiegel wirft und Belinda, die bereits auf ihn wartet, in den Arm nimmt. Er will mit ihr im ‚Grill 41' etwas tun, was es normalerweise nicht gibt: Glück und Verlust gleichzeitig zu feiern. Alle Depressionen sind wie vom Winde verweht. Ein unbeschreiblicher Glückstaumel hat nicht nur von ihm sondern auch von ihr Besitz ergriffen und als wenn sie es nicht schon längst in ihrem tiefsten Inneren gewusst hätten, hat es nun auch ihre Herzen voll in Besitz genommen. ‚Gott Amor' hat unweigerlich zugeschlagen und zwar für den Rest des Lebens.

Der in der Nacht zum Mittwoch gefallene Schnee hat die Bundeshauptstadt Kanadas in ein frisches, weißes Kleid getaucht. Überall auf den Straßen sind schwere Schneeräumgeräte im Einsatz als Pieter und Belinda sich auf den Heimweg begeben, nein erst nach Toronto zu Onkel John und Tante Bertha. Der mit Allradantrieb und Winterreifen ausgerüstete Mercedes Benz GLK bewältigt den teilweise noch auf den Straßen liegenden Schnee mit Leichtigkeit.

Pieter hat sich entschieden, zuerst die vierspurige Autostraße Nr. 416 bis zum Anschluss an die Autostraße Nr. 401 zu nehmen. Bis nach Toronto will er auf dieser verbleiben. Von dort aus findet er dann leicht auf die ihm schon bekannten Stadtstraßen zur ‚Rutherford Road', also zu Onkel Johns und Tante

Berthas Haus. Belinda hat ihre Ziehmutter, Tante Bertha, bereits per Telefon von ihrem Kommen verständigt. Sie freuen sich riesig über den Besuch ihrer ‚Schützlinge‘, wie sie sie bezeichnen.

Während ihrer Unterhaltung hat Pieter einen glänzenden Einfall. Warum fragen sie Tante Bertha und Onkel John nicht, ob sie die Nacht bei ihnen verbringen können. Pieter könnte dann schon recht früh am nächsten Morgen das ‚Südafrikanische Generalkonsulat‘ in der ‚Sheppard Avenue‘ aufsuchen und dort vielleicht die Fragen beantwortet bekommen, die ihm so brennend auf dem Herzen liegen.

Obgleich im Flüsterton gesprochen, hat Tante Bertha doch den Großteil der kurzen Unterhaltung zwischen den beiden mitbekommen. Sie verlässt den Raum für einige Minuten, kommt mit einem breiten Lachen im Gesicht zurück und verkündet:

„Das Gästezimmer ist hergerichtet. Ihr braucht also nur noch eure ‚Klamotten‘ hereinzuholen.“ Gastfreundschaft wird bei den Kanadiern im Allgemeinen groß geschrieben. Tante Bertha und Onkel John machen darin keine Ausnahme.

Pieter und Belinda verbringen einen angenehmen Abend im Hause ihrer Verwandten, gehen verhältnismäßig frühzeitig zu Bett. Pieter ist am nächsten Morgen der erste, der schon vor acht Uhr mit Bertha, die als Frühaufsteherin bekannt ist, zusammen am Kaffeetisch sitzt. Gegen 8:30 Uhr verlässt er bereits das Haus, damit er noch vor neun Uhr im Generalkonsulat der Südafrikanischen Republik eintrifft und hoffentlich die Gelegenheit bekommt, mit einem der zuständigen Konsulatsbeamten die ihm am Herzen liegende Angelegenheit besprechen zu können.

Tatsächlich sitzt er kurz nach neun Uhr dem zuständigen Botschaftsrat gegenüber, einem dunkelhäutigen, mittelgroßen Mann, dessen Kinn ein kleiner Spitzbart ziert. Dr. Saman Burgander hört sich Pieters Fragen schweigend an. Hier und da unterbricht er Pieter, stellt eine Zwischenfrage und als Pieter ihm den Sachverhalt, soweit er ihn preisgeben möchte, erklärt hat, schaut ihm Dr. Burgander in die Augen und beginnt mit seiner Antwort:

„Mr. van Dohlen, zuerst einmal möchte ich bemerken, dass wir zwar heute strenge Gesetze bezüglich des Handels und der Ausfuhr von Diamanten haben, aber in ihrem Fall handelt es sich ja eigentlich mehr um eine Fundsache, jedenfalls wie sie es darstellen. Fundsachen, die sie innerhalb ihres eigenen Grundstückes finden, sind keine Funde in diesem Sinne sondern gehören zum Eigentum des Grundbesitzers. Ihr Fall wäre also äußerst einfach, wenn sie den Nachweis erbringen können, dass der Fund auf ihrem Besitz stattgefunden hat. Hier wäre allerdings zu prüfen, ob bei einem Verkauf des Besitzes eventuelle Steuern anfallen, was ich aber im Falle einer Auswanderung, wie es bei ihnen der Fall ist, nicht annehmen würde. Haben sie noch irgendwelche Beziehungen zu ihrem früheren Arbeitgeber? Die Bestätigung zu bekommen, dass es sich nicht um aus der Mine geschmuggelte Ware handelt, wird sehr wahrscheinlich ihr größtes Problem darstellen. Um dieses ‚Kimberlite Certificate' zu erhalten, wäre es für sie vielleicht der einfachste und zweckmäßigste Weg, nochmals nach dort zurückzukehren, die hier wertgeschätzten und versicherten Diamanten mitzunehmen und dort überprüfen zu lassen."

Daran hat Pieter auch schon gedacht und die Antwort, die er hier auf seine diesbezügliche Frage erhalten hat, bestätigt ihm sein Vorhaben. Er wird also schnellstmöglich nach Südafrika fliegen, um dort den genauen Sachverhalt mit den Behörden und auch den zuständigen Vertretern der ‚Venetia Mine' aufzuklären. Vorher wird er jedoch die Edelsteine hier in Kanada untersuchen lassen und auch gegen Verlust und Diebstahl versichern, soweit die Möglichkeit besteht. Zusätzlich wird er den gesamten Restbestand der Diamanten fotografieren lassen und alle Diamanten mitnehmen und zwar besonders die, die noch Spuren des Gesteins aufweisen, aus dem sie herausgebrochen wurden. Das ist jetzt sein Plan und er ist überzeugt, dass ihm dieser so gelingen wird. Hocherfreut und äußerst zufrieden über die erhaltene Auskunft bedankt er sich bei dem Konsulatsbeamten, verabschiedet sich höflich und fährt zurück zur Rutherford Road.

Sofort nach seiner dortigen Ankunft muss er sich mit Belinda auf den Weg nach Norden zum ‚Sunny Shore' begeben, denn um die Mittagszeit wird Tony Kallman mit den Papieren des Kaufvertrages dort erscheinen und auch Hendrik Kauser wird sicherlich auf sie warten. Die Fahrt verläuft ohne jeglichen Zeitverlust. Die benutzte Autostraße Nr. 400 ist schnee- und eisfrei, so dass sie ihr Ziel noch vor Mittag erreichen.

Tony Kallman und Hendrik Kauser sitzen schon in dem kleinen Konferenzraum zusammen, haben nochmals alle vertraglich erforderlichen Papiere überprüft. Der Vertragsabwicklung scheint nichts mehr im Wege zu stehen. Nur die Unterschriften von Käufer und Verkäufer müssen dem Kaufvertrag noch seine Gültigkeit bescheinigen. Pieter überfliegt das vorbereitete Dokument, das Kleingedruckte wird er seinem Rechtsanwalt überlassen, der ja mehr als ausreichend dafür bezahlt wird. Jedenfalls behauptet das auch Hendrik Kauser, der die meisten Rechtsanwälte als ‚hochdotierte Rechtsverdreher' oder, wenn er besonders wütend auf sie ist, als ‚Parasiten der menschlichen Gesellschaft' bezeichnet.

Pieter van Dohlen übergibt Tony Kallman, nachdem dieser ihm eine Vertragskopie in die Hand gedrückt hat, den bereits vorbereiteten Scheck über eine Million Dollar und klärt nochmals mit beiden, Tony Kallman als auch Hendrik Kauser ab, dass der Restbetrag in Höhe von vier Millionen zweihunderttausend Dollar am Übergabetag als beglaubigter Bankscheck fällig wird. Dieses erlaubt Pieter sechzig Tage, vom heutigen Tag an gerechnet, zur restlichen Geldbeschaffung. Er hat also zwei Monate zur Verfügung, nach Afrika zu fliegen, alles in geordnete Bahnen zu lenken und den Restbestand der Diamanten bei seinem Rückflug entweder in Antwerpen oder Amsterdam zu verkaufen.

Pieter ist sich bewusst, welches Risiko er mit seiner Unterschrift eingegangen ist. Gleichzeitig ist er aber auch überzeugt davon, dass von seiner Seite aus nichts mehr schiefgehen kann. Im Kaufangebot selbst ist noch eine bedingte Zeit von dreißig Tagen zu Pieters Sicherheit eingebaut, in der er alle baulichen sowie technischen Anlagen überprüfen lassen kann, entweder von ihm selbst oder von entsprechenden Fachingenieuren. Doch danach ist er vertraglich fest gebunden, innerhalb von weiteren dreißig Tagen den restlichen Kaufbetrag auf den Tisch zu legen. Nochmals Geld zu verlieren ist nicht in seinem Sinne.

Die beiden großgroßen Verlierer, Ingolf Wittenauer und Pierre Labonte, erwecken immer noch Mitleid in ihm. Sie haben wirklich das bisschen, was sie besaßen, nach der Betrugsaffäre mit Ron Wellington verloren. Dabei denkt er nichtmals an seinen eigenen, weitaus größeren Verlust. Die Welle dieser Art des Betruges scheint sich in Windeseile zu verbreiten. Wie Tony Kallman Pieter erklärt, wird das Internet täglich mit der Art von Betrug, wie Ingolf Wittenauer hineingelegt wurde, benutzt, um neue, leichtgläubige Menschen zu finden.

Nach getaner Arbeit begeben sich die drei ins Restaurant. Pieter bittet Belinda, die allein an einem Tisch am Fenster sitzt, sich zu ihnen zu gesellen und nun ist die Zeit, wo sie zusammen mit einem Glas Champagner anstoßen, von Tony Kallman spendiert.

Von jetzt an werden für Pieter noch einige harte Wochen kommen, doch er hat alle Vorarbeiten bereits geleistet und noch heute Abend wollen er und Belinda sein genaues Vorgehen über die nächsten dreißig Tage bis ins kleinste Detail planen und durchsprechen.

Es wird später Nachmittag als die beiden in ihr Zimmer zurückkehren, denn aus einer Flasche Champagner sind schließlich drei geworden. Nach der ersten Flasche hat Hendrik die zweite und danach Pieter die dritte spendiert und so ist schließlich jeder auf seine Kosten gekommen. Belinda fühlt sich leicht wie eine Feder. Schließlich ist sie so viel Alkohol nicht gewohnt und hat daher einen kleinen Rausch, legt sich nach Ankunft im Zimmer in ihr Bett und innerhalb kürzester Zeit ist sie im Reich der Träume gelandet. Pieter hat sich seinen Sessel vor die Balkontüre gezogen, seine Blicke schweifen gedankenverloren durch die Glasfläche nach draußen in die inzwischen fast rabenschwarze Nacht. Das Geräusch der Wellen des vor ihm liegenden Sees dringt durch die geschlossene Türe und vermittelt ihm trotzdem eine wohltuende Ruhe. Innerhalb der nächsten Wochen wird er zurück nach Südafrika fliegen, wird dort hoffentlich alles was ihn momentan noch belastet, klären können, um nach seiner Rückkehr nach Kanada mit Belinda ein geregeltes Leben in ihrer neuen Heimat zu beginnen.

Die nächsten zwei Tage verbringen die beiden zwar noch im ‚Sunny Shore', aber Pieters Reisevorbereitungen beschäftigen sie vollauf. Obwohl Belinda während seiner Abwesenheit ihre Zeit in Markham bei Tante Bertha und Onkel John verbringen wird, beschließt Pieter, ihre Zimmerbuchung hier im Hotel aufrecht zu erhalten. Er hat ja alles Reisegepäck bereits nach hier geschafft. Auch sein Container mit den aus Südafrika gesandten Haushaltsgegenständen, Möbeln und Kleidern kann ja nun jeden Tag eintreffen.

Pieter hat Belinda mit dieser Aufgabe betraut und auch Hendrik Kauser ist vollends über den Sachverhalt informiert und wird das seine dazu beisteuern, dass bei der Ankunft des Containers ein vorläufiges Abstellen im Hotel beziehungsweise in dem hinter dem Hotel befindlichen Lagerhaus erfolgt.

Die dritte Januarwoche beginnt mit Schnee und nochmals Schnee. Pieter hat seinen Flug für Dienstag, den 19. Januar von Toronto nach Johannesburg gebucht. Die Abflugzeit ist kurz nach zwei Uhr nachmittags mit einem Zwischenaufenthalt in New York und von da direkt mit der ‚South African Airlines' nach Johannesburg, wo seine Ankunft in den frühen Abendstunden des 20.Januars erfolgen wird. Belinda und Onkel John bringen Pieter zum Flughafen. Die Verabschiedung zwischen Pieter und Belinda gestaltet sich so liebevoll und rührend, dass sicher viele der Anwesenden in der Abflughalle der festen Ansicht sind, dass es ein Abschied für immer ist und nicht nur etwas länger als einer Woche. Doch Belinda hat Angst; Angst, die sich in ihren Gesichtszügen deutlich abzeichnet. Pieter muss ihr immer wieder versichern, dass er in acht Tagen wieder fröhlich und gesund zurück sein wird. Lachend erklärt er ihr vor dem letzten innigen Kuss, dass er nicht in ein Land reist, das sich im Kriegszustand befindet, sondern dass er nur ihre gemeinsame, alte und friedvolle Heimat besucht. Sie winkt ihm mit beiden Armen so lange nach, bis er die letzte Kontrolle passiert hat und damit außer Sichtweite ist. Selbst auf dem Nachhauseweg muss ihr Onkel John immer wieder versichern, dass schon alles in Ordnung gehen wird. Trotzdem fällt es ihr nicht einfach, die Tränen, die immer noch über ihre Wangen rollen, zu stoppen.

Wie im Flugplan vorgesehen, wechselt Pieter in New York von der United Airlines ‚Boeing 737' auf einen ‚Boeing 747 Jumbo Jet' der South African Airlines über, der planmäßig am nächsten Spätnachmittag in Johannesburg landet. Pieter hat die meiste Zeit zum ausgiebigen Schlafen benutzt und wenn er nicht geschlafen hat, war er damit beschäftigt, alle auf ihn zukommenden Aufgaben zum wiederholten Male durchzudenken und die eventuell zu erwartenden Risiken bis aufs kleinste Detail zu überprüfen, um sie notfalls auf ein kalkulierbares Maß zu beschränken.

In Johannesburg angekommen, quartiert er sich im ‚Intercontinental Hotel' in Flughafennähe ein, um dort die Nacht zu verbringen und am nächsten Tag per Mietwagen nach Pretoria zu fahren. Hier will er verschiedenen Behörden, besonders dem Vermessungsamt, einen Besuch abstatten, wie ihm der Konsulatsbeamte in Toronto vorgeschlagen hat. Kurz nach dem Einchecken ins Hotel besucht er das Restaurant, bestellt sich ein kleines Abendessen. Eigentlich hat er überhaupt keinen Appetit. Um jedoch ein späteres Hungergefühl zu vermeiden, entscheidet er sich, seinen Magen zu füllen. Danach begibt er sich in sein Zimmer, um unverzüglich Belinda von seiner Ankunft in Johannesburg zu verständigen. Die beiden bringen wirklich nur ein paar Sätze zustande, denn die Verbindung ist so schlecht und reißt immer wieder ab, bis Pieter es schließlich aufgibt. ‚Belinda, meine allerliebste Belinda.' Dabei ist er nicht einmal vierundzwanzig Stunden von zu Hause, von seiner neuen Heimat, weg und doch hat das Heimweh ihn bereits erwischt und zwar nach der Person, der er sein zukünftiges Leben zu Füssen gelegt hat.

Noch am Abend vor seinem Abflug hatte er alle Papiere und Pläne, die seinen früheren Grundstücksbesitz in Südafrika betrafen, sorgfältig aussortiert, so dass es ihm am Morgen leichter fallen wird, den zuständigen Behörden den Zweck seines Hierseins zu erklären. Direkt nach seiner Ankunft in Johannesburg hat er sich noch am Flughafen mit genügend Rands (südafrikanische Währung) eingedeckt, denn aus Erfahrung weiß er noch, wie man am besten mit den hiesigen Behördenangestellten umgeht.

Um für morgen Früh gewappnet und fit zu sein, begibt er sich frühzeitig zu Bett. Der ‚Jetlag' macht sich bemerkbar und daher weiß er auch nicht mehr, wie lange er wach gelegen ist, bevor ihn endlich der Schlaf übermannt hat. Er schläft unruhig, träumt die schauerlichsten Dinge und ist froh, als der Morgen anbricht. Nach einem kurzen Frühstück macht er sich auf den Weg zum nur etwa hundert Meter entfernten Flughafen, mietet sich dort ein Auto und fährt unverzüglich Richtung Pretoria, der Hauptstadt der Republik. Als er nach fast zweistündiger Wartezeit zu einem Vermessungsbeamten vorgelassen wird, weist ihn dieser darauf hin, dass sein Anliegen nicht in Pretoria, sondern in der Entscheidungsbefugnis des Vermessungs- und Katasteramtes von Pietersburg liege. Zehntausend Rands wechseln von Pieter zu dem dunkelhäutigen Riesen mit dem kantigen Gesicht und innerhalb weniger Minuten hat sich der grobschlächtige, vor ihm sitzende Klotz in ein äußerst freundliches Individuum verwandelt und Pieter praktisch mit allen Antworten vertraut gemacht, die er zum Erfolg seiner Unternehmung dringend benötigt.

Pieter verlässt zufrieden das Behördengebäude mit dem was er erfahren hat, und geht unverzüglich auf die nächste Etappe über, nämlich dem Vermessungs- und Katasteramt in Pietersburg, welches zuständigkeitshalber alle Grundstücksdaten seines früheren Grundbesitzes in den dortigen Akten aufbewahrt. Nach der relativ kurzen Fahrt, Pieter hat nicht auf die Uhr geschaut wie lange sie gedauert hat, betritt er das gesuchte Amt. Zu seinem Leidwesen muss er aber feststellen, dass er gerade die Mittagszeit erwischt hat. Wiederum eine zweistündige Zwangspause, die sich aber dennoch für ihn lohnt. Während seiner Wartezeit besucht er die im Erdgeschoss untergebrachte Kantine, die auch den Behördengästen zugänglich ist. Er setzt sich an einen mit nur einer Person besetzten Tisch und beginnt ein aufgelockertes Gespräch. Siehe da, der an seinem Tisch sitzende Mann zeigt auf einen äußerst dunkelhäutigen Mann am Nebentisch und erklärt Pieter, dass dieser der für ihn zuständige Ansprechpartner sei. Der Mann schaut jetzt, aufmerksam geworden, zu ihrem Tisch und Pieters Tischnachbar bittet ihn, mit einer entsprechenden Handbewegung, sich zu ihnen zu gesellen. ‚Mein Gott, ist das Glück mir heute hold'. Pieters Gedanken scheinen sich zu bestätigen. Der Dunkelhäutige setzt sich zu ihnen und möchte natürlich gerne wissen, was beide von ihm möchten. Pieter erklärt kurz, um was es sich handelt und mit einer Handgebärde fordert der andere ihn auf, ihm zu seinem Büro im ersten Stockwerk zu folgen. Pieter wird klar, dass er die richtige Person gefunden hat, die ihm jetzt weiterhelfen kann. Diesmal wechseln mit einem Handschlag zwanzigtausend Rands ihren Besitzer.

Nach Durchsuchen der vorgelegten Grundbücher und verschiedener Lagepläne zeichnet Pieter mit einem Bleistift die ungefähre Fundstelle der Rohdiamanten ein. Beim Übereinanderlegen zweier Pläne stellt der Vermessungsingenieur, das ist sein offizieller Amtstitel, fest, dass sich die Fundstelle tatsächlich knapp an der Grenze, aber dennoch auf Pieters Grundstück befunden haben muss. Er schiebt dann den aus Pergamentpapier bestehenden oberen Plan ein wenig höher und siehe da, es besteht kein Zweifel: Pieter hat die Rohdiamanten auf seinem eigenen Grund und Boden gefunden. Eine Meldepflicht hierfür besteht nach der gesetzlichen Rechtslage also nicht. Somit ist Pieter der wahre Eigentümer und während weitere zwanzigtausend Rands ihren Besitzer wechseln, bekommt Pieter eine Kopie des Lageplanes mit der nun eingezeichneten Fundstelle an Ort und Stelle ausgehändigt. Er verabschiedet sich von seinem Helfer mit Handschlag und verlässt mit einem weitaus besseren Gefühl das Gebäude als er es betreten hat. Nun ist er nämlich seinem Ziel ein größeres Stück nähergekommen, doch bei weitem nicht am Ende seines Planes.

Nach Möglichkeit möchte er noch heute bis zum Hause seines Freundes Hassan al Hasan reisen, um dort zu übernachten und morgen Früh zur ‚Venetia Mine' zu fahren. Dort beabsichtigt er, mit dem Mann zu sprechen, der seinen Managementposten in der Mine übernommen hat. Weil sein Name auch Pieter ist, hat er sich schon vor etlichen Jahren den Namen ‚Pieter der Zweite' unter seinen Mitarbeitern eingehandelt. Ein Name, der an ihm hängengeblieben ist, selbst nach dem Ausscheiden Pieters, der unter allen seinen Kollegen als ‚Pieter der Erste' bekannt war.

In rund zweieinhalb Stunden hat er das Holzhaus Hassans erreicht. Vom lauten Gebell ‚Samsons' erschreckt, öffnet Hassan die Haustüre und vor ihm steht Pieter, sein Freund Pieter. ‚Samson', Pieters ehemaliger Hund, ist wie aufgedreht. Selbstverständlich hat auch er sofort erkannt, wer da angekommen ist. Obwohl Hassan nicht mehr der Jüngste ist, drückt er Pieter so fest an sich, dass dieser fast dem Ersticken nahe kommt.

Nach der herzlichen Begrüßung bittet er Pieter ins Haus und da er allein hier lebt, das heißt mit ‚Samson', der immer noch total erregt im Haus herumläuft, ist das Haus in ordentlichem und

sauberen Zustand. Nachdem Pieter auf einem der Küchen-
stühle Platz genommen hat, will Hassan jetzt genau wissen,
warum und weshalb Pieter hier auf einmal so plötzlich aufgetaucht ist und für Pieter kommt nun endlich auch die Zeit,
Hassan, seinem alten und treuen Freund, die ganze Geschichte
mit all ihren Freuden und Bitternissen zu erzählen. Er lässt
nichts aus und beschönigt auch nichts. Hassan freut sich riesig,
als er ihm von Belinda, seiner großen Liebe nach MarieLuise,
erzählt. Alles wäre fast perfekt gewesen, hätte es keinen Ron
Wellington gegeben, der jetzt spurlos mit seinem Geld verschwunden ist. Hassan, ein breitflächiges Grinsen im Gesicht,
geht ins Nebenzimmer, kommt mit geschlossener Hand zurück, öffnet sie vor Pieters Augen und zeigt ihm den Diamanten, den Pieter ihm beim Abschied heimlich in die Hand gedrückt hatte. Er wird ihn nie weggeben oder gar verkaufen. Er
hat genug zum Leben und der Diamant ist ein Glücksstein, der
nun mit symbolischem Wert die Freundschaft der beiden für
immer besiegelt hat. Hassan ist hocherfreut als er hört, dass
Pieter die Nacht in seinem Hause verbringen möchte und erst
morgen seinen Besuch in der 'Venetia Mine' bei seinem
Freund Pieter dem Zweiten (dessen Nachnahme ist 'Mingalis',
den jedoch keiner in der Mine kennt) antreten wird.

Nachdem Hassan alles Wissenswerte von Pieter erfahren hat,
bittet dieser ihn um die Benutzung seines Telefons. Er möchte
gerne seinen Bruder Gerald anrufen, doch sein Handy ist zu
schwach und bringt leider keine Verbindung zustande, so dass
er es auf einem normalen Telefon versuchen möchte. Auf Anhieb erreicht er Gerald in Lomé, Togo. Er erzählt ihm alles
Wichtige und erfährt dabei auch eine größere Überraschung.
Gerald ist aufrichtig froh, dass er endlich mit seinem Bruder
sprechen kann. Er hat selbst schon mehrmals versucht, die Reiseroute Pieters zu verfolgen, um ihm die dringende Warnung
zukommen zu lassen, dass die Behörden von Benin Ron
Wellingtons Betrügereien auf der Spur sind, bereits einen internationalen Haftbefehl gegen ihn erlassen haben. Er ist aber
nicht mehr auffindbar, als wäre er vom Erdboden verschluckt!

Nach dem ellenlangen Gespräch der beiden Brüder muss Pieter seinem Bruder Gerald geloben, dass er ihn von nun an regelmäßig telefonisch oder, er hat jetzt auch eine ‚Email' Adresse, per ‚Email' von seinen abenteuerlichen Ereignissen verständigt.

Pieter und Hassan sitzen noch lange beisammen und unterhalten sich über alle Dinge, die inzwischen passiert sind, als der alte Hassan plötzlich Pieter mit ernstem, ja traurigem Blick anschaut und mit zittriger Stimme zu sprechen beginnt:

„Pieter, du kannst dich bestimmt noch an Joshua Habiba und seine Frau Antonietta erinnern. Sie lebten in dem Eckhaus am Ende deiner Straße, etwa zwei Kilometer von deinem Haus entfernt. Joshua arbeitete in dem Sägewerk an der Landstraße nach Messina, die du auch immer auf deinem Weg zur Mine befahren hast. Ich weiß nicht, ob du dich noch daran erinnern kannst, als vor etwa zwei Jahren innerhalb kürzester Zeit Joshua an einer Infektionskrankheit starb, die Leute hier sagen, er hätte sich diese im Sägewerk zugezogen und Antonietta mit der gerade ein Jahr alten Elisabeth zurückließ. Als du deine Reise nach Kanada antratest, ich glaube es waren nur einige Tage später, verstarb urplötzlich auch Antonietta. Man weiß bis heute nicht, woran. Zurück blieb jedoch die nun fast dreijährige Elisabeth. Letzte Woche hat man sie ins Waisenhaus nach Messina gebracht. Es hat mir fast das Herz gebrochen."

Auch Pieters Gesicht hat schlagartig den freudigen Wiedersehensausdruck verloren. Er kannte Joshua, Antonietta und hatte oft der kleinen Elisabeth über die dunklen Haare gestreichelt und in ihr ‚malaysisches' Gesichtchen geschaut. Ihre Mutter war genau wie Belinda malaysischer Herkunft. Hassan bemerkt sofort die Traurigkeit in Pieters Gesicht und der alte Fuchs wechselt schnellstmöglich das Gesprächsthema, doch Pieters Gedanken kreisen um das Gehörte. Sie rasen um das Schicksal des kleinen Mädchens und seinem Aufenthalt im Waisenhaus. Er verbringt zwar erst die zweite Nacht hier in Südafrika, aber wieder ist sie für ihn fast schlaflos. Er fühlt sich erst wieder gestärkt, als er am Morgen nach einer kurzen Dusche in dem kleinen Bach neben Hassans Haus vom kalten Wasser über Kopf und Körper erfrischt wird.

Gerne hätte er noch einige Stunden mit seinem alten Freund verbracht, doch bald nach dem Frühstück, macht er sich auf den Weg zur ‚Venetia Mine'. Es ist eine rührende Verabschiedung von Hassan und seinem guten, treuen Freund ‚Samson'. Nach einer vierzig Minuten Fahrt erreicht er den schwer bewachten Eingang der ‚Venetia Mine'. Nichts, aber auch absolut gar nichts hat sich hier seit seines Weggehens verändert und als man ihn am Pförtnerhaus am Eingang gleich erkannt hat, eilt die Neuigkeit wie ein Lauffeuer durch das Minengelände: „Pieter der Erste ist hier!" Gerne hätte sich Pieter mit den alten Kollegen unterhalten, jedem die Hand geschüttelt, doch die Zeit lässt es einfach nicht zu.

Ein ‚Security Guard' bringt ihn zum Büro ‚Pieters des Zweiten'. Nach der herzlichen Begrüßung der beiden Pieter und der folgenden allgemein gehaltenen Unterhaltung, die dennoch viele Neuigkeiten für Pieter enthält, erzählt er ‚Pieter dem Zweiten' die Geschichte von dem damaligen Skelett inklusive Diamantenfund. Er weiß, dass er seinem Nachfolger voll vertrauen kann und legt ihm außer den Plänen, die er gestern im Vermessungsamt erhalten hat, drei seiner mitgeführten Rohdiamanten auf den Tisch, damit diese im hiesigen Labor untersucht werden können, um ihren Fundort festzustellen. „Pieter jetzt sage ich dir eines: Du hättest gar nicht nach hier zu kommen brauchen. Du warst doch immer der bessere von uns Zweien und kannst genau wie ich feststellen, dass diese hier vor uns liegenden Diamanten mehr als tausend Jahre in einem Felsbrocken im Wasser gelegen haben, also das Gestein um sie absolute Abriebspuren vom Wasser enthält. Aber ich kann mir schon vorstellen, was du willst und auch brauchst. Wie ich aus den Plänen ersehen kann, hast du sie zwar an der Grenze, aber noch auf deinem Grundbesitz gefunden. Es gibt dafür keine Meldepflicht, wie dir bekannt ist und in der Nähe deines Fundortes wurden bereits im Jahre 1867 die ersten

Diamanten Südafrikas gefunden. Endlich werde ich nun in der Lage sein, auch dir mal einen Gefallen zu erweisen als Gegenstück für die vielen, die ich dir schulde als du noch mein Boss warst.

Wir, du und ich, werden jetzt die Diamanten zum Labor bringen, um an den Schleifspuren den Fundort feststellen zu lassen, was kein Problem sein wird. Du hast großes Glück. Unser Direktor Johan van Meulen ist mir eben im Flur begegnet. Wir werden ihm nach unserem Laborbesuch den Sachverhalt schildern, damit er dir mit ruhigem Gewissen ein ‚Kimberlite Certificate' auf deinen Namen ausstellen kann und von da an kannst du mit den Diamanten machen was du willst. Lasse sie dir nur nicht klauen!" Dabei lacht er schallend. Obwohl Pieter den Schaden mit dem gestohlenen Geld bereits hinter sich hat, braucht er jetzt für den Spott nicht zu sorgen.

Wieder lacht Pieter der Zweite schallend: „Du bist also kein armer Mann mehr und nun lass uns die ‚Klunker' im Labor untersuchen." Alles verläuft wie vorhergesagt: Die ‚Klunker' enthalten sogar noch Gesteinsreste, die vom Wasser über Hunderte von Jahren glatt geschliffen wurden. Damit ist der sichere Beweis erbracht, dass die Diamanten nicht aus dem direkten Erdabbau stammen, wie er zurzeit aus zwei Kimberlite Adern in der Erdoberfläche auf der etwa vierhundert Meter tiefen Talsohle der ‚Venetia Mine' erfolgt.

Pieter ist von einem unbeschreiblich tiefen Glücksgefühl beseelt und als der amtierende Direktor Johan van Meulen seine Unterschrift und Dienstsiegel unter das für ihn zum Verkauf so dringend benötigte Zertifikat setzt, möchte Pieter vor Freude in die Höhe springen.

‚Pieter der Erste' und ‚Pieter der Zweite' sitzen noch über eine Stunde in dessen Büro, erzählen und wärmen alte Geschichten auf. ‚Pieter der Erste' muss von Belinda und Kanada berichten, dem Traumland. Bevor sie sich herzlich verabschieden und der ‚Security Guard' Pieter wieder zum Pförtnerhaus bringt, lädt

‚Pieter der Erste' seinen Nachfolger ausdrücklich ein, natürlich mit Familie, ihn und Belinda in ihrem gerade zu erwerbenden Hotelresort zu besuchen. Die Türen stehen immer offen und der Aufenthalt ist natürlich Pieters Geschenk für die große Hilfe seines Freundes und ehemaligen Kollegen.

Kapitel 17: Das Glück im Unglück

Pieter ist überglücklich. Er kann es kaum fassen: Alles was er in den acht Tagen, einschließlich des Fluges, hier erledigen wollte, ist ihm in weniger als drei Tagen gelungen. Auf dem Wege von der ‚Venetia Mine' über Pietersburg nach Johannesburg schwirren eine Menge Gedanken durch sein Gehirn, die er erst einmal ordnen muss. Auf einmal hat er Zeit, viel Zeit. Bei einer der Unterhaltungen mit Belinda bezüglich des grausamen Unfalles hatte sie auch erwähnt, dass sich die Grabstätte ihrer Eltern auf dem ‚Stellawood Cemetery', also einem Friedhof, nicht weit entfernt von der ‚St. Mary's Kirche' in Durban befindet.

Plötzlich verspürt er den Drang, diese Stätte zu besuchen, um denen zu danken, die ihm das Liebste was er nun besitzt, geschenkt haben. Es sind zwar sechshundert Kilometer Umweg, doch was macht das schon aus? Er hat ja Zeit. In Pietersburg unterbricht er seine Reise um mit Belinda zu telefonieren. Er erzählt ihr selbst die belanglosesten Kleinigkeiten, doch den Abstecher nach Durban verschweigt er. Küsse über Küsse werden lautstark durch den Äther geschickt, aber das dabei entstehende Geräusch bleibt auf Belindas Seite nur Tante Bertha und bei Pieter nur den Hotelgästen vorbehalten, die in Telefonnähe stehen.

Es ist schon später Nachmittag, doch Pieter ist innerlich immer noch so erregt, dass er beschließt, seine Reise bis nach Johannesburg fortzusetzen, um von dort morgen Früh nach Durban zu fliegen.

In Johannesburg angekommen, bringt er seinen Mietwagen zum ‚Rent a Car' Schalter am Flughafen und begibt sich zu Fuß zurück zum ‚Intercontinental Hotel', wo er die kommende Nacht verbringen wird. Sein Reisegepäck bedeutet diesmal für ihn auch kein Problem, denn er hat sich noch in Kanada eine zusammenklappbare, übergroße Reisetasche auf Rollen zugelegt, die er zusammen mit seiner Schultertasche, in welcher die Diamanten verstaut sind, bis ins Hotel vor sich herschiebt. Nach dem Einchecken erledigt er per Telefon seine Flugbuchung nach Durban und genehmigt sich einige Gläser Bier in der ‚Quills Bar'. Nach einem leichten Abendessen sucht er sein Zimmer auf, begibt sich zur Ruhe und schläft diesmal tief und fest.

Sein Flug mit der ‚South African Airlines' verlässt am nächsten Morgen pünktlich um 11:40 Uhr Johannesburg. Es kommt ihm vor wie ein Katzensprung, als die Fluggäste schon wieder zum Anschnallen aufgefordert werden, da man sich im Landeanflug auf Durban befinde. Eigentlich wollte er per Taxi zum gewünschten Ziel, doch jetzt entschließt er sich für einen Mietwagen, da er genügend Zeit hat. Er wird die kommende Nacht noch in Johannesburg verbringen und sich morgen um einen Flug nach Antwerpen in Belgien bemühen.

Wie er nämlich nach eingehendem Umhören erfahren hat, wird er in Antwerpen einen weit besseren Preis für seine Rohdiamanten erzielen als in Amsterdam. Schließlich ist er jetzt im Besitz aller Dokumente, kann sich mit einem Bankscheck eines renommierten Bankhauses bezahlen lassen, den er in Kanada bei jeder Bank getrost einlösen kann. Dabei braucht er, außer dem von ihm mitgeführten, kein weiteres Bargeld mit sich herumtragen. ‚Lieber Gott ich danke dir. Was für eine Erlösung!'

Nach der Landung auf dem neu erbauten ‚King Shaka International Airport' in Durban begibt sich Pieter unverzüglich zu einem ‚Rent a Car' Schalter und mietet einen mittelgroßen Personenwagen, um damit seine Unabhängigkeit während seines, nur einen halben Tag in Anspruch nehmenden Aufenthaltes, nicht einzuschränken. Unverzüglich begibt er sich auf den Weg in die etwa dreißig Kilometer entfernte Stadt Durban. Auf der im Mietwagen vorgefundenen Straßenkarte hat er das Ziel seiner Reise, den ‚Durban Stellawood Cemetery' schnell ausfindig gemacht und nun braucht er nur noch ein wenig Glück, um auf dem Weg dorthin einen Blumenladen zu finden. Etwa einen Kilometer von seinem Ziel entfernt, findet er, was er sucht, ein kleines Blumengeschäft. Nach einigem Umschauen, entdeckt er einen wunderschönen Strauß weißer Lilien, dazu erwirbt er einen kleinen Umschlag mit einer unbedruckten Karte.

Im Verwaltungsgebäude des riesigen Friedhofes beschafft er sich die Auskunft, die er braucht, um das Grab von Belindas Eltern ausfindig zu machen. Trotz detaillierter Beschreibung benötigt er eine relativ lange Zeit, bis er es findet. Er ‚borgt' sich eine leer stehende Vase vom Nachbargrab und füllt sie mit frischem Wasser. Sorgfältig platziert er jede einzelne Lilie in der Vase, holt den Briefumschlag mit dem unbedruckten Kärtchen aus seiner Jackentasche und nach mehreren Minuten des Nachdenkens schreibt er einige Worte auf die Karte, verschließt und steckt sie für Vorübergehende kaum sichtbar in das Blumengesteck. Ob er in Gedanken versunken oder ob er für Belindas Eltern betet, wird niemals jemand, nicht einmal Belinda, in Erfahrung bringen. Nach einigen Minuten verlässt er die Grabstelle und bewegt sich mit bedächtigen Schritten in Richtung Verwaltungsgebäude, wo sich auch der Ausgang befindet.

Obgleich er in Grabnähe und auch in der unmittelbaren Umgebung keine Menschenseele entdeckt hat, war da doch eine ältere Frau, rund fünf Gräberreihen von seinem Standort entfernt, die ihn neugierig beobachtet hat. Nun, nachdem er nicht mehr zu sehen ist, wandert sie in Richtung des Grabes, auf das der Fremde die Blumen gestellt hat, dreht sich einige Male um, ob sie auch keiner wahrnimmt. Ein Grab mit frischen Blumen und das an einem normalen Wochentag, ist schnell gefunden. Nach erneutem Umschauen entdeckt sie den Umschlag, die Klappe ist nur eingesteckt, also nicht einmal zugeklebt. Sie entnimmt die Karte, ihren weißhaarigen Kopf schüttelnd, liest sie die niedergeschriebenen Worte: ‚Nur ihr wisst, wie sehr eure Tochter Kinder liebt. Bitte helft mir, die richtige Entscheidung zu treffen.' Kein Name, keine Unterschrift, nichts. Behutsam schiebt sie die Karte in den Umschlag zurück und steckt diesen wieder an die Stelle, an der sie ihn entnommen hat.

Ohne weiteren Aufenthalt fährt Pieter zum Flughafen und fliegt mit dem erstbesten Flugzeug zurück nach Johannesburg. Nur noch eine weitere Nacht im ‚Intercontinental Hotel'. Morgen Früh muss er noch einige Behörden in Pretoria aufsuchen und danach wird ihn der nächste Weg nicht nach Toronto sondern erst nach Antwerpen führen. Er ruft Belinda erst vom Hotel in Johannesburg an. Die beiden haben sich allerhand zu erzählen und nach längerem Reden und Beratschlagen erzählt er ihr von seinem Umweg über Antwerpen, dem dort zu tätigen Diamantenverkauf und dass er trotzdem einen Tag früher als ursprünglich geplant wieder in Toronto sein wird.

Belinda freut sich riesig. Sie vermisst ihn jede Stunde und gäbe alles dafür, wenn sie ihn nur mal an sich drücken könnte. Pieter lacht:

„In drei Tagen werde ich wieder bei dir sein und dann werden wir sehen, wer wen drückt und in den Armen hält."

Nach diesem für beide wichtigen Telefonat verspürt er Durst nach einem kühlen Glas Bier. In der ‚Quills Bar' löscht er diesen, doch aus einem werden fünf Gläser des erfrischenden Gerstensaftes, bevor er sich in sein Zimmer zurückzieht, in die Dusche steigt, sich ins Bett legt und in kürzester Zeit in einen traumlosen Schlaf versinkt.

Der nächste Morgen zeigt einen strahlend blauen Himmel. Es wird ein heißer Tag werden. Nicht nur wetterweise. Pieter fährt per Taxi zum Familienministerium in Pretoria, wird von einer Stelle zur nächsten delegiert, muss verschiedene Interviews bezüglich ‚Adoption' über sich ergehen lassen und kann endlich am frühen Nachmittag die Rückreise, wiederum per Taxi, nach Johannesburg antreten. Sein erster Stopp ist am Flughafen, wo er einen Flug für den gleichen Tag nach Frankfurt bucht. Von dort kann er eventuell in einem ‚Cityhopper' der Lufthansa weiter nach Antwerpen fliegen. Er könnte aber auch per Bahn mit einem ‚Inter-City Zug' oder per Bus zu seinem Zielort in Belgien gelangen.

Er beschließt, momentan am Flughafen in Johannesburg zu bleiben, da der ‚South African Airlines' Flug Nr. 7573 Johannesburg um 20:20 Uhr verlassen und am nächsten Morgen um 06:15 Uhr in Frankfurt landen wird. Er bucht ein ‚Business Class' Ticket, welches für den Einzelflug mit über zweitausend Dollar nicht gerade billig ist, ihm jedoch eine weitere Übernachtung in Johannesburg erspart und vor allen Dingen seinen Zeitplan um weitere zehn Stunden verkürzt. Im Flugzeug gelingt es ihm, ein paar Stunden Schlaf zu ergattern. Trotzdem ist er bei seiner Ankunft in Frankfurt rechtschaffen müde.

Pieter überdenkt die ihm zur Verfügung stehenden Möglichkeiten und entschließt sich, einen der superschnellen ‚Inter-City' Züge zu benutzen, die im Stundentakt fahren. Dieser Zug wird ihn in weniger als drei Stunden von Frankfurt nach Antwerpen transportieren und er braucht nicht mal das Flughafengebäude in Frankfurt zu verlassen. Die Bahnstation befindet sich direkt unter dem Flughafengebäude.

Aus Sicherheitsgründen hat er während der gesamten Flugreise die Diamanten, gleichmäßig in verschiedenen Taschen verteilt, am Körper getragen und so bewerkstelligt er es auch während der Bahnfahrt. Ohne jegliche Durchsuchung, er befindet sich auf der Reise zwischen zwei EU Ländern, verläuft die Bahnreise reibungslos und ohne jegliche Belästigungen. Im komfortablen ‚Inter-City', in einem ‚Erste Klasse' Abteil bestellt er sich das Frühstück und nach drei Tassen guten Kaffees ist er wieder der alte, frisch und gut gelaunt. Niemand merkt oder sieht ihm die Strapazen der letzten drei Tage an.

Wie er in Erfahrung gebracht hat, gibt es in Antwerpen vier verschiedene Börsen und nach Durchdenken aller Fakten scheidet die CSO (Central Selling Organization) für ihn aus. Sie wird nämlich vollends von ‚DeBeers Consolidated' kontrolliert und würde ihm sehr wahrscheinlich auch das niedrigste Angebot unterbreiten. Im sogenannten ‚Outside Market' zu verhandeln, scheint ihm zu umständlich und eventuell auch zu riskant. Er entscheidet sich also für die ‚Börse Diamant Kring'. Sämtliche Edelsteine hat er jetzt in zwei Lederbeutel in der Schultertasche verstaut, die er, für Andere unsichtbar, mit einer dunkelfarbigen Stahlkette an seinem linken Handgelenk abgesichert hat.

Nach mehr als einer einstündigen Umschau versucht er sich einen Überblick zu verschaffen, dann entscheidet er sich für die Firma ‚Ajediam Ltd.', die ihm den vertrauenswürdigsten Eindruck vermittelt, ihre Kunden jedoch nur nach vorheriger telefonischer Einladung empfängt. Ihre Lokalität befindet sich im ‚Antwerpche Diamantkring' im Erdgeschoss des Gebäudes in den Suites 007 – 006. Erst nach zweimaligem Anruf wird Pieter Einlass in dieses ‚Sankto Sanktorium' gewährt. Er trägt dem eilends herbeigerufenen Manager Jan Petersen sein Verkaufsanliegen vor und bevor man sich auch nur bemüht, seine wertvolle Fracht anzuschauen, werden erst alle von ihm vorgelegten Dokumente, einschließlich Reisepass und kanadische Immigrationspapiere, sorgfältig auf ihre Echtheit überprüft.

Erst nachdem alle diese Nachweise erbracht und die Ausweispapiere in Ordnung befunden sind, kann er seine Rohdiamantensammlung einem dreiköpfigen Gremium präsentieren. Runde drei Stunden später, verlässt er mit einem beglaubigten Bankscheck, ausgestellt vom Bankhaus Dexia, in Höhe von sechs Millionen achthundertfünfundsiebzigtausend Euro, also rund zehn Millionen kanadischen Dollar, die Räume der ‚Ajediam Ltd.'. Die vorausgegangenen Verhandlungen erwiesen sich als zäh und hart und haben Pieter auch nicht die vorgestellte Summe gebracht, doch hat man ihn schließlich von der Tatsache überzeugt, dass Gold zwar unaufhörlich im Steigen ist, Diamantenpreise aber zur Zeit stagnieren. ‚Warum sollte er sich also Sorgen machen. Noch vor einem Jahr hätte er sich drei Mal vor Freude über den gefundenen Reichtum in der Luft überschlagen. Was ist in ihn gefahren. Hat das Glück ihm nicht mehr als genug zur Seite gestanden? Pieter, komm zurück zum Boden. Denke an Belinda, an all das Glück was sie dir beschert und an die Zukunft mit allem, was sie für dich bereithält.'

Nur langsam beruhigt er sich, findet sein Gleichgewicht wieder und versucht, seine Gedanken zu ordnen, um sein und Belindas zukünftiges Leben auf dem Boden der Realität so weiterzuleben, wie er es bisher getan hat und auch in Zukunft handhaben möchte.

Noch heute Abend wird er nach Amsterdam fahren, um von dort morgen Vormittag einen Flug nach Toronto zu bekommen. Per Taxi lässt er sich zur ‚Central Railway Station' (Hauptbahnhof) in Antwerpen bringen und von dort fahren ‚Inter-City' Züge im Stundentakt zum ‚Schiphol Airport' in Amsterdam. Einer dieser schnellen Züge wird ihn in weniger als eineinhalb Stunden zum gewünschten Ziel bringen. Er hat Glück. Der nächste ‚Inter-City' nach Amsterdam ist für sieben Uhr zwanzig angesagt. Es bleibt ihm daher gerade genügend Zeit, sich ein Ticket zu besorgen. Während er durch die Bahnhofshalle zum Bahnsteig 7a wandert, entnimmt er seiner Schultertasche die dunkelbraune Stahlkette und wirft sie samt Schloss achtlos in den nächsten Mülleimer. Er will jetzt nur noch zurück nach Toronto, wo Belinda bereits sehnsüchtig auf ihn wartet und das größte Abenteuer seines Lebens, welches er in den letzten Monaten erlebt hat, gehört der Vergangenheit an.

Nach der Ankunft des ‚InterCity' Zuges in Amsterdam begibt sich Pieter unverzüglich zum ‚Hilton Hotel', welches in unmittelbarer Nähe des Flughafens liegt. Nachdem er sich in seinem Zimmer einquartiert hat, ruft er als erstes die KLM Fluggesellschaft an und bucht für den morgigen Tag einen Flug von Amsterdam nach Toronto in der ‚Business Class'. Die freundliche und hilfsbereite Dame am anderen Ende der Leitung erklärt ihm, dass der Abflug um 13:30 Uhr erfolgt und die Landung in Toronto für 15:35 Uhr vorgesehen ist.

Unter Berücksichtigung des sechsstündigen Zeitunterschiedes

wird also die Flugdauer etwa acht Stunden betragen und sie, seine geliebte Belinda, wird ihn am Flughafen abholen. Er muss sie also erst von seiner Ankunftszeit verständigen. Hastig wählt er ihre Handynummer, muss sich aber dabei verwählt haben, denn wer immer sich am anderen Ende der Leitung meldet, hat eine tiefe Männerstimme. Doch beim zweiten Versuch klappt es, denn die Stimme Belindas würde er aus Tausenden heraus- kennen:

„Na, jetzt wird es aber endlich Zeit, dass du dich meldest. Ich habe mir schon Sorgen gemacht."

„Hättest du aber nicht gebraucht, mein Engelchen. Ich kann schon auf mich aufpassen." Er erzählt ihr die Ereignisse der letzten vierundzwanzig Stunden und natürlich gibt er ihr seine Ankunftszeit morgen Nachmittag in Toronto bekannt. Danach werden wieder etliche Küsse per Telefon ausgetauscht, Liebes- bezeugungen von beiden Seiten überqueren den Ozean, bevor die beiden ‚Turteltauben' ihr Gespräch beenden.

Pieter benutzt noch einmal den Aufzug nach unten und begibt sich in die ‚Stopover Bar' des Hilton, lässt sich auf einem Bar- hocker nieder und bestellt ein Glas ‚Grolsch' Bier. Gerade als er zum ersten Schluck ansetzen will, setzt sich eine nicht nur äußerst hübsche sondern auch extravagant gekleidete Dame, schätzungsweise in den mittdreißiger Jahren, auf den über- nächsten Barhocker, winkt dem Bartender und bestellt sich ein Glas Champagner, mit dem sie Pieter unverhohlen zuprostet. Innerhalb der nächsten halben Stunde sind beide in eine anre- gende Unterhaltung verwickelt und nach dem vierten Glas Champagner erfährt Pieter von ihr, dass ihr Ehepartner sie we- gen eines ‚Flittchens', wie sie diese bezeichnet, verlassen hat, dass es zwar nicht das Ende der Welt ist, aber höllisch weh tut. Nach einem weiteren Glas Champagner fließen Tränenströme über ihr hübsches Gesicht. Alles kann Pieter ertragen, nur keine Frauentränen. Er hat die Grenze seines Mitgefühls be- reits überschritten. Sie hat schon ihre Hand auf seinen Arm ge- legt und schaut ihn mit unsagbar traurigem Blick aus den schönsten blauen Augen, die er je gesehen hat, an, als er sich fängt.

‚Mein Gott, heute Nachmittag warst du wegen des Geldes außer der Reihe und jetzt bist du schon wieder auf der üblen Seite. Pieter sei stark. Spiele nicht mit deinem Glück.' Ruckartig entzieht er ihr seinen Arm.

„Es tut mir wirklich leid für sie, aber ich bin schon der glücklichste Mann auf dieser Welt." Er gibt dem Bartender einen kurzen Wink, bezahlt auch ihren Champagner und verlässt ohne ein weiteres Wort die Bar und geht in sein Zimmer. Bevor er sich ins Bett legt, schaut er in den Wandspiegel und nur wenige Worte entschlüpfen seinem Mund: „Du Idiot, wie konntest du nur..."

Der Flug nach Toronto verläuft vollkommen ereignislos. Doch dafür ist die Ankunft in Toronto wieder ein Erlebnis, das er nie vergessen möchte. Als sich die Flügeltür in die Ankunftshalle vor ihm öffnet, steht sie da, genau wie bei seiner ersten Ankunft. Der weiß Wollmantel, die passende Pelzkappe über den dunklen Haaren, ihre leicht mandelförmigen, grünen Augen strahlen schöner als die funkelndsten Diamanten. Die beiden rechts und links an ihrer Seite, Tante Bertha und Onkel John, stehen wieder da mit feuchten Augen, als er seine Belinda anschaut, seine Hände sanft über ihr glückstrahlendes Gesicht gleiten lässt und sie immer wieder zärtlich küsst.

EPILOG

Die Zeit ist nicht stehen geblieben. Inzwischen sind über zwei Jahre ins Land gezogen. Sofort als Pieter damals von seiner Südafrikareise erfolgreich zurückkam, haben er und Belinda das ‚Sunny Shore Hotel und Resort' gekauft, es weiter ausgebaut und zu einem der erfolgreichsten Touristenattraktionen in Ontario, Kanada, verwandelt. Pierre Labonte und Ingolf Wittenauer war das Glück nicht so hold. Als Ingolf Wittenauer etwa ein Jahr später Pieter einen Besuch abstattet, erzählt er ihm, dass Pierre Labonte nicht mehr der gleiche sei, der er einmal war und von Schwermut geplagt würde. Daraufhin bestellt Pieter die beiden für das kommende Wochenende zu sich.

Eine lange Zeit sitzen sie vor ihm. Keiner von beiden gibt einen Laut von sich. Schließlich ergreift Pieter das Wort:

„Ihr beiden Pechvögel. Das Schicksal hat euch in den letzten Jahren einen großen Streich gespielt, doch auch ihr seid nicht gerade schuldlos daran. Für euren Leichtsinn seid ihr bitter bestraft worden. Wie steht es mit eurer Arbeitslage?"

Beide schütteln die Köpfe.

„Ich weiß, dass ihr ehrliche und anständige Kerle seid. Hättet ihr Lust, hier zu arbeiten? Pierre, du hast doch immer so von deinen Blumengärten geschwärmt. Wäre ein Job als Gärtner nichts für dich? Und du, Ingolf, ich weiß, dass du ein technisch ausgezeichnet geschickter Mann bist. Der jetzige ‚Handyman' geht aus Altersgründen in den Ruhestand. Wenn du möchtest, kannst du seinen Job übernehmen. Euer Einverständnis vorausgesetzt, könnt ihr sofort anfangen. Nur eines möchte ich euch mit auf den Weg geben: In drei Wochen, am 24. Juni, werden Belinda und ich heiraten. Dann möchte ich das Resort in einer Blumenpracht sehen, wie es einer Prinzessin, die sie in meinen Augen ist, zusteht."

Beide, Ingolf und auch Pierre, überwältigt das Gefühl, im Lotto gewonnen zu haben. Zum ersten Mal erscheint in Pierres Gesicht wieder ein, wenn auch nur schwaches Lächeln. Beide schütteln Pieter die Hand. Pierre will sie überhaupt nicht mehr loslassen.

„Ich habe euch noch etwas zu sagen: Belinda und ich werden unsere Hochzeitsreise in Südafrika verbringen. Dort haben wir auch noch etwas außerordentlich Wichtiges zu erledigen. Da ihr ja mal die Besitzer hier werden wolltet, könnt ihr in den zwei Wochen unserer Abwesenheit unter Beweis stellen, wie gut ihr wirklich seid und nun redet mit der Assistant Managerin. Sie weiß Bescheid. Ich habe mir erlaubt, sie bereits über euch zu informieren".

Öfter besucht Pieter und Belinda auch ein anderer Gast, nämlich Hendrik Kauser und wie der Zufall es will, ist gerade mal wieder sein Besuchstag. Viele der von Pieter durchgeführten Änderungen gehen auf sein Konto, waren sie doch schließlich einmal sein Traum, wenn er nur das Geld dazu gehabt hätte. Heute hat er wenig Zeit, da er noch zu einem weiter nördlich gelegenen Zigarrengeschäft fahren will, welches seine kubanischen Lieblingszigarren verkauft. Er begutachtet deshalb nur die Veränderungen und Verbesserungen der letzten Wochen. Doch Pieter hat noch eine Frage, die ihn bereits seit einiger Zeit beschäftigt:

„Sag mal Hendrik, nun bist du ja schon fast zwei Jahre im Ruhestand. Was treibst du jetzt eigentlich den ganzen lieben, langen Tag? Denn, ruhig sitzen ist nicht gerade einer deiner Tugenden."

Der Alte, schon im Fortgehen begriffen, dreht sich bedächtig um und in diesem Sinne kommen auch die Worte über seine Lippen:

„Vielleicht ein Buch schreiben und wie du weißt, liebe ich die Fotografie. Deshalb möchte ich viele schöne Erinnerungen unserer Zeit in Bildern für die Nachwelt festhalten."

Mit langsamen Schritten, das linke Bein leicht hinter sich herziehend, wandert er über den großen Parkplatz zu seinem Auto.

Pieter und Belindas Hochzeit ist der Höhepunkt des Jahres in der Muskoka Urlaubs und Touristengegend. Belinda bekommt von ihrem Pieter das prächtigste Diamantenkollier, das sie jemals gesehen hat. Denn, so hatte er es sich bereits nach ihrem Kennenlernen geschworen, den schönsten Diamanten würde er ihr als Hochzeitsgeschenk überreichen, damals nichtsahnend, dass es ‚nur' das zweitschönste Geschenk sein würde. Ein Jahr lang hatte Pieter nämlich wie ein Löwe gekämpft, sich mit Behörden in Südafrika und auch in Kanada herumgeschlagen, nie die Hoffnung aufgegeben und schließlich, wie er sich ausdrückte, einige Schlachten verloren, aber den Krieg gewonnen. Deshalb würde sie auch ihre Hochzeitsreise nach Südafrika führen, denn die letzte Bedingung, die die Behörden in Pretoria verlangten, war, dass sie die Frau interviewten und kennenlernten, die von nun an die Mutter der kleinen, inzwischen fünf Jahre alten Elisabeth werden würde, für die Pieter so hart gekämpft hat.

Einige Tage zuvor, aber noch vor dem Antritt ihrer Reise, erregt ein kurzer Artikel in der kanadischen Tageszeitung ‚ Globe and Mail' Pieters Aufmerksamkeit. In wenigen Zeilen wird nämlich berichtet, dass in der Grenzstadt Tijuana, auf der mexikanischen Seite zu den USA, mal wieder ein Feuergefecht zwischen zwei rivalisierenden Drogenbanden stattgefunden und bei welchem es drei Tote gegeben hat. Es handelt sich um zwei Mexikaner und um einen Afroamerikaner, bei dem man allerdings nicht die geringste Ahnung habe, was seine Identität betreffe. Man habe keine Ausweispapiere, kein Geld, absolut nichts gefunden, was auf seine Herkunft hinweist. Das einzige, vielleicht brauchbare Indiz war eine große Narbe, die sich von seiner linken Schulter fast den gesamten Rücken hinunterzog. Obwohl Pieter der von allen meist Geschädigte war, zuckte er beim Lesen mit keiner Miene, doch in seinen Augen zeigte sich jener stahlharte Blick, der jeden Beobachter erschauern lassen würde:

„Ron Wellington, du wirst nie wieder armen Menschen das hart verdiente Geld aus der Tasche ziehen. Jeder muss einmal für seine Taten geradestehen und auch du warst nicht immun dagegen."

Doch, wie schon anfänglich erwähnt, die Zeit bleibt nicht stehen und heute, dem 24. Juni, einem Tag mit strahlend blauem Himmel und auch ihrem ersten Hochzeitstag, stehen Pieter und Belinda, ihre Hände haltend, am Sandstrand des vor ihnen liegenden Sees als plötzlich die Kinderstimme der inzwischen sechsjährigen Elisabeth hinter ihnen ertönt: „Mama, Papa, ihr müsst sofort kommen. Opa Hendrik ist mit einem großen Bild angekommen. Er sagt, es wäre das schönste, das er je fotografiert hätte und wisst ihr, wer da drauf ist?" Dabei zeigt sie stolz mit dem Zeigefinger ihrer kleinen Hand auf Belinda:

„Mama, du", dann auf Pieter.

„Papa, du" und während sie auf sich selbst deutet „und in der Mitte, das bin ich."

E N D E

DANKSAGUNG

Es ist mir ein großes Bedürfnis, allen denen zu danken, die es mir durch ihre tatkräftige Mithilfe ermöglicht haben, dieses Buch nach fünfunddreißig ‚Kanada Jahren' in einigermaßen gutem „Deutsch" zu schreiben.

Ein ganz besonderes „Dankeschön" gilt meinem Freund Claus Ostermeyer als erstem „Proofreader", der nicht nur etliche grammatische Fehler sondern auch reihenweise eingeschlichene „Typos" ausgemerzt hat.

Das Gleiche gilt für meine Freunde Hans und Anni Kroisenbrunner, die in mühevoller Kleinarbeit selbst die unscheinbarsten Fehler entdeckten und ausbesserten.

„Dankeschön" an Ms. Gudrun Garbe aus England für ihre ‚London Tipps' und herzlichen Dank an die hiesigen Hoch und Fachschullehrerinnen Lore Kump und Pia Brast-Jamal für ihr „Proofreading".

Ms. Renate Pelnoecker, die das Manuskript gleich zweimal durchgelesen hat und mich danach mit kritischen aber berechtigten Fragen überhäuft hat: „Herzlichen Dank".

Während Pieter van Dohlen auch hier in Kanada in die unglaublichsten Abenteuer verstrickt wird, möchte ich allen hier nicht aufgeführten Freunden und Bekannten danken, die mich mit ihrem Enthusiasmus immer wieder zur Weiterarbeit ermutigt haben.

Heinz Brast

Spannender Einblick in das harte und ungewöhnliche Leben der Mennoniten in Kanada.

Den von allen Seiten hochgeschätzten Chirurgen Dr. Christian Moser hat schon immer die außergewöhnliche Lebensweise der Mennoniten fasziniert. Von seinem besten Freund und Kollegen Dr. Reitzel motiviert, lässt er sich schließlich darauf ein, diese besondere Religionsgemeinschaft hautnah kennenzulernen. Denn die Mennoniten leben nach den strengen Regeln ihres Glaubens und pflegen uralte Werte und Traditionen abseits der modernen Konsumgesellschaft. So ist es wie eine Zeitreise in die Vergangenheit als Chris auf dem lebhaften, nur etwa eine Autostunde von Toronto entfernten St. Jakobs Farmersmarkt die Bekanntschaft eines älteren Mennoniten Ehepaares macht. Doch dann steht plötzlich der Markt in Flammen. Chris rettet in allerletzter Minute auf dramatische Weise das Leben zweier Kinder, taucht dann aber unter. Eine beispiellose Suche nach dem Retter beginnt. Chris ahnt nicht wie sich von nun an sein Leben radikal verändern sollte.

Gefühlvoll, dramatisch, mitreißend

Am Wörthersee lernt der weltberühmte Tenor Fabian Bauer die hübsche Gottscheerin Gabi Haas kennen. Als bei der Geburt ihrer Tochter Stefanie stirbt, verliert Fabian schockbedingt seine Stimme. In seiner Verbitterung entwickelt er sich zu einem knallharten Geschäftsmann. So führt er die von ihm erworbene marode

Airline in nur wenigen Jahren zu einem unglaublichen Erfolg. Aber durch sein rücksichtsloses Verhalten steht am Ende nur noch der Dorfpfarrer Peter Weiler treu an seiner Seite. Da dieser nicht länger mit ansehen kann, wie Fabian leidet, schmiedet er einen genialen Plan. Er lädt die beiden ein mit der Gottscheer Gruppe nach Kanada zu reisen. Trotz anfänglicher Schwierigkeiten kann er sein Glück kaum fassen, als Tatjana und deren Mutter seine Tochter liebevoll aufnehmen. Stefanie, endlich froh eine Mama gefunden zu haben, versucht mit immer neuen Tricks, ihren Papa und Tatjana zusammenzubringen. Am Weihnachtstag passiert dann das Unfassbare. Einer seiner Airliner stürzt im Landeanflug auf Lima ab. Nun beginnt für Fabian ein unglaubliches Abenteuer in Peru, ein Wettlauf um Leben und Tod, das ihn selbst in große Gefahr bringt. Wird er je seine Tochter und Tatjana, die längst das Feuer in ihm entflammt hat, wiedersehen?

Nervenaufreibender Psycho Thriller

Der erfolgreiche Unternehmer Markus Hofer hat nach vier Jahrzehnten die Konzernleitung des weltbekannten „Guggenhofer International" an seine Kinder übertragen. Seine Sekretärin hat er bereits in Pension geschickt als den beiden Nachfolgern bewusst wird, dass er als Seniorchef weiterhin im Unternehmen mitmischen wird. Ohne sein Wissen heuern seine Kinder die hochtalentierte und attraktive Krista Rosner als neue Sekretärin an.

Doch diese wird schon bald von einem mysteriösen Unbekannten mit romantischen Emails überhäuft. In seinen anonymen Anreden nennt er sie nur die „Prinzessin", während er sich selbst als „Froschkönig" bezeichnet. Ohne sich je gesehen zu haben, verlieben sich beide Hals über Kopf ineinander. Gleichzeitig entwickelt sie aus dem täglich wachsenden Vertrauensverhältnis starke Gefühle zu ihrem charismatischen Chef. Auf der politischen Weltbühne droht inzwischen ein Konflikt zwischen Albanien und Kanada zu eskalieren. Die Fronten haben sich mittlerweile so verhärtet, dass die UNO den bereits in diplomatischen Kreisen mehrfach in Erscheinung getretenen deutsch-kanadischen Geschäftsmogul Markus Hofer als Vermittler vorschlägt. Dieser nimmt die Herausforderung an. Als sich die Fronten bedrohlich verschärfen, zieht der albanische General und gefürchtete Diktator Sergio Tiarez plötzlich eine Waffe und schießt auf den Schlichter Markus Hofer.

Ohnmächtig vor Trauer wird Krista bewusst, wie sehr sie ihren Chef geliebt hat. Auch wenn zwischen ihnen unüberbrückbare Welten lagen, wird sie trotzdem nie wieder einen anderen Mann lieben können. Als sie dem unbekannten Email Verehrer ihr Herz ausschüttet, antwortet dieser verständnisvoll doch mit großer Trauer, dass er Krista nur ein einziges Mal treffen möchte, um in ihre Augen schauen zu dürfen. Sie stimmt zu, doch dann geschieht das Unfassbare.